本书由2017年度教育部人文社会科学研究青年基金项目《美华文学的民族冲突与融合话语研究》（17YJCZH027）资助出版。

美华文学中的美国形象研究

陈学芬◎著

AMERICAN
★ ★ ★ ★ ★ ★

中国社会科学出版社

图书在版编目(CIP)数据

美华文学中的美国形象研究 / 陈学芬著 . —北京：中国社会科学出版社，2017.8
ISBN 978 - 7 - 5203 - 0736 - 9

Ⅰ.①美… Ⅱ.①陈… Ⅲ.①华人文学—文学研究—美国②国家—形象—研究—美国　Ⅳ.①I712.06②D771.2

中国版本图书馆 CIP 数据核字（2017）第 168839 号

出 版 人	赵剑英
责任编辑	慈明亮
责任校对	闫　萃
责任印制	戴　宽

出　　版	中国社会科学出版社
社　　址	北京鼓楼西大街甲 158 号
邮　　编	100720
网　　址	http：//www.csspw.cn
发 行 部	010 - 84083685
门 市 部	010 - 84029450
经　　销	新华书店及其他书店

印　　刷	北京明恒达印务有限公司
装　　订	廊坊市广阳区广增装订厂
版　　次	2017 年 8 月第 1 版
印　　次	2017 年 8 月第 1 次印刷

开　　本	710×1000　1/16
印　　张	17.25
插　　页	2
字　　数	252 千字
定　　价	78.00 元

凡购买中国社会科学出版社图书，如有质量问题请与本社营销中心联系调换
电话：010 - 84083683
版权所有　侵权必究

序

陈学芬是我的博士研究生。还在读硕士期间，她就作为交换生去台湾学习过，所以自然对台湾文学也就多了一些了解和研究的兴趣。我们通常所说的美华文学中的很多华文文学作家，如白先勇、於梨华等，都来自台湾。基于她的积累与兴趣，我建议她的博士学位论文写作可以考虑、选择在美华文学领域中进行。她在这个领域里做下来，一晃好几年就过去了。现在出版的《美华文学中的美国形象研究》这本书，就是她在博士学位论文的基础上继续研究与修改后的结晶。相较而言，该书在结构上更为合理，论述也更见深刻，实实在在地记录了学芬在学术道路上的不断努力与成长。

该书主要致力于美华文学中的美国形象研究，由两部分组成：一是空间视域下的美国地理形象，如古墓与围城意象，天堂与地狱的幻象，美国家园形象等；二是族群社会学视野下的美国各族裔形象，如离散的华人移民形象，白人"拯救者"形象，战斗着的华裔美国人形象，犹太人形象及黑人形象等。在美华文学形象学研究中，对华人形象、中国形象的研究屡见不鲜，对美国形象的研究则还不充分，显得零散、不系统。而她的美国形象的研究有助于丰富、深化当前学界在这方面的研究，同时，也有助于了解移民心态，认清美国现实，促进中美文学与文化的交流。因此，本书的学术价值和现实意义是不言而喻的。

学芬将美国作为一个国家的整体形象的研究中，在已有研究的基础上，提出了美国家园形象，这是很有创新性的。在美华文学的研究中，美国形象往往是冷漠专横、物欲横行、充满种族歧视的异国他乡，而很少被认为家园形象。但美国作为华人移民的新家园也是客观事实，也在很多作家的作品中得到了表现，即使这家园并不完全理想，但这个新家园却让他们放弃了旧家园，远离故国，历尽千辛万苦去追寻，由此可见，美国新家园的魅力。

在美国各族裔形象的研究中，学芬用大量的例证强调了美国"救世主"形象的虚幻性，进一步解构了美国的天堂形象，表现了对美国的清醒认识以及对美华文学的深入开掘。她看到了华人移民身份的嬗变，例如由离散者变成了典型的美国佬；发现了土生土长的华裔美国人不同于父辈，也不同于其他族裔的特点，其个性中最突出鲜明的一面就是充满了战斗性——为华人的权利而战。对美国的犹太人、黑人形象，她也有所涉猎。她从各族裔形象的研究中较为全面地建构了美国人的形象。

值得一提的是，学芬还从时代大环境、中国人的美国观等宏观角度，以及作家的身份认同、在美国的时间长短、目标读者等微观层面，对美华文学中的美国形象的成因做了详尽、深入的探析。当然，这本书行文中虽然不乏真知灼见，但也还是有一定的提升空间。这意味着在学术的探究上，她还有很长的路要走。作为导师，这些年，看着她勤学敏思，笔耕不辍，成绩不斐，深感欣慰。希望她今后能百尺竿头，更进一步。

是为序。

李伟昉
2017 年 7 月 10 日

目 录

引言 …………………………………………………………（1）

上编　空间视域下的美国地理形象

第一章　古墓与围城意象 ………………………………（17）
 第一节　埃及的古墓 ……………………………………（17）
  一　芝加哥是埃及的古墓 ………………………………（18）
  二　堕落之城——纽约 …………………………………（22）
  三　形象的成因 …………………………………………（26）
 第二节　美国围城意象 …………………………………（27）
  一　金色牢笼 ……………………………………………（29）
  二　大学围城 ……………………………………………（32）
  三　婚姻围城 ……………………………………………（34）
 小结 ………………………………………………………（37）

第二章　天堂幻象 ………………………………………（39）
 第一节　美国是天堂 ……………………………………（40）
  一　美国是桃源乐土 ……………………………………（40）
  二　中国女人的美国梦 …………………………………（43）
  三　"美国就是基督教的天堂" …………………………（46）
 第二节　美国是天堂，也是地狱 ………………………（47）
  一　起起落落的华商 ……………………………………（48）
  二　纽约不是天堂 ………………………………………（52）

第三节　孤独之城 …………………………………………（56）
　　一　失眠的隐喻 ………………………………………（57）
　　二　扭曲的人伦 ………………………………………（62）
　　三　孤独的老人 ………………………………………（66）
小结 …………………………………………………………（68）
第三章　美国家园形象 ……………………………………（70）
第一节　美国田园梦 ………………………………………（72）
　　一　美国田园梦 ………………………………………（73）
　　二　种族歧视的美国 …………………………………（75）
　　三　多元融化的理想 …………………………………（78）
第二节　扎根美国 …………………………………………（81）
　　一　美丽家园 …………………………………………（81）
　　二　《彼岸》的华人家族 ………………………………（84）
第三节　唐人街之家 ………………………………………（86）
　　一　回归唐人街 ………………………………………（87）
　　二　走出唐人街 ………………………………………（90）
　　三　唐人街底层华人的悲哀 …………………………（95）
小结 …………………………………………………………（97）

下编　族群社会学视野下的美国各族裔形象

第四章　白人"拯救者"形象及其他 ……………………（101）
第一节　白皮肤贵人群 ……………………………………（102）
　　一　白皮肤贵人群 ……………………………………（102）
　　二　孤独的"桥梁" ……………………………………（105）
第二节　"白马王子"与"白雪公主"形象 ………………（108）
　　一　中国的灰姑娘与美国的白马王子模式 …………（109）
　　二　"白雪公主"与华人男子的女主男仆模式 ………（114）
　　三　阶级视域下的异族交往主题的研究 ……………（117）
第三节　谭恩美对白人拯救者形象的解构 ………………（119）

一　古老原始的东方的再现 …………………………… (120)
　　　二　白人拯救者形象的解构 …………………………… (122)
　　　三　东西方形象的成因 ………………………………… (125)
　　第四节　拯救与逍遥：美国"救世主"形象再解构 …… (127)
　　　一　西方骑侠与东方女奴 …………………………… (128)
　　　二　"营救顺水漂来的孩子" ………………………… (132)
　　　三　血腥玛丽的殖民者塑像 ………………………… (136)
　　小结 ……………………………………………………… (140)
第五章　从离散者到典型的美国佬 ……………………………… (142)
　　第一节　离散者形象 ……………………………………… (142)
　　　一　离散的精神分裂症患者 ………………………… (143)
　　　二　带枷的自由人 …………………………………… (146)
　　　三　离散者形象的成因 ……………………………… (151)
　　第二节　边缘人形象 ……………………………………… (153)
　　　一　理想主义者之歌 ………………………………… (154)
　　　二　与异族交往时的复杂心理 ……………………… (157)
　　　三　边际人 …………………………………………… (160)
　　第三节　假洋鬼子形象 …………………………………… (164)
　　　一　对美国狂热的假洋鬼子 ………………………… (165)
　　　二　在美国的孤寂生活 ……………………………… (169)
　　第四节　典型的美国佬 …………………………………… (172)
　　　一　美国梦的初步实现 ……………………………… (172)
　　　二　富翁梦的破灭 …………………………………… (173)
　　　三　中国淑女的成长 ………………………………… (175)
　　小结 ……………………………………………………… (176)
第六章　战斗着的华裔美国人形象 ……………………………… (178)
　　第一节　女勇士和中国佬 ………………………………… (178)
　　　一　手执双刃剑的华裔女勇士 ……………………… (179)
　　　二　建构华裔美国人的历史 ………………………… (185)
　　第二节　华裔嬉皮士在路上 ……………………………… (192)

一　战斗着的华裔文化卫士 …………………………………（193）
　　二　华裔嬉皮士的戏剧狂欢 …………………………………（196）
第三节　奋斗不息的"支那崽" ……………………………………（202）
　　一　以暴制暴的"支那崽" …………………………………（203）
　　二　西化受挫后的文化选择 …………………………………（206）
第四节　代际冲突中的华裔形象 …………………………………（210）
　　一　母女间的隔阂与和解 ……………………………………（212）
　　二　骨肉相连的一家人 ………………………………………（217）
小结 …………………………………………………………………（221）

第七章　美国其他族裔形象 ………………………………………（224）
第一节　种族阶级视域下的犹太人形象 …………………………（224）
　　一　反种族歧视的盟友 ………………………………………（225）
　　二　与华人通婚的犹太人 ……………………………………（228）
　　三　反犹狂潮中的离散者 ……………………………………（231）
第二节　黑人形象的嬗变 …………………………………………（235）
　　一　负面黑人形象 ……………………………………………（236）
　　二　正面黑人形象 ……………………………………………（238）
小结 …………………………………………………………………（241）

第八章　美国形象的流变原因探询 ………………………………（242）
第一节　时代大环境变迁 …………………………………………（244）
第二节　作家身份认同 ……………………………………………（246）
第三节　目标读者 …………………………………………………（250）
第四节　在美时间长短 ……………………………………………（251）
第五节　受中国人的美国观的影响 ………………………………（252）
小结 …………………………………………………………………（255）

参考文献 ……………………………………………………………（257）

后记 …………………………………………………………………（266）

引　言

  伴随着全球化的进程，移民日益增多，移民文学也蓬勃发展，尤其是居住在美国的中国移民文学越来越受到国内外读者的喜爱和学术界的重视。学术界对这些文学作品命名时，有不同的称谓，有以作者身份定义文学的：美国（旅美）华人文学，或者美国华裔文学（华裔美国文学）；也有以语言归类的：美国华文文学，或者美国华裔英语文学。前者多为中文专业的研究领域，归入到海外华文文学；后者多为外国文学或英语专业的研究范围，把美国华裔文学（或华裔美国文学）看成美国文学的一部分——美国少数族裔文学。也有人把两者放在一起研究，如曾在哈佛大学主讲"美国亚裔文学"的著名学者尹晓煌的专著《美国华裔文学史》（Chinese American Literature since the 1850s, 2000）[1]把华人移民的中文创作与华人后裔的英文创作一起写入美国华裔文学史，这里的华裔可以说是华人族裔，而不仅仅是华人后裔。林英敏（Amy Lin）的《世界之间：华裔女作家》（Between Worlds: Women Writers of Chinese Ancestry, 1990）也将在美国本土出生的华裔女性作家和移民作家的创作同时纳入研究范围，超越了族裔性建构对于性别和出生地的限制。学术界研究宽泛化的趋势越来越明显，美华文学（或者华美文学）可以指美国华人文学，美国华文文学，或美国华裔英语文学，也可以把三者都囊括其中。鉴于此，笔者拟采用宽泛的美华文学定义，研究范围既包括移民作家的作品，也包括在美国土生土长的美国华裔作家的作品，既有中文创作，也包括英

---

[1] ［美］尹晓煌：《美国华裔文学史》，徐颖果主译，南开大学出版社2006年版。

文创作。

一

近年来，美华文学成为研究的热点，出现了多学科共同开发的现象，如英美文学、海外华文文学、比较文学学科等。在研究领域，文学批评与文化研究相结合，涉及的文艺思想，从中国的儒家伦理思想到西方的文艺理论，如族裔理论、身份认同、后殖民理论和女性主义等。美华文学研究中以身份研究居多，有种族、性别、文化身份等；批评理论多样化，以西方现代理论为主，杂以中国传统儒家伦理思想。在美国华文文学的研究中，不同时期或不同地域的华文文学比较也是选题之一。

美华文学的研究群体主要有四个：大陆学者、台湾学者、华裔美国学者和白人学者。大陆学者的研究从20世纪80年代起步，21世纪兴盛。与大陆学者相比，台湾学者的研究较早，其中单德兴先生成果颇丰。两者的政治立场不同，研究特点也不一样。总体来说，中国学者更多地关注华文文学中所表现的华人移民的文化认同问题；白人学者更多地关注华裔美国文学中的异国情调、中国文化等异质性问题；而定居美国的华裔美国学者常常借文学批评来批判种族不平等的社会，表达各族群民主、平等的诉求。具体说来，有以下几个方面：

（1）族裔政治

美国批评界从20世纪60年代开始对美国华裔文学展开零星的批评，20世纪80年代后获得长足发展。研究者主要是具有双重文化属性的华裔美国人。他们的研究有个共同的特点，那就是与族裔政治紧密结合在一起。美国的华裔学者黄秀玲在专著《从必需到奢侈：解读亚裔美国文学》（2007）的序言中提出建构亚裔美国文学文本同盟。凌津奇的《叙述民族主义：亚裔美国文学中的意识形态与形式》（2006）一书将意识形态关注与形式关注结合在一起，把20世纪80年代后期的亚裔美国文学话语作为一种文化生产与再生产的历史过程来加以研究。尹晓煌的《美国华裔文学史》（2006）一书运用文化心理学和社会历史学的研究方法全面分析了美国华裔文学。诸如此类的论文还很多，大多是批判美国历史上的种族不平等现象，呼吁华裔应有的民主、平等权利的。这一类的论述常常重心在文学之外，体现了文学与政治的复杂关系。

由于华裔美国文学的发展势头迅猛，美国学界开始接受华裔美国文学，编进美国文学史、文学选集，并在大学课堂开办了相应的课程。非华裔的研究学者常常有着了解华人文化和中国的功利目的，多是文学的外部研究。

（2）身份认同

对于文化身份的探究一直是美华文学文化研究的常见主题。薛玉凤的论著《华裔美国文学之文化研究》（2007）探索了华裔美国文化与华人文化身份的源流，华人认同的既不是中国文化，也不是美国白人主流文化，而是一个"第三度空间"——华裔美国文化——美国多元文化的有机组成部分。吴奕锜、陈涵平的专著《寻找身份：全球视野中的新移民文学研究》（2012）将新移民文学置于全球化的视野中，论述了新移民文学中的文化身份问题、生存问题、文化冲突和文化混杂形象。李贵苍《文化的重量：解读当代华裔美国文学》（2006）以当代华裔美国文学中华裔身份的文化认同的形成及多样性为主题，探讨华裔文化认同的三种视角：生民视角、民族视角和离散视角。由于华裔美国文学中的作者及小说主人公处于中西夹缝中的独特身份，从族裔、身份角度展开文学批评的很多。如蒲若茜的专著《族裔经验与文化想象——华裔美国小说典型母题研究》（2006）。

从女性文化身份进行研究的也很多。关合凤的《东西方文化碰撞中的身份寻求：美国华裔女性文学研究》（2007）一书力图阐明美国华裔女性作家笔下的处于种族和性别双重边缘的美国华裔妇女如何探寻她们的族裔身份和性别身份。陈晓晖的专著《当代美国华人文学中的"她"写作：对汤亭亭、谭恩美、严歌苓等华人女作家的多面分析》（2007）寻求来自不同华人文化背景和华人族裔构成背景的女性写作者之间在文学表征和文化表征上的细微差异，分析当代美国华人女性文学中所存在的多元写作及蕴藏的族群文化发展形态。

(3) 中华文化

美华文学与中华文化的关系问题常常引起国内外研究者的注意，一部分学者认为二者有亲缘关系。如杨匡汉的《中华文化母题与海外华文文学》（2008）一书论述了海外华文文学的八大中华文化母题。邹建军的专著《"和"的正向与反向——谭恩美长篇小说中的伦理思想研究》（2008）提出"和"正是谭恩美长篇小说创作所探讨的伦理思想的核心。程爱民、邵怡、卢俊合著的《20世纪美国华裔小说研究》（2010）一书指出，美国华裔小说具有中美两种文学和文化的双重特征，尤其具有许多中国文学和文化元素。林涧的《问谱系：中美文化视野下的美华文学研究》（2006）专门研究美国华人作家的作品与中国文学和文化之间的跨国关系。国外的白人学者更是认为美华文学所展现的异质文化就是他们所不熟悉的中华文化，并把美华文学当作文化人类学的研究素材。

也有部分人认为美华文学是独立于中国文学之外的，不是中国文化的向外延伸的结果，表现的是不同于中国文化的精神模式、价值观念，如彭志恒的论著《海外中国：华文文学和新儒学》（2005），赵文书的《和声与变奏：华美文学文化取向的历史嬗变》（2009）等。赵文书考察了华美文学中的华人移民及其后裔对中国文化态度的演变，指出华美文化的美国本质，中国文化元素在华美文化中的表演性。

(4) 文化冲突与融合

陆薇的专著《走向文化研究的华裔美国文学》（2007）分析了美国的种族主义与内部殖民主义给华裔美国人带来的精神创伤，同时也分析了少数族裔对主流文化霸权的一系列抵抗策略。付明端的专著《从伤痛到弥合》（2013）论述了母女间的冲突与和解，提出文化融合中的女性理想，但她重在论述华裔女性文化身份的嬗变。肖薇《异质文化语境下的女性书写——海外华人女性写作比较研究》（2005）一书也提到融合性问题，但不是重点，她重在从性别、族裔与文化身份的角度展开对以美国为中心的海外华人女性写作的研究。此外，还有程爱民的《中美文化的冲突与融合：对〈喜福会〉的文化解读》

(2001)，蒲若茜的《对性别、种族、文化对立的消解》（2001）等文章。

华裔美国学者有关于同化问题的研究，有同化主义与民族主义之争的汤赵之争。帕特丽夏·楚（Patricia Chu）的著作《同化中的亚洲人：亚裔美国著作权的性格策略》（2000）研究了亚裔美国同化叙事的性别分化现象。周郁蓓在《亚裔美国文学批评中的美国民族主义思想》（2006）一文中指出，亚裔美国文学批评坚信亚裔美国人的族裔认同是美国民族认同的一部分，亚裔美国文学批评中充满美国民族主义思想，是对美国传统文学批评的一种继承。

（5）形象学研究

美华文学中的形象学研究也很多，特别是华人移民形象、中国形象。鉴于本文主要探讨美华文学中的美国形象，有必要了解美华文学中的形象学的研究现状。

美华文学研究领域中，研究作品中的华人形象或中国形象的屡见不鲜。如单德兴《重建美国文学史》（2006）中有一节《想象故国：美国华裔文学里的中国形象》，讨论具有代表性的六位美国华裔作家如何书写他们想象中的故国形象。宋伟杰的《中国·文学·美国：美国小说戏剧中的中国形象》（2002）一书从异国想象、知识谱系和殖民欲望方面分析美国小说、戏剧中的中国想象。胡勇在《文化的乡愁》（2003）一书中分析了美国华裔作家对中国文化传统的认同差异。

高小刚在《乡愁以外：北美华人写作中的故国想象》（2006）一书中阐述了北美华人作家对故国的想象。卫景宜在《西方语境的中国故事》（2002）一书梳理了美国主流话语中的"华人形象"，及华裔的自塑形象。高鸿《跨文化的中国叙事》（2005）一书探讨了赛珍珠、林语堂、汤亭亭等的一组跨文化的中国叙事作品所塑造的中国形象的不同特点，并以文化人类学的视域和后殖民批评方法看待这些作品所表现出的文化身份与叙事策略以及文化利用问题。邹涛《美国华人商文学：跨文明比较研究》（2007）以比较文学跨文明比较研究的方法，聚焦于美国华人文学中的华商形象，填补了商文学研究的一个空白，为海外华人文学研究开辟了一个新的视角，对华人学研究是一个有益补充，从实践上和理论上促进了比较文学跨文明研究的发展。盖建平在专著《早期美国华人文学研究：历史经验的重勘与当代意义的构建》（2014）中对早期美国华人文学的四部代表作品《金山篇》、《逐客篇》、《苦社会》、《木屋诗》进行研究，展现了早期美国华人生存经验和正面形象。

与汗牛充栋的中国形象研究相比，美华文学中的美国形象研究寥寥无几。与中国形象和美国形象的各自研究相比，在一文中同时综述中美形象的就更少。周颖菁的专著《近三十年中国大陆背景女作家的跨文化写作》（2010）论述了西方的"他者"形象与中国的"自我"形象，同时涉及跨文化写作中的身份、女性和语言问题，但研究范围局限于近三十年中国大陆背景的女作家的跨文化写作。

从以上综述中可以看出，用形象学的方法研究美华文学的并不少，其中中国形象的研究较多，而美国形象研究较少，系统的中美形象的比较与汇总更少。之所以出现这种研究状况，我想是因为美华文学自身的特点。美国华文文学因为作家的移民身份，更多地关注华人移民，书写自己熟悉的人物。而美国华裔文学由于作家的华裔身份，从小深受汉文化的熏陶，对遥远的故国充满想象，生活在熟悉的中国人中，深谙家族移民历史，自然在小说中着力于中国形象的塑造而不是美国形象的塑造，导致中国形象凸显，而美国形象隐蔽。与之相关的批评研究自然也呈现出相应的风貌。无论是中国形象，还是美国形象，形象学研究说到底还是文化研究，在剖析异国形象的成因方面，突显了自我形象、本土文化的特点，双方文化的差异。

虽然大多数华裔作家主要着墨于对故国的想象，对华裔命运的关注，但想象中必然有一个参照，这就是处身其中的美国形象。且不说美华文学中存在着各有特点的美国人形象，故事主要发生在美国，整个社会氛围是美国式的，即便是唐人街也与中国有很大不同。因此，美国形象是客观存在的，也是值得研究的。

美华文学中的美国形象的研究反映了华人对美国，对华人移民生活的看法和艺术思索。随着他们美国梦的实现或破灭，他们或喜或忧，对美国或拥抱或排斥，对中国也呈现出相应的情绪波动。由于移民的多重文化背景，移民小说中的异国异族形象不同于以往的异国形象，这给形象学提出了新的课题，有重要的研究价值。

第一，美华文学中的美国形象的研究有助于参与到学界当前的前沿性话题中去，同时弥补美华文学中美国形象的研究不足，有助于丰富以往单一的形象学研究，深化美华文学中的形象学研究。以往的形象学研究中，往往中国形象居多，而美国形象较少。这不能不说是一大缺憾。美国形象的研究有助于全面深入地观照美华文学，促进形象学研究的发展。

第二，通过移民眼中的美国形象研究可以了解移民的心理特征和文化认同，有助于从文学人类学角度认识现实中的移民问题，有着巨大的文学人类学价值。随着全球化时代移民的大批量增加，出现了很多亟待解决的移民问题。当代美华移民小说中美国形象的研究不仅促进对美国的认识，更反映了移民们对出生国的复杂思绪以及他们在美国的处境，反映了华人对移民生活的看法和艺术思索。移民小说中的美国形象充满变异性，反映了不同时期，不同国家、民族交往时的文化心理的变迁。移民心理的揭示有助于认清现实中移民问题的精神实质。

第三，从文学文化层面探索美国形象问题，对中美文学文化的交流有一定的实际意义。形象学研究的终极指向是国际关系史和文学史。长期以来，中美在意识形态和国家利益上发生争论时，人们多在现实中寻找答案，而忽略了在文学上深入探索和思考，这就容易导致人们对中美两国问题的思考往往流于表面。从形象学研究入手，能够发掘出更有价值的深层内容，为深入认识两国不同的文化和社会心理提供更多的参考资料，增进对中美文化冲突与融合的了解，使不同国家、不同种族，更好地相互理解，消除对异国的刻板印象，倡导多元文化共存，促进中美友好往来，各民族和睦相处。这既具有一定的现实意义，更是对比较文学的跨文明研究加以拓展的有益探索。

二

本书拟通过对美华文学中的华文文学和华裔英语文学的研究，总结美国形象的类型特征，探讨形象流变的过程和原因，挖掘形象背后的深层文化内涵，展现中美文化的差异和冲突，以期对文化人类学有所贡献，并开辟美华文学研究领域形象学与文化人类学相结合的文学人类学研究模式。

主要采用比较文学形象学的研究方法，辅以其他的研究方法，具体如下：

（1）跨学科、跨民族研究

美华文学中不仅有华人族群，还有盎格鲁—撒可逊民族、黑人、犹太人等，不同的民族共存，免不了族际交往，有冲突也有融合，文学与民族学交织在一起，需要进行跨学科、跨民族研究。美华文学是一个族群色彩浓郁的文学类型，采用民族学视角来审视美华文学，突破了之前单纯的民族主义、身份认同的研究，有助于深入分析美华文学作品，发掘其深层价值。

（2）跨文化、跨文明研究

华人移民的中国文化遭遇美国文化，中国文明与美国文明并立，免不了冲突与融合。所以要采用跨文化、跨文明的研究文学。"从海外华文文学研究领域的实际出发，引进、借鉴比较文学的理论和方法之所以是可能和可行的，是因为海外华文文学作家都是在双重文化背景中写作的，他们的作品中常常有两种文化的'对话'，极需要以跨文化的眼光去对其审视和观照。"[①]

（3）跨语言研究

华人移民作家常常用华文创作，主要面向美国移民和中国的读者；有时也用英文，如哈金的英文小说《等待》，目标读者是熟悉英

[①] 饶芃子：《海外华文文学与比较文学》，《暨南学报》（哲学社会科学版）2000年第1期。

语的人。而土生土长的华裔美国人都是用英语创作，主要面向英语读者。因此对美国形象的研究离不开跨语言研究。

涉及的理论除了比较文学形象学外，还有拉康的镜像理论、后殖民主义、族群理论和女性主义等。本书主要聚焦于美国形象的研究，这里的形象研究并不完全等同于一般意义上的形象研究，是"对一部作品、一种文学中异国形象的研究"①，是比较文学意义上的形象学。"通俗地讲，形象学是作家对作为他者的异国和异民族的想象。"② 因为是想象的，所以是变异的。形象学的研究注重形象变异的过程，并从文学、文化的深层次模式入手，分析变异的规律。

美华文学中的美国形象并不仅仅指涉美国人物形象，还包括由人物、经济地理、政治历史文化等各方面综合起来的美国国家整体形象。美国人物形象包括美国各族裔形象，不仅有居于美国社会主流地位的白人形象，还有美国土生土长的华裔美国人形象，甚至还包括第一代华人移民形象。孟华在《比较文学形象学》的《代序》中表示华人的"自塑形象"应该算异国形象："我用'自塑形象'一词，来指称那些由中国作家自己塑造出的中国人形象，但承载着这些形象的作品必须满足下列条件之一：它们或以异国读者为受众，或以处于异域中的中国人为描写对象。无论在何种情况下，这些形象都具有超越国界、文化的意义，因此，在一定程度上可被视作一种异国形象，至少也可被视作是具有某些'异国因素'的形象，理应纳入到形象学的研究范畴来。"③ 海外华文文学中存在着大量的华人"自塑形象"，这些形象也可以被当作美国人形象系列之一——华人移民形象。

美国华文文学移民题材的小说常常以移民美国的中国人为描写对象，具有超国界、跨文化的意义，在一定程度上可被视为异国形象，

---

① [法]达尼埃尔-亨利·巴柔：《从文化形象到集体想象物》，载孟华主编《比较文学形象学》，北京大学出版社2001年版，第118页。
② 曹顺庆主编：《比较文学概论》，中国人民大学出版社2011年版，第181页。
③ 孟华：《比较文学形象学论文翻译、研究札记》，载孟华主编《比较文学形象学》，北京大学出版社2001年版，第15页。

至少可被视为具有"异国因素"的形象。华人云集的唐人街有很浓郁的中国风情,在白人眼里充满异国情调,但在地道的中国人眼里,美国的唐人街也是充满美国风味的,是中美结合部。虽然在很多美华小说中,美国人常常是配角,不占主导地位,但美国作为小说故事情节发生的主场地,具有支配一切的力量,美国形象无处不在,不容忽视。不同作家笔下的美国形象既有相似的地方,也略有不同。

美国华文文学中有两大作家群:一是20世纪50年代以来的台湾旅美作家群,二是20世纪80年代以来大陆新移民作家群。这些华文文学中存在着大量的中国华人移民形象,少量的美国人形象,故事主要发生在美国,整个社会氛围是美国式的,美国形象是客观存在的。华裔美国作家的英文小说中也存在着大量的中国移民形象和少部分的美国人形象。这些小说从人物、地理环境和政治历史文化等方面综合反映出了美国作为一个国家的整体形象。

拉康的镜像理论为形象学中的自我与他者的关系提供了理论依据。形象学中,自我与他者是相伴而生的,这里的他者异国异族形象背后是创造者自我民族的形象,并对异国异族形象的塑造起决定作用。形象学研究的重点是文学中的异国形象,它必然伴生的自我民族形象,以及形象背后隐含的国家和民族之间的文化差异与冲突。"20世纪以来,'他者'形象和'自我'形象的关系一直受到'形象学'研究者的关注,因为作家在对异族形象的塑造中,必然会引起对自我民族的关照和透视,'他者'形象犹如一面镜子,照射了别人,也会反作用于自己,不同文化的差异正是在这种比较对照中更明显地展现出来。"[①] 异国形象是想象的产物,也许与客观事实有很大出入,但反映了作家所处时代的集体想象与作家个人的创造性。在白人占主导地位的美国社会,生活其中的华人是少数族裔,以其种族特征和文化特征有别于白人。美华作家在对华人命运的饱含深情的刻画中,有意无意地展现了美国形象。

美国形象既是现实的,又是想象的。"本尼迪克特·安德森以

---

① 饶芃子、杨匡汉:《海外华文文学教程》,暨南大学出版社2009年版,第34页。

'哥白尼精神'独辟蹊径,从民族情感与文化根源出发探讨了不同民族属性的、全球各地的'想象的共同体',力图提出一个解释上述关于民族与民族主义问题的新的理论典范。安德森将民族、民族属性与民族主义视为一种'特殊的文化的人造物',将民族定义为'一种想象的政治共同体'。"① 作为"一种想象的政治共同体",美国形象是"特殊的文化的人造物"。

华人移民眼中的美国形象与其他族裔眼中的美国形象有很大区别,即使同是华人移民,其想象中的美国形象也大相径庭。美国形象就像一面镜子,映射了华人的自身形象,也反映了华人的母国——中国形象。华文文学中的作家是中国人,在中国接受文化教育,成年后移居美国,中国是故国,身上有着深深的中华民族文化的烙印。对这些人来说,中国是自我,而美国是他者;中国形象是自我民族形象,而美国形象是异国形象。但中国形象也是想象的,充满主观性和变异性,因人而异;当移民日久,移民们也逐渐接受美国文化,成了美国人,隔着巨大的时空,回望故国,记忆中的中国开始模糊、嬗变。作家参照美国形象,突出中美的相异性,重新建构的中国形象因时空而变。莫言曾说:"新的离散文学中的母国与家园,应该是作者的艺术创造,与作者真实的父母之邦有着巨大的差别。"② 而美国华文文学中的美国形象则是无可争议的异国形象。美国华文文学是华人移民作家用汉语在中国大陆本土之外的美国语境和文化景观下完成的,不可避免地受到异域民族语境和异质文化的影响,不同于在中国大陆本土创作的中国文学,既融合了中国文化传统与美国文化传统,又同时表现了作家心理结构中的中华意识、中华情结以及美国的社会生活景观、人文景观及自然景观。总之,对移民作家来说,中国形象和美国形象都是想象的,都有变异性,都不同程度地是异国形象。

美国华裔作家因是移民后裔,是华裔美国人,采用美国官方语言

---

① [美]本尼迪克特·安德森《想象的共同体——民族主义的起源与散布》的《内容摘要》,上海人民出版社2005年版。
② 莫言:《离散与文学》,师大新闻,2011-09-09,http://news.gznu.edu.cn/info/1013/4464.htm,2013-05-09。

英语进行文学创作，美国是他们出生的地方，是"想象的共同体"，是自我安身立命的所在；而遥远的中国是父母之国，是祖宗居住的地方。由于美国主流文化教育和华人父母、亲戚及唐人街的中华文化的熏陶，这些华裔美国人拥有双重文化背景，但随着他们的成长，他们逐渐地美国化，主动或被动地融入美国主流社会，他们身上的美国文化占主导地位。这时，中国成了他者，而美国是自我。中国形象成了异国形象，而美国形象则是自我国家、民族形象。也许有些美国白人由于根深蒂固的种族歧视观念，把这些华裔当成外国人，当成他者。这让华裔美国人重新审视自己的身份，以中国为参照系，重新打量美国，发现美国是与自己的父母之国、祖先之国不同的国家，有相异性，这时的美国形象也就带上了异国形象的成分。"由于美国华裔特殊的生活经历和社会地位，美国华裔作家大多具备双重文化身份和视野，但他们在整体上是更具有强烈的文化感受力的群体，他们大多意识到美国华人/华裔的双重文化/民族属性（culture/national identity）及'他者'地位"[①]。因此，对华裔作家来说，无论是中国形象还是美国形象，都是虚构的，想象的，都程度不等地带有异国形象的因子。

美国形象是千变万化的，想要穷尽研究是不可能的。本书中的美国形象研究主要由两部分组成：一是空间视域下的美国地理形象，如古墓与围城意象，天堂与地狱的幻象，美国家园形象等；二是族群社会学视野下的美国各族裔形象，如华人移民形象，白人"拯救者"形象，犹太人形象及黑人形象。先让我们来看一下美国作为一个整体的国家地理形象。

[①] 程爱民：《前言》，《美国华裔文学研究》，北京大学出版社2003年版，"前言"第1页。

上 编

空间视域下的美国地理形象

以往有关美华移民小说的研究，常常注重移民形象的研究，而忽略了移民所移入国家形象的研究。虽然移民形象很突出，但美国形象也不可忽视。因为美国是故事发生的主场，它的社会政治、经济、地理、文化环境和美国人对外来者的态度影响着移民们的生活和心情，也是移民作家们重点表现的对象。这些异国异族形象有着巨大的研究价值，"可以帮助各民族在承认各自的幻想的基础上更加相互了解"①，同时也可以促进华文文学的跨民族、跨文化研究。

本编试图从空间的角度，审视作为一个国家整体的美国地理形象，探讨形象的流变及其原因。美国形象是留美作家对美国的艺术想象，是移民作家身在异国他乡，怀念故国，审视居住国的幻象。"这些形象虽来自异族，但他们是经过华文作家的文化眼光、文化心理选择、过滤、'内化'而成的，是作家从一定的文化立场出发，根据自己对异族的文化的感受和理解，创造出来的不同于本民族的'他者'形象，已不同于现实生活中的'他'和'她'，而是他们在华族文化中的'镜像'和'折射'，是两种文化'对话'中生成的，可视作一种文化对另一种文化的解读和诠释。"②

比较文学形象学研究的是"他者"的形象。"我"注视他者，而他者形象同时也传递了"我"这个注视者、言说者、书写者的某

---

① ［法］基亚：《人们所看到的外国》，颜保译，载孟华主编《比较文学形象学》，北京大学出版社 2001 年版，第 73 页。
② 饶芃子：《海外华文文学与比较文学》，《暨南学报》（哲学社会科学版）2000 年第 1 期。

种形象。① 他者形象是作家在社会集体想象物支配下创造出来的幻象。作为他者的异国异族形象，既可以是具体的人物、风物描述，也可以是观念和言辞。形象学研究的重点是形象背后的文化差异和冲突。华文文学中的形象学研究注重探讨的是华人移民身上中美文化的冲突与融合。

在美华文学中，美国时而是天堂，时而是古墓，更多的时候是围城。不管怎样，对移民美国的人来说，美国最终由异域他乡成了家园。这些华人在美国落地生根、开枝散叶，成了华裔美国人。

---

① ［法］达尼埃尔-亨利·巴柔：《形象》，载孟华主编《比较文学形象学》，北京大学出版社2001年版，第157页。

第一章 古墓与围城意象

在很多对美国抱有幻想的人看来，美国就像一个金光灿灿的城堡，遍地黄金，是金山，是人间天国，一心想移民美国。一旦移民成功，置身美国，美国的光环褪去，现实中的美国并不是想象中的样子，黄金之国就变成了埃及的古墓，变成了围城。

美国形象的两极变化反映了移民对美国的两种态度，一种是狂热，另一种是憎恶。巴柔在论文《形象》的"基本态度或象征模式"中指出："第一种基本态度：狂热"，"一个作家或团体把异国现实看着绝对优于注视者文化、优于本土文化的东西。这种优越性使被注视的异国文化形态全部或部分地表现出来。它所引起的后果就是作家或团体把本土文化看成是低级的。与提高异国身价相对应的，就是对本土文化的否定和贬抑。有了'狂热'的态度，对异国的描述更多地就属于一种'幻象'，而非形象。""第二种态度：憎恶"，"这是第一种态度的反面：与优越的本土文化相比，异国现实被视为是落后的。有'憎恶'之感时，幻象就会呈现出本土文化的形态。"[①]

第一节 埃及的古墓

在白先勇的很多小说中，美国的形象是负面的，是一个物质富足却精神贫瘠的地方。美国社会金钱至上，道德失范，美国人对外来移

---

① ［法］达尼埃尔－亨利·巴柔：《形象》，载孟华主编《比较文学形象学》，北京大学出版社2001年版，第175页。

民充满种族歧视,这让华人移民在美国举步维艰。白先勇小说中的一些华人从中国自我放逐到美国,无法融入美国、忘怀故国,他们定居纽约,总感觉寄人篱下,充满失国失家的精神痛苦,被称为"纽约客"。"有意味的是,美国在白先勇'纽约客'系列作品中大多具有物欲的、冷酷的、异己的流放地与地狱色彩,这与当时一般崇美的台湾人想象中的美国判然有别。"① 白先勇的小说《芝加哥之死》中的吴汉魂,博士毕业后,自沉密歇根湖。芝加哥对他来说就像埃及的古墓,令他窒息,他以自杀来摆脱苦闷的生活。流放美国,自杀或堕落的还有《谪仙记》、《谪仙怨》中的女主人公李彤、黄凤仪,还有些华人即使生活在安乐乡中,内心也并不安乐,充满孤独感,美国人对她们礼貌、客套,视她为外人,家人也不能认同她们坚守中国人身份的做法。

一 芝加哥是埃及的古墓

美国是繁荣富强的,芝加哥作为美国的大都市也是灯红酒绿,繁华富庶,如人间天堂。然而在白先勇《芝加哥之死》(1964)中的留美博士吴汉魂看来却像是埃及的古墓,而台北只有母亲的棺材。芝加哥、台北的形象在他这里都发生了裂变,这一切是如何发生的呢?

他从台北来美留学,获得芝加哥大学博士学位,开始找工作,写自传,他首先写的就是中国人,由此可见他的中国身份认同。然而只开了个头就写不下去了,怎么写不下去了呢?因为写自传让他重新审视他的生活,发现他已经生无可恋。在他生命中最重要的两个女人——母亲、恋人都离他而去。

母亲要求他在她还活着时回台北看她,他没有,甚至母亲去世了,他也没有回去祭奠,只以艾略特的《荒原》来悼念亡母。"四月是最残酷的季节,使死寂的土原爆放出丁香……"这是《荒原》的第一节《死者的葬礼》的头两句,将西方社会描绘为万物萧瑟,生

---

① 杨匡汉:《中华文化母题与海外华文文学》,长江文艺出版社2008年版,第97—98页。

机寂灭的荒原,流露出诗人深深的痛苦和无尽的失望和悲哀。《荒原》表达了西方一代人精神上的幻灭,用在这里很好地体现了吴汉魂此时的心态。只不过是,作为荒原意象的原型伦敦被置换成了芝加哥。得知母亲病逝的消息,他发高烧,做噩梦,梦到母亲赤裸的、雪白的尸体躺在棺材盖上,睁开眼睛想跟他说什么又说不出话来,他用力把尸体推落到棺材里。他没有回乡祭奠母亲,还梦中手推母亲的尸体入棺,让母亲死不瞑目,这在中国传统里是不孝,暗喻了他对母国、母体文化的背弃。"母亲的意义是双重的,它既是指血缘关系上的母亲,同时也隐喻着与吴汉魂在精神上有着不可分割的联系的母体文化。吴汉魂离开母亲(母体文化)来到异域,至少在外在形态上标明着他对母体文化的远离。"[①]

他在台北曾有一个深爱他的恋人,他来美国后女友常来信问候,他却很少回信,等到恋人结婚时就寄了张贺卡,把信与请帖都烧掉。烧掉了书信,却烧不掉记忆和愧疚,烧不掉寂寞和虚无。他抛弃了亲情、爱情、友情,抛弃了人世间一切欢乐,辛苦打工挣钱、苦读,终于学业有成,但他只感到迷惘,他的人生是一片虚空。他注意到地下室半露在人行道上的窗口外众多女人的腿,下班的女店员的浪笑让他一阵耳热。学业压力逝去,他长久被压抑的性欲开始复活,他再也坐不住了,禁不住到街上漫游,"他突然觉得芝加哥对他竟陌生得变成了一个纯粹的地理名词"[②],他茫然不知何去何从,梦游般到了酒吧。

一个叫罗娜的美国妓女主动搭讪,觉得他的中国名字别扭,要叫他 Tokyo,以日本的首都东京来代替他的名字。吴汉魂说他是中国人,她的回答是无所谓,东方人看来都差不多,"难得分"。吴汉魂一再表明他是第一次到这种地方来,她不相信地说,东方人总爱装老实。她叫他"我的中国人",为东方人干杯。听他说头不舒服,把他带到家里,要给他医治。扯下裙子,揪下假发后的她"变得像个四十岁的

[①] 刘俊:《悲悯情怀:白先勇评传》,花城出版社 2000 年版,第 182 页。
[②] 白先勇:《寂寞的十七岁》,《白先勇文集》第 1 卷,花城出版社 2009 年版,第 135 页。

老女人",让吴汉魂作呕。她以为吴汉魂害羞,坦言她还没有和中国人来过,据说东方人温柔得紧。从她的话中不难看出她和美国社会对东方人的刻板印象,把东方人类型化,似乎全都一个样儿,毫无个性。在两性关系中,这个白人妓女始终占据着主动地位,感觉像她嫖了吴汉魂,而不是吴汉魂嫖了她。她象征了美国繁华背后丑陋的一面,是引诱他堕落的魔鬼,是他死亡的催化剂、导火索。她要以性爱为吴汉魂医治苦闷,吴汉魂的苦闷却不只是性,有更深广的社会文化经济因素。她的东方主义让吴汉魂更感觉到与美国人的隔膜,没法在美国立足。自己的嫖妓行为在一直禁欲的他看来是堕落、罪恶的表现,这让他短暂的放纵后更加愧疚、痛苦,所有这一切都加速了他的死亡。袁良骏也认为:"对罗娜的性发泄,带给吴汉魂的不是(也不可能是)什么解脱和愉快,而是使他充满了耻辱和罪恶感。正是在这种耻辱感和罪恶感的驱迫下,他的精神濒临分裂。"①

吴汉魂凌晨来到密歇根湖边,在他眼中,芝加哥像个酩酊大醉的无赖汉,街道纵横如迷宫,碧荧的灯花如鬼火,幽黑的高楼如同古墓中逃脱的巨灵。阴森的冷气让他直打寒噤。黑夜包围着他,让他无路可走。

> 他不要回台北,台北没有廿层楼的大厦,可是他更不要回到他克拉克街廿层公寓的地下室去。他不能忍受那股潮湿的霉气。他不能再回去与他那四个书架上那些腐尸幽灵为伍。六年来的求知狂热,像漏壶中的水,涓涓汩汩,到毕业这一天,流尽最后一滴。……芝加哥,芝加哥是个埃及的古墓,把几百万活人与死人都关闭在内,一同消蚀,一同腐烂。②

从芝加哥的古墓形象可以看出主人公或作者对美国的贬抑、憎恶

---

① 袁良骏:《白先勇论》,新华出版社2001年版,第96页。
② 白先勇:《芝加哥之死》,《寂寞的十七岁》,上海文艺出版社1999年版,第221页。

态度，对本土也不看好。台北没有高度发达的物质文明，也没有亲人朋友，了无牵挂的他不想回台北，也厌倦了在美国的行尸走肉般的生活。在东西文化间无所适从，只有一死以求解脱。巴柔在《形象》的"基本态度或象征模式"中，指出还可能有第四种态度，"异国文化整个被视为负面的，但注视者文化同样也被视作负面的"[①]。

台北老家他不愿回，那里要远远落后于美国，没有恋人也没有母亲，只有母亲的棺材；但在美国他只能住在阴暗潮湿的地下室里，那里像埃及的古墓，他只能与书架上的腐尸幽灵为伴，也不是他的家园，他也不愿回去。他从自身在美国的境遇出发来认识美国，芝加哥就成了埃及的古墓，活死人墓。

这个古墓意象反映了他蜗居地下室六年的窘况，他对美国都市生活的失望及厌恶。他离开熟悉的家乡，亲爱的母亲和恋人，到美国留学，学习西方的文学文化，只有艰辛、没有欢乐的留学生涯反映了他在美国社会的弱势地位和他内心的焦虑，茫然，生活在美国却无法认同美国文化，在美国找不到安身立命的所在，遭遇文化认同危机，只有一死以求解脱。书本只是求学的工具，并不能给予他灵魂的慰藉。他的灵魂是空虚的，没有慰藉。吴汉魂的谐音为"无汉魂"，即没有了汉民族的灵魂。到美国留学六年让吴汉魂丢了中国古老汉民族的灵魂，而在美国又没有建立起新的信念。既无法认同美国，也不想回到中国，他成了中美之间的夹缝人，边缘人。美国和台北都成了"他者"，他夹在中间，进退两难，无所适从，万念俱灰中只能投湖自尽。

朱立立认为："他的死是失去情感依托和文化母体土壤的生命个体的必然枯萎，也是异乡人对于荒谬人生的绝望反抗。"[②] 夏志清从象征的层面上来解读吴汉魂的命运，把个人命运与祖国相连："最主要的，吴汉魂虽然努力探索自己的一生，他忘不了祖国，他的命运正和中国的命运戚戚相关，分不开来。"[③]

---

① [法]达尼埃尔-亨利·巴柔：《形象》，载孟华主编《比较文学形象学》，北京大学出版社2001年版，第177页。
② 朱立立：《身份认同与华文文学研究》，上海三联书店2008年版，第53—54页。
③ 夏志清：《白先勇论》，载白先勇《台北人》，作家出版社2000年版，第193页。

笔者认为他的死除了以上方面，还有其他原因。异质文化冲突造成的文化认同危机，长期的经济贫困，打工，住地下室，苦学，造成的心理抑郁、性压抑，与美国妓女的短暂的放纵加重了内疚和对美国的幻灭感，又因前途渺茫引发焦虑，这一切都损害了他的心理健康，最终导致自杀。

在白先勇的小说中，美国形象既有如古墓般的芝加哥意象，还有堕落之城、死亡之地——纽约。

二 堕落之城——纽约

《纽约客》是白先勇的短篇小说集，小说的背景都设在纽约，小说的主人公华人客居纽约，都是纽约客。在纽约客的眼里，纽约不属于他们，他们念念不忘的是已经失去了的中国大陆，那里是他们昔日的天堂。

《谪仙记》中的李彤，《谪仙怨》中的黄凤仪，都生于台湾，家世显耀，属于社会的统治阶层，从小过着无忧无虑的仙女般的生活。随着国民党黯然退出大陆，蜗居台湾，她们失去了昔日的天堂，客居美国，亲人离世，情场失意，整个人生都不如意，遂自暴自弃，自甘堕落，甚至自杀。通过身体和精神的死亡表达了对纽约客居生活的弃绝，对昔日中国的无限眷恋。

《谪仙记》中的李彤来自中国的显贵之家，美丽迷人，父母捧为掌上明珠，无忧无虑地长大，与其他三个家世相仿的女孩一起来到美国麻省威士礼女子大学留学。她一身绫罗绸缎走在校园里，美国人问她是不是中国的皇帝公主，不多久就成了学校的名人，被选为"五月皇后"。谁知好景不长，国共内战爆发，李彤一家人乘船到台湾的途中出事，父母罹难，家当也全淹没了。李彤在医院里躺了一个多月，不肯吃东西，医生把她绑起来，打葡萄糖和盐水针。出院后，她沉默了好一阵，才恢复了往日的谈笑，可却变得不讨人喜欢了。出国时还是十七八岁，毫不懂得离情别意，面对父母的伤离别还是笑嘻嘻的。政治风云突变，让她家破人亡，从此再也回不去中国了。她在纽约做服装设计，薪水很高，也不乏追求者，但她谁都看不上，中国男人在她面前一个个败走了,美国男人也离她而去。她似乎风光无限,生活奢侈,却又闷闷不乐,自杀在欧洲的旅途中。她死前寄给朋友一幅照片,照片背面称呼三位好友为英、美、苏,而自称中国。这个自称"中国"的纽约客为什么不快乐?为什么要自杀呢?小说以李彤一个好朋友的丈夫为叙述人,更让李彤的死显得扑朔迷离。

李彤的悲剧表面上看是性格原因。她骄傲任性,找不到归宿。叙述者初次见她,发现她美得惊人,像从海里跳出来的太阳一样,光芒四射。单身的男人们都注意她。周大庆很喜欢她,几次打听她,托人约她出来玩,她出来后却大喝烈酒,大谈赌马,就是不大理睬周大庆。狂饮又狂舞,把周大庆刚送给她的头饰踩得稀烂,毫不珍惜别人送的礼物。她打牌专喜和大牌,后来嫌麻将太温吞,对麻将也失去了兴趣,就去赌马。又不听跑马专家——她的男伴,一个有钱的中年男人——的劝告,偏走冷门,结果输得很惨。她因常与上司不和,又不愿为薪水迁就,常常换工作,搬家。男伴也换了一个又一个,爱她的男人得不到她的爱,就先后结婚了。朋友们的孩子都好几岁了,她还是孤身一人。朋友们不明白她为什么死:"她赚的钱比谁都多,好好的活得不耐烦了?"[①] 有人说是因为她被那个美国人抛弃,有人说她精神失常,有人说她不该到欧洲乱跑,如果有朋友陪在身边就没工夫去死了。

但她究竟因何而死,无人清楚明白地知道。李彤和老朋友们的生活不同,她的工作、住址、男伴都换来换去,一直也没结婚,整个人漂浮不定。她的喜和乐朋友们都不是很清楚,叙述者又是朋友的丈夫,两人交往不多,更是难以深入了解。而这篇小说的魅力也就在这种不确定性,留下无穷的想象,谜一样的"中国"在漫游欧洲中永远消失了。由小说改编的电影剧本取名为《最后的贵族》就写得清晰得多,详细展示了她生活的奢华和沦落,她从小立志做一个外交官的梦想破灭了,她在出生的地方——威尼斯跳水自杀了。

李彤自杀的最根本原因是她的精神危机,随着旧中国和父母亲人

[①] 白先勇:《谪仙记》,《寂寞的十七岁》,上海文艺出版社1999年版,第288页。

的消亡,她成了弃儿,精神支柱坍塌。作为旧中国没落的贵族,她爱旧中国,那是她的天堂。旧中国消亡了,她没有了安身立命的所在。李彤自称是中国,她说她的旗袍红得最艳。她对中国有着强烈的民族认同,当她永远失去心中的中国,孤身一人漂泊无依时,她精神上的痛苦无人能够理解,她的任性只是自暴自弃的一种表现。她的精神已经随着逝去的家人和中国而去,肉身的死亡是迟早的事。她自说打牌专喜和大牌,不然就不和牌,她这个"中国"逢打必输,输得一塌糊涂。这是遭到列强侵略,一再割地赔款的近代中国的真实处境。她的朋友们"英美苏"纷纷结婚生子,过着平淡的生活,偶尔聚聚,打打麻将,过着美国式的中产阶级的生活。这些流落美国的中国最后的贵族选择了忘掉故国,认同美国,就少了许多精神上的痛苦。李彤因为太爱她的祖国,她的亲人而无法释怀,美国的花花世界也无法让她快乐,让她活下去。袁良骏说"李彤虽然不是一个自甘堕落的美国'飞女',但却是一个因理想破灭而有意毁灭自己的'畸零者'"。[①]

白先勇的小说喜欢讲述今不如昔的沧桑,繁华逝去的苍茫,异国他乡的凄凉。作为从大陆逃离台湾的国民党高级将领白崇禧之子,又从台湾旅居美国多年,他有很深的没落感。陈晓明曾就白先勇小说的"没落"美学做过专门探讨,它表达了一种历史与阶级的意识,在某种意义上勾连起中国传统的小说美学。[②]《谪仙记》发表四年以后又有了《谪仙怨》,表达了另一种"没落"——忘掉自己的身份,做个十足的纽约客。

《谪仙怨》中的黄凤仪生在中国的官宦之家,随着国民党败走台湾,他们一家从上海逃到台北,父亲死去,家道衰落,然而母亲却始终未能忘怀过去的好日子,还是与阔朋友应酬,打大牌,输了只能低声下气地向舅妈借钱。黄凤仪到美国留学,却不上学,在酒吧挣钱,寄钱给母亲还账和零用。她湮没在异国大城市的人海中,感到了真正

[①] 袁良骏:《白先勇论》,新华出版社2001年版,第101页。
[②] 陈晓明:《"没落"的不朽事业——白先勇小说的美学意味与现代性面向》,《文艺研究》2009年第2期。

的自由：独来独往，无人理会的自由。有时被美国人误认为日本姑娘，她也不否认，就像个捉摸不透的东方神秘女郎。在纽约最大的好处就是渐渐忘却了自己的身份。她觉得已经成为一个十足的纽约客了，全世界只有纽约住得惯。从一个中国人变成纽约客，她自觉自愿地忘掉自己的身份，投入到新的生活里。她要趁年轻，在美国这年轻人的天堂里好好享乐，她很喜欢在酒馆里的工作，因为钱多。在这里，赚钱是人生的大目的。长得不丑，至少还有好几年可以打动男人的心。要妈妈不要再操心她的婚姻大事了。她不能原谅初恋男友的背叛，初恋就像出天花一样，一生仅此一次。她再也没有感情的烦恼了，不愿早早嫁人。生活过得很开心，穿着昂贵的冬大衣，得意地在街上游荡。唯一不喜欢纽约的地方就是冬天太长，满地的雪泥，把脚都玷污了。她究竟是如何挣钱的呢？全知全能的叙述人告诉我们，她在酒吧里接客，拉皮条的人称她为蒙古公主。她喝血腥玛丽，自嘲是吸血鬼。

黄凤仪到美国后，变得金钱至上，自暴自弃，甚至不惜做妓女挣钱，彻底地堕落了。她的堕落除了她自身的原因外，还有整个社会大环境的影响。美国的金钱至上主义，性开放，都影响了她的人生观、价值观，使她养成了享乐主义的人生观，趁青春年少，及时行乐，贞节意识淡漠，为挣钱不顾廉耻。

美国的物质文明使人物化，亲情淡漠。《上摩天楼去》中的纽约的摩天楼高耸威武，代表着现代都市的文明形象，但在初来乍到的玫宝眼中，它是寒冷的，没有人情味的，压抑人性，使人精神沉沦的。昔日像母亲般疼爱她的、高雅仁爱的姐姐到纽约后变得虚伪、俗气、金钱至上。姐姐从音乐学院转到图书馆学，搬家时连钢琴都扔了。择业完全以金钱为标准，外出应酬比接待远道而来的亲妹妹更重要，对人的评价尖酸刻薄，再也不是玫宝记忆中的姐姐了。姐姐的美国化、物质化让妹妹感到陌生、难过甚至愤怒。美国纽约不再迷人，摩天楼也失去了吸引力。美国形象在她眼里大打折扣。

白先勇在小说《安乐乡的一日》中塑造了美国"安乐乡"形象，但这里的"安乐乡"只是表面上的，华人女主人公依萍内心并不安乐。她随收入颇丰的丈夫定居在安乐乡，生活富裕，但精神上孤独，没有归宿感。美国太太对她热情礼貌，却让她感觉不自在，因为在美国人看来她是客，是"他者"，不是自己人。她感到被当作异类、"他者"的痛苦，甚至在自己家里，她与丈夫、女儿也无法取得一致，因为丈夫、女儿都认同美国，还是小孩子的女儿坚持自己的美国身份，拒不承认自己是中国人，学校里的小朋友说她是中国人，她愤怒地动手打了小朋友。家里只有依萍一人坚守着中国人的身份，独自吞噬着被"他者"化的苦果。安乐乡对她来说是孤岛，是客栈，不是家园。

白先勇"纽约客"系列小说通过一系列在美国进退失据，郁郁寡欢的中国游子形象，反映了纽约对外来华人移民的冷漠和歧视，金钱至上的社会风气腐蚀着人们的灵魂，加速了意志不坚的人们的堕落。

白先勇本人是同性恋者，对同性恋题材的小说由于切身体验而触及了同性恋的深层，深入同性恋者的内心。性观念开放的美国是同性恋者的天堂，艾滋病爆发时期成了人间地狱。*Danny Boy* 和 *Tea for Two* 都是关于纽约的同性恋和艾滋病的题材，同性恋者来自各个种族，相亲相爱地生活在一起，没有种族歧视，没有性趋向歧视，同心协力面对艾滋病问题。

三 形象的成因

之所以他笔下会有这样的美国形象，与白先勇的身世、人生经历、在美国的时间长短及艺术创作特征有密切的关系。曹顺庆说："建构他者形象是注视者借以发现自我和认识自我的过程，注视者在建构他者形象时不可避免地要受到注视者与他者相遇时的先见、身份、时间等因素影响。这些因素构成了注视者创建他者形象的基础，决定着他者形象的生成方式和呈现形态。"[1]

白先勇是中国国民党高级将领白崇禧之子，随国民党败退台湾而迁居台北。1962 年，白先勇的母亲去世。他奔丧后飞到美国。离开

---

[1] 曹顺庆：《比较文学概论》，中国人民大学出版社 2011 年版，第 183 页。

祖国居住海外，失去母亲对其创作小说有着极深的影响。关于这一点，刘俊在《悲悯情怀：白先勇评传》中以"母亲病逝和置身异域的双重刺激所引发的生存思考"为题做过专门研究。[①] 国民党败退台湾，白先勇所属的阶级失去昔日的天堂，纷纷逃离大陆，开始漂泊无定的海外生涯。这种海外放逐经历让多愁善感的他为失去的天堂哀叹，其小说中的主人公大多是放逐者，无根漂泊者。母亲的去世让他失去精神支柱，初到美国的不适应让他无法写作。后来，他就塑造了吴汉魂这一悲剧人物形象。故国亲人的逝去，加重了吴汉魂本已存在的精神危机。在无涯的海外漂泊中，内心抑郁、焦虑，生不如死，于是他们选择自杀以卸掉肩上的历史重负，求得心灵的解脱。自杀者眼中的美国和中国，不是古墓就是棺材，都是死亡意象。

以上所提及的小说大多是在白先勇到美国后不久创作的，如《芝加哥之死》、《安乐乡的一日》、《上摩天楼去》都发表于1964年，《谪仙记》发表于1965年，《谪仙怨》发表于1969年，全刊登在台湾的《现代文学》上。初到美国的不适应，让他对美国倍感失望，在美国居住的时日尚短，让他无法深入了解美国，只看到了美国的缺陷，这一时期所塑造的美国形象多是负面的。

白先勇的很多小说表达了中国游子在美国的精神幻灭甚至自杀身亡，可以看出西方现代主义的影子。白先勇受到西方现代主义的影响，早已是不争的事实，所以他移民小说中所显现的美国形象也与西方现代主义思潮紧密相关。小说中的美国是中国移民欲望与恐惧的梦乡，是作家的艺术想象，是在想象中对现实的重构，反映了移民们的精神状态。

第二节　美国围城意象

很多美华小说塑造了美国的围城形象，尤其是台湾留美文学。何

[①] 刘俊：《母亲病逝和置身异域的双重刺激所引发的生存思考》，《悲悯情怀：白先勇评传》，花城出版社2000年版，第159—175页。

谓台湾留美文学呢？主要指那些从台湾移民美国的作家创作的文学，主要作家有白先勇、於梨华、聂华苓、施叔青等。关于台湾留美文学中的围城意象的研究目前还不多。杨匡汉在他的著作《中华文化母题与海外华文文学》一书中归纳了海外华文文学中的八大文化母题，其中之一就是围城母题，并论述了其在不同时期、不同作家笔下的艺术变奏与跨界叙说，涉及了台湾留美作家、新移民作家和华裔美国作家有关围城的母题书写。

其实关于围城母题的书写最多、影响最大的要数台湾留美作家了，新移民作家和华裔作家关于此类母题的书写较少。这与他们不同的生活经历，留学时代背景及文化身份密切相关。很多台湾作家经历了"双重放逐"（从大陆放逐台湾，又从台湾自我放逐到北美）的生活经历，自认为是"无根的一代"。20世纪50年代，台湾兴起了留美热潮；而大陆则迟了三十年才出现大规模的留美热潮。这三十年里，世界格局发生了很大变化，随着社会的文明进步，美国社会日益开放，对外来移民更加包容，新移民作家的生活环境比台湾留美作家当年要优裕得多，心态自然也更好。台湾留美作家初到美国时的心态多焦虑、忧郁、彷徨等负面、消极情绪，而大陆新移民作家的心态则积极得多，虽也有孤独感，不适应感，但比较乐观，没有台湾留美作家那么消沉。他们活跃在不同的年代，有着不同的社会文化背景和心态，所塑造的美国形象也不尽相同。在美国土生土长的华裔作家有关围城母题的书写更多地反映了身份上的困惑，文化上的困境，是宽泛意义上的，抽象的，而不是具体的。

本节拟以台湾留美作家有关美国围城意象的书写为研究对象，探讨各种围城意象背后所反映的华人在美国的处境问题，以及他们对中美文化的态度问题，身份认同问题。对华人来说，美国形象作为异国形象，有其特异性，表现了华人对美国的所感所思，同时也像镜子一样，反映了华人在美国的处境，映衬了华人的自我形象。"一切形象都源于对自我与'他者'，本土与'异域'关系的自觉意识之中，即使这种意识是十分微弱的。因此形象即为对两种类型文化现实间的差距所作的文学的或非文学的,且能说明符指关系的表述。"① 围城意象有好几种类型,有金色牢笼意象,也有大学的象牙塔,还有婚姻的围城。

一　金色牢笼

20世纪50年代,美国在台湾影响巨大。与白色恐怖笼罩的贫穷落后的台湾相比,美国民主、自由、文明,似乎是人间天堂。很多台湾居民以留美为荣,普遍对美国持"狂热"的态度。

美国的繁荣昌盛是有目共睹的,这也是全世界人最乐于移民美国的很重要的原因之一。为了更好地生存、发展,很多华人争先恐后地奔赴美国。异国他乡的人文环境总是不如人意,这让移民的精神需求得不到满足,于是有了精神上的苦闷。即使是那些在美国学业有成,得以留在美国成家立业的留学人,也不同程度地存在着梦想的失落。这个梦想是关于生活幸福的梦想,它与物质方面的富裕,社会的尊重、个人的归属感、文化认同和自我实现等各层次的需求密切相关。为了追求幸福,这些留学生背井离乡,费尽千辛万苦地在美国打拼,结果并没有得到想要的幸福。由于幸福感的缺失,这些人向往故乡,渴望冲出美国,回归故国,于是黄金之国变成了金色牢笼。

於梨华的长篇小说《又见棕榈,又见棕榈》(1967)中的牟天磊从台湾到美国留学,获得博士学位,在大学供职,由留学生变成了留居者,但他在美国很寂寞,不快乐,他不喜欢美国,一直想离开美国回台湾定居;而他困守台湾的未婚妻意姗则一心想冲出狭小的台湾,到美国去透透气,甚至因为他要回台湾定居而与他分手。围城内外的两个人一个想出去,一个想进来;一个在美国寂寞得要回台湾,一个在台湾闷得要去美国。美国就像一个巨大的围城,围城外的人想进去,围城内的人想出来,围城内外的人出出进进,无

---

① [法]达尼埃尔-亨利·巴柔:《形象学理论研究:从文学史到诗学》,载孟华主编《比较文学形象学》,北京大学出版社2001年版,第202页。

始无终。

有学者认为："《又见棕榈，又见棕榈》书写了现代屈子式的知识分子的精神放逐体验。牟天磊们无论在故土还是新地都无法找到政治与文化认同，一方面，他们在美国的真实生存现状反省和解构着台湾社会的崇洋之风；另一方面，他们又以台湾故土的人情与记忆排斥着在美国主流社会的失败经验。在面对历史与现实的双重困境中，他们将自身彻底'边缘化'，表现出强烈的自我放逐和无所归依。这部作品对'离散'的核心解读，就是'无根'的心灵体验。"① 高小刚认为："牟天磊是一个中国传统文化人的代表，其精神气质里充满着封建士大夫观念和儒家文人的精神价值。"② "於梨华作品里中国知识分子的这种自我意识和国家观念，在六七十年代很多台湾留学生作家的作品中都可以找到。"③

以上观点从不同方面揭示了小说主人公的精神特质，笔者要补充一点的是，牟天磊的迷惘主要是幸福感的问题，身份认同问题，是超越物质层面的高级别的精神追求问题。如，根在哪里，何处是家园？他自认为是无根的一代，美国和台湾都不是他的家园。他的无根的漂泊状态是历史造成的，由于国共内战，台湾和大陆隔绝，部分大陆人随国民党流落台湾，在留美大潮的裹挟下，再次留学定居美国。他深受中国传统文化熏陶，身处现代美国，却无法融入美国，胸中充满海外游子的悲凉；他的性格内向敏感，优柔寡断，忧郁感伤。这些特质让他成为一个独特的艺术典型。他试图通过回台湾定居来缓解内心的苦闷，寻求新的幸福生活。

视美国如牢笼，试图回台湾定居的还有施叔青的小说《摆荡的人》中的华人剧作者，他在美国没有归属感，没有精神寄托，梦中醒来不知身在何处，充满恐惧，受尽精神折磨，决定回台湾发展。但台

---

① 乔以钢、刘堃：《论北美华文女作家创作中"离散"内涵的演变》，《南京师范大学文学院学报》2007年第1期。

② 高小刚：《乡愁以外：北美华人写作中的故国想像》，人民文学出版社2006年版，第139页。

③ 同上书，第142页。

湾人也并不能完全接受他，乡土剧作家批评他的剧本中的感情是西方式的。他在美国早已不知不觉间习得了美国的文化，与台湾人有了很大不同。这种在两种文化边缘摆荡的人，又被称为"边际人"。这个边际人遇到一个名叫安蕴的台湾女孩，也为失眠所苦，充满乡愁。两人决定一起回故乡小镇。

处于美国社会边缘的华人，在美国感觉不到家园的温馨和踏实，没有归属感，没有成就感，生活富足却感觉不到幸福，对他们来说，美国就像一个巨大的、金碧辉煌的牢笼，他们试图通过逃离美国来寻求突围。离开美国，到台湾定居真的能解决问题吗？未必能。所以，聪明的作家总是写到这里就戛然而止，留下无尽的悬念。无论他们回台湾后的生活是否令人满意，但有一点可以肯定的是，母国文化在他们心中的重要意义，母国文化环境优于美国，即便中国没有美国现代化，依然愿意留下来，建设新的家园。这表现了他们对中国的认同，对美国的排斥。

美国令人窒息的牢笼意象反映了作家、作品主人公对美国的贬低态度，与之相对的是对中国文化环境的肯定，他们选择回国正是这一态度的体现。选择逃离美国的华人毕竟是少数，更多移民则是选择留下来，习得美国文化，艰难地融入，脱胎换骨成为美国人。这势必要经历一系列血与火的考验。经不起考验的，有可能精神分裂。

聂华苓的《桑青与桃红》中的桑青，本是一个大家闺秀，她在大陆解放前夕，跟随丈夫逃到台湾。由于丈夫贪污公款，东窗事发，他们一家不得不困守阁楼，以躲避惩罚。丈夫死后，她偷渡到美国，又由于移民局的追捕，到处流浪。天下之大，无以为家。在长期的逃难中，她精神分裂了，一会儿是桑青，一会儿是桃红，疯疯癫癫，放浪形骸。她裸体戏弄到访的移民局官员，声称桑青已死，她是桃红，但她知道桑青的一切。她向移民局写信，报告她的行踪。并附上日记，讲述她的身世故事。疯癫的她似乎很快乐，其实非常悲哀。无论是中国还是美国，都没有她的立足之地，她已经永远失去了精神家园。巴柔以作家塞林纳为例，指出："懂双语者在心理承受不了或不好的情况下所表现出的精神分裂症性格（他者的语言及文化被蔑视，但这种轻蔑又转成被视为本土的语言及文化的反对)。"①

对于桑青来说，中国文化是她唾弃的，她虽是大家闺秀，却并不遵守中国的传统美德，譬如贞洁思想。她无论在中国大陆，还是在台湾，还是在美国，在性方面都很开放，完全不遵守这一"美德"。大陆解放前夕的战火，台湾的白色恐怖，都让她逃离中国，否定中国。而美国也并不是她的归宿，她的乐园。美国移民局戴墨镜的官员让她恐慌，对她充满敌意，甚至在言语之间侵犯她的个人隐私，譬如讯问桑青在台湾蔡家阁楼避难时，是否与蔡先生性交。以美国移民局官员为代表的美国，对她很不友善，迫使她到处流浪，也是她所恐惧的、反抗的。她到哪里都找不到归宿，找不到心灵的栖息地，精神分裂是必然的。

二 大学围城

钱锺书的《围城》讲述了抗战时期知识分子在事业、婚姻、人生方面的追求与挫折，揭示了人们的围城心态。这种心态是非常普遍的。留在异国他乡的移民，因为种族问题、文化冲突问题、性别问题，更加要面临很多围城问题，如事业的围城、婚姻的围城。一部分学业优秀的留学生变成了留学人（"留学人"是於梨华对留在美国高校的华人的称呼），进入象牙塔，因为种种原因，又不得不离开，想方设法再进入另一所大学围城，辗转于不同地区的大学间，居无定所，就像游牧民族一样。婚姻也是一样，在婚姻的围城里，有些人想冲进来，有些人想冲出去，结了离，离了结，受尽精神煎熬。

台湾留美作家於梨华的很多留学生小说和留学人故事都是有关围城母题的，长篇小说《在离去与道别之间》、《考验》讲述了华人学者在美国遭遇的围城故事。在竞争激烈、互相倾轧的大学围城里，华人教授们很难获得长期聘约，工作不稳定，人也不得不在漂泊、流浪中。事业的围城交织着婚姻的围城。随着事业上的波折，婚姻也出现

---

① 高小刚：《乡愁以外：北美华人写作中的故国想像》，人民文学出版社2006年版，第178页。

了变故。《在离去与道别之间》中的段次英拥有博士学位，教学、科研都不错，也有一定的管理才能，一进学校就任系主任，把工作开展得有声有色，可谓巾帼不让须眉。然而她骄傲任性，锋芒毕露，心胸狭隘，很难容人，不易相处，与上司、同事都闹得不愉快，又很好斗，利益受损时就喜欢诉讼，被称为"女斗士"，名声很坏。她无论在哪个学校都干不长，因为她的性格弱点，也由于她的看似强势实则弱势的地位。在白人为主的美国大学里，身为华人女性的她可以说是次等公民，边缘人物，她只要稍不顺从白人领导的意，她的职位就很容易被白人男性甚至华人男性取代。另一位华人女性如真因为没有博士学位，志不在科研，而喜欢写小说，她在大学的工作也不稳定，还很容易被当成替罪羊而遭解雇。她把段次英引荐到自己所在的大学做事，还成了自己的顶头上司，但由于段次英的强势、嫉妒、自私，两人的关系逐渐恶化，段次英甚至想把她当成替罪羊而解雇掉。但由于喜欢如真的白人校长的支持，如真得以留下来。段次英因为经费超支的问题与白人校长闹翻，面临着被解雇的危险。随着事业上的波折，两个华人女性的婚姻也都出现了变故。段次英的第二任丈夫因为受不了她在工作的事情上一再折腾，也因为他与前妻生的女儿不喜欢段次英这个继母，与她离了婚。如真与柯玛校长真心相爱，不顾一切地离开她一直不爱的丈夫，寻求新的生活。

如果说段次英的大学工作不稳定，更多的原因在于自身性格的缺陷，而《考验》中的华人钟乐平不得不转战一个又一个大学围城，情况复杂些，第一次是因为工作能力配不上所在的高校，第二次是因为不慎得罪了白人上司，第三次是因为遭遇了种族歧视。白人系主任一上任，就要解雇他。不甘心就这样被解雇的他，在犹太同事的帮助下积极申诉，甚至请了犹太律师来帮忙。在他危难的时候，帮助他的是犹太人，而华人同胞却落井下石，同根相煎。犹太人虽然也是白人，但在以盎格鲁—撒克逊（Anglo-Saxon）种族为主的白人主流社会中，还是受到排挤，但他们很团结，靠集体的力量来捍卫自己的权益。中国人在美国的地位还不如犹太人，但却不知团结，如一盘散沙，各自为政，甚至为取悦白人上司而损害华人同胞利益。钟乐平打赢了官司，但由于白人系主任不肯握手言和，逼得他还是另谋出路。虽然明知道妻子不喜欢一再搬家，不想离开这里，他还是偷偷地去外地找了工作，独断专行地选择离开这个城市。他的妻子不喜欢一直在漂泊中，也不喜欢他的独断专行，决定与他离婚，自己走出家庭，外出工作，自立自强，重新开始新的生活。

从以上两部小说可以看出，华人学者在美国的大学里始终处于弱势地位，无论华人好斗与否，性格如何，都很难在某一所大学里长久立足。这一方面是由于美国大学的优胜劣汰的用人机制所致；另一方面是由于华人在美国的社会地位低下所致。美国的种族歧视相当严重，黄皮肤的华人在白皮肤的主流社会里，永远都是边缘人，一有风吹草动，首当其冲。

美国的大学围城意象反映了一部分华人学者在美国的生存状态。他们愿意留在异国他乡的美国打拼，肯定了美国的优越性；他们被迫在不同的大学间流浪，说明美国残酷的优胜劣汰机制，也批判了美国的种族不平等。华人事业上的困境总是与婚姻的困境紧密相连，婚姻的围城比大学围城更加普遍。

三 婚姻围城

在表现婚姻的围城方面，於梨华著作颇丰，比较有影响的除了上面提到的长篇小说《在离去与道别之间》、《考验》外，还有短篇小说《雪地上的星星》和长篇小说《傅家的儿女们》。关于《雪地上的星星》，学界研究的较少，却集中地体现了留学生的婚姻困境。学业事业理想破灭了，爱情婚姻理想也破灭了，一个人孤单地活着，蹉跎岁月，虚度青春。

梅卜怀着热望从台北飞到美国，觉得美国一切都是美好的，光彩夺目的，美国的物质文明当然好，美国白人的金头发、蓝眼珠是可爱的，甚至在美国出售的中国艳俗旗袍也不那么俗了。她整个人都沐浴在希望的阳光里，野心勃勃地要读英国文学，写世界名著，嫁华人博士，生四个孩子，接父母出来享福，学成归国，教育不能留学的孩子们。

梅卜初到美国时的态度可以用"狂热"来表示，只是这种"狂热"经不起严峻现实的考验。繁重的学业让她很快就放弃了文学理想，转到更容易学，也更好就业的图书馆系。空闲起来的她开始交朋友，认识了上海人王大卫，这人很西化，认识不到一个月，就要求同居，看看双方是否合适，再决定是否结婚。她无法接受这样的恋爱，就断然分手了。华人圈子里却谣传她被人玩了又甩了，使洁身自好的她名誉扫地。女生对她爱理不理，男生对她不尊重，使她对爱情、友情的希望都破碎了，从此不再交朋友。孤独的她只有时钟做伴，失眠的时候常常摔闹钟泄愤，摔坏了再修理，钟表行的人都认识了她，问她是怎么回事。有华人帮她介绍了一个在异地的中国人，虽尚未谋面却让她燃起了新的希望，两人通信三年，谈了三年的异地恋才见面。对方英俊潇洒，正是她心仪的对象，是她梦想中的男人，她对对方一见钟情；对方却对容貌并不出众的她很失望，并不爱她。三年的爱情梦，醒了，希望再次落空。也许她会嫁给主动与她同行，似乎对她有意的侯得生，虽然她并没有对他一见钟情，但至少有个伴儿，有个归宿。

像她这样学业事业、爱情婚姻的理想都落空的还有《傅家的儿女们》中的傅家儿女，到美国后先后都经历了梦想的破灭，学业、事业、爱情、婚姻都不如意。傅如曼聪明美丽，到美国后经历了一系列不幸的恋爱，最终沦为无人问津的老处女。这其中有家庭的原因，专制的老父亲一再干涉她的婚姻，即使她到美国后也不放手，不许她嫁给异族人；也有个人原因，她由于恋爱婚姻不如意，逐渐自暴自弃，甚至堕落为情妇，随便与人同居，以至于染上性病。傅如杰由于出国，离开了心爱的女人，到美国后又耐不住寂寞，跟一个不爱的人结婚生子。他们回台湾为老父亲祝寿，却把老父亲气得中风了。兄弟们借回国祝寿之机，争夺家产，闹得兄弟不和。因为回台湾找旧情人，闹得夫妻不和。儿女们在美国这些年，生活大多不如意，让望子成龙的老父亲很失望。

婚姻常被比作围城，没有进入婚姻围城的想进去，而困守婚姻围城里的想出去。在异国他乡的婚姻更是围城。在美国，种族间通婚还有很多禁忌，尤其是不同肤色的人的婚姻更难得到认可，异族通婚因为种族、文化差异而困难重重。很多华人只能与同族人结合，而同族人数量有限，很多美籍华人的婚姻成为问题，被迫从故国"进口"新娘。对这些通过婚姻进入美国的新娘来说，因为人生地不熟，因为中美之间的文化冲突，婚姻就是她们全部的依靠，是她们安全感、归属感的全部来源，更加依赖婚姻的保护伞，如果婚姻不如意，就是天要塌下来了。这让在异国他乡的婚姻承担了更多的社会负担，以至于不堪重负。

异域里的婚姻因为异族文化的影响，异族人的排拒而更加复杂，更不容易美满幸福。施叔青《回首·蓦然》中的范水秀因为无法适应在美国的新生活而精神崩溃，但这毕竟是少数，更多的是痛苦地活着，过着没有意义的生活，如施叔青的短篇小说《困》塑造了一个困在美国的婚姻围城里的女人。无法适应美国社会的中国家庭主妇们过度依赖婚姻，依赖丈夫，无法自立，没有独立的经济基础，没有独立的人格，夫妻两人在精神上有隔膜，婚姻很难幸福。婚姻虽然不幸，但也很难挣脱。

如果说生活在异域的，同族的华人结婚尚且受到异族文化的影响，那么异族通婚更加受到种族文化的影响。施叔青《愫细怨》里的愫细被美国白人丈夫抛弃了，与香港小老板在一起了，深受美国文化影响的她嫌弃香港小老板，觉得对方与她不般配，而深受中国传统文化影响的香港人珍惜自己的家庭，也并不准备离婚，与她结婚，根本不把她当"正餐"，不过是"餐后甜点"，而且是不花钱就可以白吃的。她不可能与香港人结婚，又不甘心堕落为情妇，却又耐不住寂寞。极度矛盾的她有时展现暴虐的一面，竟然对香港小老板又打又骂，把自己都吓一跳。她想彻底结束与香港小老板的关系，对方却不愿结束，而且她发现自己怀孕了，又不知如何是好了。

中学毕业就从香港到了美国的愫细对美国的态度可以用狂热表示，认为中国劣于美国，中国情人不如美国丈夫。如果把她的美国丈夫和中国情人分别看作美国和中国的隐喻，那么她则是不中不西的典范，或者说是中美之间的夹缝人。无论是在中国人还是在美国人那里，她都不能被完全接纳或持久接纳，获得合法身份。施叔青小说中的女性陷在婚姻的围城里，左冲右突，找不到出路，在婚恋困境里无法自拔。

表现美国的华人在婚姻的围城中挣扎的还有陈若曦的小说《贵州女人》，一个贫穷的贵州女人远嫁富裕的美国老人，生活虽然富足，无爱的婚姻却让她痛苦，她最终离开老人，离开美国，回到贵州。以上都是描写女性在婚姻的围城中挣扎的故事，男性较少，也许这与作家是女性有关，身为华人女作家，更加关注同性，关注华人女性在美国的地位，她们的喜怒哀乐，也更擅长描写同性的心理。与男性相比，即使是职业女性也要肩负更多的家务，更多的生活在家庭中，更容易受婚姻生活质量的影响。更不用说那些做全职太太的家庭主妇了，婚姻在她们的生活中影响更大。而陈若曦的小说《突围》是以华人男性为主角，男主人公从第一次婚姻的围城中突围，第二次婚姻因为没有妻子的爱，因为患有自闭症的孩子的折磨，依然是围城，他遇到真心与他相爱的人，试图再次突围，却因为孩子未果。

总体来说，在表现婚姻围城方面，主要表现女性在美国的生存困境，原因有以下几点：首先，跟男性相比，女性更依赖家庭，尤其是那些不外出工作的家庭主妇，家庭是她们重要的活动空间，婚姻品质对她们的影响更大，更难走出婚姻的困境。以这些女性为主要表现对象，会更集中、更深刻地表现在异国婚姻的困境。其次，以女性为主要表现对象来源于女作家对女性的特别关注。身为女性的作家更容易明了女性的心理，甚至对女性的生存困境深有体会。

小 结

表现北美的古墓与围城意象的移民作家中，以台湾作家居多，如上所述的於梨华、聂华苓、施叔青等；而新移民作家和华裔作家关于此类母题的书写较少。这反映了他们不同的精神状态，台湾旅美作家的心态多焦虑、忧郁、彷徨等负面、消极情绪，而大陆新移民作家的心态则积极得多，虽也有孤独感，不适应感，但比较乐观，没有台湾旅美作家那么消沉。华裔作家有身份上的困惑，文化上的困境，母女冲突，移民第一代与后代在中美文化的无形的围墙内外冲突。如谭恩美的《喜福会》、《接骨师之女》，伍慧明的《骨》，母女（父女）的和解象征了一定程度的文化突围。

　　事业的围城，婚恋的困境都是人生的困境，人性的围城。围城无处不在，考验也如影随形。想要在异域落地生根，并不容易，要面临种种考验：既有对个人性格、能力的考验，也有关于婚姻的考验，更有种族、文化的考验。在於梨华的小说中，这三者往往结合在一起，形成复杂的考验主题。小说的主人公由于性格缺陷，由于美国社会的种族歧视，由于中美文化的冲突等，常常经不起考验，以悲剧结局。围城母题在三大作家群中均有所显现，表现了人生的困境。但以台湾旅美作家的围城书写最多。

　　台湾留美文学中的美国围城意象反映了台湾作家对美国既爱又恨的矛盾复杂态度。热切地来到美国留学，反映了对美国的狂热态度。而在居留美国的过程中，发现了美国的种种社会问题，美国成了华人的牢笼，反映了移民们对美国的清醒认识、排斥，对中国的怀念、认同，试图回归中国。然而现实的中国台湾也并没有想象中那么美好，于是进退两难。对中国和美国都持否定态度的精神分裂症患者，没有精神家园，无所适从，最终以疯癫或死亡结局。

第二章　天堂幻象

虽然不少小说讲述华人移民在美国的悲惨遭遇，移民经历了巨大的身心痛苦，把美国塑造成"古墓与围城"，但美国仍然是华人青睐的移民目的地，移民大潮还是浩浩荡荡，一浪高过一浪。在很多移民心中，美国依然是天堂，美国的科技发达，物质丰富，政治民主，人民富足，不管出身如何，只要肯吃苦，通过个人奋斗，就能得到想要的生活。这些移民怀着美国梦到了美国，开始了他们在新大陆的新生活。

美国梦源远流长，影响甚广。1776年，美国《独立宣言》宣布，人人生而平等，造物主赋予他们若干不可剥夺的权利，其中包括生命权、自由权和追求幸福的权利。《独立宣言》为美国梦打下了根基，其后制定的宪法为美国梦提供了法治保障，鼓励每个人都抓住机会实现自己的美国梦。美国政府的权力有限，美国人享有相当多的经济自由，美国社会的各阶层流动性极大。相当多的美国人相信，只要努力不懈的奋斗就能获得更好的生活，不需要依赖特定的社会阶级和他人的援助。

在美国历史上，"美国梦"一再被提及，本杰明·富兰克林、马克·吐温、奥巴马等都强调过"美国梦"。2008年，奥巴马竞选总统时，出了本畅销书《无畏的希望：重申美国梦》，感召了许多美国人，赢得了大量选票。奥巴马本是个跟着母亲长大的非洲裔平民百姓，却通过个人努力攀登上美国权力的巅峰，成为美国梦的一个活生生的例证。

两百多年来，"美国梦"一直激励着美国人奋进，实现自己的理想。同时，"美国梦"也吸引了众多移民，他们自愿远离故乡、亲人，历经千辛万苦，只为到这片神奇的土地上创造自己的价值，实现自己的美国梦。一部分华人通过个人奋斗，成功地实现了美国梦。对个人事业成功的渴望和信念构成了美国民族精神的核心。"一战"后的美国进入了空前的经济繁荣和物质丰富的时代。此时的美国社会道德堕落，以财富与自由为人生绝对目标的美国梦摒弃了美国精神中的积极意义。美国梦逐渐演变成为对成功的追求，这个时代的美国人开始迷惘，梦想一夜之间能成为百万富翁，金钱至上的追求成为当时的主流，财富万能的思想根植于美国文化理念之中，成为鼓舞千百万美国人奋进向前的动力。因此，美国梦也随着社会的变化而慢慢变质。[①]

中国改革开放后，大陆新移民蜂拥而至，一部分有商业头脑的新移民瞅准大陆急需与国外互通有无的巨大商机，奔走于中美之间，开展国际贸易，迅速发财致富。反映这方面的小说有《北京人在纽约》、《曼哈顿的中国女人》和《早安，美利坚》等。小说中的华商们，认同美国的金钱至上的价值观，狂热追求财富，幻想出人头地。在处理中国与美国的关系时，表现了向美国一边倒的倾向。

第一节　美国是天堂

在与中国作对比的过程中，把美国描写成人间天堂的小说很多。即使是那些曾经把美国描述成"古墓"的作家，如白先勇，他后来的小说《夜曲》、《骨灰》等，与之前的小说相比，美国形象明显好转，可以看出主人公对美国深有好感，而对中国大陆、台湾颇有微词。在白先勇的笔下，美国成了政治避风港，是只要肯努力，就能飞黄腾达的国度。

一　美国是桃源乐土

美国有很多问题，让华人移民不满，但与"文革"中的中国大

[①] 周小祥、朱晓东：《20世纪美国梦的绝唱：透析盖茨比悲剧折射下的美国梦》，《世界文学评论》2009年第1期。

陆，"白色恐怖"统治下的台湾一比，就成了人间天堂。白先勇在他的小说《夜曲》（1979）和《骨灰》中，通过留在美国与回中国的人的不同遭遇，抨击了"文革"中的大陆和"白色恐怖"统治下的台湾的政治黑暗，对人的戕害。

白先勇的《夜曲》通过对比的手法，反映了留在美国与返回大陆的人的不同遭际。新中国成立初，留学美国的一部分人回国了，一部分人不得已留了下来，从此有了不同的命运。吕芳、高宗汉、刘伟学成归国，吕芳的男朋友吴振铎因为尚未毕业就留了下来，双方再也了无音信。多年以后，吕芳来到美国，老友重逢，却已沧海桑田。吴振铎已经功成名就，而回国的朋友们却很凄惨，死的死，伤的伤，身心都受到巨大摧残。

高宗汉回去后做个绘图员，一直不得志，又因为地主家庭出身，又曾留学美国，在"文革"中被批斗，被罚去拖垃圾，拖得脊背发炎，也不准休息，忍无可忍就上吊自杀。又因是自杀，"自绝于人民"，火葬场都不肯收尸，还是家人借台架板车，拖到火葬场火化了。刘伟比高宗汉乖觉得多，学会了见风使舵，躲过许多运动，但也没躲过"文革"，被下放到乡下挑了三年半的粪，经常溅得一身的粪，一头一背爬满了蛆。他还自嘲说后来进厕所，如入鲍鱼之肆，久而不闻其臭。吕芳一回到上海就被公安局盘问海外关系，连给在美国的恋人吴振铎回信都不敢，怕自找麻烦，也怕吴振铎会跑回来。"文革"中，留过学的先生们都被打成了黑帮，变成革命的对象，被批斗，鞭打，被迫自称"洋奴"，下放到农场劳动，无论是精神上还是肉体上都受到极大伤害。所以，吕芳庆幸吴振铎没有回来。

吴振铎等了她两年，杳无音信，绝望中开始追求美国犹太人珮琪——他的指导教授的女儿，也像吕芳一样是学音乐的。巧的是，吕芳的丈夫也像吴振铎一样，是个医生。他们都找了类似对方那样的人结婚，可两对夫妻都不相爱，婚姻都不幸福。吴振铎的岳父与妻子助他事业有成，两人的缘分也尽了，各自准备开始新的人生。吕芳的丈夫死了快八年了。恋人重逢，理应有美好的开端，但吕芳只是来借钱，她甚至拒绝了他一起吃晚饭的邀请。她本来是不打算再见他的，只想在纽约安静地度过余生。只是病了，需要一笔钱，才在来纽约一年后找到他。能回到纽约，是她多年来梦寐以求的愿望，她已经很满足了。在上海患上的失眠症，来到纽约后倒减轻了许多。吴振铎二十五岁初恋，等吕芳的信就等了二十五年，回到故国的吕芳又回到了纽约，只是一对恋人在年过半百以后再也回不到从前。

吴振铎留在了美国，遗憾没勇气回国，替国家尽一份力，去医治中国人的病。吕芳却说，中国人的病，你治不好。一语双关。也许正是这治不好的悲观让吕芳离开了祖国，决定在纽约度过余生。

新中国成立前夕，一部分人跟随国民党去了台湾，一部分人留了下来。《骨灰》讲述了这些人不同的遭际。1949年春天，母亲带着"我"与大伯一家先去了台湾，父亲与哥哥暂留上海，由于政治形势的严峻，两岸呈敌对状态，一家人从此分隔两岸，音信全无，三十年也未能团聚。"我"到美国留学后，才与父亲通上信，"文革"暴发，父亲受了"海外关系"的连累，被打成"反革命分子"，倒毙劳改场上，连骨灰也没有下落。后来交通大学主动出面，协助哥哥追查父亲的骨灰，终于有了下落。交通大学预备为父亲开追悼会，邀请远在美国的"我"参加。这一切都得感谢"我"任职的美国公司。"我"所在的美国公司与中国工业部签了一项合同，工业部的接待筹划得很周到。因为远在美国的"我"的关系，父亲被打成"反革命分子"，也因为"我"所在美国公司的关系，父亲的骨灰得以找到，还有追悼会，并且葬于龙华烈士公墓。

"我"在前往中国前，先去探望大伯，大伯原是国民党军官，抗日有功，到了台湾后，却被人排挤，后来还被诬告，坐了两年冤狱，后来全家移民美国。在大伯家偶遇从大陆到美国的表伯，表伯原是民主党人士，留在了大陆，后来受到迫害，被打成"右派"，劳改。他平反后带着妻子的骨灰来到美国投奔儿子。大伯反思他当年奉命杀了许多汉奸、共产党，白杀了。父亲的骨灰将下葬"龙华公墓"，表伯说，"龙华公墓"已经不存在了。"文革"时，他们"五七干校"把"龙华公墓"铲平了，挖出来几卡车的死人骨头，他的背就是那时累坏的。现在恐怕是"龙华烈士公墓"。表伯要为妻子在美国寻找公墓,大伯说他死了就烧成灰,撒到海里,无论飘到哪里,就不要葬在美国。因为美国的墓地很贵,而且大伯不愿跟洋鬼子挤。"我"梦见大伯挖掘死人骨头,白森森的骨头垒成山,又滚落坑中,将大伯陷在坑中,狂喊"我"的名字。惊醒才发现,是大伯叫"我"起床,赶飞机。

无论是去台湾的大伯,还是留在大陆的父亲、表伯,都受到政治迫害,白先勇对大陆、台湾双方的政治历史都提出批评。亲戚们先后来到美国,虽然在充满洋鬼子的世界难免有些寂寞,至少没有政治迫害,可以安度晚年。

同是短篇小说集《纽约客》中的小说,后来的《夜曲》(1979)和《骨灰》跟先前的《芝加哥之死》、《谪仙记》、《谪仙怨》、《上摩天楼去》等塑造的美国形象截然不同。美国由令人窒息的古墓,让人堕落的大都市,冰冷的摩天楼形象变成了华人安度晚年的乐土,一个虽不尽如人意,但却可以通过个人奋斗而实现梦想的国度。美国形象怎么会变化如此之大呢?

比较文学形象学认为,形象的塑造者首先是以注视者的身份出现的,作为他者的异国则成为被注视者。观看时间的长短会影响到观看的方式,这对看到的结果和异国形象的塑造具有重要影响。随着作为注视者的作者在美国居住的时日越多,他对美国的了解也越深,他的美国形象势必发生变化。随着白先勇定居美国日久,视野逐渐开阔,对美国了解加深,部分接受美国文化,对美国的好感增加,逐渐认同美国,美国形象逐渐好转,从古墓变成了世外桃源。美国形象的变化反映了作家的身份认同的变化。

二 中国女人的美国梦

《曼哈顿的中国女人》是周励1992年发表的自传体小说,被评为20世纪90年代最具影响力的文学作品和中国百年畅销书之一。小说讲述了一个中国女强人的奋斗史,从中国的下乡知青,到美国的自费留学生,通过辛苦打拼,最终成为拥有美国籍的富翁。她精力充沛,乐观进取,一边打工,一边完成学业;积极融入美国,从美国白种女性朋友手里夺得欧洲白种男人，认同美国的主流价值观，狂热追求财富名誉地位，谱写商界传奇，最终获得爱情、事业双丰收，实现了美国梦。

在她看来，美国是一个各民族融洽共处，平等竞争的世界大熔炉。虽然白人为主，但皮肤的颜色并不能保证比其他肤色的人生活得更好，还是要靠个人奋斗。整部小说采用第一人称叙事，她一再强调她的中国女人身份，她的雇员是金发碧眼的美国人，多少"高贵的美国人"只能为人打工挣碗饭吃，而她却在商界叱咤风云。表面上看她很有优越感，其实骨子里却是作为一个东方女人的自卑，似乎黄皮肤黑头发的中国人本该低人一等似的。生意伙伴的追捧，上流社会的舞会，时尚的服装，金钱地位的叙述反映了她金钱至上的价值观，给人庸俗的感觉，特别是《代序》中那种睥睨一切的态度让人反感。她认为美国人善良得可爱，对担保人柯比一家感恩戴德，全是溢美之词，对美国人感恩戴德，崇美心态是非常明显的，内心深处还是作为中国人的自卑感。周励的商业合作伙伴在经商能力出众的周励这位东方女强人的衬托下显得平庸，有些还是觊觎她美色的色鬼，但被聪明机智的她拒绝了。

作为上海女人，她认定了只有到纽约去才能施展才能，"到纽约去！到纽约去！"的呼唤代替了曾经的"到北大荒去！到兵团去！"的口号，她在美国做国际贸易代理，获得成功。忆苦思甜，发财致富了的她展开大陆苦难生活的回忆：孤独的童年、少女时代的初恋和北大荒的知青生活，其中，恋爱故事占了相当大的比重，一次次失败的恋爱，破裂的婚姻，艰辛的留学生涯，最终导向了童话般的结局，来自欧洲的王子和中国公主从此幸福地生活在一起。她周游世界的梦想也得以实现，挨个铺叙她到过的欧洲国家，炫耀有余，生动不足，很乏味。

周励为嫁了个白人丈夫而自豪，似乎通过婚姻变成了精神上的白人。丈夫麦克是西德人，一个有着钻石般的蓝眼珠的欧洲小伙子，热爱大自然、运动和音乐，性格内向，不爱社交。他原是周励一个美国女友的男朋友，这个美国女人热爱中国人，对中国人很热心，她让没地方住的周励先暂住到自己男朋友麦克那里，找到房子后再搬家。她的男朋友麦克却爱上了周励，抛弃了女友，并说服家人娶了她，全力支持她的事业。也许麦克喜欢她身上的那股吃苦耐劳、坚忍不拔、积极进取的劲头，厌倦了因性开放而曾背叛他的女友，而且这女友还是个有夫之妇，只不过丈夫是个政治犯，在台湾坐牢。麦克父母本来不希望儿子娶个中国女人，但后来看到她的成就，也觉得儿媳妇很棒。这是看在她的经济实力上接纳了她，在金钱面前，根深蒂固的种族偏见退居二线。周励从一个性感的美国女人手里赢得一个似乎完美的男人，以事业上的成功取得了有种族偏见的公婆的认同。夫妻间没有文化隔阂，心心相通。在刚开始独立业务的困难时期，麦克是她的精神支柱。她欣赏麦克的身体：雪白的皮肤，优美的双臀，性情温和、体贴、幽默，是个聪明、善良的男子汉，在火光下像尊阿波罗雕像般美丽动人。总之，麦克很完美，婚姻很美满。从她对麦克的描述中可以看出，她崇拜白人麦克，麦克在她心中就像一尊神一样。虽然周励在他身上用了很多溢美之词，但他的形象依然模糊，缺乏有说服力的细节支撑，显得虚假。这种对白种人的崇拜和狂热，一方面显示了她跨越种族界限，积极和异族交往，共同融入美国主流社会的开阔胸怀；另一方面也显示了她作为黄皮肤华人的自卑，似乎拥有白皮肤的白人就天生是高人一等的。

  这部小说获得了很大成功，在中国大陆非常畅销。这跟中国刚从"文革"走出，千疮百孔，百废待兴，国门大开，社会上崇洋风气正浓有关。她让中国人看到出国发财致富，获得欧美认同的幻象。在这里，民族融合、社会认同都不是问题，她说，"每一个中国人都可以交一个美国朋友，像我一样"。[1] 似乎只要肯艰苦奋斗，成功就触手可及。在出国热盛行的年代，这部自传体小说鼓舞了许多人，到美国去冒险，获得财富、地位、美丽人生。此外，她还改写了中国传统意义上的成功，从聪明勤奋的举子进京赶考、金榜题名、声名显赫，赢得佳人芳心，转换成了在中国特殊的年代历尽磨难，出国留学，打败

---

[1] ［美］周励：《曼哈顿的中国女人》，上海文艺出版社2003年版，第408页。

美国性感女人赢得洋老公，经商致富，赢得美国社会尊重梦想成真的故事。

三 "美国就是基督教的天堂"

这句话出自《接骨师之女》（2001）中的茹灵的回忆录："在我心里，美国就是基督教的天堂。开京就去了那里，在那里等我。我知道这只是我一厢情愿的想法，但是去美国对我来说，就意味着有希望找到幸福。之前我遭遇了种种不幸，去了美国就可以把过去的毒咒，我的坏出身，统统抛到脑后。"①

茹灵的母亲是接骨师之女，此女聪明美丽，却非常不幸。由于恶人的陷害，在迎亲之日，她的父亲和丈夫就死了，她吞墨自杀未遂，却烧毁了容貌，也变成了哑巴，生下遗腹子茹灵后，以保姆的名义照顾她。年幼无知的茹灵根据族人的安排，要嫁给那恶人之子，母亲强烈反对，并写信告诉她身世真相，但她并没有看，却声称看了，还是要嫁，母亲在绝望中自杀。事后明白真相的她悲痛欲绝，却悔之晚矣！生母死后，变成孤儿的茹灵被送到美国修女开办的育婴堂里。她在那里从一个学生成长为老师，还收获了爱情与婚姻。但在战乱频仍的中国，那里也难逃一劫。她的丈夫被日本人杀害，育婴堂也无法继续开下去，他们只得离开。为了能够到美国去，她和堂妹高灵争着要护送美国修女回国。由于故作谦让而让堂妹得了先机，率先去了美国。而她只身一人躲在香港，一边做工，一边等待堂妹想办法让她也去美国。后来她在华裔美国人的帮助下如愿以偿地到了美国，为了凑够路费，不惜卖掉祖传的龙骨。

在怀着美国梦的人们心中，美国是人间乐园，是一个民主、自由、平等、富足的地方。《喜福会》（1989）中的吴晶妹自述，她的母亲认为在美国干啥都成，美国是妈妈的全部希望所在。虽然母亲在中国失去一切，但从不惋惜，因为在美国可以越过越好。

谭恩美小说中的华人往往因为在中国境内不堪居住只得移民美

---

① ［美］谭恩美：《接骨师之女》，张坤译，上海译文出版社2006年版，第226页。

国。对他们来说，中国就像地狱，而美国是天堂。旧中国不堪居住有多方面的原因，经济落后，国家积弱，外国侵略瓜分，战争频仍，人人自危，妇女地位低下，身受多重压迫。有钱人家也朝不保夕，纷纷出国谋求更好的生活。《喜福会》和《接骨师之女》中的中国都正处于日本侵华战争及后来的国共内战时期。《喜福会》中的吴晶妹的妈妈在战争中失去了丈夫、孩子。小说中的几位母亲或母亲的母亲往往遇人不淑，婚姻不幸。如高灵的丈夫是个大烟鬼，高灵为摆脱他而远赴美国；有的男人有三妻四妾，视女人如敝屣。

与中国形成鲜明对比的是美国的富裕安定的环境，人们在这里安居乐业。《喜福会》、《接骨师之女》都以华裔女性为主人公，从中国来到美国的母亲大多在中国经历了很多伤痛，如不幸的封建包办婚姻，因为战乱而失去亲人，物质上的贫困等，到美国后过上了平静富足的生活。华人女性移民美国后的婚姻似乎都不错，夫妻相安无事，只剩下母女间的代沟、文化冲突，最终母女也都和解，相亲相爱地生活在一起。

总体来说，谭恩美在她的系列小说中塑造了中国地狱形象，与之相对的则是美国天堂形象。从这些方面可以看出其对东方主义的因袭。值得说明的是，谭恩美小说中关于中国或东方的描写部分符合东方当时的现实，并非空穴来风，有一定的现实基础。譬如鬼魂诅咒等封建迷信思想确实存在于当时很多中国人的心中。

无论是台湾作家、大陆新移民作家还是华裔美国作家，都对美国给予了高度评价，把美国描写成人间天堂的作家不乏其人。美国真的是传说中的天堂吗？

第二节　美国是天堂，也是地狱

作为"一种想象的政治共同体"，作为异国形象，作为一种艺术想象，美国形象是千变万化的。有时是负面的，有时是正面的。有时如地狱，有时又如天堂。移民之前，视美国如人间天堂，不惜一切代价移民美国；移民之后，慢慢看清了美国的真面目，美国的光环隐去,天堂的面纱也褪去,发现美国并不是想象中的天堂。美国的金钱至上,人情淡漠,充满种族歧视,各族人相互隔膜,所有这一切都让移民举步维艰,很难感到幸福。

《北京人在纽约》里有一句经典台词:"如果你爱他,就把他送到纽约,因为那里是天堂;如果你恨他,就把他送到纽约,因为那里是地狱。"对那些在美国摸爬滚打,浮浮沉沉,有成功也有失败的华人来说,美国是天堂,也是地狱,对美国既爱又恨。

一 起起落落的华商

曹桂林的长篇小说《北京人在纽约》于1991年出版,属新移民文学初期之作,影响广泛。曹桂林在前言中说,一个老朋友让他以自传体的形式把他在美国的十年曲折经历写出来,他顺着朋友指出的路子,一五一十地把十年的经历写了下来。他自认为写的是一个从20世纪80年代到90年代一家新移民的真实故事,写的是真实的美国。曹桂林继《北京人在纽约》之后又写了续集《纽约上空的中国夜莺》,他在《后记》中说:"我没别的目的,就是想把那些在西方,在世界,这代文化精英、祖国儿女的奋斗与成就,向家人作个汇报。炎黄子孙,过去强盛,现在也不赖,增强点民族自尊心,更要发现她(他)们成功的内在。"[①] "三年多的时间,凑出的字数也上了百万。虽不能说把人生研究得怎样怎样,可该说的话,也差不多了。"[②] 从他的话中可以看出,他的小说有报告文学的意味,是在向祖国人民汇报在美国的祖国儿女的奋斗与成就。

《北京人在纽约》中的北京人王起明夫妻俩原本是乐团拉提琴的,在妻子郭燕亲戚的帮助下到了美国,夫妻俩从中餐馆洗碗和勾毛衣干起,到开起毛衣厂,抓住商机,拼命劳作,生意越做越大,成了富翁,似乎实现了美国梦。把留在国内的女儿宁宁接到美国,一家团聚。然而好景不长,就发现宁宁出了问题,不爱学习,结交不良少年,吸毒、

---

① 曹桂林:《纽约上空的中国夜莺》,现代出版社1994年版,第390页。
② 同上书,第387页。

滥交。父亲试图管教她,她离家出走,最终被绑架、枪杀,才二十岁就走完了一生。王起明到美国不久就与中餐馆的老板娘阿春相好,还经不起美国的声色诱惑而嫖妓,妻子郭燕一直蒙在鼓里,只知道跟他一起辛苦打拼。女儿的遭遇让深爱女儿的郭燕很受打击,当她得知丈夫的背叛时,一时之间都不敢相信,精神变得有些不正常。美国经济开始不景气,王起明投资商业地产失利,毛衣厂的货款不能全部收回,收回的部分本来可以给工人发工资的,王起明却禁不住赌博的诱惑,全部输光了,资金周转不灵,工人罢工,工厂停产,一堆烂摊子。他在女儿墓前说自己错了,但他真的醒悟了吗?国内的好朋友来美国打工,他从机场把人接来就安排到他当初住的地下室,声明租房花了他多少钱,又借给了好朋友点钱就扬长而去,像当年郭燕的姨妈对待初来乍到的他们一模一样。虽然当时他不能接受这种冷酷无情的美国做派,随着他的美国化,他自己也变成了这个样子。迅速美国化的女儿让他担忧,他自己也早已不知不觉地变成了"美国人"。

小说中的纽约是天堂也是地狱,新移民在其中经历了浮沉,接受了美国的价值观和行为准则,学会了美国做派,待人接物都成了美国式的,没有了中国的人情味,最终脱胎换骨,变成了美国人。美国给人的印象是文明富裕,人情淡漠,金钱至上,充满声色、毒品、赌博诱惑,商机无限又瞬息万变,只要有才能,肯努力打拼就能成为富翁,但一不小心就会一无所有。

薛海翔的《早安,美利坚》初版于1995年,与《曼哈顿的中国女人》一样讲述中国留学生在美国白手起家,与白人结婚,在商界打拼成为富翁的故事。与周励一样,主人公伍迪也是从上海来的。为了绿卡,他疯狂追求并最终娶了漂亮的白种女人伊娃,并在女方的协助下,从事中美贸易,生意红火,身价飞升,脾气也大增,觉得他征服了白种女人,耍了白种商人,以征服白种男女而自豪。就像法农在《黑皮肤,白面具》中所模拟的娶白人的黑人的话:

"我娶白人的文化,白人的美,白人的白。"
"我那双无所不在的手抚摸着雪白的双乳,在这双乳中,我把白人的文明和尊严变成我自己的。"①

有中国人批评伍迪，骨子里觉得白种人比黄种人高贵。这与《曼哈顿的中国女人》里的周励是一样心态，嫁了白人老公，与白种商人合作，让金发碧眼的高贵的白种人为她工作，敬畏她，在白人国家有钱有地位，为此洋洋自得。伍迪还涉足政界，资助华人竞选州长，却因后院失火，妻子倒戈，导致竞选失利。

这桩异族婚姻的瓦解，白人丈母娘起了很大的作用。弗洛伊德在《图腾与禁忌》一书中指出丈母娘与女婿之间的矛盾由柔情和敌意两种冲动组成："丈母娘很不情愿自己的女儿离开，不信任那个接受了她的女儿的男人，这完全是一种要保持她在自己家中建立起来的主宰地位的冲动。在女婿方面，他决意不愿屈服在任何人的意志下，嫉妒任何先前曾拥有他妻子情感的人。最为重要的是，他不愿有任何人干扰他对于性感受的过分夸张的幻想。"② 母亲可能会爱上她女儿所爱的人，女婿也可能把早年对母亲的爱转移到丈母娘身上。

在伊娃的母亲身上表现出来的是敌意，而不是柔情，她竭力破坏女儿的婚姻。她本来希望女儿嫁入豪门，女儿却嫁了一个中国来的穷小子，她很不甘心。在伍迪事业刚起步，生意还不好时，白人丈母娘公然瞧不起他，还挑唆女儿离婚。后来伍迪的中美贸易开始挣大钱了，就禁止丈母娘频繁登门拜访，妻子倒是对他言听计从，服侍周到。中国朋友常来聚会，大讲中国话，让不懂中国话的伊娃感到孤立，似乎家成了别人的，又因怀疑伍迪与人有染而闹矛盾，丈母娘登门助威，打了伍迪的母亲，伍迪报警，警察把丈母娘带走，并惩罚了她，女方提出离婚。双方各请律师打官司，疯狂争夺财产，伍迪通过伪造公司大额欠款，房产抵押等卑劣手段迫使接近破产的伊娃让步，夺得大部分财产。一场异族婚姻最终以失败告终。

---

① [法]弗朗兹·法农：《黑皮肤，白面具》，万冰译，译林出版社2005年版，第46页。
② [奥]弗洛伊德：《图腾与禁忌》，文良文化译，中央编译出版社2005年版，第15页。

这段异国婚姻失败表面上看是由于势利、暴躁的白人丈母娘插手家庭内务，加上夫妻双方固有的文化冲突，使夫妻反目；实质上是伍迪一开始就利用伊娃，为了绿卡结的婚，根本就不爱伊娃。在生意刚起步阶段，以有白人妻子骗得合作伙伴信任，白人岳父和小姨子也帮他的忙，充当他公司的总裁和秘书，让他的皮包公司看起来像大公司，以此骗得中国大陆来的客户信任。他还监听客户电话，不择手段打击竞争者，建立自己的商业王国。随着经济实力的增长，越来越不把妻子放在心上，离婚了也不愿意妻子分割到应得的财产。伊娃当初可能是为爱嫁给一穷二白的伍迪，而伍迪却并不爱她，只是利用她。伍迪的人品是有问题的。他与很多女人发生性关系只为了性，没有爱。为了绿卡，他残忍地赶走刚到美国，人生地不熟的忠厚老实的发妻，任其在美国自生自灭。在他的身上，充分显示了一个商人的奸诈、贪婪和无情。

但他也不失善良，同情中国来的偷渡客，尽其所能地帮忙。在尔虞我诈的商场，虽然拼命打击对手，但还是挺讲信用的，生意才会越做越大。他有雄心壮志，敢想敢干，很有魄力。但他没有爱情，他的实用主义让他弃文经商，弃发妻而寻找白种女人，他的婚姻并不幸福。他似乎喜欢聪明能干漂亮的齐敏，可齐敏心有所属，在中国时爱上一个政客，已婚男人，还怀上了他的孩子。她天使般的女儿被暴徒杀死后，再也了无牵挂的她削发为尼，断绝尘缘。

美国是天堂，也是地狱。中国的女偷渡客无端被人杀死，心灰意冷的丈夫抱着她的骨灰盒流浪，准备回大陆，却不慎点燃大火，让伍迪新买的豪宅付之一炬。他长相与伍迪酷似，伍迪梦见红光中酷似他的人向他走来，与观像大师的预言吻合。这些迷信、荒诞情节的加入，让小说看起来有些神秘色彩。

从以上关于新移民经商致富的小说中可以看出，这些有商业头脑的人摒弃原来所学的文学或艺术专业，投身商海，成为时代的弄潮儿。他们朝气蓬勃，乐观进取，敢想敢干，吃苦耐劳，勇往直前，如雄鹰展翅般在中国和美国之间翱翔，谱写了一曲华商传奇，展现了新中国移民们的新形象。

这些新移民文学，主人公是中国新移民，而其中的美国人是配角，小说主要讲述发生在美国的中国移民的故事。《北京人在纽约》中的美国人很少，王起明的生意伙伴是美国人，但在小说中一闪而过。倒是一些在美国待久了的美籍华人行事作风很像美国人，如郭燕冷酷无情的姨妈，精明能干的阿春；《早安，美利坚》里的美国妻子伊娃是一个柔弱的家庭主妇，在异族婚姻中处于弱势地位，连离婚时的财产争夺也以她的失败告终。而她的母亲就是一个势利、凶暴的丈母娘；她的父亲是个不负责任的背叛妻子的男人，把妻子传染上性病，还抛弃了她；她的继父对她母亲言听计从，一致对外，甚至因为家庭矛盾就拿枪威胁伍迪。这些美国人虽然各式各样，但在充满活力、意气风发、敢闯敢干的中国人面前很多显得被动、无能、弱势、暴躁。这些经商起家的业余作家们，以白人他者的弱势形象衬托了自我的强者形象，在中美形象的对比中，凸显了新移民商人的高大形象。

二　纽约不是天堂

移民们怀着美国梦而来，却发现美国并不是想象中的天堂。美国虽然繁荣富强，但也存在很多社会问题，美国梦也慢慢变质了。20世纪20年代以来，美国经济出现了前所未有的发展，伴随着物质生活的提高，人们的精神生活却相对贫乏，尤其是一些年轻人的道德观和价值观出现了动摇。曾经激励人们奋发向上的美国梦也发生了变化，人们不再信奉他们祖先所追求的"自由、民主、平等"，取而代之的是对物质生活的过度享受和荣华富贵的追求，甚至为了达到个人目的，不择手段。"美国社会充斥着道德的堕落，以财富与自由为人生绝对目标的美国梦摒弃了美国精神中的积极意义。因此，美国梦也逐渐演变成为对成功的追求，这个时代的美国人开始迷惘。"[①] 那种在追求个人幸福时人人平等、自由的美国梦已经开始破灭。

---

① 周小祥、朱晓东：《20世纪美国梦的绝唱：透析盖茨比悲剧折射下的美国梦》，《世界文学评论》2009年第1期。

移民们到了美国，面临一个全新的政治、经济、文化、社会环境，言语不通让他们很难适应，文化隔膜让他们找不到精神归属，很多人经历了精神上的痛苦，美国梦也逐渐破灭。严力[①]短篇小说集《纽约不是天堂》记述了纽约曼哈顿的人生百态及西方世界各种现代文明，形形色色的善举与劣行。严力本人是位移民作家，深知在海外不能说母语的痛苦，在《母语的遭遇》中塑造了两个因不能说母语而痛苦、尴尬，因而想方设法说母语的中国作家。两人在中国有过节，在瑞典举办的国际文学艺术节上碰面，不搭腔，却又不懂外语，无法与外国人交谈，争着与中国留学生雅芳交谈。雅芳很忙，不能同时陪他俩聊天。他俩因为没人说话憋得不行，一个给雅芳打电话，一个对着镜子讲，甚至对着没人听的电话讲。因不能说服他们握手言欢而鄙视他们的雅芳导演了一出戏，让他们对骂，外国人来了，他们顾及体面就微笑着骂，骂得不亦乐乎。这篇小说讽刺了那些自命清高，却心胸狭隘，在内斗中无谓地消耗着生命，无法融入世界的作家，也反映了母语的重要性。母语是人安身立命的所在，直接关系到人的精神愉悦。在国外的失语让移民们成为语言上的"他者"，极力找人说话表现了对话语权的追寻。他们的痛苦与他们自身的胸怀不够开阔有关，也与全球化语境有关。

移民们在美国要想成功，必须"大换血"，美国梦是以失去与生俱来的、父母赠予的"血液"为代价的。《血液的行为》讲述了一个换血的荒诞故事。李雄的爷爷因地主成分备受迫害，精神出了问题，要把身上的地主的血换成贫农的血，并且劝儿子、孙子都换贫农的血。李雄出国后交了个女友，是华裔美国人，受她的金钱观影响，退学做生意，因重感情、讲义气，没有掌握商品社会的游戏规则而生意失败。他跟女友讲"文革"的故事，说到换血，在吸食大麻后真的把血换成可口可乐。"可口可乐，我终于找到你了，你在我血管中一旦流动起来，什么样的生意我不能做成呢？我不再讲义气和太重感

[①] 严力，1954年出于北京，1973年开始诗歌创作，朦胧诗代表诗人之一。1979年开始绘画创作。1985年夏留学美国纽约，1987年在纽约创办"一行"诗歌艺术团体。

情，我将一帆风顺地把生意做起来！"① 从此以后，他还真的生意兴隆，成了有钱人。遇到一位诗人，有两句诗竟然不谋而合地提到把血换成可乐："纽约在世界的心脏里洗血/把血洗成流向世界各地的可口可乐！"这两句诗成了对纽约的金钱至上的最佳写照，与他心有灵犀。于是，他让诗人为他写自传，披露换血行为，引起轰动，有人效仿他换血，不幸住院治疗，引起政府注意，用行政力量干预。不厌其烦的诗人无条件地承认是他的臆想。

这个荒诞的换血故事隐喻了中国人到美国后的巨大转变，要"大换血"，从内到外全面改变自己，才能适应美国社会。换血意味着抛弃自己与生俱来的东西，抛弃"重感情、讲义气"的母体文化，接受以"可口可乐"为代表的美国理念，才能在美国立足。美国政府的干预表明政府的意识形态功能，维护社会表面上的温情，显示了资本主义社会的虚伪性和欺骗性。李雄在美国的大起大落是一个异化的过程，他最终异化为金钱至上的美国商业社会的一分子。"《血液的行为》则揭示了这样一个主题：发生在不同社会、不同时代的人性异化，有着某种相同的宿命。阶级性对人性的异化，正如金钱对人性的异化，其实质是一样的，人类注定逃脱不了被异化的命运。"②

移民的成功以失去他得以安身立命的血液为代价，成为没有血液，没有灵魂的人。"作为在美国生存的华人，李雄实现了美国梦，但是这种代价是以失去与生俱来的宝贵的血液为代价，失去血液的人，也失去了情感，失去了对人生的各种思考。"③ 换血的荒诞故事揭示了移民们在美国生存的残酷性，要脱胎换骨才能成功。

美国是一个重实利的国家，文科专业很难找到对口的工作，母语不是英语的移民想靠文学生存，更是难上加难。以一篇《伤痕》在

---

① 严力：《血液的行为》，《母语的遭遇》，上海文艺出版社 2002 年版，第 201 页。
② 杨利娟：《"新移民文学"的文化嬗变》，《河南纺织高等专科学校学报》2007 年第 3 期。
③ 李亚萍：《"自杀"与"换血"——两代移民作家对生存困境的不同想像》，《江苏社会科学》2006 年第 1 期。

中国文坛一炮走红，开启"伤痕文学"潮流的卢新华到美国后下海经商，办公司，做金融，甚至蹬三轮车，还曾在赌场以发牌为生。由此可见，中国文人在美国的艰难处境。常罡《诗人的白衬衫》里的诗人利用假结婚出国，在美国做苦工，因一心扑在诗歌创作上，不好好工作，常常失业；回国又不甘心，而且连回去的机票钱都没有。立志做伟大诗人的他不愿堕落为靠有夫之妇生活的情夫，无以为生，只好答应写香艳小说。诗人的白衬衫不得不染黑了。诗人在物化世界的遭遇，说明了人的精神产品的贬值。叶冠男《博士主夫》中的白心宁是比较文学专业留美博士，找不到合适的工作。而妻子因专业适合美国社会，收入很高，独立支撑整个家，形成女主外男主内的家庭模式。妻子急功近利，让丈夫改学电脑等容易找工作的热门专业，丈夫坚持文学理想，不肯放弃多年苦读的心爱的专业。做家庭主夫的丈夫在妻子的心中，在整个社会大环境中都处于劣势地位，这对自尊自爱的博士主夫造成很大的精神伤害。他立志找到工作，终于在一个边远山区谋到一个文学教授的教职。为了自立自强，不惜夫妻分居。他赢得了妻子的尊敬，甘愿为他守活寡。白心宁是一个执着于"比较文学"，中西文化沟通的理想主义者。

由于中西方人种与文化的巨大差异，民族间的隔阂是很难一时消除的，真正融入将是一个漫长的过程。坚妮《再见，亲爱的美国佬》里的中国留学生容栩到美国七年，本以为很幸运，却发现她的命运依然系在遥远的中国。即使整天混迹老美中间，她还是无法融入他们，他们也不理解她。她成为两栖人，只能向美国佬说再见。

经历过上山下乡的知青们又出国洋插队，他们的作品少有对过去岁月的哀怨，而是把知青的苦难生活当成一种磨砺，作为洋插队的资本，拼搏向上的一个台阶。沈安妮《我的电脑生涯》中的插队落户贵州多年的上海小姐到了美国，言语不通，技术缺乏，一边工作，一边上成人学校进修电脑，艰辛的学习、劳作让她苦尽甘来，最终升任电脑程式分析师。面对白人小老板的种族偏见，勇敢对抗，而不是忍辱退让，捍卫作为一个中国人的尊严。并表示，在美国只有中国人自己努力争取才能争得中国人想要的尊重和权利，不能指望白人或黑人为华人争取权益。陈绪珞《我的六个美国老板》中的华人女子也是勇于反抗白人的种族歧视、性别歧视，后来自己成为老板。张树仪《老板辞职了》中的移民以积极主动的心态去赢得工作，成为部门里唯一的黄皮肤黑头发的华人，然后独立自主地工作，勇于反抗白人主管的专制，在更高级别的白人主管的帮助下取得胜利。这些"洋插队"的新移民发扬当年的插队精神，到美国洋插队，拼搏进取，终于打下一片天地。他们树立了新移民的意气风发，吃苦耐劳，拼搏奋斗的形象，在职场中赢得了美国人的尊重，获得一席之地，创立自己的事业。与他们相比的美国人形象常常是负面的，如有种族歧视、性别歧视行为，工作能力一般，是中国人的正面形象的陪衬。

　　人在基本的物质需求满足后，还有更高层次的精神追求，这也是移民们美国梦的一个组成部分。旅美作家陈谦[①]的《爱在无爱的硅谷》表现了女主人公苏菊的爱情理想的破灭。苏菊原是硅谷的软件工程师，事业有成，有深爱她的男朋友利飞，但她并不快乐，总是想追求浪漫而有灵性的生活。不甘于做商人妇的她，与一位画家一起到沙漠荒原定居。画家的超脱让她负起生活的重担，不得不面对庸常的人生。画家只顾自我，连养育孩子的义务都不愿承担。她的灵性理想再度落空。根据马斯洛的需求层次理论，苏菊对爱情和婚姻的追求属于情感和归属的需求。苏菊困在感情的围城里，没有更高的追求，人也变得倦怠。股市泡沫让她的财富化为乌有，她又重回大都市，开始了新的奋斗，这段经历对她走出情感的困境有很大的帮助。

第三节　孤独之城

　　移民到一个陌生的国度，就像把一棵大树连根拔起，移植到气候不同的远方，有可能因为水土不服而无法活下来，更谈不上根深叶

[①] 陈谦，生于20世纪60年代，长在广西南宁。1989年春赴美留学，获计算机工程硕士学位，现在是高科技公司资深集成电路芯片设计师。现居美国硅谷，美国华文作家，笔名啸尘。

茂。移民们从东半球迁移到西半球，生活发生巨大的改变，面临迥异的种族、文化的冲击，有可能遭遇精神危机，因为焦虑而失眠，因为孤单而过于依赖亲情，致使人伦关系扭曲、变态，而没有亲人、无依无靠的老人在异国更加孤独。

一　失眠的隐喻

失眠是一种疾病，而疾病常常是一种隐喻。桑塔格的两篇重要论文即名之为：《作为隐喻的疾病》和《艾滋病及其隐喻》，桑塔格反思并批判了诸如结核病、"艾滋病"、癌症等如何在社会的演绎中一步步隐喻化，从"仅仅是身体的一种病"转换成了一种道德评判或者政治态度，一种疾病的隐喻又如何进入另一种疾病的隐喻。她通过这两篇文章所要做的就是将鬼魅般萦绕在疾病上的那些隐喻影子进行彻底曝光，还疾病以疾病。① 但她同时也指出："并非所有用之于疾病及其治疗的隐喻都同等地可憎，同等地扭曲。"②

严歌苓可以说是疾病隐喻的制造者，她最拿手的"疾病隐喻"是失眠。失眠隐喻了人与自身、与社会的不和谐，以个人的病态隐喻了社会的病态。长篇小说《人寰》通篇都是失眠症患者向心理医生的倾诉。倾诉者是留美女博士，一再向心理医生倾诉历史和现实的困境，试图从中发现失眠的历史原因和现实原因。她极早熟而又敏感，很小就发现家庭与贺叔叔的不正常关系，"文革"中的是是非非，她对贺叔叔的畸形爱慕，她第一次婚姻的失败，在她心中都一再留下阴影，到美国后的学业与工作，与有妇之夫的系主任舒茨的复杂关系，让她陷入困境。她与舒茨的关系类似于她父亲与贺叔叔的受恩者与恩主关系，虽然人们来自不同的国家，有着不同的时代背景，却有着相似的恩典、讹诈和奴役。为此，她要摆脱舒茨，摆脱父亲，摆脱恋父情结，做个正常人。她的失眠主要是中国社会政治环境与美国现实困

---

① 程巍：《译者卷首语》，载［美］苏珊·桑塔格《疾病的隐喻》，程巍译，上海译文出版社2003年版，"译者卷首语"第1页。
② ［美］苏珊·桑塔格：《疾病的隐喻》，程巍译，上海译文出版社2003年版，第161页。

境双重作用的结果，隐喻了社会对人的自然天性的压制，使人心理失去健康。

小说的很大篇幅在讲贺叔叔。贺叔叔是爸爸的朋友，是家里的保护神，也是爸爸的主子。爸爸从事文学创作，正值"反右倾运动"，因为不合时宜的文章，处境很不妙。在身居高位又是著名作家的贺叔叔的保护下，爸爸免于政治运动的打击，为了感恩，爸爸替他写作。爸爸花了四年时间，呕心沥血，写了一部长篇小说，书出版却不署爸爸的名字，连第二作者都不是，这让爸爸非常难过，妈妈很气愤。他对爸爸来说既是恩人，是朋友，也是剥削者，是仇人。"文化大革命"席卷一切，贺叔叔被批斗，爸爸意外地打了他一巴掌，既是报多年被压制的仇，发泄心中的不满，也是为了与他划清界限，让自己安全。然而只安全了两年，爸爸也被下放到了五七干校。当贺叔叔坐了三年牢，做了几年瓜农之后，再次走上权力舞台，他见到爸爸，犹似老友重逢，似乎一切都过去了。他的宽容让爸爸再次为他呕心沥血地写作。这次是合作，可合作过程中充满磕碰和裂痕。合作不愉快，却又分不开，两个人中间有一笔说不清、算不明的账。

贺叔叔夫妻靠分居来维系婚姻，她的父母也离了婚，而她也离婚了。经历过"文革"，很多人都变得粗糙起来，母亲变得泼辣强悍，她强烈反对父亲再为贺叔叔写作，父亲离开了她，找了个小夫人。母亲很爱父亲和这个家，为这个家作出很大牺牲，甚至不要求回报，只要记住欠她的就可以了，可是父亲还是背叛了她。多年来母亲一直怀疑父亲有外遇，十几年后，那个"白骨精"终于出现了。多年的患难夫妻就这样分道扬镳了。贺叔叔的妻子是个女县长，精明强悍，在贺叔叔倒台后，曾提出离婚，只是没人批准，婚姻才延续下来。失眠者的婚姻乏善可陈，为了做爱方便就不吭不响地跟人领了结婚证，两人很快就无话可说，离婚了事。她从小就认识贺叔叔，对他有说不清的感觉。她印象中的贺叔叔是个太阳，有着铜像一样的前额，是个有名望、有权力的革命知识分子。时代决定了她们必须爱慕英雄和偶像，而贺叔叔就是这样的时代英雄和偶像。她觉得爱贺叔叔不取决于她个人的好恶，而取决于时代和理想。时代的巨变让农家出身的贺叔叔这一类人成了时代的偶像，万人敬仰。在他成了种瓜的老农时，她一个人去看他，内心深处就渴望留下来。当她渐渐长大，明白有多爱他，终于向他表白，可他无法接受她的爱，尽管他早已不爱他的妻子，他还是维系着他的婚姻，尽管他对她也不全是长辈对晚辈的爱。

她来到美国，白人舒茨是她所在大学的系主任，七十岁的老人，而她四十五岁，两人的关系以他的性骚扰开始，却又似乎有了爱情，她起初并不爱他，却又不甘心不爱，总是在他接受"我们不相爱"的事实时，又对他爱恋起来。他手里握有讲师的空缺，但要等她全面接受了他后才给她。给了她，他将承受名誉损失，他的牺牲要有回报。为了避免非议，他决定退休，与妻子离婚，和她在一起。可是一首歌勾起他的美好回忆，他给妻子打电话长谈。她决定离开舒茨，到遥远的地方去。为什么呢？也许是她发现，他的妻子在他心目中的无人可以取代的地位；也许是她根本就不爱舒茨，只是她不甘心不爱；或者是为了避免重蹈父亲与贺叔叔的怪圈，摆脱恩典，以及由此而来的讹诈、奴役。虽然对舒茨很不舍，她还是要摆脱，她要做个正常人，再也不要像父亲那样，充满奴性、廉价的感恩之心，一辈子摆脱不了贺叔叔的阴影。

舒茨与她的关系就像贺叔叔与父亲的关系。无论是贺叔叔还是舒茨教授，都与她有着巨大的年龄差距，她似乎有着恋父情结。她爱贺叔叔，更多的是把他作为精神上的父亲来爱，而不只是男女之情。而舒茨是她在美国孤寂的生活中的精神安慰，还可以给她想要的工作。舒茨不像贺叔叔，而更像父亲，有着父辈的宽厚之爱。她的恋父情结让她一度爱上这父亲般的人物。但"我原来要摆脱的就是我父亲"[1]，这恐怕也是她要摆脱舒茨的很重要的原因。为了避免重蹈父亲一生躲在幕后，无法做个正常人的悲剧命运，为了避免父亲与贺叔叔的畸形关系，她忍痛离开舒茨，走得远远的。

在倾诉中，她一再强调讲英文的她与说母语的她的不同。讲英文的她显得幼稚，直白，只有十八岁，说话不知道轻重；讲中文的她成

---

[1] ［美］严歌苓：《人寰·草鞋权贵》，春风文艺出版社1998年版，第161页。

熟，有城府，是四十五岁的人。她就像分裂成了两个人，一个说英文的年轻女人，一个说中文的中年妇女。说英语的她显得简单、无辜，给舒茨以假象，舒茨爱的也许就是这假象。舒茨并不真正理解她，不知道她伤在何处。"我们的整个存在就是那无所不在的伤。"① 中国历史的伤痕在她身上留下不可磨灭的印记，虽然她离开了故国，然而她的心时刻缠绕在骨肉相连的故国亲人身边。她孤身一人在美国，需要稳定的工作，似乎只有舒茨可以依靠。过去的政治伤痕与现在的状况纠结在一起，让她夜夜失眠，吃安眠药吃得白天晕倒，她强烈要求摆脱这种生活，做个正常人。

她在中国大陆的过去是一场梦魇，历经数次政治风波，一家人躲在贺叔叔的避风港内，被保护、拯救，同时也付出惨重的代价。爸爸辛勤写作一生，竟然没有著作问世，为他人作嫁衣，何等可悲！这个梦魇影响到她的一生，即使来到美国也没法摆脱，所以她坚决拒绝恩典、保护和拯救。她一再说，她要做个正常人。

面对她所有的倾诉，心理医生永不吃惊，犹如一切圣像。圣像能拯救了世人吗？对于没有宗教信仰的人来说，圣像不过是泥胎，对尘世无能为力。那么心理医生呢？心理医生能拯救得了有心病的病人吗？拯救病人的恐怕只有病人自己。她选择远走高飞，让时空拉开人与人之间的距离，也许这些纠缠不清的人事关系因此而得到厘清，重新开始。

严歌苓本人严重失眠，这让她深知失眠的痛苦，写起失眠来真切感人，让人不由得同情失眠者，痛恨造成失眠的时代和社会的弊病。在散文《我为什么写〈人寰〉》中讲她为失眠去看家庭医生，采用从弗洛伊德那里袭承来的"talk out"的方式医治，想到这种疗法作为小说的形式，为此虚构了一个故事。故事中的父母有她父母的影子，在散文《母亲与小鱼》中她讲了母亲爱上父亲，书里夹个小纸签："我要嫁给你！"就真嫁给了他，在他劳动改造时，一再炸小鱼送过去，都没有舍得给身边馋嘴的孩子吃。可父亲恢复写作后，就找了一个年

---

① ［美］严歌苓：《人寰·草鞋权贵》，春风文艺出版社1998年版，第162页。

轻貌美的新夫人，主动与母亲离了婚。母亲说，再有场"文革"就好了，爸被罚到乡下，没有女人要他，只有她要他。这些情节在《人寰》里的父母身上重演，还有严歌苓父亲为文霸写作的事，在小说中成了父亲与贺叔叔之间的主要纠葛。严歌苓最长的失眠是三十四个通宵，她意识到自己非但不能做一个成功的作家，恐怕连个正常人都算不上。所以她在小说中一再呼吁：我要做个正常人。这篇小说处处有她现实生活的影子，失眠折磨着她，她是那么渴望从失眠的困境中突围。

失眠严重时就会使失眠者产生幻觉，做出不为人们所理解的荒诞的举动。在异国他乡本来就很孤独，而失眠又让这种孤独感增加到无以言说的地步，它夜夜折磨着失眠者，让失眠者渴望有个人一起失眠，于是严歌苓有了《失眠人的艳遇》。这个失眠者一直在寻找一个人，却不知道关于他的任何信息，只知道他在陪她一道失眠。

失眠者是个来自中国大陆的年轻女人，学艺术的，做过各种工作，是个晚期失眠症患者。在大陆时她就失眠，本以为到美国后会改变，然而一段时间后失眠又像毒蛇一样缠上她。她总觉得对面楼上有个窗户亮着，有个人与她一样失眠，她千方百计要找到那个人，可是她不知道他的任何信息。人们告诉她，没有这些信息，就等于说这个人不存在。可她坚信他的存在，那一扇窗一夜夜亮着，似乎很近，可是又找不到。路上偶遇同胞虹虹，虹虹只知道炫耀钻石、房子，希望看到朋友们过得不如自己。告诉她失眠了三十九天，她的建议是决不要吃安眠药。她失眠时不会打电话给虹虹，因为虹虹丝毫无助于缓解她的病症。一个异性朋友李海澜建议她去看心理医生，交个男朋友。他就是因为太孤独才和女友一起住的。在看心理医生的时候，她认识了也在看病的他——一个孤独的，有很多年没收到过信的"老美"。当她告诉他，她在寻找一个失眠症患者时，他觉得这事荒诞，是她的臆想。他认为，这个国家失眠者太多了，赚钱、谋生、债务的压力，人相互间的疏远、无法排遣的孤独。他似乎中意她，但不能陪她失眠，所以她还是要找那个失眠者。终于找到了那座楼，似乎也找到一个失眠者，但她却拒绝与他一起跑步。她在电话簿里找他，终于找到了,可就在要打电话时又没打,因为不知道该说什么。第二天就听说那人跳楼自杀了。当夜,她就默习着工友形容他的模样,熄了灯的独房公寓里是浑浊的黑暗。所有她认识的人——无论中国人还是美国人,无论友情还是爱情甚至远在祖国的父母亲情,都不能帮她摆脱孤独,摆脱失眠,而且无人理解她一直在找一个一无所知的失眠者的荒诞举动。

这篇小说以一个晚期失眠症患者的口吻来写孤独、失眠,来到美国无助于健康的睡眠,"老美"不能陪她失眠,朋友不明白她怪异的想法,友情、爱情都挽救不了她的失眠。她执着地寻觅同病相怜者,然而只找到自杀者。难道只有一死才能得到安眠?这篇小说充满荒诞,在现代社会,人在巨大的生活压力下,在孤独寂寞中,精神压抑、焦虑,无处排解,夜不能寐,人也变得神经兮兮。

失眠,作为一种生理和心理疾病,在这里隐喻了人与环境,人与自身的不和谐,人在社会化过程中的异化,人离开故土,移植异国他乡的不适应和孤独。孤独到了极致,才会发疯般地寻找一个人,不知道是谁,不知道姓名、相貌、年龄、职业、电话、邮政编码,女警察和电话公司都说,没有地址、电话、姓名,就没有这个人。现实中的人无论中国人还是美国人,无论男人还是女人都无法安慰失眠者,失眠者只有上天入地地寻找同病相怜者。人在现实中得不到,便会在想象中寻求。她被十七八岁的黑男孩抢劫,兜里有催泪瓦斯却没有抵抗,只因为对方说了声极动人的对不起,她只请求把证件扔下,有了这些证,就证明有她这个人。人的存在不是自明的,需要证件才能证明,没有证件便没这个人,没有地址、电话、姓名,也没这个人。人由物来界定,人由他人来决定是否存在。如果执着地确信有这个人,便会被认为是臆想、癫狂、不正常。面对强大的、顽固的失眠,人是多么无能为力!夜夜任由失眠吞噬,有人选择自杀以抗拒痛苦,是怎样的绝望才会让人杀掉自己呢?在失眠这个黑影的笼罩下,人是多么渺小!

二 扭曲的人伦

弗洛伊德认为,男孩有俄狄浦斯情结。"也许我们所有的人都命中注定要把我们的第一个性冲动指向母亲，而把我们第一个仇恨和屠杀的愿望指向父亲。我们的梦使我们确信事情就是这样。俄狄浦斯王杀了自己的父亲拉伊俄斯，娶了自己的母亲伊俄卡斯忒，他只不过向我们显示出我们自己童年时代的愿望实现了。但是，我们比他幸运，我们没有变成神经病患者，就这一点来说我们成功了，我们从母亲身上收回了性冲动，并且忘记了对父亲的嫉妒。正是在俄狄浦斯王身上，我们童年时代的最初愿望实现了。这时，我们靠着全部压抑力在罪恶面前退缩了，靠着全部压抑力，我们的愿望被压抑下去。当诗人解释过去的时候，他同时也暴露了俄狄浦斯的罪恶，并且激发我们去认识我们自己的内在精神，在那里，我们可以发现一些虽被压抑，却与它完全一样的冲动。"[1]

在孤寂的异国，孤独的个体只有亲人相依，过度的依赖使亲情扭曲，母子、父女及母女的爱都变得畸形。亲生母子在异国竟然像恋人一般约会，难分难舍。《约会》里四十岁的五娟为了儿子的前途，嫁到美国，丈夫六十八岁，两年后她儿子晓峰来到美国。母子过于亲密，让继父不舒服，想拆散他们，于是让儿子搬出去住。可母子俩背着他每周四偷偷约会，五娟为周四而活。丈夫阻挠他们约会，五娟找各种借口出来。母子俩的感情超出正常的界限，似乎有点恋人的味道。儿子病了，母亲为他擦身，完全不顾他已长大成熟的身体，儿子闭着眼，尽力做个婴儿。母亲一边擦，一边讲他小时吃奶的事。当母亲说，没有你，我肯定死了时，儿子紧紧抱住妈妈。五娟回到家看到丈夫私自拆开她的信很不高兴，丈夫看到两张旅行社的票，听说她与儿子去旅行很不高兴，砸了空酒瓶。五娟竟然笑着说，砸得好。丈夫晚上讲和，如何想与她白头偕老，给她看遗嘱，死后留给她的钱，并同意让晓峰搬回来住，五娟说晚了，她已经决定离开他了。她要与儿子私奔去赌城，可是她在咖啡店没有等来儿子。儿子在拥抱她时已经背叛她了。儿子已经意识到自己长大了，再也不能像婴儿那样，依恋

---

[1] [奥] 西格蒙德·弗洛伊德：《〈俄狄浦斯王〉与〈哈姆雷特〉》，《弗洛伊德论美文选》，张唤民、陈伟奇译，知识出版社1987年版，第15—16页。

母亲了,他含泪背叛了母亲。但五娟的执着等待,让咖啡店的小老板对她由嘲弄到充满了敬意。异国的陌生,异族人的冷漠,让母子最初相依为命的关系不适当地、无限期地延长了。晓峰背叛母亲,是因为已经长大成人的他开始明了他们的母子情膨胀到容不下继父,母子似乎是难分难舍的精神恋人了。母亲把儿子当成了精神上的情人,而排斥真正的丈夫;儿子更是把幼儿期潜意识中的恋母情结延长了。

《红罗裙》里的母子关系也是扭曲的。海云对丈夫都不曾撒过娇,却对儿子撒娇,喊他"小死人"。她拥有儿子就很满足了,为了儿子她嫁给美籍华人老头周先生,好让没出息的儿子出国。母子亲情似乎超出了平常母子关系,像恋人一样。她激动的时候,裸着大半个身体把十六岁的儿子搂进怀里,儿子在赤裸的乳房间一动不动,她重又感觉到十年前的"那种拥有"。丈夫的前妻生的儿子卡罗是个混血儿,皮肤似乎透明,有着"发绿的大黑眼睛",是个优美的杂种。卡罗总是嚼着口香糖,很想帮继母忙,但父亲总是不让他动手。三十七岁的漂亮女人嫁了个七十多岁的糟老头,在家就像老妈子一样伺候他们父子。只有逛街买衣服,在家试穿衣服是她的享受。继子被继母的美丽所吸引,向她表达爱意,继母也喜欢继子,觉得大家都很孤独,用她的话说:"卡罗是她所见到的最孤独的一缕魂。这孤魂在这幢城堡里徘徊了多少年、多少年,似乎早于他被那个胖大的金发母亲孕育、娩出。"[1] 孤独让他们靠近,但又并未越轨。因为卡罗对父亲说海云的儿子的坏话,惹怒了海云,当众揭穿他对她的心思。海云的儿子一怒之下砍伤了卡罗。为避免乱伦的发生,周先生准备退休,多陪陪海云。他难得的性勃起使夫妻间象征地有了性。这时卡罗"断裂的琴声"显示了他对父亲占有继母的愤怒、嫉妒,泄露了他潜意识里的恋母情结。因为失去母亲让他的恋母情结无法释怀,年轻美丽的继母的出现,让他的恋母情结畸形发展。结局是,儿子们都离开家去了学校,只留下海云在家里孤独地等待着,她所拥有的也只有美丽的

---

[1] [美] 严歌苓:《红罗裙》,《少女小渔》,陕西师范大学出版社2008年版,第51—52页。

衣裳。

这些为了移民而嫁给美籍华人老头的颇有姿色的中年妇女,婚姻中缺乏爱情和性,在异国他乡,更加孤独,更容易滋生不道德行为。《花儿与少年》也是关于远嫁美国的老夫少妻的故事。因为长篇,增加了双方曾经的婚恋故事,又各自多出了一个孩子。这些孩子因为父母的离异而失去了天伦之乐。晚江离开深爱的丈夫洪敏,带着女儿仁仁跟着美籍华人瀚夫瑞到了美国。瀚夫瑞与白人前妻有个混血儿子路易。备受宠爱的路易能言善辩,对年轻貌美的继母很体贴,常常献殷勤。晚江意识到路易对她那像草莓一样饱满多汁的女儿仁仁有想法,拼命想把路易的注意力转移到自己身上,希望可以保全女儿的贞洁。仁仁四岁离开父亲,在继父的调教下长到十四岁,很像上流社会的淑女。在不谙英语的亲生父亲面前与母亲大谈英语,对生父充满蔑视,她只认继父,并且说对父亲的认同是人格认同。事实上,继父对她的宠爱像对宠物一样,说白了,母女俩在家里的地位不过是高级宠物而已。

除了继母与继子乱伦的冲动,《花儿与少年》还写了徐晚江在婚姻围城中的挣扎,她企图冲出无爱的婚姻,重回前夫怀抱,一家团圆,但因为无能的前夫负债累累,在美国无法立足,逃回大陆,而精明的丈夫故作宽容,既往不咎,让她苟且在围城里,得过且过。

《红罗裙》与《花儿与少年》有很多相似的地方,这里的跨国婚姻都是老夫少妻,年老而富有的美籍华人有过失败的异族婚姻史。严歌苓小说中的白人女子与华人男子的婚恋故事并不多,而且多是以悲剧结局。于是这些美籍华人便到中国物色年轻貌美的娇妻,只是娇妻不爱老夫,把全部的爱都寄托在与前夫生的儿子身上,丈夫总是本能地排斥继子,导致妻子的不满,转而更爱儿子,亲生母子间超越了正常母子间的亲昵,但不至于乱伦。而继母与没有血缘关系的继子间则有着乱伦的冲动,尤其是这继子还是个中西混血儿。父母的失败婚姻对他们来说是个阴影,缺乏母爱,与父亲固有的文化冲突,让他们倍感孤独。他们自觉不自觉地在继母身上寻求安慰,这安慰还混杂着爱情和性冲动。西方文化中的性开放让乱伦渐渐开禁,他们往往主动勾引继母,或者无血缘关系的姐妹。乱伦蓄势待发,但最终并未发生。对比话剧《雷雨》的惊心动魄的结局,这两篇小说还是保守的,没有乱伦发生,老夫少妻的生活还在继续。我想这与作者强烈的中国伦理观念有关。她在这些有乱伦趋向的故事中表达的是孤独的灵魂,谴责为实利(移民、金钱、福利)而不是爱情的跨国婚姻。

母子关系在孤寂的异国变质,父女关系又何尝不是?《屋有阁楼》里的来自中国的父亲陪女儿在伦敦读书,父女相依为命。女儿交了个英国男朋友,准备结婚。他在夜里总听见女儿哭泣,以为未来的女婿虐待她,就给未来的女婿下安眠药。此事折磨得他去看心理医生,医生的判断是他有问题,他把女婿当成了情敌。在异国,丧偶的他对女儿的爱超出了一般的父爱,使他嫉妒女婿,嫉妒得发狂,以致出现了女婿虐待女儿的幻觉。但伦理道德又告诉他,天要下雨,娘要嫁人,女儿需要女婿,女儿不可能一生都跟老父亲在一起。情感与伦理的冲突让他痛苦万分,不愿再继续忍受煎熬,就把给女婿准备的全部安眠药都吃了,自尽了。

在严歌苓笔下,除了母子、父女的纠葛,还有爱极生恨,以致酿成悲剧的母女。《冤家》中的母女俩就像一对冤家。母亲南丝恨透了骗婚的同性恋丈夫,离婚后独自抚养女儿璐,不让女儿与同性恋父亲亲近。母亲的朋友们肆意嘲笑璐的父亲是个同性恋者,激怒了璐,璐拿麻将打人,母亲把女儿带上车。母女俩在车内的争执导致翻车,母亲的脸像草莓一样出血,女儿从车窗爬了出去。即便是同性恋的男人也有父爱,也为女儿所爱,父女间的爱是不能抹杀的,母爱无论多么伟大都无法取代父爱,都无法独占女儿对父母的爱,强行斩断父女关系的结果只能是两败俱伤。

三 孤独的老人

对比畸形的亲情,那些没有伴侣,没有孩子的孤独的老人更加凄惨。《青柠檬色的鸟》里的香豆没有伴侣,没有孩子,邻居老单身汉洼曾提议一起住,她觉得没有必要,她在等一个人,一直等到死也没等到,死了也没人知道,香豆都变臭了。洼接管了香豆的八哥,这八哥不仅会说话，还会天气预报，吸引了墨西哥小男孩佩德罗。男孩在老人家守着八哥玩儿，洼让男孩为快失明的自己读成年读物，在色情故事里寻求一些快感。男孩带小朋友们一起来听八哥说话，可那会儿八哥就是不说话，小朋友们觉得他撒谎，相继走开。佩德罗很生气，抡起大棒砸鸟，洼想阻拦，却被打倒在地，鲜血直流。这个中国老单身汉原来是个船员，一辈子也没混上个媳妇，到死了却是死在一个做伴的小男孩手里。

《初夏的卡通》中的亚裔老太太艾米莉没有孩子，丧夫后与一条名叫露丝的母狗相依为命，常常到公园玩儿。她管好狗，以免它误入人与狗的上流社交圈。在别人眼里，她只是个穿着过时的亚裔老女人，她的狗是杂种母狗，不配与她们名贵的狗交往。在种族、阶级的双重隔离下，人与狗都是孤独的，就在这孤独中，偶遇了一个名叫罗杰的白种男人与他的狗彼得。七十多岁的她像恋人一样打扮好准备赴约，却又不得不眼睁睁地错过了约会。警察把罗杰押回了精神病院，彼得被打死。罗杰想叛卖他的人大概是中国妇人艾米莉。事实是兴奋的艾米莉死于心脏衰竭，四天后才为人所知。活着的罗杰误会了艾米莉，两颗跨越种族试着沟通的心最终还是隔膜。艾米莉预感末日临近时把露丝放了出去，露丝就在长椅前执着等待这世上已经不存在的彼得。"它就那样等在那里，一种优美的意境使它的丑陋和低贱消失了。"①

《茉莉的最后一日》里孤独的拉丁裔老太太茉莉没人说话，和来自中国的贫困的推销员闲谈得没完没了，顾不上吃药，死于心脏病；而推销员为了业务，顾不上回老婆的电话，老婆早产了，大出血。

《海那边》里的泡是个又老又傻的鳏夫，三十年如一日地在王先生的餐馆里打工，性冲动让智障的他公然请求前来打工的中国女学生摸他，这招来了麻烦。王先生为此惩罚了他。孤身一人在美国，思念亲人的李迈克深知泡没有女人的苦处，就把自己捡来自慰用的美女照

---

① [美] 严歌苓：《初夏的卡通》，《少女小渔》，陕西师范大学出版社2008年版，第206页。

片当成大陆新娘送给泡,骗他说人家在海那边等他,让泡有个念想,泡像宝贝一样保存着。王先生曾经是泡的主人(他把泡从中国带到美国,在旧中国是主仆关系),对忠心耿耿的泡很照顾,以为李迈克想骗泡的钱,就告发了没有居留权的李迈克,让移民局的警察把他带走了,递解出境。当泡终于明白是王先生害了李迈克后,就把他打倒后锁在冷库里,让他变成了冰雕。王先生是为了保护泡免受欺骗,而李迈克是想缓解泡的性饥渴,两人的出发点都是好的,却由于误会,酿成悲剧。

孤独是人类的通病,对移民来说,由于所在国与母国在语言、种族、文化上的差异,更加孤独。为了排遣孤独,亲情更浓,浓到变态、变质,甚至出现继母与继子间的越轨冲动。而孤独的老父亲把女婿当成情敌,出现女婿虐待女儿的幻觉,经不起心理折磨的他仰药自尽。孤独的母亲企图独占女儿,排斥同性恋父亲,母女间的冲突酿成车祸。孤独的老人死时没人知道,没人守护在身边,直到尸体发臭,才被发现。

小　结

无论是曾经把美国塑造成"埃及的古墓"的白先勇,还是新移民商人周励,抑或华裔美国作家谭恩美,都曾在与中国做对比的过程中,把美国塑造成人间天堂。也有一些新移民作家,如曹桂林、薛海翔,把美国塑造成天堂与地狱的混合体。严力则以大量的小说解构了纽约的天堂形象。新移民作家严歌苓则把美国塑造成了华人的"孤独之城"。

小说中美国有时是天堂,有时又是地狱。那些或天堂或地狱的异国形象都是移民们的想象,是中国移民欲望与恐惧的梦乡。美国梦中的美国是天堂,地狱中的美国是移民们刚刚脱离舒适却不见光的母体,在异质文化语境中处于弱势地位,遭遇文化冲突、生存困境时的情绪化反应和艺术表现,就像新生儿的哭声一样是自然的。美国形象在新移民作家笔下就像水中的筷子一样扭曲了,其实那不过是假象，水中的筷子还是完好无损，不过是光线折射的原因。作家的眼光就像折线，让我们看到扭曲的美国镜像，而与美国镜像相伴而生的中国形象也必然是扭曲的，是作家的艺术建构，必然因为社会历史语境，作家的思想情感的变化而变化。这注定了中国形象的虚幻性和变异性。中国既是他们所想象的，也不是他们所想象的，中国是个客观存在，任何语言建构中的中国都必然走样，更何况跨越国界的故国回忆！

第三章　美国家园形象

　　移民文学中的"家园"常常与离散、身份认同、边缘人物等后现代主义关键词紧密相连。在美华文学研究中，一提到家园往往指的是故国那个遥远的家园，一个因为距离，因为想象而美化或丑化了的中国。费小平的论文《美国华裔文学中的家园政治》采用美国学者萝丝玛丽·玛瑞戈莉·乔治（Rosemary Marangoly George）关于家园的后殖民论述："所有的小说均指向恋家症"，"所有的恋家症均指向小说"等，对美国华裔文学中的家园意象、故国情结展开批评，以时间为序，勾勒了不同时期华裔的多彩的家园图景。① 他所谓的"家园"常常是指向中国的，如"文革"时期的中国。而本文所探讨的家园主要指美国家园，虽然有时也不可避免地会提到中国家园。因为华美文学中美国家园形象的塑造常常是以潜在的中国故园为参照的。

　　在很多移民心中，美国是天堂，美国的科技发达，物质丰富，政治自由、民主、平等，人民生活富足，不管出身如何，只要肯吃苦，通过个人奋斗，就能得到想要的生活。自传体小说《曼哈顿的中国女人》中的周励把纽约当成家园："纽约，这是我们的家园啊！"② 她认为美国非常民主，各族裔机会均等，个人只要肯努力，抓住机遇就可以获得成功，实现美国梦。与中国相比，她在美国生活得幸福美满，美国就是尘世中的天堂。"荣格反复强调，意象，并不是对外部世界

---

① 费小平：《美国华裔文学中的家园政治》，《当代文坛》2007 年第 5 期。
② ［美］周励：《新版絮语（十年感怀）》，《曼哈顿的中国女人》，上海文艺出版社 2003 年版，第 12 页。

的反映，而是经由内心体验而产生的幻想。"① 美籍华人的美国家园意象充满了虚幻性，变化万千，时而是天堂时而是地狱。很多移民怀着美国梦到了美国，开始了他们在新大陆的新生活。然而，现实中的美国并没有想象中那么美好，很多小说讲述了华人移民在美国的悲惨遭遇，把美国塑造成"古墓与围城"，移民经历了巨大的身心苦痛。但美国仍然是华人青睐的移民目的地，移民大潮还是浩浩荡荡，一浪高过一浪。

无论美国是"地狱"还是"天堂"，对于那些在美国留下来，获得永久居住权，入了美国籍，成了美国公民，在美国生根发芽，开枝散叶，建立家园的华人来说，美国不再是异国他乡，逐渐成了自己的家园，而原来的祖国反倒变成了异国，至少在国籍的意义上是这样。

家园作为一种空间形式，既有具体的物质形式，也有精神的建构。"安德森将民族、民族属性与民族主义视为一种'特殊的文化的人造物'，将民族定义为'一种想象的政治共同体'"。② 作为民族、国家的基础和隐喻的"家园"也可以说是"一种想象的政治共同体"，是人为建构的，充满变化。在美华文学中，关于母国与故园的想象绵延不绝，关于美国家园的想象也在持续的建构中。美国家园不仅指客观存在的美式住宅，还包括精神家园——华人最终视美国为家，自视为美国人而不是中国人。

华人移民为了追逐美国梦，不惜抛弃原来熟悉的家园，到一个文化迥异的陌生地方打拼，只为寻找更美好的家园。随着旅美华人在美国落地生根，美国由异国他乡渐渐变成了安身立命的家园。於梨华的小说从留学生文学到留学人故事，从重在文化冲突、身份认同的移民题材小说开始向中产阶级移民日常生活过渡，从移民第一代到移民后代，无根的焦虑不再有，因为他们已经扎根彼岸，生老病死，母女隔阂，婚恋悲剧，老年丧偶，这些跨越种族的人生的永恒难题开始占据

---

① ［瑞士］荣格：《心理学与文学》，冯川、苏克译，译林出版社2014年版，"译者序"第10页。
② ［美］本尼迪克特·安德森：《想象的共同体——民族主义的起源与散布》的《内容摘要》，上海人民出版社2005年版。

小说的重要位置。《彼岸》讲述了中国移民知识分子及其后裔在大洋彼岸的生活，洛笛母女三代已经在美国扎根了，困扰她们的不再是归属问题、认同问题，而是母女间的隔阂，婚姻问题，老年丧偶的孤独，生老病死等。聂华苓笔下的中美混血儿到美国寻根寻亲。而华裔美国作家林露德笔下的华人女性拓荒者则在美国西部拓荒，开辟田园。

第一节　美国田园梦

中国大部分疆土都是内陆，居民以务农为生，生活在田园中，"绿树村边合，青山郭外斜"是很多村庄的写照。多少骚人墨客歌咏过田园生活，多少达官贵人愿意退隐到田园中！田园生活充满诗意，早已成为中国人的一种美好的生存方式，田园情结一直深锁在人们心中，即使为谋生漂洋过海，田园梦也一直萦绕心头。只是到了美国，很多人流落城市，从事餐饮、洗衣等服务业，不得不远离田园生活。即使在庄园务农的，也很难拥有自己的土地，无法圆自己的田园梦。如果有幸拥有了土地，美国田园梦就实现了。在美国这样一个在历史上种族歧视现象非常严重的国家，这田园梦的实现绝非一帆风顺的，需要白人的鼎力相助，需要跨过种族隔离的鸿沟，需要充分的民族融合。

美国从一开始就是一个移民之国，它的民族关系和民族问题比其他传统国家都要复杂。在以盎格鲁—撒克逊人为主的美国，后来的族群有一个适应的过程。在这个问题上，有"同化论"、"融化论"、"文化多元论"、"族群创造论"、"内殖民主义论"、"阶级分析法"、"新同化论"和"多向分层同化论"等多种族群适应理论。同化论者认为，随着世代的交替，所有移民都会失去原有的文化，而完全同化于主流文化。而融化论认为，不同族群会在美国这个大熔炉内融化，形成一个新的民族，新的文化。而文化多元论则认为，在族群互动的过程中，既会有同化，也会保留原有族群的文化。族群创造论认为，新移民群体与主导族群体的互动过程中，新的族群体就创造出来了。①

一 美国田园梦

林露德《千金姑娘》中的来自中国的宝莉积极融入美国社会,在美国建设自己的家园,是普通华人融入美国的榜样。她生活的美国,种族歧视还很严重,华人的生命财产安全都没有保障。法律不允许华人拥有土地,但可以拥有矿区,宝莉的田园名义上是矿区。宝莉之所以能在美国拥有土地,有属于自己的产业,不仅因为她本人的勤劳善良、聪明能干,还因为有个一直在保护她的白人丈夫,帮助她的白人朋友和邻居们。即便如此,她的田园梦的实现也不是一帆风顺的,其中充满艰辛与挫折。

宝莉原名腊露,生于晚清时期的一个农民之家,家庭贫困,遇上天灾人祸,就朝不保夕。为了生存,家人不得不卖掉女儿腊露,腊露不愿离开父母家人,情愿不顾习俗,放开小脚,抛头露面,到地里去干活。那个年代,女子裹脚,很少去地里干重活儿。父亲同意了她的请求,她们一家人都被村里人嘲笑。一个大脚女孩很难嫁个好婆家。她虽然极力避免被卖掉,但在兵荒马乱的年月里,还是被劫匪抢去,辗转卖到上海的妓院,又旋即被卖到美国,到美国后再次被转卖给西部的一个华人酒店店主。

当她被卖到酒店做陪舞女郎时,白人查理就开始保护她免受他人的欺侮。她一直渴望赎身,贪婪的华人酒店店主却视她为摇钱树,无论如何都不肯放手。查理采用豪赌的方式赢得了她,并给她自由。她一直心存田园梦,想在峡谷开辟农田,但是查理喜欢小镇的生活,为了查理,她留在小镇,并在查理的保护下开客栈。查理被人枪击,伤势严重,体内的破碎的弹片找不到,连医生都放弃了寻找,但宝莉还是不肯放弃,执着地用自己灵巧的双手找到了弹片,救了查理一命。她还擅用中药,经常为年老体弱的查理调理身体。查理知道她喜欢田

---

① 杨飞:《西方种族与族群研究前沿》,载李捷理主编《社会学》,中国人民大学出版社 2007 年版,第 176—178 页。

地，就带她一起到峡谷开辟田园，并为她办理了各种证件，以保护她的权益。由于当时的美国法律规定，华人不能拥有土地，但可以拥有矿区，他就把他们的田园打造成矿区的样子，以宝莉的名义申请产权。他死后，身为华裔的宝莉依然合法地拥有这片土地。她请白人邻居帮忙打理田地，承诺死后把这片土地留给邻居。身为华人的宝莉有很多白人朋友，华人朋友反倒很少。因为她的异族婚姻，她备受华人的排挤。当时的美国，种族隔离还很严重，异族通婚还很罕见。华人不能原谅她找一个白人为伴侣。虽然她深爱查理，虽然她渴望有一个自己的孩子，但她不愿生一个中美混血儿，她不愿让孩子忍受中美双重排斥，艰难地生活在美国。

在美国实现田园梦的华人还有林露德的长篇小说《木鱼歌》中的吕金功。他的田园梦的实现，除了他个人的天赋、才能，还要得益于他的美国老师、教母兼朋友——白人女性芬妮。在法律上，他是芬妮的儿子，他有权利继承母亲的产业，虽然芬妮的姐妹试图剥夺他的继承权，他还是继承了他倾注了全部心血、一直在打理的那片果园。吕金功之所以在美国扎根，是因为他深受美国基督教文化影响。他在美国传教士的影响下信仰基督教，大病之后，立志回中国传教。只是传教活动很不顺利，村民们，甚至他的亲人朋友都不接受基督教信仰，也无法理解他、接纳他。当时中国与美国一样充满了族群偏见、种族歧视，他们甚至攻打教堂，赶走神父。他的家人按照中国习俗为他娶妻，娶一个他根本不认识的人，这是在美国生活、成长，接受了美国式的恋爱自由、婚姻自主的理念的他所不能接受的。为了逃婚，他以假死的方式离开了中国，永远留在了美国。美国也充满了种族歧视和种族隔膜，芬妮死后，笃信基督教的他甚至不能再去教堂了，尽管他向教堂捐了大笔的钱，各大教堂还是向他关上了大门。虽然如此，他在美国还是比中国生活得更好，他事业有成，成了知名的果树专家，拥有大片果园，大量财产。只是很遗憾的是，他没有得到他梦寐以求的瑞典女孩，一个人孤独终身。芬妮爱他，他也尽心尽力地照顾芬妮，直到芬妮死去，但他似乎并不把芬妮当爱人，只是尊敬她，把她当作教母，喊她"芬妮妈妈"。他虽然没有能够在美国组建家庭，但他最终在美国拥有了自己的土地,实现了田园梦。与他一样实现田园梦的还有黑人喜芭和她的丈夫。

在林露德的这两部小说中,无论是华人还是黑人,最终都在美国拥有了梦寐以求的土地,开始了他们的田园生活。虽然种族歧视给他们的生活带来困扰,但美国依然是他们的家,他们以终老美国表达了对美国的认同,对故国的弃绝。华人的田园梦的实现有白人的功劳,也有黑人的功劳。林露德试图告诉世人,只要摒弃族裔偏见,不同族裔的人是可以友好互助、相亲相爱的。

二 种族歧视的美国

"我族中心主义"(ethnocentrism)在很多民族中都有体现,如自以为处于世界中央的古中华帝国,欧洲中心主义,其危害也是有目共睹的。即使在同一个国家内,族群间也总是充满偏见,由此导致种族歧视,进一步表现为内部殖民。

(一)族群偏见

美华文学常常强调居于主流地位的白人对少数族群华人的种族偏见和歧视,其实华人也一样有族群偏见,不过由于他们在美国处于弱势地位,无法与白人相抗衡。族群偏见是普遍存在的。

在第一位华裔美国小说家水仙花(Edith Maude Eaton, 1865—1914)生活的时代,种族歧视现象非常严重,水仙花对此有着切身体会,她发现她母亲的种族和父亲的种族都有偏见,并在她的小说中反映了这种现象。在水仙花的短篇小说《与华人结婚的白种女人的故事》和《她的华人丈夫》中,与白人丈夫离婚后,带着孩子走投无路的米妮准备投水自尽,被华人男子刘康喜救下,并安排到华人家庭住下。米妮在与华人的相处中,逐渐认识到华人的美德,抛弃了对华人的偏见,而这些偏见是她所受教育的一部分。她在与华人刘康喜充分了解的基础上,嫁给了他,开始了幸福的异族婚姻。她的前夫竟然认为这是堕落!后来,她的华人丈夫被华人同胞杀害了,因为有些华人不能容忍他的异族婚姻。甚至白人孩子都充满种族偏见,如《潘特和潘恩》中的白人儿童潘特被华人家庭收养,与华人女孩潘恩亲如兄妹，但却被白人种族主义者强行夺走，回到白人社会接受主流教育一段时间以后，他也开始歧视华人，甚至不认妹妹潘恩了。

在林露德的《木鱼歌》中，无论中国人还是美国人都对异族充满偏见。中国人对外国人的偏见，从"洋鬼子"这个套话上可见一斑。中国人把与自己体貌特征、语言不一样的外国人称为"洋鬼子"，是鬼而不是人，是异类而不是同类。在中国乡下人眼里，传教士从长相到着装都很奇怪，行为举止也不合中国礼仪，传的教更是荒唐。由于基督教的一神论思想，不许偶像崇拜，不许膜拜祖先的规定，对注重孝道、供奉祖先牌位的中国人来说是无论如何不能接受的。中国人反感基督教对中国文化的冲击，他们群起而攻之，非难外国传教士，最终吓跑了他们。

华人对积极白化的自己人也有偏见，如《木鱼歌》中的吕金功在美国受到华人的排挤，因为他虔诚的基督教信仰，因为他与美国白人的亲密关系，他对于华人罢工的不坚定。当他回国传教时，中国人包括他的父母、亲人都不接受他的信仰，认为他被洋鬼子迷了心窍，没了辫子，行为举止像洋鬼子，他传的教是歪理邪说。他甚至遭到村里人的谩骂、殴打，被迫以假死的方式离开家乡，终老美国。《千金姑娘》中的华人也无法原谅嫁为白人妇的同族人宝莉。所以宝莉交往的人们大多是白人，在她最需要帮助的时候，帮她的都是白人而不是华人同胞。

美国白人对中国人也充满偏见和不解，从"支那佬"这一带有贬义的、侮辱性的称呼上就可看出。在白人眼里，中国人都是未受文明教化之人。芬妮眼中的中国厨子是个粗鲁野蛮，不肯归化的异教徒。芬妮以美国人的标准把吕金功打造成一个绅士，带他出入美国人的社交圈，但吕金功还是备受美国人的排挤。芬妮死后，虔诚而又慷慨的基督徒吕金功甚至连教堂也进不了，虽然他一直向教堂捐钱，各大教堂还是向他关上了大门。他只得在果园里自设教堂，独自向上帝祷告。

白人与华人如此隔膜，白人与黑人也是一样。白人芬妮与黑人喜芭同住一屋檐下，也相互隔膜，充满偏见。芬妮认为喜芭虽然是个好厨子和管家，却不是一个好的看护，没有良好的教养，不能温柔地陪伴她。而喜芭认为芬妮姐妹不能平等地对待黑人和华人，芬妮要吕金功整天陪在她身边，不给他自由。喜芭对曾经伤害过她家人的白人的仇恨就更不用说了。

（二）内部殖民

由于种族偏见与歧视把不同族群的人分了等级，就很容易出现内部殖民。内殖民主义论把占统治地位的族群比作殖民者，而把少数族裔比作被殖民者。在一个国家内部，统治族群控制、压迫少数族裔。在美国就表现为占主流地位的白人族群对黑人、华人移民和土著印第安人等实行民族压迫和剥削政策。

黑人喜芭以一家人的遭遇控诉了美国的黑奴制，美国的种族歧视。她的姥姥被男主人性侵生下她的母亲，女主人在男主人死后，把姥姥卖掉，而把妈妈留下，让母女俩生生分离。喜芭的父亲为黑人的自由而战，却被陷害至死。喜芭的母亲因为受不了打击死去，落下喜芭孤身一人。她与黑人吉姆相爱结婚，喜欢孩子，却又因为过去悲惨生活经历的阴影而不愿生孩子。当她想要孩子时，却又因为长期服用避孕的药茶而失去了生育能力。

美国白人还仇视、枪杀、驱赶中国劳工，《木鱼歌》中的中国劳工维灼就亲身经历过这一幕，但他幸运地躲过一劫，还戏剧性地捡了黄金，衣锦还乡，从此再也不去"金山"了。维灼的叔叔也离开了美国，回到中国。只有怀有基督教信仰，不容于中国的吕金功不得不继续生活在种族歧视的美国。《千金姑娘》中，华人的生命财产安全没有保障，动辄被剥夺财产，驱逐出境。法律还不准华人移民拥有自己的田地。

"人类学的文化相对主义原则要求一视同仁地看待世界各族人民及其文化，消解各种形形色色的种族主义文化偏见和历史成见。"[①]文化不过是"生活的形式"，是适应环境而生的，有相对的价值，不

[①] 叶舒宪：《文学与人类学：知识全球化时代的文学研究》，社会科学文献出版社2003年版，第8页。

宜有种族偏见。

水仙花和林露德都揭露了各族群的民族偏见，批判了种族歧视行为，指出民族的融合应建立在族群偏见和歧视行为的消除上。在当今多元化思潮下，华人、白人和黑人只有求同存异，消除偏见，才能和睦相处，共同发展。她们在批判族群偏见和内部殖民的基础上塑造了美好的同化或融合典型，有异族通婚、文化杂交两种形式。

三　多元融化的理想

族群理论形形色色，有"同化论"、"融化论"、"文化多元论"、"族群创造论"，各有各的道理。米尔顿·戈登（M. M. Gordon）是个同化论者，在《美国人生活中的同化》（*Assimilation in American Life*）一书中就"同化的性质"提出如下七个变量：（1）文化同化（如语言、宗教、习俗、传统的改变）；（2）结构同化；（3）婚姻同化（即异族通婚）；（4）身份标志的同化；（5）态度同化（即无偏见）；（6）行为同化（即无歧视）；（7）公民同化（即无价值观和权力冲突）。我们首先来看婚姻同化现象。

（一）婚姻同化

异族通婚是民族同化的一个重要因素。只有通婚才能彻底地打破种族偏见，使得不同种族水乳交融。从自身的境遇出发，欧亚裔作家深谙这个道理。水仙花的短篇小说《与华人结婚的白种女人的故事》和《她的华人丈夫》，以及林露德的长篇小说《千金姑娘》都描绘了华人与白人的异族交往、通婚现象。不过，前者是华人男子与白人女子的通婚，而后者是华人女子与白人男子的通婚。

水仙花在《与华人结婚的白种女人的故事》和《她的华人丈夫》中，从一个白人女性的视角出发，通过她对两任丈夫的回忆、比较，控诉了白人社会的男权主义和种族歧视，塑造了华人男子的光辉形象，肯定了异族通婚的进步性。林露德关于异族通婚的理想主要表现在《千金姑娘》中：华人女子宝莉和白人男子查理幸福地生活在一起。

水仙花和林露德因为父母的异族婚姻和自己的混血儿身份，坚信民族融合，让她们的男女主人公跨越种族的鸿沟，结为夫妻。她们的婚姻都建立在自由、平等、互爱、互助的基础上，是异族通婚的理想状态。唯一美中不足的是，由于遭到种族主义者的反对，娶白人妻的华人男子被同胞谋杀了，留下妻子和混血儿在世上；而嫁为白人妇的华人女子宝莉受到同胞的排挤，虽热爱孩子，却坚持不要孩子，因为她看到了在种族歧视严重的美国，混血儿受到双重排挤的悲哀。她只能把深深的母爱倾注到别人的孩子身上，尽其所能地照顾那些离家在外的孩子。

林露德在小说中塑造了主人公的美好形象。宝莉是个自立自强，积极融入美国的典型，查理是个毫无种族歧视观念的西部硬汉、英雄，是华人的朋友、丈夫和保护人。而华人洪金则被塑造成了一个荒淫好赌、贪婪无耻的华人恶棍形象。他把宝莉当成摇钱树，无论如何都不肯还她自由。宝莉对他充满阶级剥削、压迫的仇恨，甚至为了自由要杀了他。查理和洪金的形象都扁平而不丰满。小说似乎有抬高白人男子而贬低华人男子的嫌疑，但突出了异族交往、通婚在促进民族同化、融合方面的重要意义。

水仙花小说《与华人结婚的白种女人的故事》和《她的华人丈夫》中的白人和华人男子的形象与林露德小说中塑造的形象大相径庭。米妮的前夫白人詹姆斯的形象是负面的，而米妮的救命恩人，也就是后来的丈夫华人刘康喜的形象则是正面的。水仙花通过这两个异族男子形象的鲜明对比，塑造了华人男子的正面形象，反拨了当时的白人主流社会对华人的侮蔑。但无论具体的形象有何差异，两位欧亚裔作家都肯定了异族通婚的进步意义。

（二）文化杂交

生物学中，有杂交优势一说。这一概念移用在文化学上，就是"多元文化杂交优势"。不同族群的多元文化杂交，有利于产生适应多种族国家的新的文化，让多种族和睦相处，共同发展。随着全球化的移民大潮，多元文化共存、杂交，产生新的文化、新的族群。建立在多元文化竞争力基础上的国家发展，有着单一文化无法比拟的优势。今天，多元文化杂交的优势，在美国的一些城市，如纽约，已经充分体现出来了。

水仙花在小说《春香夫人》、《下等女人》中塑造了一个非常美国化的华人移民妇女春香夫人。她帮助有情人终成眷属，她的思想不仅比恪守传统的丈夫，甚至比美国白人妇女还要进步。在她身上，既有中国传统文化，又接受了美国文化，并将二者融为一体。林露德《千金》中的宝莉也是一个把中美双重文化融于一身的华裔美国人。

林露德的《木鱼歌》中的主人公吕金功更是一个多元文化杂交的典型。他是在中国长大的华人，天然地拥有中国传统文化，孝敬父母，尊敬师长。到美国后受到美国教会人士的影响，接受了基督教文化，信仰基督教，入了美国籍。此外，他在与黑人的接触中还受到黑人文化的影响，向黑人学习一些知识技能。他接受了多种文化，让自己不断地成长，就像他把不同的橘子混种，努力改良橘子的品种一样，多种文化的融合也可以改良人种，创造新的族群。

文化是后天习得的，随生活环境的改变而改变，与人种没有必然的关系。他还受到晚清时期私塾教育的影响，不敢轻易向老师发问，对老师充满敬畏。到了美国以后，他尊敬那些教他们美国语言文化的传教士。他对于美国文化的接受最明显的表现是在宗教信仰上。在当地的传教士和他的老师芬妮的影响下，他成了虔诚的基督徒。并在一场大病后，决定回中国传教。由于拒绝祭拜祖先和不符合中国传统文化的言行举止而遭到家人和村里人的反对、排斥甚至迫害，不容于世，传教活动毫无进展，只得在传教士和芬妮的帮助下逃往美国，从此定居美国，成了华裔美国人。

吕金功虽然是小说的主人公，却很少发出自己的声音。他总是沉默着，象征了华人在美国历史上被消音、被噤声的事实。《木鱼歌》以第一人称讲述，三位叙述人分别来自中国和美国，在人种上分别为黄种人、白种人和黑人。他们与吕金功有着密切的关系，分别是他的母亲、教母和仆人。通过与他有关的三位不同种族的女性的内心独白，展现了生活在中美夹缝中的他孤独的一生，同时也展现了三位不同肤色、不同种族的女性各自的命运。这三位女性对他影响深远。首先是吕金功的母亲。吕金功对植物的喜爱和他的嫁接技术首先来自擅长果树栽培的母亲。他在中国的生活经历赋予他中国文化。其次是吕金功的美国老师，也是她的教母——美国白人女性芬妮，这位知识女性直接影响了吕金功的宗教信仰和文化转型。他的仆人美国黑人喜芭与吉姆两人都成了他的朋友，尤其是吉姆成了吕金功患难与共的朋友。

无论是林露德还是水仙花都反映了美国历史上的种族歧视和内部殖民现象，她们一方面批判了这种不良现象，一方面探讨如何处理好民族问题，在小说中寄托了她们的美好理想。欧亚裔小说家林露德、水仙花等消除族群偏见和歧视，异族通婚、文化杂交的民族融合理念对于今天的多民族中国处理民族问题仍然具有借鉴意义。

第二节 扎根美国

中国台湾移民作家如聂华苓、於梨华等初到美国定居，最常书写的是"无根的漂泊"主题，如小说《桑青与桃红》（1976）、《又见棕榈，又见棕榈》（1967）等，接着就有了"寻根"、"扎根"、"养老"的主题，如《千山外，水长流》（1984）、《彼岸》（2009）等，美国由异国他乡渐渐成了漂泊者的家园。

一 美丽家园

在美华文学中，把美国塑造成美好家园的小说，应该说并不多。对华人移民及其后裔来说，美国始终是排外的，充满偏见的，不公平的。美国形象经常是冷漠的、种族歧视的、充满霸权的帝国形象。华人移民很难融入这样的美国社会。继《桑青与桃红》中的充满霸权、居高临下、迫害外来者的美国形象之后，聂华苓在《千山外，水长流》中塑造了一个美国乌托邦小镇形象。这里景美人更美，美丽的美国西部小镇，清清的河流，热情善良的人们，最终接纳了中美混血儿，大家生活在一个相亲相爱，其乐融融的世界。《千山外，水长流》中的美国家园形象是美好的、理想化的，这里风景优美、迷人、充满诗情画意。张国玲认为：

作品中设想了"布朗山庄"这一理想家园。布朗山庄保留了美国前工业社会的优秀传统,它只存在于美国人怀古的记忆中。这里宁静、和谐,没有堕落与腐朽,远离美国大都市背景下的现代生存方式,没有因资本主义竞争而产生人与人间的冷漠。柔美而富色彩的娥普西河风光正契合莲儿和妈妈两代人长江记忆的想象替代,远离尘嚣的布朗山庄理所当然成为象征中西文化、中西"家"的概念的理想符码,是同时符合中西方人精神所依的理想家园。中国式的田园风光,可供漂泊的中国心灵停泊,演奏自己的牧歌之畅想;又可供在大城市拼杀得伤痕累累的现代美国人驻足休憩,找回遗落已久的原始诗性神话。[1]

美国的家位于爱荷华州,有着优美的自然环境——清澈的娥普西河,幽静的石头城,古老的布朗山庄……小说描写了美国中西部古朴的风情,令人心驰神往。年轻的一代生活在优美的大自然中,并在这里开起了白云酒店,接待四面八方的游客。白云酒店寄托了年轻一代的理想,具有乌托邦性质。其实,整个环境,无论是人文环境,还是地理环境,都具有乌托邦性质,都是虚构的美好家园。

美国的家不仅自然环境优美,人也美。爷爷老布朗热情欢迎莲儿的到来,奶奶玛丽慢慢解开心结也接受了她。表弟爱上了她,他的朋友们也与她相处甚欢,一位华人大夫也喜欢上了她,莲儿开始融入了美国的家园和朋友们中间。莲儿虽然是个混血儿,但她一再强调自己是中国人,虽然一直坚持中国人的身份认同,其实她的文化身份早已悄悄地改变。她刚到祖父母身边时,受到祖母的排斥,成为布朗山庄的边缘人,但通过与美国人的互动、相互接纳、相亲相爱使她成为布朗家的亲孙女,她的文化身份由边缘开始向中心迈进。无论她是否意识到,她都慢慢地变成了美国人。

---

[1] 张国玲:《"和而不同"的双音合奏——〈千山外,水长流〉的文化构想》,《世界华文文学论坛》2006年第1期。

她的父亲是美国人彼尔，在中华民族抗日战争时期，随美国军队来到中国，帮助中国人击退日本侵略者。抗战胜利了，彼尔回到美国。但他对中国很感兴趣，于 1947 年年初再次来到中国，那时正值国共内战，他做起了记者，积极投身社会运动，准备研究中国内战时期的学生运动。彼尔与风莲在乱世中相知相恋，为了风莲他留在了中国，没有跟随美国同胞回国。1949 年 3 月国共和谈，南京学生与军警冲突，彼尔被打伤，住进医院。在医院里，彼尔与风莲举行了简单的结婚仪式，很快死去，留下遗腹子莲儿。因为这一段异国婚姻，风莲母女在政治运动中受尽折磨，女儿不理解母亲，母女感情也变得冷淡。反倒是莲儿出国以后，母女通信，坦诚交流，母女才达成谅解。

《千山外，水长流》截取了 20 世纪 40 年代和 80 年代的横断面，把人物的命运与社会政治大背景紧紧交织在一起。彼尔是整部小说不在场的主人公，他是美国人，却早已客死中国，但他活在人们的记忆里，一切人事都与他紧密相连。女儿莲儿来到他的故乡，寻找他的美国亲人。他的父母一直没有走出丧子的阴影，对他的女儿有迎有拒；他的爱人柳风莲给女儿写信，讲述他们过去的故事。

《千山外，水长流》初版于 1984 年，那时中国和美国已经由多年的敌对、隔绝而友好建交，台湾的白色恐怖政策也逐渐松动，笼罩在人们心头的阴霾逐渐散去。聂华苓与美国人保罗·安格尔（Paul Engle）相识、相恋，在爱荷华共筑爱巢，在美国的甜蜜生活影响了她的心境，改变了她对美国的看法，让她塑造了一系列中国人和美国人的美好形象。聂华苓在《千山外，水长流》的《附言》中说这本书是献给丈夫安格尔的。时代大环境的改变，个人幸福的异国婚姻，在美国安居乐业，让她改变了心境，于是有了从《桑青与桃红》到《千山外，水长流》的小说基调的改变，从浪子的悲歌到混血儿的寻根之旅，从流浪异乡到把他乡当作故乡，由戴墨镜的移民局官员的追捕到美国亲人、朋友的拥抱，他对中国和美国的态度都发生了转变，中美形象也随之发生了改变。

布朗山庄、石头城、白云酒店这些充满诗意的地方都寄托了作者对美国家园的美好期待和幻想，表现了作者及作品中的主人公的美国身份认同。通过远离故国，移民美国，在美国建立新家园，移民们的身份认同早已悄悄地发生了变化，他们逐渐变成了美国人，不只是国籍意义上的，在文化上也是美国式的，或中美杂糅的。

二 《彼岸》的华人家族

於梨华的小说从留学生文学到留学人故事，从重在文化冲突、身份认同的移民题材小说开始向中产阶级移民日常生活过渡，从移民第一代到移民后代，无根的焦虑不再有，因为他们已经扎根彼岸，生老病死，母女隔阂，婚恋悲剧，老年丧偶，养老，这些跨越种族的人生的永恒难题开始占据小说的重要位置。

《彼岸》讲述了中国移民知识分子及其后裔在大洋彼岸的生活，洛笛母女三代已经在美国扎根了，困扰她们的不再是归属问题、认同问题，而是母女间的隔阂，婚姻问题，老年丧偶的孤独，生老病死等一系列问题。小说通过洛笛和尚晴的回忆从现实回到过去，多头并进，展现了三代女人的生活。洛笛是来自中国的移民第一代，曾在大学教书、画画，不善家务，生活不能自理，第二任丈夫死后，不愿打扰子女的她住进了老人院。她在和平庄园住得不开心，在外孙女楚眉的帮助下搬入更好的、价格昂贵的名叫"无忧居"的老人院，与知识文化水平相当的老人相伴，生活才过得舒心，却不幸患上了胃癌。她不愿受化疗之苦，宁愿缩短寿命也不愿降低生活品质，更不愿拖累儿女、孙女，于是服安眠药自尽。

洛笛与丈夫大智生活了二十多年，生育了三个孩子。大儿子是医生，娶了个美国太太，生活很幸福。老二是女儿，是记者，事业有成，婚姻美满。唯有三女儿尚晴学业未竟，就结了婚，婚姻失败，精神崩溃，虐待女儿楚眉，母女之间有隔阂。而尚晴与母亲洛笛也有很深的隔阂。当年洛笛执意与丈夫离婚，让正上高中的小女儿尚晴很受打击，体重疯狂上升，成绩直线下降，人也变得很叛逆。尚晴上大学后与白人捷克一见钟情，同居，荒废了学业，两人感情也时好时坏，尽管如此，两人还是结了婚，她随捷克到了意大利，做了家庭主妇，捷克读研究生，收入有限，两人日子过得很艰辛，夫妻感情也不是很好，终于离婚。捷克很快再婚，而尚晴却抑郁了很久，虐待女儿，后来找到工作，生活走上正轨，心态才好了起来。本来不奢求得到人生伴侣，却碰到了白人亚龙，两人关系发展良好，有望下半生相伴，不必孤独终老。尚晴先后两个男人都是白人，虽然第一次婚姻失败，但并没有阻止她再一次选择白人。她婚姻的失败似乎与种族无关，而是由于不慎重的选择。父母离婚，母女隔阂让她急于寻求爱情的抚慰，小家庭的温暖。她是性情中人，她的个性导致她的婚姻悲剧，婚姻悲剧导致她的心理变态，心理变态导致她虐待女儿，母女隔阂由此产生。

母女间的隔阂与和解是《彼岸》的重头戏，洛笛的母亲偏爱漂亮的大女儿，对小女儿洛笛很不好，以至于晚年时要与小女儿同住却被拒绝，在儿媳处郁郁而终。洛笛偏爱儿子，冷落女儿尚晴，尚晴最恨母亲偏爱大哥，等她自己做起母亲来却也是偏爱儿子，甚至在心理抑郁时还折磨女儿。洛笛与尚晴母女间一直存在隔阂，两人在意大利久别重逢，隔阂冰消雪融。母女相见的场景很感人，尚晴背着婴儿奔向母亲，母女抱头痛哭。之后的短暂一周的相处很愉快，母亲帮女儿照看婴儿，让女儿暂时从烦琐的家务中解脱，母女关系融洽，让母亲很怀念那段时光。当尚晴走出离婚的阴影，生活走上正轨后，开始善待女儿，女儿又回到她身边。隔阂虽无法完全消除，但爱让母女最终互相谅解。母女三代人都存在的隔阂，不是由于中西方文化观念的冲突，而是由于中国传统的重男轻女观念，由于缘分，即使亲生母女、母子间也是要有缘分的，亲生的儿女也有亲疏远近。

第三代楚眉是个美丽的中西混血姑娘，继承了父母的优点，小时候受精神不正常的母亲虐待，由外婆抚养成人，与外婆格外亲近。她出落成个美人，受到异性的爱慕、追捧。卡尔是她大学时的第一任男朋友，从中国大陆来的留学生张冰雨走进了她的生活，让她动摇了对卡尔的爱，因为她的摇摆不定，导致卡尔持刀砍伤了冰雨，而善良、宽容的冰雨不愿追究卡尔的故意伤害罪。这促使楚眉最终选择了冰雨。经历过"文革"的冰雨不像美国同龄人那样开放，但经不起在美国成长的性观念开放的、热情主动的楚眉的诱惑，还是与楚眉尝了禁果。

楚眉在美国男友卡尔与中国大陆来的张冰雨间的左右摇摆，象征了她在美国文化与中华文化间的两难选择。卡尔的暴力攻击和冰雨儒家的仁恕思想形成鲜明的对比。从台湾来的中国人的后裔选择了从大陆来的青年，海峡两岸的同胞在美国融为一体。两人相互欣赏、爱慕，楚眉作为移民后裔，向往中国传统文化，而冰雨中国式的含蓄、宽容大度、沉着冷静、成熟稳重深深吸引了她。楚眉与冰雨的结合表现了中美混血儿对中国的亲近。楚眉在美国出生、成长，自身又是混血儿，却更亲近中国留学生，也许在骨子里她仍把自己当成中国人，或者说对中国人有天然的亲近感。冰雨深得楚眉的母亲和外祖母的欢心，同是中国人在其中起着不小的作用。

这部小说有作家本人生活的影子，她的离婚、再婚，对小女儿的影响，由此引发的母女关系的紧张，小女儿的婚姻等都在小说中有所体现。

从留学生变成留学人，从在围城内外冲突，无以安身立命的无根的一代，到落地生根，扎根美国，枝繁叶茂，於梨华小说的主人公从青年知识分子变成了老年知识分子，遥远的中国渐渐模糊，归属、认同不再是小说的主旋律，而美国也由围城渐渐变成了家园。

为什么会有这样的转变呢？

这也许与於梨华本人在美国定居日久，对美国了解加深有关。比较文学形象学认为，形象的塑造者首先是以注视者的身份出现的，作为他者的异国则成为被注视者。观看时间的长短会影响到观看的方式，这对看到的结果和异国形象的塑造具有重要影响。随着作为注视者的作者在美国居住的时日越多，他对美国的了解也越深，他的美国形象势必发生变化。

此外，社会大环境在变，中国人的处境在改善，即使一时之间无法完全融入美国，融入的焦虑却已不再有，这些美籍华人开始安居乐业，在美国生根发芽。

第三节 唐人街之家

美国是由不同的族群组成的，"族群维度又与社会阶级分层维度形成十字交叉，组成了有独特性的亚社会单元，这就是族群阶级（ethclass）"。① 唐人街——这个华人云集的地方，是很多华裔美国作家作品中的重要文学景观，是聚居于此的华人们共同的家园。作为华人社区，唐人街充满了浓郁的中国风情，这在其他种族的人看来则是异国情调。但在熟悉中国文化的人看来，唐人街的一切都似是而非，与中国是两个截然不同的世界。在富裕白人看来，唐人街就是充满异域风情的贫民窟，这儿居住着很多处于社会底层的华人。尽管如此，一部分富裕华人仍然居住、工作在唐人街，以唐人街为家。

一 回归唐人街

唐人街是很多华裔美国人出生的地方，也是成长的地方，是人生的出发点，也是归宿。唐人街养育了他们，也成就了他们，唐人街是故乡，而遥远的中国只是父母、先人的故乡。唐人街作为种族化的空间，承载了华裔美国人太多的记忆，是他们身份认同的源泉。

黄玉雪（Jade Snow Wong，1922—2006）的《华女阿五》（1950）以第一人称讲述了玉雪从一个孩子成长为事业小有所成的唐人街明星的故事。黄玉雪出生于旧金山华埠的一个富裕华人之家，父亲重视教育，她从小就兼习中英文，学习成绩优异，大学毕业后在唐人街制陶售陶，引得很多白人光顾，成为唐人街一道很有异域情调的风景。她曾经热切地向往唐人街外面的世界，颂扬白人的家庭，结交白人朋友，走进白人的世界，与唐人街的华裔朋友们的关系都疏远了，她发现自己成了唐人街的旁观者而不是参与者。但她最终还是回到了唐人街，开拓了自己的事业。黄玉雪对唐人街，对中华文化可以说是既爱又恨，既认同又排斥。她爱中华几千年光辉灿烂的文化，认同华人的勤劳善良，但憎恶华人家庭的专制，不能给孩子更多的民主生活，崇尚美国白人家庭的民主、自由，赞扬对她友善的、帮助她的白人。但无论她走出唐人街多远，无论唐人街的华人之家有什么样的弊端，唐

---

① ［美］米尔顿·M. 戈登：《美国生活中的同化：种族、宗教和族源的角色》，马戎译，译林出版社 2015 年版，第 148 页。

人街都是她永远的家园，她最终还是回归了唐人街，虽然她极力美化美国主流社会。

　　黄玉雪的父亲生在中国，是读书人，熟悉孔孟之道，自觉维护儒家传统。他在家里保持着父亲的尊严，严格管教孩子，孩子必须顺从父母，不得违背父母的意志，否则就会被惩罚。父母虽然疼爱孩子，还是会惩罚孩子，在他们看来，教育和鞭打是同义词。不按时回家就要挨打，哪怕是跟姐姐在一起，没有做什么坏事。父母表达爱的方式很含蓄，不会像美国人那样通过拥抱、亲吻、夸奖孩子来表达爱。在她被球棒打了后，白人女老师把她搂在怀里，安慰她，老师的拥抱让她感觉舒适，却难为情。父母很少这样抱她，华人不习惯拥抱，虽然年幼的她渴望大人的怀抱。

　　这一类的中美行为方式差异的叙述还有很多。玉雪因功课优异而跳级，兴奋地告诉父母，父母却表现冷淡，认为理应如此，表现了父母的高标准，严要求，同时也说明父母的含蓄。也许他们只是怕女儿骄傲而已。但这些让年幼的她感到压抑，她渴望表扬、鼓励。她顺利毕业，父母没有祝贺，但稍为年长点的她知道父母为她骄傲。她很小就要帮助妈妈做家务，做中国主妇，忙得没有时间娱乐。父亲不许玉雪在起居室里穿拖鞋，他觉得这是不雅的行为。不允许她社交，怕浪费时间。禁止她学跳舞，反对公共场合搂搂抱抱的这种美国消遣方式。父母坚守着古老中国的道德行为准则，不允许女儿晚上和男孩出去，生怕她有个闪失。而接受主流教育，追求自由的玉雪坚持晚上和男孩出去，与父母有了正面冲突。

　　她的父亲到美国后做过牧师，接受美国的教育理念，注重孩子们的教育，让子女们从小就接受双语教育。从美国学校回来就去中文学校，让他们在学习英语的同时，不丢弃母语，继承中国的优良文化传统。他还想送孩子们回中国接受教育，他觉得中国才是他们发挥价值的地方，只是由于当时中国的战乱，没有成行。但他也像他那个年代的大多数中国人一样重男轻女，生了儿子就大肆庆祝，生了女儿就了无声息。只肯供儿子上大学却不肯为女儿支付大学费用，认为女儿的教育已经超出华人女孩的平均水平，而达到美国女孩的平均水平。他解释说男儿重于女儿,男儿传宗接代,供奉祖先,女儿却嫁人为别姓人家传递香火。财力有限时男儿优于女儿接受教育。

父亲虽然专制严厉,维护着中国家长的权威,但并不是一个暴君,小说也展示了他慈爱的另一面。他信仰基督教,曾是牧师。为了养家糊口,他辞去牧师的职位,开办了家庭作坊式的制衣厂。玉雪小的时候跟着推车的父亲跑,车上没货的时候她就坐在车里,让父亲推着。爸爸教她读书识字,给她买书桌,送她日记本,让她的教育超出华人女孩,达到美国女孩的一般教育水平。卖杂货的宾叔对她说,很佩服她的父亲让女儿接受教育的观点,她的父亲是个学者。玉雪接替妈妈做家庭主妇,做家务还有报酬。父亲在主日学校教课,生病时,十二岁的玉雪就代替爸爸去教主日学校的初级班,教华人小孩唱歌,讲《圣经》故事。父女俩一起上街招收学生,说服华人把小孩送到主日学校接受教育。父女俩的合作非常默契。玉雪从中文学校回来,爸爸为她做饭,还帮她洗碗。在她得了重病住院时,全家人都来看她,父亲亲手熬鸡汤喂她,跪在床边为她祈祷。这让我们看到严厉、专制的父亲和蔼可亲的一面,一个对女儿充满爱心的慈父形象。

玉雪虽然从小就接受华人家庭文化的熏陶,又进中文学校,但所有这一切中华文化的教育还是无法匹敌美国学校的强势文化的传播。玉雪最终完全接受美国主流文化:注重个体,子女不必无条件地服从父母。她要求父母把她作为一个独立的个体对待,而不仅仅是家庭的一分子。这种在中国人看来大逆不道的表现,引起父亲的咆哮,由此引发家庭冲突。她觉得家里气氛压抑,生活不自由,不愉快,于是搬进白人雇主家里,一边上学一边在白人家做家务活,这样不仅挣钱多,还可以避免家庭冲突,开阔眼界和胸怀。在黄玉雪的眼里,她的家庭虽不缺乏爱,却缺少自由、平等的气氛,不是理想的家庭。通过在白人家里帮佣,她切身体会到在美国家庭里孩子的意见受到尊重,家庭气氛自由宽松,她在这里感到前所未有的自由和安宁。通过华人家庭与白人家庭的对比,她更倾向于白人家庭。

虽然如此,她还是念念不忘中国。虽然生在美国还是把自己当成中国人，想学成归国。父女俩虽然有时观点不一，但对学成后报效祖国的看法却是一致的。她在毕业典礼上发言，谈了这两年她在专科学校所发现的作为一个美国华裔的价值。她认为虽然学校培养了他们积极进取、公平竞争和自我表达的精神，给予他们思考和分析问题的能力，但是她似乎认为，美国华裔最佳展示、应用其教育的场所是中国。中国需要搜罗其所有的人才。作为华人移民第二代，她似乎并不把自己看成美国人，把美国当成祖国。她父亲曾计划送孩子去中国学习，他认为一个中国人只有在中国才能实现他人生最大的理想。父女俩的观点何其相似！也许是女儿耳濡目染，认同了父亲的观点。当时中国灾难深重，身为华人移民的第一代和第二代，他们还是把中国当成自己的祖国，回到中国是爱国的表现。虽然由于时局，他们谁也没有回到中国定居。

黄玉雪对唐人街的华人之家有反叛，更有回归，这个回归是更高层次上的回归。她以自己的成就赢得了包括父母在内的唐人街上的华人的赞赏、认可，也赢得了白人的尊敬、友谊，成为中美之间的桥梁。她的身份认同是混杂的，既认同美国主流社会，渴望力争上游；也以中国悠久的传统文化自豪，准备学成归国，以报效祖国。

二 走出唐人街

唐人街在怀乡、守旧的老移民眼中，就是另一个中国，这里有来自中国的同胞、食物，中国文化风情。而在很多华裔第二代眼中，唐人街是与美国主流社会格格不入的华人社区，充满了他们要摆脱的过去，是很多华裔美国人立志要离开的地方。

1957年，黎锦扬[①]的英文小说《花鼓歌》荣登《纽约时报》畅销书排行榜，是继林语堂之后以英文写作打入西方文坛的美籍华人作家的先行者。刘满贵在《译者序》中说："《花鼓歌》写的是五十年

---

① 黎锦扬（1917—2002），1940年毕业于西南联大，1944年赴美国留学，毕业于耶鲁大学，定居美国。旅美四十多年，创作《花鼓歌》、《天之一角》等十余部英文小说，及《旗袍姑娘》等中文著作。从出生地来说，黎锦扬不属于土生土长的华裔美国人，但由于他的英文写作，习惯上把他当作华裔作家来处理。

代旧金山唐人街的事情,通过发生在战后移民美国的王奇洋一家的故事,展现出中西文化的碰撞和新老两代人的观念冲突。"[1]《花鼓歌》展现了一个富裕的华人家庭里父与子的冲突,塑造了一系列鲜活的人物形象。父辈的王奇洋和唐太太有相似之处,却又不同。子辈的王大和王三由于年龄不同,在中国待的时间有长短,受到的中国文化熏陶程度不一,融入美国的程度也不同。佣人中的刘妈和刘龙,李家父女也各不相同。本节主要分析父子冲突过程中所展示的人物形象及其折射的美国唐人街形象。有人批评此小说是"娱乐化的东方情调"[2],加深了美国人对华人的刻板印象,是自我东方主义,笔者认为小说的人物形象基本属实,是诚实的写作,没必要讳疾忌医。

王奇洋人很古板,不苟言笑,家教甚严,是个守旧的、迷信的中国老派绅士形象。他在中国是个封建地主,属于统治阶级的一员。到了美国住在唐人街,在家仍然做老爷,是绝对的"君主",儿子和佣人都要服从。他不愿把钱存在银行,对他来说,金钱就像一个人的老婆,绝对不能让陌生人看管。直到从银行把大钱兑成小钱回来的路上被人劫了,才终于把家里的钱存进银行。他还坚持穿长袍,要在长袍中告终生命,并穿着长袍下葬。即便被妻妹唐太太哄骗着花了一百二十美元买了西服,也只穿一次,为了不再穿它,竟然故意用火烧了两个洞,坚决不再穿。他整天无所事事,除了在唐人街转悠,就是在家浇花练字,甚至兑钱数钱消遣,按钱的新旧分门别类。在街上被人拉到夜总会,不要女招待找的零钱,既表示慷慨,又放弃了不愿要的旧美钞。旧钱不要,不曾缺过钱的有钱人才会这样。美华文学中的华人大多以贫困的姿态出现,即使有钱也是拼命挣来的,惜钱如命,少见这么悠闲、慷慨的华人。王奇洋咳嗽了很多年,竟然享受起咳嗽的乐趣来,虽然也去看病,但并不希望病完全好,有一点点咳嗽是享受,可以显示威严。他只看中医,不信西

---

[1] 刘满贵:《译者序》,载[美]黎锦扬《花鼓歌》,刘满贵译,山东文艺出版社1999年版,"译者序"第1页。

[2] 唐海东:《异域情调·故国想象·原乡记忆——美国英语文学中的中国形象》,博士学位论文,复旦大学,2010年。

医，尽管他大儿子学的是西医。大儿子交往的女人一个死了，一个卷入暴力杀人案，他认为这些都与儿子有关，觉得儿子羊年出生，应该天性善良，一定是家里的鬼魂引领着他卷入血腥和死亡。家里有鬼，"妻子创造的古老精神消失了"，他要重新布置，用类似中国老宅的房间摆设驱鬼。

王奇洋的妻妹唐太太虽然批评姐夫迷信，但一提起姐姐就热心帮忙置办东西，认为如果他早想起姐姐，就没有鬼了，说不定咳嗽也没这么重。王奇洋悼念亡妻，喜欢中国古代的礼仪如磕头、鞠躬等，怀念在中国时的美好时光。相信相面术，不愿儿子与麻脸姑娘在一起，为儿子找媳妇先找相面先生相面。虽然很欣赏佣人李梅，却反对儿子娶她，只因为身份不同。他包办儿子婚姻，王大跟随李家父女而去，王奇洋决定不再顽固，接受既成现实，还尝试去看西医，预示了一个美好的未来。

唐太太是个摩登人物，勇于接受新事物，积极学英语，但她与王奇洋一样喜欢包办儿女婚事，认为那是天经地义的事。她自己没有儿女，由王大来继承她的财产，所以她理所当然地为王大的婚事积极奔走。她游说王奇洋与曾做过汉奸，娶日本太太，生混血女儿的华人联姻。王奇洋不愿意儿子娶混血儿为妻，怕血统不纯正。唐太太深知姐夫喜欢读书人，崇拜知识分子，就说卢先生是诗人，要出版诗集了，事实是她自己出钱让人家帮卢先生印书。在王大一无所知的情况下，他们为他订了婚，王大反对，卢先生的女儿也反对，她已经秘密地与白人订了婚，而且声明即使没有订婚也不会与一个花花公子订婚，他觉得王家的儿子不愁吃穿，应该是花花公子。订婚的事只得取消。唐太太与王奇洋一样恪守封建礼教，都属于无所事事，不缺钱花的有产者。但到了美国也有一些改变，她比王奇洋更能接受新事物。

唐人街是个藏污纳垢的地方，存在很多社会问题。因为排华法案的实施，华人家属很难到美国来，华人社会男多女少，又很难跨种族通婚，致使华人女性奇缺，地位上升，娼妓业发达。有不良女性利用这一有利形势，骗取男人钱财、感情，导致命案发生。如董琳达原是上海的舞女，以美国大兵的新娘的身份来到美国，后离了婚，周旋于不同的男人中间，对人虚情假意，骗取钱财。让男人们为她争风吃醋，还引发了枪战。王大本来很喜欢她，在亲眼目睹了她的种种恶迹，了解了她的为人后，忍痛远离她。王大虽然家庭富有，英俊潇洒，受过高等教育，却很难找到合适的工作，合适的结婚对象，以致蹉跎岁月，伤心寂寞中只能与麻脸的年长他很多的老姑娘交往，甚至酒后发生了性关系，却又并不爱她，也不准备娶她，导致她绝望中自杀身亡，让王大非常内疚。

20世纪50年代的美国，种族歧视还很严重，受过高等教育的华人很难找到合适的工作。王大在大学毕业后只能找个刷盘子的工作。他父亲坚决反对，宁肯供儿子继续读书，也不要儿子刷盘子，在他眼里刷盘子是下人干的活儿，不是他们家人干的。王大不喜欢医学，之所以学医是因为学医时间长，在这期间他就不必再找工作。他的同学张凌宇本是政治学博士，在种族歧视的美国，找不到合适的工作，就烧了学位证书，做起杂货店生意，他的思想转变很快，觉得做生意也没什么不好，与下层人民打交道也很好，生活一样可以很开心。他甘于做杂货商，而放弃原来向往的上流社会的生活，劝王大也积极转变思想，面对现实。

李梅跟着父亲来到旧金山，父女俩街头卖艺，表演花鼓，很受欢迎。他们想在旧金山开餐馆，找潘先生帮忙，潘先生已经搬走了，住在这里的是王家。王大把他们请进门。李梅直率、善良、可爱，很得王大欢心，王大带她看电影，教她接吻，向她求婚。她答应了求婚。父亲和姨妈都觉得与佣人结婚有辱名声，不答应他们的婚事。李家父女俩在王家做佣人，很受主人欢迎，这威胁到佣人刘妈的地位，引起她的嫉妒。她设计诬陷李梅偷镀金时钟，导致父女俩受辱，离开王家。深知内情的善良的刘龙禁不住说出真相，痛打妻子刘妈。王大追随李家父女，开始新的生活。

深受儒家思想熏陶的王大虽然一向孝顺长辈，却为了爱情反抗长辈，离家出走，自谋生路。由于早年的中国生活经历和家教，王大身上中国文化占主流，但由于在美国定居，接受主流教育，思想慢慢西化，与父亲有所不同，父子间的冲突由此而来。

王三是个典型的"香蕉人"，一副牛仔相，才十三岁，几乎把中文忘光了。王奇洋念念不忘用孔夫子之道教王三，背不出《论语》就用戒尺打。在英文学校学的东西也要背给他听，连算术都要背，王三背《美国独立宣言》哄弄不懂英语的父亲。王三喜欢美国式运动，吃西餐，美国化很快，已经成了外黄内白的"香蕉人"了，其身份认同自然是美国式的。

王奇洋在小说中只出现两个儿子，名叫王大，王三。王奇洋是个有知识、有文化的绅士，为何给儿子取这么简单、土气的名字呢？也许只是为了方便外国人记住中国人的名字，毕竟是英文小说，不得不考虑广大英文读者的感受。

小说幽默风趣，以喜剧结局，在父辈与子辈的冲突中，因循守旧的固执的父辈开始反省过失，尝试接受新事物，而子辈面对现实，开始新的生活。

汤亭亭《女勇士》中的华裔女孩一心一意要离开唐人街，虽然母亲希望孩子们都留在身边，可是女儿说：只要一离开家就不生病了，就可以自由呼吸了，也安全了，不必提心吊胆；她在这个国家找到一些根本没有鬼的地方，她属于那里。由于中国政局的变化，母亲慨叹他们在中国已经无家可归了。女儿安慰她说他们属于整个地球了，他们站在什么地方，那块地方就属于他们，他们可以用回中国的路费买汽车买家具，美国的花儿也一样芬芳。她通过自己的努力，走出了华人街，走到更广阔的天地里。

汤亭亭在这篇小说中批判了旧中国的父权制思想，迫害妇女的行为，和中国人的某些愚昧、迷信观念，也批判了美国的种族歧视观念对华人儿童造成的伤害，使得华人儿童在英语学校失语。受到主流社会歧视、排挤的华裔女孩幻想成为白人，远离唐人街，拒绝与刚下船的移民约会。她认同美国人，渴望融入美国，走向更广阔的世界，而不是局限于唐人街内。这个生在美国唐人街的华裔女孩同时反抗父权制与种族歧视观念，是美国现实社会中的不折不扣的女勇士，唐人街是她的出发点，是她父母之家的所在地，但不是她的理想家园，她渴望走向更广阔的美国世界。

三　唐人街底层华人的悲哀

唐人街不仅是种族化的空间，也是美国这一阶级社会的底层，是生活条件恶劣的贫民窟，华人们在这里苦苦挣扎，只为过上更美好的生活。伍慧明（Fae Myenne Ng，1956—）的处女作《骨》（1993）描写了唐人街华人底层的生活。莱拉的父母生活在唐人街，但并不幸福。莱拉的母亲被前夫抛弃，她喜欢衣厂老板汤米，向她求婚的却是利昂，为了绿卡，她只得改嫁利昂。利昂无法在陆地上找到稳定的工作，只得一次又一次出海。夫妻聚少离多，感情不和，唐人街盛传莱拉的母亲与衣厂老板汤米的绯闻，这一切都导致利昂经常离家出走。他的二女儿安娜一次次劝他回家，父女俩感情极好。一生都不得意的利昂遇到了一个合伙人，踌躇满志地与对方合伙开洗衣店，却被合伙人骗了，被骗走了所有积蓄和一家人五个月的薪水。利昂跟合伙人理论，还被对方殴打。愤怒的利昂不许女儿安娜与骗子的儿子交往，否则断绝父女关系。伤心的安娜既不愿失去父亲，也不愿失去爱人，绝望中跳楼自杀。对她的死，一家人都很内疚。笼罩在丧女阴影中的父母自责而又相互埋怨，争吵不休，利昂搬出去住。迷信的利昂觉得家里的不幸是由于他没有兑现对梁爷爷的承诺，他是梁爷爷的"契纸儿子"，曾承诺把梁爷爷的骨灰运回中国。他存了一笔私房钱，是"回中国基金"，但他一直没能回去。

大女儿莱拉从男友处搬回家住，守护在父母身边，尽最大可能来安慰、照顾他们。她反省自我，觉得自己对妹妹关心不够，不知道妹妹内心的苦楚，没有能够及时发现妹妹的异常，阻止她走上绝路。小女儿尼娜是典型的美国做派，与华埠的父母观念不同，还公然顶撞父母，惹父母不快，自己也不开心，她忍受不了安娜死后家里的悲伤气氛，做空姐，到处飞，远离唐人街。这三姐妹对待唐人街的龌龊生活有截然不同的态度，一个选择一死了之，一个一走了之，只有大姐扮演了中美文化之间的翻译官，她在学校做社区关系专家，代表学校与华人父母沟通；她常常充当英语不好，不谙美国文化的父亲的翻译官，使父亲还有更多的像父亲一样需要帮助的人生活得更好。因为安娜的离去，一家人陷入悲痛中。衣厂的女工们都来劝慰母亲，利昂的朋友们也都表示哀悼，唐人街的人们都很关心他们。唐人街有欺骗，有倾轧，有流言蜚语，更有温情。

　　严歌苓小说《扶桑》曾被改编为电视剧《风雨唐人街》，描绘了19世纪60年代的美国旧金山唐人街尤其是妓院的情景。由于排华政策的实施，形成了华人单身汉社会，娼妓业发达。主人公是被拐卖到美国做妓女的扶桑，因为不善叫卖自身而一再被拍卖，最终落到不停改名换姓的唐人街恶霸大勇手里，成为他的摇钱树。大勇起初把扶桑当摇钱树，后来慢慢地把她当人看。他集善恶于一身，既是杀人不眨眼的恶霸，也是不择手段地暴力反抗白人的华人英雄。排华浪潮中，种族主义分子在唐人街烧杀抢掠，奸淫妇女，大肆攻击华人，华人的生命财产安全都得不到保障。很多华人的店铺被烧，扶桑被轮奸，许多良家妇女也被强奸，整个唐人街如战场一样，一片狼藉。一个十二岁的白人少年克里斯迷恋上了二十岁的东方妓女扶桑，一再试图拯救她，却也在排华浪潮中，混在白人中，参与轮奸了她。长大成人后的克里斯想为自己及其民族赎罪，想带扶桑到允许异族通婚的地方去，却被扶桑拒绝了。她虽深爱克里斯，却还是选择了同族人大勇。大勇后来人性回归，准备金盆洗手，却因为维护扶桑的尊严杀了美国人而被处死。华人为娶扶桑而争斗，两帮人互相残杀，死伤严重，触目惊心。所有这一切都是华人单身汉社会的产物，也是美国排华政策的恶果。

　　在唐人街居住的华人中有富人，如《花鼓歌》中的王奇扬，他是因为文化认同才选择的唐人街，更多的则是居于社会底层的穷人，他们只能在唐人街生存。华人们聚集在唐人街——这在美国是最像中国，离精神中国最近的地方，人们来来去去，无论是否离开唐人街，唐人街都是华裔美国人永远的精神家园。无论是华人移民还是在美国土生土长的移民后裔，身份认同都是混杂的，不断变化的，变化的方向往往是美国身份认同。

小 结

随着时代的变迁，随着移民心态的变化，美国由"异国他乡"逐渐变成家园，而美国人也由起初的负面形象逐渐向正面形象转化。聂华苓、於梨华的早期小说常常表现"无根"、"流亡"与"寻根"的主题，后期小说则描写华人历尽磨难，最终在美国找到了归宿，扎下了根，在彼岸建立了新的家园。作为华人的聚居地，唐人街有浓郁的中国风情，是华人们共同的美国家园。华裔美国作家林露德笔下的华人经过艰苦奋斗，在美国拥有了土地，实现了田园梦。而聂华苓笔下的中美混血儿到美国寻根寻亲，与美国亲人、朋友共建美好家园。唐人街是很多华裔美国文学中的重要背景，是故事的发生地，是华裔美国人的故乡。

美华文学研究中的家园常常指中国家园，这种记忆书写表现了对故国故园的留恋和身份认同。美国家园较少引人注意，却也是一个客观存在，表现了华人移民落地生根，随遇而安的心态，通过对中美家园的去留和对比表现了其美国身份认同。只是这身份认同是充满矛盾的、混杂的：对故国既弃绝又思念，对美国既认同又排斥。

家园这一对人类来说非常重要的空间，早已超越了物质形式的容器意义，而升华到了与身份认同密切相关的场域。所有把美国当成家园的叙述都表现了主人公或作者的美国身份认同，即使这些人常常把美国当异乡，身在美国心在汉，患着思乡病，有着挥之不去、魂牵梦绕的中国情结。察其言，观其行，这些人虽然思念中国却又不肯回中国居住，身在美国却又拒斥美国，无论对中国还是美国都是既爱又恨，欲迎还拒，其身份认同是复杂的，分裂的，二元对立的，持续变化的。

下 编

族群社会学视野下的美国各族裔形象

第四章 白人"拯救者"形象及其他

美华文学中出现了一系列白人"拯救者"形象,一种是真正的拯救者,是华人的"贵人",王子救下灰姑娘,如《华女阿五》中的帮助玉雪成长,走向成功的正直善良的美国白人形象;林露德《千金姑娘》中的白人查理,他尽其所能地保护华人宝莉,并给了她自由,是有勇有谋的西部硬汉。另一种是试图拯救华人却没有成功的虚幻的"救世主"形象,如严歌苓笔下的试图拯救"顺水漂来的孩子"的很多美国人。这两类形象反映了作者对异族交往、民族融合的不同态度。

在比较文学形象学研究中,异国形象相对于主体而言是一种他者形象,有不同于主体的排他性质。形象是对一种文化或者社会的想象,它折射了主体的欲望,主体注视形象。注视者的态度可以分为三种:第一种态度是狂热;第二种态度是憎恶;第三种态度是亲善,异国现实被看成是正面的,它纳入了注视者文化,而注视者文化也是正面的,能够实现双向交流,通过互相了解和承认,平等对话。与"狂热"所要求的机械的文化适应相对应的是通过"亲善"而发展起来的真正的"文化对话"。"憎恶"以对他者的排除和象征死亡为前提,而"亲善"则力图使人不得不采用困难的、要求很高的方法。那个存在于"我"旁边,与"我"相对,既不高于"我",也不低于"我"的"他者",是独特的、不可替换的。[①]

[①] [法]达尼埃尔-亨利·巴柔:《形象》,孟华译,载孟华主编《比较文学形象学》,北京大学出版社2001年版,第175—177页。

不同的美国白人形象反映了形象塑造者对美国的不同态度，对美国文化与中华文化的不同评价。

第一节　白皮肤贵人群

黄玉雪的《华女阿五》（1950）版权页上标明是美国现代自传体小说，却以第三人称讲述的："我这里讲述的是他们第五个女儿玉雪的故事。"① 小说叙述了玉雪从一个孩子成长为事业小有所成的唐人街明星的故事。从她的成功中，我们可以看出，白人在其中起了关键性的作用。她在白人中很受欢迎，她勤劳善良、聪明能干、力争上游，得到白人的赞赏。与生俱来的黄皮肤，家庭教养所形成的中国人的礼仪，做得一手可口的中国菜，唐人街现做现卖的陶器，所有这一切展现出来的中国文化都与西方文化迥异，给人以异域情调之感。她很认同白人，在小说中塑造了一系列的正面白人形象，对自由、民主的白人家庭也推崇备至。

一　白皮肤贵人群

黄玉雪《华女阿五》中塑造了一系列白人的完美形象，首先是她接触到的白人老师们。"她的新老师穆罗汉德小姐是她见过的最可爱的人。她有着波浪型的棕色头发，白皙的皮肤，蓝色的眼睛，人很温柔。"② 白人女老师是美丽温柔可爱的。所有的白人老师的形象都是正面的：没有种族歧视，对身为华人的她很慈爱，积极主动地帮助她。白人雇主也是友善的，乐于助人的。她靠家庭资助读完中学，由于财力有限，家庭不资助她读大学，她就靠自己给白人帮佣挣钱上大学，后来又在白人的帮助下进入米尔斯学院就读，为她以后的成功奠定了基础。她觉得学院的同学视她为自己人，没有以钱为评判标准，学院的生活是真正意义上的民主生活，只强调发挥潜能。在她遇到困

---

① ［美］黄玉雪：《华女阿五》，张龙海译，译林出版社 2004 年版，第 1 页。
② 同上书，第 17 页。

难的时候，总有好心的白人帮助她。莱茵哈特博士是她见过的最富于表达的、富有人道主义爱心的人。她热心地帮玉雪解决了学费的问题，让她安心到米尔斯学院就读。一个素未谋面的校友竟然主动提出资助她住寄宿宿舍，体验真正的大学生活，修暑期课程。她在学校主任家忙得不可开交，但她并不觉得太匆忙，也不觉得自己只是个仆人。所有居住在家里的人和动物，都受到主人的热情体贴和款待，她觉得主任家的猫狗都是幸福的，她也是幸福的。雇主与佣人之间没有通常的纠纷。由此可见，她极力美化白人，忽略任何矛盾和分歧。她帮佣的家庭都属于白人中产阶级，生活优裕，家庭幸福。那些白人底层家庭是她接触不到的。她以居于社会底层的，为生计奔波的华人家庭与富裕的白人中产阶级家庭相比，当然会觉得白人家庭更幸福。

该书英文版原著最初出版于1950年，那时刚经历过第二次世界大战。在"二战"中，中国和美国是盟国，中国人在美国的地位提升，虽然种族歧视依然存在。小说中的她在毕业找工作时就被学校就业办的人忠告到华人的公司找工作，因为在美国人的公司里，华人难以有所作为，因为太平洋沿岸的种族歧视会阻碍她的发展。她没有听取劝告，她知道种族歧视的存在，但她并不认为这会影响她的个人目标的实现。她曾亲身经历过种族歧视，当还是小女孩的她去白人学校上学时，白人小男孩欺侮她，骂她是中国鬼，中国佬，还用黑板擦砸她。她不理他，以中国的悠久历史文化和自己的成绩来安慰自己，认为白人小男孩的家庭教养一团糟，外国人本性冷漠、愚蠢，不懂得给人"面子"，连大蒜都不会剥。她只把这事当作个别现象，她遇到的大多数白人都是善良的，乐于助人的，没有种族偏见的。她觉得身为华裔有许多有利因素，她的生活有着极其丰富的文化内涵，她不会拿华裔血脉交换任何东西。她下定决心在美国人的公司谋职，顺利地在美国人开办的造船厂找到了工作，也许是因为当时正值战争时期，急需劳动力。她后来在海军部门做秘书，也是与军队、战争有关。

她不满足于做一个无足轻重的办公室文员，于是常写一些研究报告之类的东西。在征文比赛中，她脱颖而出，获得主持"自由号"舰艇的下水仪式的机会。报纸上刊出她的新闻，父母家人，甚至唐人街都为她自豪。为了显示隆重,她穿上中国服装主持下水仪式。虽然她很能干,她也只是一名普通的办公室秘书,不能与男同事同工同酬。老板的解释是,男人要养家糊口,女人要结婚生子,在男人身上的投资要比在女人身上划算,这是经济学问题。性别凌驾在能力之上,她逐渐明白了公司里的性别歧视。为了让人们了解华人所做的贡献,让华人在西方世界得到认可,反抗种族偏见,她想试着写作,她认为在写作方面,女人不会与男人形成竞争。她不确定能否单靠写作谋生,想靠制造和销售陶器谋生。面对父权制、男权主义和种族歧视,她一边写作,一边售陶。她意识到种族、性别歧视,她要做的不是硬碰硬,以个人去反抗整个强大的、不公正的社会,而是寻求不构成竞争的行业,以更好地生存。由此可见,她是个很有生存智慧的知识女性。

虽然有白人小孩仅仅因为她是黄皮肤就歧视她、欺侮她,但她遇到的更多白人都是向她伸出援手的热心人,似乎并无种族歧视之心。在她的成功中,白人帮了大忙。无论是上学还是工作,无论是学习制陶,还是卖陶都是白人帮忙,大多数华人反倒持嘲笑态度。她想发展自己的事业,白人鼓励她学习制陶然后自制自卖,她开始找店面,唐人街许多店主嘲笑她,觉得她不会成功,只有借她一小片儿店面的华人店主支持她。华人不买她的陶器,白人却把她的陶器抢购一空。

她在西方世界里得心应手,兴致勃勃,信心倍增。她也为重新发现华人社区而高兴,觉得生为华人很幸运。她与家庭的关系经历了一个顺从、反抗到和解的过程,她最后不再公然挑战家人的权威,家人对她的态度也发生了较大的改变,原来对她很专制,要求她无条件顺从的长辈开始尊重她的选择,为她所取得的成绩而骄傲。随着她在美国主流社会的成功,她的家庭地位也日益上升。原来在父母眼中显得古怪的她,最终赢得了父母的尊重。

她在白人学校逐渐把白人的价值观内化,以此反抗中国传统的价值观念,挑战父母的权威,张扬个体,贬抑集体和家庭。她最终形成的价值观是向西方一面倒,而不是坚持中国传统的精华,这也是她多年接受白人教育的结果。她美化了美国的主流社会,白人的价值观念，最终成为华人归化的典型案例。这恐怕也是她被国务院资助到世界各地演讲的主要原因。她的成功显示了美国的自由、民主及美国的民族政策的优越。

二 孤独的"桥梁"

黄玉雪作为一个华裔美国人，对华人的愚昧落后的贬斥与对白人的文明高贵的赞扬，让华人及白人、中国与美国都成为他者，而自我却像一座桥梁一样，孤独地横亘在两者之间。"异国形象是形象学研究的基本对象。这种形象并非异国现实的复呈，而是形象塑造者根据自己的理解和欲求创造出来的。形象应有社会基础的支撑，可在深层意义上，却与形塑者观看异国的方式（如时间、距离、频次、视角、成见等）直接相关。形塑者对异国所持的狂热、憎恶或亲善等态度，体现在双方关系之中，并决定着异国形象的塑造形式，被塑造的形象也因而具有置换或偏离现实、具象泛化等多种功能。"[①]

黄玉雪作为一个黄种人，长期接受美国主流教育赋予白人美好的形象，把美国当成富强、民主、文明的现代化国家，而缺乏批判意识。也许黄玉雪本人并不缺乏批判眼光，只是她屈从于时局，或者为了书的销路，便于美国主流读者接受，或者是受制于出版方的意识形态、政治目的等，不得不隐瞒或者删除不利于美国形象的地方。而对她已经走出的华人之家及中国则持亲善的态度，对其优缺点都比较了解，秉笔直书，既颂扬其优良的文化传统，又鞭挞其陋习。他的父亲严厉、专制而又不乏慈爱、正直。那时的中国经济落后，政治腐败，无法与世界强国美国相比。

她小说中的华人形象生动可感，而白人则比较模糊，很多白人只是以单纯的恩人形象出现。他们向她伸出援手，但并没有朋友间的亲密，只是恩人。她虽然生活在许多人中间，但她总是独自一人，在学校主任家做家务，住在那里，主任劝她邀朋友来家吃饭，觉得她总是

[①] 张月：《观看与想像——关于形象学和异国形象》，《郑州大学学报》（哲学社会科学版）2002年第3期。

独自一人，对她不好，而且主任也想见见她的朋友。她虽然自己感觉挺好，还是接受了主任的建议。在她看来，新朋友很多，因为校园里人们互说"你好"。她惊奇地发现，无论她走到哪里，人们都视她为自己人。没有以钱为评判标准，虽说是富人学校，却看不出谁是有钱人，学生们都穿着朴素。米尔斯学校的生活是真正意义上的民主生活，只强调发挥自己的潜能。她邀请了一个日本女孩，一个中国女孩，一个美国女孩来家聚餐，这四人中有三人是黄皮肤的东方人，只有一个白人。她的学校里大部分学生是白人，应该白人朋友最多才是，由此可见，无论她如何向白人主流社会靠拢，她依然生活在东方人中，因为她的东方面孔。这四个女孩的聚会就像个小型的国际会餐，她很注意照顾到各个国家、种族的朋友。吃的是中国菜，地方在中国人帮佣的白人主任家里，在美国。

她从大学毕业后，发现唐人街的华裔女友也都疏远她了。她的解释是，因为这些人没有上大学，早早结婚，教育不一样，兴趣不同。她无法恢复原来的亲密关系。她发现她成了唐人街的旁观者而不是参与者。于是，她只能结交白人朋友。她在制陶课上认识一个迷人的白人女孩，两人玩得很开心，她邀请白人女友到家做客，全家人都热情招待。父亲还应客人的要求为她取名为玉琴，这样他们就可以叫她的中文名字，而不用费劲叫她的英文名字了。她没有男性朋友。她以前的男性朋友乔是华人，后来不知为何与她疏远了。两人刚开始的交往，似乎给人以爱情的期待，后来的事态发展却出乎意料，两人的关系随着毕业而日益淡漠，最终不再联系。战争时期，男孩都应征入伍了。她更没有交男朋友的机会了。她似乎也没有寻找男友的欲望。

她一直上学，做家务，很少与朋友来往，毕业后想重拾华裔女性朋友的友情却因对方的敷衍而告终，她只写到一个来往的白人女孩，其他来往的白人大多是雇主、学校老师和同学及同事，买她陶器的顾客，见不出多少私人友谊，从这方面看，她是孤独的。她因为执着地追求教育，走出唐人街，走进白人的世界，失去了唐人街的众多朋友，只得到少数白人朋友，而且这些人能否成为真正的朋友也很难说，他们大多是帮助她的贵人，而不是亲密的朋友。

孤独的她尽量教育小弟弟，以弥补她认为华人家庭传统教育模式的不足，把自己小时候失去的学前教育补给弟弟，让弟弟更健康快乐地成长。她让弟弟多接触西方世界的人和事，等到将来他把外面的世界与家庭结合起来时，不至于震惊和不知所措。她把小弟弟当成儿子一样教育，弟弟也很高兴姐姐在外面被人误以为是他的母亲，他觉得妈妈是家里的母亲，而姐姐是外面的母亲。姐弟俩与母子俩角色的模糊和重叠是她教育的结果，她扮演了教母形象，她的教育方式不同于父母，她想让弟弟一开始就接受主流文化，这样不至于在他切实走出家庭，遭遇西方世界时感到困惑。

按照中国儒家传统的家庭伦理，父亲的权威不容挑战，子女要服从父母，不能忤逆，个体湮没于家庭中，以家庭为本位，而不是以个人为本位。玉雪以美国的个人主义、自由至上来反抗中国的儒家传统道德和父权制，并以赢得父母尊重来表示胜利。她遇到一系列的美国白皮肤贵人，这些人中有很多是她的雇主，她为她们做家务，相处融洽，似乎根本不存在雇主与佣人间一般都存在的矛盾、分歧。这只能解释为她觉得这些分歧、矛盾是次要的，不值得一提。她美化了两者间的关系，把自我的成长定位在父权制家庭的限制和白皮肤贵人的帮助、解救中。在中国传统文化和西方文化这两者中，她选择积极靠近后者，美化后者，远离前者，贬低前者。父母的伦理准则是清朝末年的标准，拿到现代美国来教育子女无疑是不合时宜的，家庭气氛是压抑的，孩子只有服从而无发表意见的权利，不像美国家庭里孩子被当作平等的一员，可以自由发表个人意见，并得到尊重。在她看来，在美国家庭，连狗的权利都得到尊重。我们知道，如果把他者看得优于自我，就会把他者看成乌托邦，加以膜拜，而把自我看得低劣。黄玉雪把中国家庭和美国家庭对比，结果是中国家庭的专制、压抑，让人窒息，而美国家庭则自由、民主，让人可以发展、完善自己的个性，有利于培养孩子的创造力。因此，中国家庭应该向美国家庭学习，应该向美国主流文化靠拢。

赵健秀认为黄玉雪是严重"白化"的黄肤白心的"香蕉人"，已被美国政府和美国文化"招安"。作为生在美国的华裔第二代，多年来接受美国教育,黄玉雪当然要比父辈"白化"得多,但她依然坚守着中国优良的道德传统。在她身上,中国文化和美国文化并行。她反抗的是压抑人性的、不自由的重男轻女、父权制等家庭等级制度和伦理观念,并不反对中华民族的美德,如父母的辛勤劳作,一家人相亲相爱,共渡难关,父亲为会馆的贡献等。全家人都烫发,只有玉雪不烫发,全家人先是哄劝,后是取笑。在全家照中,只有她一人是直发。她坚持天然的直发,拒绝烫成像美国人一样的卷发。从这件事上可以看出,她对自己的直头发、黄皮肤的中国人形象很满意,坚持自己的形象,不愿改变。

母亲关于孩子来源和肤色的说法很有意思。年幼好奇的玉雪问小弟弟是从哪儿来的?母亲说,婴儿是从医院的炉灶里烤出来的,烤得差不多时,就成为外国白人;烤得长一点,就成为华人黄色婴儿;烤得太久,就成了黑人婴儿。一样的人,肤色不同,不过是烤的时间长短不同而已。母亲的玩笑话却说出了问题的本质,各种肤色的人没有人种优劣之分,没必要因为肤色不同而产生种族歧视。

社会学老师预言玉雪早晚会成功,但不管多成功,都不要忘了为种族平等而必须进行的斗争。因为少数族裔的个体成功后常常背弃自己的族裔。她选择用英文写作来让西方世界了解中国,认可中国人。她在小说中详细展示中国婚丧礼仪,男孩的满月礼,春节、中秋等传统节日,中国菜的做法,中草药的神奇功用,甚至中国的迷信仪式(外婆举行迷信仪式为被火鸡惊吓的玉雪驱惊)等意在借此展现中国人的生活习俗,中国的古老文化,让美国人了解中国,她想搭起一架连接中美文化的桥梁,让美国人更好地接受中国文化、中国人,尽快消泯种族歧视,各种族和睦相处。

第二节 "白马王子"与"白雪公主"形象

在社会学中,异族交往反映了民族融合的进程,异族通婚是民族融合的一个重要变量。阿伯特·戈登在《异族通婚——异宗教,异种族,异族裔》一书中对异族通婚的定义是指那些宗教、种族或族裔背景不同或曾经不同的人们之间的婚姻。米尔顿·戈顿提出了移民的三种同化模式：（1）文化同化，文化模式向主流文化转变。（2）婚姻同化，大范围地跟主流社会成员异族通婚。（3）结构同化，大范围地进入主流社会中核心成员的团体、俱乐部和机构。对于有色种族来说，以上三种模式中，婚姻同化是最彻底的同化途径。20世纪80年代以来，在多元文化主义背景下，美国异族通婚从异族裔通婚，异教通婚，进入异种族通婚阶段。其主要原因有三：第三次移民潮中有色种族移民的爆炸性增长以及早期有色种族移民后代的同化；20世纪60年代以来美国社会的逐步宽容和开放；多元文化主义的倡导。[1]

按照国家、种族和性别来划分，美华文学中的异国婚恋可以分为两种模式：一种是中国的灰姑娘与美国的白马王子模式，男女年龄差别大，一般是女小男大，女穷男富，女弱男强；另一种是白人女子下嫁华人男子的模式，年龄相当，女强男弱，女主男仆。综合起来，反映了中国人在美国的弱势地位，借两性关系的不平等，象征当时中美国家实力的悬殊。让我们首先看看中国的灰姑娘与美国的白马王子模式。

一 中国的灰姑娘与美国的白马王子模式

灰姑娘有的是来自中国的被拐卖的女孩，有的是穷留学生，还有通过婚姻进入美国的中国女孩。而白马王子有的是真正的富人，有的只是中国人眼中的富人，美国人眼中的一般收入者。但他们与贫穷的、弱势的中国男性相比更有吸引力，更容易赢得华人女孩的芳心。

白马王子与灰姑娘故事中，聪明、勇敢的王子历尽艰险，拯救美丽、柔弱的公主脱离苦海，从此，王子和公主过着幸福的生活。这种拯救童话一再上演，中国不乏英雄救美的故事，外国文学中也总是出现英勇的骑士拯救处于困境中的美丽姑娘的故事。这种婚恋模式凸显了男权思想。当涉及跨种族婚恋时，又体现了种族主义、东方主义。

---

[1] 黄虚峰：《美国多元文化主义背景下的异族通婚》，《华东师范大学学报》（哲学社会科学版）2002年第5期。

林露德《千金姑娘》也不能免俗地涉及拯救主题，白人英雄查理拯救来自异国的，落入恶棍手中的，处于水深火热中的中国女孩腊露。而略通医理的腊露也救了中枪的查理的命。在相互救助中，两人幸福地生活在一起。

腊露被人从兵荒马乱的中国卖到美国，被买主命名为宝莉，在酒店做陪舞女郎，受到华人店主和洋鬼子的侮辱，渴望有人能拯救她脱离苦海。华人阿詹有意赎她，她也寄希望于阿詹。但在排华浪潮汹涌的美国，华人连自己的命运都无法掌控，更遑论拯救他人，所以，阿詹是个命中注定要失败的华人拯救者形象。营救宝莉的重任就落在了阿詹的白人朋友查理肩上。于是，查理成了宝莉的保护人，也是情人。两人的关系起初也许只是相互需要，在女人稀少的小镇，查理需要一个女人，而宝莉需要一个保护人，那个保护人只能是白种人。渴望自由的她在酒店垃圾堆里开金矿，攒钱赎身。当她明白酒店店主洪金永远不会放走她，她甚至动了杀机，被查理洞察，他以豪赌的方式赢得了她，并给她自由。为她建客栈，让她独立经营。查理被一个赌徒枪击，在医生都无能为力的情况下，宝莉勇敢地取出留在查理体内的半片子弹。在她的精心照料下，查理康复了。宝莉与查理相爱，为了查理，她不愿离开小镇去经营她心爱的农场，后来查理带她来到峡谷，两人一起开辟田园，正式结婚，查理还从州政府为她领来了居住证明。查理在小说中被塑造成西部硬汉、白人英雄，没有种族歧视观念，担当起华人的保护者、拯救者的角色。宝莉和查理的美好婚姻寄寓了作者中美融合的美好理想。

作家生活在社会中，难免受到社会集体想象物的影响。社会集体想象物是作家创作的那个年代整个社会对异国的看法。"每一个具体文学形象的创造者固然是作家个人，但个人都生活在社会中，个人意识脱离不了集体无意识的樊笼，由此产生的形象与历史、社会、文化语境必然有着密切的关系。"[①]

林露德十六岁后定居美国，她对中国和美国的看法除了切身体验

---

① 杨乃乔主编：《比较文学概论》，北京大学出版社2002年版，第230页。

和受到华人社会的影响外，还受到美国主流社会集体想象物的影响。东方主义在美国盛行，让她相信只有西方才能拯救东方，因此只有查理才能拯救腊露，东方不能自救，阿詹不能自保，更无法救腊露。在兵荒马乱的中国和种族歧视严重的美国，命运悲惨、无法自救的华人女子需要白马王子来拯救，这项使命历史性地落在白人肩上，而囚禁灰姑娘的华人男子就成了恶棍、魔鬼。于是，白人查理成了白马王子，拯救落在华人恶棍手中的中国"公主"腊露。

虽然受到社会集体想象物的影响，林露德也表现了对集体想象物的偏离。她对中国和美国同时展开批判，这使得她的中国和美国形象不同于白人作家作品的中国和美国形象。她对中国有着比他们更深的感情，那也是她的祖国，无论是从血缘上，还是文化上。但她更认同美国，也是事实。她是以美国为基点，来回望中国的。

注视者与他者之间大致构成狂热、憎恶和亲善三种特异关系，从林露德的中美形象可以看出，作为注视者的作者对美国和中国既没有狂热从而表现为乌托邦幻想，也没有憎恶，从而导致极力丑化、妖魔化他者形象，而是对两者都持亲善的态度，秉笔直书，不虚美，不隐恶。中国和美国对混血儿林露德来说，都既是自我，也是他者。宝莉无法获得中国人的谅解，无法完全融入美国人之中的困境是林露德的现实处境的写照。她一岁时随父母迁居香港，在母亲的大家庭中长大，五岁前只会说广东话，相貌没有华人特征，被邻居的孩子叫作"白人洋鬼子"，在华人学校与众不同；六岁到英语学校就读又成了"中国佬"。无论是在中国人那里，还是在美国人那里，她都无法获得大家的认同，找到归属感。这和宝莉在美国的处境是一样的。由于她特殊的境遇，她对中美两个国家都有一定的了解，而又无法完全认同。

张坚《早安，野熊先生》讲述了一个跨越种族和国家的灰姑娘童话故事。一个是美国的百万富翁，一个是中国的穷困留学生；一个年过半百，一个不到四十。洁安在百万富翁彼得家打工，被彼得鄙视，却被彼得的富有的朋友基弥看中，两人一见钟情，基弥像白马王子一样，把洁安从女佣的位置上拯救出来，两人幸福地结了婚。婚后夫妻恩爱，幸福美满。男女主人公都完美无瑕，基弥既是善于理财的富翁，又是热情奔放的诗人，热爱动植物、渴望回归自然。洁安聪明美丽，虽然从小害怕动物，但在基弥的影响下不再害怕，整天饲养动物，与动物为伴。两人去山上野营，基弥无微不至地照顾洁安。野熊的突然出现对基弥的生命构成威胁，洁安拼命游近基弥，想提醒他危险的存在。基弥向野熊问安，野熊游去，背上的手枪还没有用上。洁安的反应表现了她对丈夫的热爱，而基弥沉着应对，先礼后兵，不战而屈人之兵。没有贫富、种族、文化、年龄、性别差异引起的隔阂，只有相亲相爱的夫妻，与大自然融为一体。这样没有任何矛盾冲突的小说读来有些乏味，美丽童话也只能是一种美好的理想。

  与上面的童话故事相比，张慈的《风·自由》比较接近现实。一个20岁的中国女孩和一个75岁的到中国旅行的美国老头结婚，跟他一起周游世界。女孩愿意嫁给一个老人，是因为他能把她带出中国，改变她的命运。中国女孩渴望冒险，迷上了洋姥爷，觉得他很了不起，无所不能，要跟他走。女孩到缅因后才知道老头并不是中国人看重的那种英雄，只是一个靠退休金生活的孤单老人，固执的海上盲流。如花般的中国女孩迷上美国的糟老头，其实是迷上他背后的美国，迷上他能给她带来的她想要的生活，而不是他本人，从本能上来说，女孩更爱他的外孙梅生。梅生与女孩年龄相仿，性感迷人，对女孩充满诱惑力。

  两人在老人的女儿家逗留了几日，女孩悄悄地打量比她大一岁的老人的孙子梅生，"发现西洋人的年轻男人是生活与自然中最美的东西，他人是木炭，他们是金属"[①]，"老人像一棵树，他像一个人"。[②]从这些可以看出，女孩对西洋人的崇拜，对梅生的欣赏、爱慕之意。但梅生凝视女孩，她渐渐变小，缩进地上的一只野苹果里，一条蛆从苹果里钻出，向他大声宣布不再见他。从苹果和蛆的意象中可以看出

---

  ① 张慈：《风·自由》，载［美］融融、陈瑞琳主编《一代飞鸿：北美中国大陆新移民作家短篇小说精选述评》，中国文联出版社2008年版，第412页。
  ② 同上书，第416页。

女孩在他眼中的形象，既是纯洁美好的又是令人作呕的。他对女孩既喜欢又厌恶，既欣赏又排斥。女孩受到伤害和冷落，却并不伤心。她内心强大，继续追赶梅生，而梅生在洗澡，她想象自己是跟他同种的白种女人，与他在水下嬉戏，这时出现了一只母猫，有华丽的毛，暧昧的眼神，跳到她胸上。她逃跑一样地走开了。把自我幻想为白种女人表现了她身为黄种人的自卑，自觉配不上西洋年轻的白种男人。性感的母猫是她情欲的象征，她本能地爱梅生，对他充满欲望，但她竟然是他名分上的外婆，不得不压抑内心的欲求，所以她要逃跑一样地走开。

老头的女儿不理解中国女孩的行径，她对丈夫说女孩可能不知道在他们的文化里，少女与老头结婚是可耻的，她觉得父亲利用了这个女孩，丈夫认为他们表面上虽不般配，但灵魂是一样的。言语不通的她平常只能跟猫狗一起消磨时间。老人的女儿不愿意中国女孩跟着她父亲去太平洋上转，她觉得父亲早晚要死在海上。但女孩依然选择跟老头一起漂流，因为她要像风一样自由。老人最终死于海难，女孩和船还在。

异族交往往往因为文化差异而酿成悲剧，生活优越的中国女学生竟然为弃她而去的美国人自杀！谢岭南《是心血，是眼泪，每件都带酸辛泪》中一个公主一样生活优越的中国女学生孟琳与一个秃顶、矮胖的美国人恋爱，同居，吃饭各自付账，典型的美国人方式。美国人另有新欢，她无法容忍失去爱人，自杀了。"白人对爱情和婚姻的道德观念和华人是完全不同的，这对于许多移民来说，是一种文化上的挑战。"[①] 中美价值观不同，从中国20世纪六七十年代走过来的人到了美国经历着残忍的文化冲击，不够坚强的就无法活下去。

贫穷的中国男留学生不敌富裕的白人医生，相恋多年的女友移情别恋，投入白人怀抱。石小克《基因之战》中的凌飞飞与于向东相恋八年，却因为于向东迟迟不能博士毕业，又加上一些生活上的问

---

① 林涧：《导言：有关美国的华文文学》，《华人的美国梦：美国华文文学选读》，南开大学出版社2007年版，第11页。

题,对他失望了,转而爱上白人医生莱恩。于向东为救治感染病毒的病人枪杀不仁不义的美国导师,并挟持了莱恩医生。凌飞飞因担心莱恩的安全,报了警,并一再敦促警察救莱恩,造成于向东当场被击毙。这让莱恩非常不满,因为于向东并未试图杀他,挟持他只是为了争取治病时间。不明真相的舆论界纷纷谴责于向东,莱恩医生却认为于向东是个英雄,他独自一人去了中国,去了于向东的家乡——一个小山村,在那里慢慢等凌飞飞。中国男子在美国的弱势地位使他们无法与白人男子平等竞争,在恋爱中以失败告终。

以上这些异族男女往往有年龄的差距,美国男人年龄大,而中国女孩年龄小;美国人富裕,而中国移民贫穷;美国人处于优势地位,而中国移民处于劣势地位。中美文化的差异,让异族婚恋很难美满,民族融合的过程并不是一帆风顺的。

这些白马王子形象背后彰显的是华人对民族平等、民族融合的热望,也表现了对美国白人的崇拜,内心深处对作为华人的自卑,反映了华人在美国白人为主的社会中的弱势地位。因为只有处于弱势者,才需要拯救。

二 "白雪公主"与华人男子的女主男仆模式

在异族交往、通婚中,白人男子与华人女子居多,而白人女子与华人男子较少。即使两者有短暂的交集,也多是露水姻缘,很难升华到婚姻。即使有幸结婚,两人的地位也很难平等,总是"西风压倒东风"。

由于中美传统文化、道德观念、行为规范的差异,白人女子在与华人男子的交往中,往往表现得很开放、积极主动,而华人处守势。黄运基的《O. K. 马之死》讲述了中国人 O. K. 马与白人女子茱迪相爱却不结婚的故事。O. K. 马姓马,爱说 O. K.,就成了 O. K. 马。在华人社区是个很有争议的"怪人",一向独来独往,周末西装革履去下棋。还有"十项全能"的雅号:能攻能守、能歌能舞、能屈能伸、能言善辩、能文能武。O. K. 马乐于助人,他两次搭救一个比他年轻三十多岁的白人女子茱迪,还让无家可归的她到自己家里居住,把卧室让给她,自己睡沙发。两人相爱,他却拒绝与她发生性关系,他说不是不想,而是不应该。为了她的前途着想,他竟然拒绝了她!他劝茱迪恢复学业,在茱迪事业有成后,劝她搬走,担心两人住一起误了她的前途,劝她赶快找个男人嫁了。茱迪买了大房子,邀他同住,他拒绝了;她送三万元支票以感谢他的关心、爱护,O. K. 马用这笔钱成立了一个美中教育交流基金会,帮助需要援助的中国留学生。O. K. 马像个坐怀不乱的柳下惠一样,没有私心杂念,尽力帮助他人,不求回报,简直成了道德品质高尚的圣人。这种神化华人男子的做法也许恰恰说明华人的自卑和懦弱,自觉不配白人,担心不能白头到老,承受不了对方万一不再爱自己的痛苦,宁愿不相恋,以维持平静的生活和道德优越感。这种主动"阉割"自身的做法不过是长期以来的欧美东方主义的内化和变种而已!华人男子看似高尚,富有舍己为人的自我牺牲精神,实则自惭形秽,庸碌无为,不仅断送了自己的爱情、幸福,也断送了勇于追求异族之恋的白人女子的爱情理想。

冰凌的《同屋男女》也是女追男模式,不过男主角不再是圣人,而是"食色中人"。中国已婚男人赵重光与一个美国女人露西同屋而住,觉得不合适,男女有别。赵重光一日三餐很讲究,露西起初很反感中餐的油烟味,后来亲口尝到他做的中国菜和饺子,赞不绝口,还以赵重光的手艺宴请了她的同事们,大家吃得很开心,露西越来越喜欢赵重光。赵重光起初有意疏远她,却经不住性欲旺盛的露西的一再猛攻,而享受鱼水之欢。但赵重光认为这是危险的游戏,因为双方都有家庭,而且他觉得他妻子会为他守身如玉,他这样对不起妻子。露西却认为只吃饭不做爱是残酷的,她丈夫也有性伙伴,他们这样做没什么不道德。她的丈夫来到这里,对赵重光很友好,不在乎这种孤男寡女共处一室的住法。赵重光要中断这种关系却很难抵制诱惑,直到赵重光妻儿来美探亲,他担心露西吵闹,露西却出乎意料地祝贺他。赵重光搬走了,他不愿让妻子知道他曾和一个女人同屋而住。

这段露水姻缘中,中国食物起到了媒介作用。露西是先喜欢上中国食物,后喜欢上中国男人的。但她只是解决性需求,并不爱中国男人。中国男人的性和中国食物一样,都是她猎奇的对象。她关于婚姻与性的态度是超前的、开放的，与中国人的观念截然不同，与保守的美国人也不一样。两人最后的分道扬镳也是必然的，毫无留恋的。

　　白人女子与华人男子很少结婚，即使结婚，也是女强男弱，女主男仆，女主外男主内模式。异族婚姻中的华人男子因为没有工作而在家里很没有地位，从中可以看出经济基础对家庭地位的影响，同时也可看出自我民族的强弱对异族婚姻的影响。宋晓亮的小说《相逢正是尴尬时》中的小智娶了美国妻，做起了家庭妇男，什么事都做不了主。宋大姐与小智亲如姐弟，在小智与一个白人姑娘海伦结婚时还按山东人的规矩为他们办了"回门宴"，小智一家也对宋大姐一家很好，宋大姐搬走时，小智夫妇还送了烤肉炉。半年后宋大姐再回来，到家里来借宿一晚，看看他们全家，小智却态度冷淡，海伦和孩子们也没有出来见面，这让宋大姐心里很不是滋味，意识到因为小智不工作，在家伺候在银行上班的海伦和孩子，很没有地位，凡事要看妻子脸色。宋大姐体会到小智的处境，海伦才是家里的老大，年节送礼都以她为先，担心言行不当，让弟弟在家里更没有地位。在家庭中，没有工作的东方男子小智做着传统家庭主妇做的事，唯妻子马首是瞻，已经完全失去了自我。

　　在华人男子与白人女子的异族交往中，白人女子往往采取攻势，而华人男子则取守势，甚至退缩。在性关系方面，美国女人性开放，而中国男人相对来说比较保守。华人男子与白人女子很难走到一起，即使在一起，华人男子的角色也变得女性化了，如在家庭里扮演女性角色，《同屋男女》里的赵重光善于烹调，先满足了白人女子的口腹之欲，继而满足她的性欲；《相逢正是尴尬时》里的小智就是一个完全的家庭妇男角色，不出去工作，就在家伺候老婆、孩子。华人男子的女性化倾向与双方的经济地位密切相关。华人在美国生活，同等条件下竞争力不如美国人，常常受到种族歧视，很多人只能在中餐馆打工。不外出工作的在家里做着传统女人的活儿——做家务，带孩子，服侍白人老婆。

　　从异族婚恋中，可以看出中国移民的弱势地位，白人的主导地位。中国少女嫁美国老头，中国穷留学生嫁美国富翁，飞上枝头变凤凰；或者被美国人遗弃而自杀。而华人男子与美国女人的婚恋故事中，华人男子则是满足白人女子的食欲、性欲，做个家庭男仆。

三 阶级视域下的异族交往主题的研究

严歌苓表现中美异族交往的小说，有异族婚恋主题，有房东与房客关系、合租关系、老板与员工关系等主题，各种社会交往表现了不同的异国形象，也显示了文化的冲突与融合。她关于异族交往主题的书写，反映了她如何看待"自我"与"他者"的关系。

异族婚恋，尤其是有关早期移民的，遇到的社会阻力很大，于是就私奔。《风筝歌》中的海伦是小镇上的白人姑娘，与年长她20岁的中国人梅老板私奔，定居唐人街，生个女儿英英，梅老板非常爱她，每当她生日，梅老板就会为她做风筝、放风筝。三口之家就像童话故事里一样幸福。这时来了个白人流浪汉肯特，来自海伦的故乡小镇。他觉得海伦并不像镇上人传说的那样丑陋，而中国佬也不像镇上人讲的那样有张虐疾病的青脸和贼似的小眼睛。在镇上人眼中，是年长的中国佬诱拐年幼的白人姑娘，触犯了他们的禁忌，就把私奔的男女丑化了。海伦的父亲退回她的信，不肯原谅她。肯特变成了梅老板的经理，帮他打理店铺。肯特用他西式的方法热情招待西方客人，调整物品摆放位置，又让英英做模特来大打广告，生意比以前好多了。但守旧的梅老板反对女儿做模特，并把店铺摆设恢复原样，与肯特、妻子有了文化冲突。在肯特的影响下，英英有了很大的变化，让梅老板夫妇很不安。梅老板给了肯特一笔钱打发他走，肯特想：也许梅老板知道他与英英的事了。十四岁的混血儿英英追随三十多岁的白人肯特而去，可不负责任的流浪汉弃她而去。三十来岁的混血女郎在马戏团里溜冰，听到叮咚作响的音乐，看到海天之间的风筝，想起今天是自己的生日，父亲依然在为她放风筝。肯特是个聪明能干、不负责任的白人流浪汉，而梅老板是个温良、谦让而又专横、固执的中国传统男人。英英是个有些叛逆的、追逐自由的混血儿。她与白人母亲很像，都离家出走。

由于不同国家、种族、文化和性别的障碍，跨国婚姻往往很难美满。《密语者》讲述了一对跨越国家、种族的夫妻如何通过密语消除隔阂的过程。乔红梅生于"文革"那年的一个小村庄,向往遥远的未知世界,在恋爱中积极主动,先后两个丈夫都是她主动追求来的。她本已婚,却迷上了一个年长她二十岁的美国教师格兰,主动追求他,结果她被国家安全部门调查,开除军籍,失去城市户籍、丈夫和住处。两年后,她与格兰结了婚。两人就是否要孩子的问题发生分歧,夫妻之间有了裂痕。婚后11年有人在网上找到她,展开网恋,她觉得这是对丈夫的背叛,一再想中止,却欲罢不能,她很想弄清如此理解她的人是谁。在她赴约、准备向丈夫摊牌时,作者把谜底揭晓,网恋对象竟然是她的丈夫格兰。格兰曾是个富翁,有个女儿,心理医生根据女儿被催眠后的话语断定女儿被父亲强暴过,引起舆论谴责,被起诉,他花费巨额财产打官司,在忍无可忍的情况下营造自杀的假象,到中国去做语言教师。因为被冤枉强暴女儿,失去女儿的阴影使他拒绝再要孩子。他最终和女儿和解,准备公开父女关系。通过网恋,夫妻坦诚相对,增进了解,夫妻关系改善。

乔红梅和格兰结婚后发现她依然爱着前夫,她准备离开格兰,投入密语者的怀抱时,那密语者却正是格兰。她以前不顾一切地远离故乡,向往远方,到美国定居后却又觉得美国的一切也不过如此,她还是忘不了生她养她的小山村。小山村是她永远都割舍不了的,中国是她的根之所在。

《抢劫犯查理和我》中三十出头的中国女人置精神正常的白人未婚夫于不顾,迷上了一个有犯罪瘾的肤色介于黑白之间的混血美少年。这少年迷上抢劫,甚至会抢劫他送给中国女人的礼物,最终葬身于疯狂的战争中。从这种离奇的恋爱中可以看出人对正常生活的反叛,超脱凡俗的向往,拿生命来冒险的渴望。

异族交往中,除了关系比较亲密的异族婚恋主题,还有关系较疏远的合租关系。新移民男子与美国女房东同住一屋檐下,却很少见面,《女房东》中的中国移民老柴爱上了身患绝症的女房东沃克太太,却极力避免与她照面,也许他潜意识里明白这爱是无望的。他深深的民族自卑让他与沃克太太同一屋檐下却不相往来,留下无尽的遗憾。

《方月饼》讲述了中国女留学生和美国女孩合租中的文化冲突，异族人的心理隔膜。美国的月饼是方的，中国的月饼是圆的。月饼的方圆就象征了中美文化的差异，美国人认为方就是方，方方正正，方便快捷，而中国人喜欢圆，为人处事讲究外圆内方。美国人斤斤计较的公道与中国人的不守信、好面子、穷大方形成了鲜明的对比。

从以上异性恋者的交往中可以看出，异族异性交往要多于异族同性间的交往，异族婚恋主题占了压倒性的多数，这说明中美交往有实质性的进展，已经发展到民族融合的阶段。而在异族婚恋中却以华人女子与白人男子的故事居多，华人男子与白人女子的故事偏少。白人女子有的是华人男子的女房东，有的是妻子，而白人男子则大多是华人女子的恋人或丈夫，能娶美国妻的华人大多是富裕的有产者，也就是说在政治地位、种族肤色上占优势的白人女子会嫁个经济条件好的华人。而娶中国妻或与中国女孩恋爱的白人男子有的是不得不在美国隐姓埋名者，也有体面的美国人，从异族婚恋中的白人男子的构成上看，落魄的男子较多，而较少上流社会的男子。这说明阶级对异族婚恋还是起决定作用的。

第三节　谭恩美对白人拯救者形象的解构

华裔美国作家谭恩美的小说常常东西方并置，两者既相互对立，又相互依存。她的小说常以华裔美国人为主角，这些华裔美国人来自东方的中国，穿梭于东西方之间，最后定居美国。作为一个在美国土生土长的华裔美国人，谭恩美也有东方主义吗？

关于谭恩美与东方主义，学界有不同的看法。有人认为她有东方主义情结，她小说中的中国故事在不自觉地迎合美国主流意识形态对中国的印象。[①] 也有人认为她小说中母亲的故事是女性主义不是东方

---

① 张洪伟、岳林：《挥之不去的"东方主义情结"——解读谭恩美小说〈灵感女孩〉》，《外国语言文学研究》2006年第1期。

主义,① 邹建军认为谭恩美小说中存在着大量的东方神秘意象,显现出浓厚的东方文化意味,"东方神秘意象的呈现既不是为了迎合西方读者的猎奇式审美趣味,也不是为东方主义理论提供脚注,而是作家追寻独特艺术构思与独立艺术品质的体现"②。

她的小说与东方主义究竟是怎样的关系呢?本节拟通过研究谭恩美小说中的东西方形象及相互关系,深入挖掘她的小说因袭与超越东方主义的原因与价值,试图发现她小说的独创性和超越自身的价值。她对东方主义的态度及其在小说中的呈现,对人们正确处理东西方关系,看待不同文化有一定的现实意义。

本节涉及的理论主要是后殖民理论,包括东方主义、媒体霸权与文化帝国主义扩张、他者与文化身份书写、解构主义、女权主义等。在赛义德那里,后殖民理论是揭示传统殖民主义活动的新模式与新形式,主要指文化霸权。"后殖民主义就是反思批判殖民主义之后的全球文化状态","它通过对西方中心主义及其文化霸权的批判与反思,构成了对西方现代性及其全球性扩张的批判。"③ 它涉及不同文化间的冲突与不平等问题。东方主义不仅是指对东方进行学术研究的学科,还是一种思维方式,一种建立在东西方二元对立基础之上有关东方的思维方式。涉及西方如何表述东方,建构东方的形象。"从文学的角度看,对异文化的表述结果常常是一系列的有关他者的形象,这些形象是东方主义虚构的,经过了'东方化'的处理,成为'想象的地理和表述形式'。"④

一 古老原始的东方的再现

很多西方作家作品中的东方形象呈两极分化的状态,或者是古老

---

① 肖腊梅:《是女性主义,不是东方主义——论谭恩美小说中母亲的故事》,《世界华文文学论坛》2011 年第 2 期。

② 邹建军:《谭恩美小说中的神秘东方——以〈接骨师之女〉为个案》,《外国文学研究》2006 第 6 期。

③ 胡经之、王岳川、李衍柱:《西方文艺理论名著教程》(下卷),北京大学出版社 2003 年版,第 610 页。

④ 同上书,第 623 页。

迷人的乌托邦社会，政治开明，民风淳朴；或者是丑恶的地狱，神秘的、怪异的、迷信的、女性化的。无论是美化还是妖魔化，西方人眼中的东方总是充满异国情调，充斥着东方主义的狂想，折射出西方人对东方的幻想与欲望，对西方的不满或优越感。

关于西方文学中的中国形象或东方形象的研究很多。如姜智芹的《文学想象与文化利用：英国文学中的中国形象》一书对英国文学中的中国形象做了认真的清理和分析。① 李贵苍也在著作中指出："'傅满洲'的形象在欧美经过小说和电影浊浪排空式的不断强化，在欧美大众文化集体无意识的想象中，固化成了'地狱中国'中魔鬼形象的代表，几乎达到人人皆知的程度。"② 而华人侦探陈查理的形象也几乎是家喻户晓。

谭恩美虽然力图避免东方主义，却又难免东方主义；虽然反对东方主义，却又制造了新的东方主义。她对东方的表述也是东方主义式的。在她的小说中，无论是东方人的思想观念，还是当时的经济政治环境都与西方有很大不同，充满东方色彩。

譬如，她在小说中常常表现中国人的愚昧迷信思想，相信鬼魂诅咒，思想不开化。《接骨师之女》中的茹灵及她的生母宝姨，还有她们同时代的很多中国人都相信鬼魂诅咒一说，认为生活中的灾祸都是由于鬼魂的诅咒。宝姨认定她的父亲、丈夫同一天死去固然是由于恶人作恶，但也因为她的先人拿了山洞里的龙骨，从而受到诅咒所至。茹灵移民美国，依然相信诅咒：丈夫车祸身亡、女儿玩游戏摔断手臂都被认为是由于毒咒，她甚至认为女儿可以通灵，经常让女儿在沙盘上写下亡灵的话，甚至买卖股票都要通过女儿请教亡灵。茹灵的伯父伯母认为墨店里失火是由于宝姨的灵魂作祟，花重金请人捉鬼，后来发现捉鬼人是骗子。《沉没之鱼》中的中国导游荣小姐虽然是现代人，却依然持有因果报应、轮回观念；而云南还处于母系社会，美国

---

① 姜智芹：《文学想象与文化利用：英国文学中的中国形象》，中国社会科学出版社2005年版。
② 李贵苍：《书写他处：亚裔北美文学鼻祖水仙花研究》，中国社会科学出版社2014年版，第9页。

游客们不慎亵渎了子宫洞,受到诅咒,遭到当地人的激烈反对,只得提前离开中国到兰那王国旅行。

描述西方人到东方的旅行小说常常充满东方主义,塑造了西方人想象中的东方。谭恩美的《沉没之鱼》也是描述西方人（这里是美国人）到东方旅行的小说,充满了冒险、奇观、异域风情。东方人似乎还处于原始状态,与西方人有很大不同,是美国人眼中的"他者"。东南亚的兰那王国专制暴力、残酷镇压少数族裔。兰那王国、南夷人这一异国异族形象反映了美国游客的东方主义思想。

在东方主义的观念中,东方为西方而存在,而且永远沉默在凝固的时空当中,被西方人凝视、阐述。《沉没之鱼》中的一群美国游客到兰那王国旅行,被人引入原始丛林,发现那里生活着不为外人知的部落,过着与现代人很不一样的生活,成为美国游客观看的对象。通过美国新闻界的报道,一时间成为全世界关注的焦点。对于美国人来说,生活在东南亚原始丛林中的南夷人是"他者",行为怪异,是西方人凝视的对象。同样,这些美国人在南夷人眼里也很奇怪,也是"他者"。两者之间巨大的文化差异让他们很难相互理解。

二 白人拯救者形象的解构

在很多白人作家笔下,当东方与西方相遇时,常常是东方人痴迷、臣服于西方人,而西方人抛弃或者拯救东方人,却很少平等地相爱。如著名的《蝴蝶夫人》中的日本艺妓巧巧桑痴恋美国海军上尉平克尔顿,婚后不久,丈夫就回美国了。她痴等丈夫归来,拒绝了很好的求婚者——日本公爵。丈夫却在美国另娶,三年后携妻归来争夺孩子,她交出孩子,在绝望中自刎。还有很多类似这种充满东方主义的文学作品。这其中蕴含着西方文明优于东方文明,西方人优于东方人,西方可以拯救东方,东方臣属西方的深层含义。作为华裔美国作家,谭恩美的小说也常常涉及东方与西方相遇的问题,譬如异族婚姻,西方人到东方旅行的见闻等。

谭恩美的小说涉及的异族通婚,大多是在华人女性与白人男性之间。这些异族婚姻各式各样,或成功或失败,但都不存在西方人拯救

第四章 白人"拯救者"形象及其他

东方人的问题,双方是平等的,华人和美国人也都不再类型化,而是高度个性化的。如《喜福会》中华裔第二代女性罗丝、钟韦弗利,华美混血儿琳娜及她的母亲都嫁给了白人。

罗丝失败的异族婚姻解构了白人的拯救者形象。柔顺的华人女孩罗丝起初被美国白人泰德不同于中国男孩的气质所吸引,仰慕他的英雄气质,在危难中,是他来搭救,拯救与被拯救在情感上的效果让他们陶醉,英雄救美加上床上的事就是他们的恋爱。两人不顾双方父母的反对结了婚。婚后,一切事情都由泰德做主,罗丝没有主意。十五年后,丈夫开始嫌她不做决策也不负责任,提出离婚。她受不了婚姻破裂的打击,出现心理问题,去看心理医生,但也没多大效果。丈夫妄想给她一万美元的支票就把她扫地出门,留下房子与新欢同住。罗丝愿意离婚,但拒绝了支票,坚持要房子。她再也不是之前那个没有主见、柔弱可欺的罗丝了。她最终由被动变为主动,开始掌握人生的主动权。白人的白马王子式的拯救最终化为乌有。

与柔顺的罗丝相比,华人与白人的混血儿琳娜更加独立自主。她与白人丈夫的婚姻建立在分摊费用的基础上,似乎只有事事均摊才能消除依赖性、平等地相爱。但两人常常为哪些该均摊而争吵。她的华人母亲不明白他们为什么要分着过,她也烦透了这种生活,开始深入思考他们婚姻的基础是什么。白人丈夫虽然比妻子收入高得多,却金钱至上,锱铢必较,对妻子像生意伙伴,完全没有患难与共的夫妻意识。只在乎自己的财产,对婚姻毫无担当。这是个人主义的极端化表现。而琳娜虽然很优秀,完全配得上丈夫,却对自己的种族身份不自信,从一开始就因为担心失去丈夫而迁就他。

琳娜的母亲在中国是个富家女,因为被花心的丈夫抛弃而走出深闺,在"丛林"养伤、等待了10年后,终于放下淑女的身份出去工作,在那里认识琳娜的父亲——美国人圣克莱尔,跟他结婚到了美国。"琳娜以为圣克莱尔是把我从中国的穷乡僻壤中拯救出来的。她是对的,又是错的。她不知道圣克莱尔象条守候在肉铺门前的狗—

样，耐心地等了我四年。"①

　　从这些异族婚姻中可以看出，根本就不存在西方白人男性拯救东方华人女性的问题。这些华人女性都是自立自强、自尊自爱的。异族婚姻应该建立在平等互爱的基础上。

　　谭恩美看到了异族婚姻常常存在的文化隔膜、文化冲突。《喜福会》中的华裔第二代钟韦弗利找了个美国女婿瑞奇。瑞奇不懂中国的谦虚文化，不懂中国餐桌礼仪，初次到未来的岳父母家就餐，出尽洋相，惹岳父母不快。他拒绝吃绿叶蔬菜，丈母娘谦虚地说菜不好吃，他就信以为真，主动加酱油。中国式的谦虚遭遇美国式的信以为真！他不会用筷子还偏要尝试，结果洋相百出。他还直呼岳父母的大名，自我感觉良好，丝毫看不出岳父母的不快、冷漠和反感，并坦言：相信不久以后还会见面。美国女婿遭遇中国岳父母，文化冲突在所难免。但真诚地相爱可以化解文化冲突，一样可以有美满的婚姻。钟韦弗利和瑞奇就很幸福地结合在一起。

　　《沉没之鱼》似乎与前面注重母女关系的小说大为不同，虽然也有母女关系的叙述，如小说的叙述人是个华裔女性的幽灵，她从小失去生母，与养母关系不佳，缺乏母爱，造成心理创伤，使她失去了爱的能力，无法与人组成家庭。但母女关系不再是重头戏。这部旅行小说通过华裔女性的幽灵之口讲述了一群美国人到东南亚的旅行奇遇。这群美国人包括各族裔的中产阶级，有白人，有黑人，还有黄种人。小说的矛盾冲突主要不是发生在这些不同的族裔之间，而是发生在这些西方人与东方人之间。小说主要讲述东西方的关系问题、拯救问题。东南亚的某部落南夷人生活在丛林中，有过一个白人首领，把这个白人当成神供奉，相信转世的"小白哥"会来拯救他们脱离恶劣的生活环境，改善他们的生活。当他们看到一个会玩牌的美国白人小男孩时，就误以为他是"小白哥"转世，于是设法把他留下来，甚至把与他一起旅行的人们也一起带到丛林中，让这些人经历了一场丛林探险。然而，这只是一场闹剧。小男孩不过是普通的美国小孩，并不

---

①　[美]谭恩美：《喜福会》，田青译，吉林文史出版社1994年版，第229页。

是什么救世主。

全球化时代，即使是最落后的原始丛林也能通过卫星电视收到国际电台，看到国际新闻。美国的新闻业擅长制造轰动效应，让全世界都来关注处于丛林中的南夷人的命运，发起拯救活动。但这并没有从根本上改善南夷人的处境，反而使他们暴露于世人面前，招致兰那王国的镇压，他们不得不再次逃亡，重新隐蔽起来。精通英语、学业优异的丛林人沃特在一个关心支持他的游客的帮助下准备到美国留学，不料，美国发生了"9·11"事件，出国申请被无限延迟，他的美国梦也破碎了。美国有自身的问题，自顾不暇，遑论其他。

美国是拯救不了东方人的。东方人自在地生活在东方，就像鱼在水里游一样，西方对东方的拯救就像拯救溺水鱼一样荒唐，所谓的拯救毫无意义。东方人幻想西方白人的拯救是荒谬的，是不可能实现的。西方人即使有心救助他们，也无能为力。

三　东西方形象的成因

作为华裔美国作家，谭恩美既再现了古老原始的东方，也解构了白人的拯救者形象。既有继承西方人的东方主义的一面，也有超越东方主义的一面。她对东方主义的因袭为她的小说带来西方读者的青睐，而对东方主义的超越则使她的作品具有了不同于西方的东方主义的新的品格。她后来的旅行小说《拯救溺水鱼》对以往的作品是个超越，首先是小说的主人公与主题发生了变化，跳出了反复书写华裔母女关系的窠臼，刻画了崭新的美国白人中产阶级群像，这些白人在谭恩美以前的作品中只能是配角或负面人物，这里成了主角或正面人物。其次，在叙事上也超越了她惯用的第一人称限制视角叙事。虽然也是第一人称，但由于采用的是幽灵叙事，第一人称叙事人变得全知全能，可以全面透视所有人物的内心和处境。而小说最重要的超越是对东方主义的超越，不仅超越他人，更超越了自我。

谭恩美东方形象的成因主要有以下几点。

第一，东方主义的影响。在西方，东方主义源远流长，影响深远。谭恩美生长在美国，受美国主流教育的影响很深，她的知识结构中本来就存在着东方主义,她小说中有东方主义的表述也就不足为奇了。

第二,迎合西方读者对异域的想象,满足市场需求。长期以来,西方读者对东方的认识形成思维定式,他们喜爱阅读符合他们心目中的东方形象的作品。谭恩美如果想让她的英文小说受到西方读者的喜爱,势必要考虑读者的需求,营造他们想象中的东方神秘世界。

第三,东西方交流不畅,真实的东方不为西方人所了解。中国在很长一段时期内闭关锁国,西方人很难真正了解中国的真实情况。很多西方人对于东方文化的了解往往只是些皮毛,难见精髓,误读、误解现象在所难免。

谭恩美对东方主义有因袭更有超越。她通过讲述美国人对华人、对东方人的拯救的失败解构了美国的拯救者形象,表现了她对于帝国主义的清醒认识。超越东方主义的原因主要有以下几点:

第一,华裔的身份使她从小就接受中华传统文化的熏陶,比白人更了解真实的东方究竟是什么样子,更易于超越想象中的东方,接近真实的东方。谭恩美虽然生长在美国,接受美式教育,但由于是华裔第二代,受移民家庭和族裔的影响,她的文化构成与其他族裔尤其是白人有很大差异。她的边缘的、含混的身份使她对东方主义的态度也是复杂矛盾的,所以她有时继承,有时又颠覆、超越东方主义。

第二,长期以来,华人在美国处境不好,不得不沉默,被主流社会消音、被白人任意涂抹形象,这些都使得华裔美国作家不甘于因袭东方主义,而发出自己的声音,还原真实的东方,重塑华裔美国人的形象,为华裔在美国争得更好的地位。在异文化表述中,常常有文化霸权,谭恩美试图反抗文化霸权,重写东方、中国。

第三,创新的渴望和驱动。谭恩美不甘于人云亦云,总是力求创新。她的作品《拯救溺水鱼》与前面侧重母女关系的小说有很大不同,就是力求创新的表现。她的小说超越了东方主义,使得她的创作更上一层楼,有了新的品格,从而区别于那些充满东方主义的小说,这也使得她的小说赢得了更多的华人读者。

东方主义在西方源远流长,有着深厚的文化积淀。谭恩美生长在美国，接受美式教育，接受主流社会的影响，在小说中流露了一定的东方主义色彩。但作为华裔，她也继承了华人先辈的文化观念，了解一些中国传统文化，华人家庭文化和族裔身份对她的影响也是巨大的，她眼中的中国或东方自然与西方白人有所不同。她在小说中试图超越东方主义，刻画了不同于西方白人作家的中国形象或东方形象。

全球化时代，世界各国人民交往频繁，多种文化并存，异质文化相遇，文化冲突不断。为避免不必要的冲突，应该正视不同国家、不同民族的文化差异和价值，超越东方主义，超越"我族中心主义"，正确处理东西方关系，正确处理自我与他者的关系。对"他者"既不仰视也不俯视，对"自我"既不自卑也不自大，着力营造平等亲善的关系，共同发展进步。

第四节　拯救与逍遥：美国"救世主"形象再解构

严歌苓小说中反复出现美国白人试图拯救华人的情节，这些白人有神父、外交官、FBI便衣侦探、牧师夫妇、大学教授、女庄园主甚至柔弱的白人少年，形成了美国救世主形象系列。这些人大多是白人男子，也不乏白人女子，拯救对象大多是华人女子，偶尔也有年少的华人男孩，但拯救大多以失败告终，因为拯救对象拒绝被拯救，或者虽被拯救却忍受不了拯救背后的奴役，渴望自由，摆脱压制。

当美国人遇上中国人，西方文化自然而然地遭遇东方文化，基督救世精神遭遇中国逍遥超脱之道，显示了中西方对世界的不同态度：犹太——基督教的救赎主义和道家禅宗的超脱主义。刘晓枫在《拯救与逍遥——中西方诗人对世界的不同态度》中指出中国文化和西方文化"一个最为根本性的素质差异就是拯救与逍遥。在中国，恬然乐之的逍遥心境是最高的境界，庄子不必说了，孔子的'吾与点也'就是证明；在西方，通过耶稣所体现的爱，使受难的人类得到拯救，人与亲临苦难深渊的上帝重新和好是最高的境界。这就是'乐感文化'

与'爱感文化'的对立，超脱与宗教的对立"①。严歌苓部分小说中的美国人和中国人的关系即体现了拯救与逍遥的对立，他救与自救的对立，受难牺牲与超脱怡乐的对立。

法农在《黑皮肤，白面具》里从黑人精神病患者的精神世界来透视殖民统治下的种族问题，黑人渴望变白，通过与白人的恋爱、婚姻让自己变白。"因为黑人姑娘感到自己低人一等，所以她渴望使自己为白人世界接纳。"②可严歌苓笔下的这些远渡重洋而来的华人女子，本可以通过跨种族的婚姻，迅速脱贫致富，变成美国公民，却选择了弃白人男子而去，为什么呢？让我们先来看一下《扶桑》中所体现的西方文化中的骑士爱的救赎与中国文化中的神女乐得逍遥。

一 西方骑侠与东方女奴

美国淘金热时期，不时兴起排华浪潮，华人被歧视，没有土地所有权，很多州不允许跨种族通婚，华人单身汉很多，唐人街娼妓业发达，《扶桑》中的扶桑就是从中国被拐卖到美国为娼的女孩。12岁的白种少年克里斯是扶桑的第一个嫖客，他对东方女子充满好奇，畸形的三寸金莲，充满刺绣的大红绸缎，喝茶、嗑瓜子的姿态等都充满东方情调。他眼中的扶桑就像一尊东方女神像，浓极的异国情调第一次引起他对异性的梦想。克里斯试图扮演一个拯救者角色，他把自己想象成神话中的骑侠，去管教、营救一个美丽的女奴。

> 他仍想象自己是神话中的骑侠，有个遥远国度的美丽女奴需要他去管教。他得以剑斩断围她于其中的罪恶。
>
> 他对于她的苦苦寻找，他营救她的愿望使他一次次投入声讨中国人的集会。③

---

① 刘晓枫：《拯救与逍遥——中西方诗人对世界的不同态度》，上海人民出版社1988年版，第31页。
② [法]弗朗兹·法农：《黑皮肤，白面具》，万冰译，译林出版社2005年版，第43页。
③ [美]严歌苓：《扶桑》，当代世界出版社2003年版，第47页。

西方的骑士文化是一种颇为奇特的文化。由于骑士制度的确立、骑士阶层社会地位的提高，产生了他们自己的精神生活和道德准则。他们突破基督教的出世观念和禁欲主义，要求现世享乐，向往世俗的爱情，追求个人英雄主义的骑士荣誉和侠义的锄强扶弱的骑士精神以及温雅知礼的骑士风度等。"骑士文化中的典雅爱情精神不仅构成了中世纪骑士文学的主要内容和基本格调，而且也是欧洲社会精神生活中所追求的美学理想，显示了一种追求精神与肉体（或体魄，或长相，或武功）美之统一和谐的审美观念，而爱情就是这二者之间的中介。""骑士制度的本质是仿效理想的英雄"，"骑士文学中忠君、护教、行侠的骑士精神不仅反映了欧洲中世纪基督教文化精神，而且骑士们追求的爱情隐含着人性解放的西方人文主义的自由思想和填平阶级鸿沟的平等观念，对骑士与贵妇人的爱情的描写也揭示出骑士文化的美学精神的世俗化和人性化特点"[1]。

克里斯深受骑士文化的影响，把拯救扶桑作为自己的理想。病中的扶桑即将被活埋，克里斯叫来拯救会的人救了她。拯救会是白人设立的专门拯救被拐卖的华人女孩的，由修女主持的机构。拯救会的人一边拯救中国女孩，一边侮辱她们，玛丽甚至说：有些东西是不能改良的，就像半是儿童半是魔鬼的生物，中国人生了这些魔鬼似的女孩来惩罚世界！她的话让扶桑感到没有必要全听懂这种语言。大勇带人来抢扶桑，拯救会的人拦住不放人，大勇打了扶桑，还侮蔑她偷东西，扶桑竟然承认了，自愿跟他走。她宁愿去做妓女，去做大勇的摇钱树，也不愿在拯救会因种族歧视而备受精神折磨。克里斯眼睁睁地看着她被铁链拴走了。第一次拯救由于被拯救者的不合作而以失败告终。

因为扶桑的遭遇，少年克里斯仇恨中国男人，以为他们伤害了扶桑，由此对白人暴打中国人的场面冷眼旁观，他甚至想杀掉大勇，解

---

[1] 郭玉生：《论欧洲中世纪骑士文化的美学精神——以骑士文学为中心》，《外语学刊》2006年第3期。

救扶桑，然而克里斯还是个柔弱少年，他的年幼让他的幻想多于行动，无法担当拯救者的重任。克里斯的父亲因为克里斯与扶桑的关系，把他软禁了。他的父亲和朋友们认为竞选者如果能把公众对黄面孔的敌意变成政治措施会多得选票，反对华人是一个政治家爱国主义的标志。报纸上说中国人种低劣，被歧视、粗暴对待不足为怪，在美国历史上没有任何一个外来种族受到如此多的虐待。克里斯家族是德国北方人，来到美国，是军人，每个男性都有秘密的外族情人，这是占领和征服，让他们骄傲。然而这个东方女人扶桑却征服了克里斯。

  这个东方女人每个举止都使他出其不意，她就是他心目中魔一般的东方，东方产生的古老的母性的意义在这女人身上如此血淋淋地鲜活，这个东方女人把他征服了。这是他的家族可耻的一员；他们那种征服者的高贵使他们根本无法想象克里斯每天如何活在如此魔幻中，一个有关拯救与解放的童话中。

  ……

  克里斯一声不响地疯狂，他全身心投入了那个骑士角色：去披荆斩棘、去跨越千山万水、去拯救。这番身心投入使克里斯疏忽功课，冒犯佣人，使餐桌上素有的宁静在四月的这个晚上有了浮动。①

排华浪潮中，唐人街店铺被抢被烧，妇女被强奸，克里斯参与了轮奸扶桑的丑行。克里斯被家人强行送到伦敦，两年后回来，在拯救会创办的专为教育中国人的学校任职，以此作为对扶桑的偿还。两人再次相遇，让一直思念克里斯的扶桑欣喜万分。克里斯宣布要娶她为妻，带她到允许跨种族通婚的蒙大拿去。他甘愿牺牲自己，去娶一个妓女，为他的民族曾经对华人犯下的罪过赎罪。他想以自我牺牲架起种族鸿沟的桥梁，向狭隘的容不得异族的白面孔和黄皮肤表示，不同的种族是可以联姻的，相亲相爱的。

---

① [美] 严歌苓：《扶桑》，当代世界出版社2003年版，第82—83页。

可是扶桑拒绝了,她嫁给了一个走上刑场的男人——传奇般的华人英雄大勇。第二次爱的救赎又以失败告终!扶桑明明爱着克里斯,为什么要拒绝他呢?也许她明白,隔着种族、文化和阶级的天河,他们在一起只能是悲剧。爱情只会让他们活得很痛苦,她要的自由是克里斯给不了的。她在受难中享受自由。经历过苦难,她就像浴火的凤凰一样重生。受难自有它的高贵和圣洁。当克里斯60岁时,他意识到他迷恋的是母性。初次见扶桑就发现她完美如一尊女神胸像,母性与娼妓共存。异国情调遮掩下的是母性,包含受难、宽恕和对于自身毁灭的情愿。扶桑对克里斯来说是个谜。当克里斯向扶桑忏悔曾经参与强奸她时,她"跪着,宽容了整个世界"。"在跪作为一个纯生物姿态形成概念之前,在她有一切卑屈、恭顺的奴性意味之前,它有着与其他所有姿态的平等。它有着自由的属性,它可以意味着慷慨地布施、宽容和怜悯。他想,那个跪着的扶桑之所以动人,是因为她体现了最远古的雌性对于雄性的宽恕与怜悯;弱势对强势的慷慨的宽恕。"[1] "扶桑以圣母玛丽亚式的宗教宽恕姿态,召唤了克里斯的灵魂。"[2]

面对克里斯的自我牺牲式的爱的拯救,扶桑选择的是逍遥,无牵无挂的自由。她很少说话,默默承受一切。充满神性,似乎超然于世,对一切都无可无不可,无意识地奉行老庄哲学,随遇而安,无为无不为。她的大智若愚、温柔和顺让她绝境逢生,坚强地活到老,是三千中国妓女中活得最长的一个。

相对于白人的拯救,华人男子大勇对华人女子扶桑构成剥削、压榨,以她为奴隶,既是摇钱树,又是性奴。大勇是华人英雄兼恶霸,让洋人闻风丧胆,是唐人街的恶霸和保护神。没有了他,洋人公然到唐人街抢劫。他策划华人罢工,反对排华法案,反对种族压迫。同时他也做许多非法生意谋利,甚至杀人。克里斯曾希望杀死大勇,救出

---

[1] 严歌苓:《扶桑》,上海文艺出版社2002年版,第200页。
[2] 乔以钢、刘堃:《论北美华文女作家创作中"离散"内涵的演变》,《南京师范大学文学院学报》2007年第1期。

扶桑，但柔弱的他没有勇气，也没有实力，寄希望于为大勇刮脸的扶桑用刀片结果大勇。同时他发现，扶桑伺候大勇的场面很和谐，扶桑绝不会对大勇下杀手。克里斯但愿所有的华人都灭绝，除了扶桑，终于有一天他认识到，没有那些华人男子也就没有了扶桑，他们是相互依存的。金山掀起排华浪潮，洋人在唐人街杀人放火，轮奸华人妇女。扶桑被轮奸，事后，大勇恨不得杀了她。后来想到她并不是他的妻子，所以他不需要像别的华人那样杀死被强奸的妻子，以维护妻子的贞节。经过唐人街大火，大勇改变很大，开始捐献女仔，准备把扶桑也嫁出去。后来因为牛肉商歧视扶桑，要她回避，在冲突中，大勇杀死了牛肉商，被判死刑。扶桑与他举行了刑场婚礼。

大勇是兽性慢慢消退，人性逐渐升华的华人英雄。他颠覆了美国套话中的华人男子的沉默胆怯，软弱可欺，对白人唯唯诺诺的猥琐形象。扶桑是美丽温厚，大智若愚，充满神奇色彩的早期华人移民女子，而与之相对的克里斯，喜欢充满异国情调的东方女人，起初是个幻想多于行动的柔弱少年，后来虽然有了行动却又被拒绝，拯救女奴的骑士梦最终也没有实现。从中美形象的对比中，可以看出，拯救与逍遥的对立，超脱与宗教的对立。

二　"营救顺水漂来的孩子"

严歌苓的《无出路咖啡馆》里的女留学生出国前是中国的一名军官，到美国后与美国外交官安德烈邂逅，很快订了婚。为此 FBI 和国家安全局先后对她展开了没完没了的审讯，FBI 甚至对她进行了测谎实验。因为 FBI 的不断骚扰，使她失去工作，交不起房租，拆东墙补西墙，在牧师夫妇发起的募捐现场讲中国孩子的苦难童年，惹人怜悯，甚至要去卖卵子，被无恶不作的掮客敲诈、威胁，终于都挺过来的她却在得知安德烈为她放弃了心爱的外交官生涯时，离他而去。为什么在双方都做了那么大的牺牲后分手呢？因为她终于明白，她被当成了河流载来的孩子。

　　　　他把这孩子从竹筐里捧出，心想他所有的失去换来的营救是多么值当。他每天天不亮便起身，吻别这个安睡的孩子，去投入十二个小时的枯燥劳动，因为救这条小命是他与他自己的长久契约。安德烈从来不去毁任何契约。

……

我想我或许是卑劣的。我或许对安德烈背叛得相当严重。我究竟是个什么东西？……

安德烈回到座位上，脸上毫无伤感的残痕。他对我有所失望，有一点儿悟到他的舍命陪君子风险很大，因为他陪的这位很可能不是君子。但他想开了，他的营救包括容忍被营救者的劣习，以至最终纠正这些劣习。①

《圣经》里，带领以色列人走出埃及的摩西，曾是顺水漂来的孩子。埃及法老下令杀死新出生的犹太男孩。摩西是犹太人，出生后，母亲为保其性命，"就取了一个蒲草箱，抹上石漆和石油，将孩子放在里头，把箱子搁在河边的芦荻中"。埃及公主发现了他，带回宫中，把他当儿子抚养，取名摩西。摩西在希伯来语中的意思是：从水里捞上来（出埃及记2：10）。米兰·昆德拉的小说《不能承受的生命之轻》中，当特蕾莎发烧躺在托马斯的身边，他突然把她想象成一个孩子，一个睡在纸莎草篮里顺水漂来的孩子。这种联想使他感觉自己成为一个拯救者。而拯救者心理本身，是使人产生爱情的重要原因。他就是相信，她无比需要他。如果没有他，她就会处于危险之中！托马斯心中一下子产生了爱情。

安德烈也是如此，他觉得中国女留学生从中国漂到美国，无依无靠，举步维艰，处于困境中，他要营救她，无论付出多大的牺牲都在所不惜。从这里可以看出严歌苓了解基督教文化和西方文学，深谙西方人的思想文化，洞察他们根深蒂固的拯救情结和救世主观念。

只是安德烈爱的救赎遭到了拒绝，因为中国女留学生也许根本就不爱他，也不需要他拯救。她爱的是中国人里昂。安德烈虽然是她的

---

① ［美］严歌苓：《无出路咖啡馆》，百花文艺出版社2001年版，第370页。

未婚夫，小说中更多的篇幅却是写她与同是中国人的里昂的交往，写两个人之间说不清、道不明的关系。作为艺术瘪三的里昂给不了她安稳的生活，却给了她精神上的安慰，在她因为贫困，因为学业，因为FBI的审讯而濒临崩溃的时候，给她精神动力。但因为安德烈能给她稳定的中产阶级的生活，她迟迟不肯说分手。她承受不了安德烈为她所做的巨大的牺牲，她觉得自己背叛了他，精神上出了轨。而且她觉察到他的救赎式的爱情无法让他们平等交往。

其实，试图拯救她的不只是外交官，还有贫穷的牧师夫妇。他们在几百个人中挑选了她做房客，为了不辜负房东的期待，她战战兢兢地力求做个好房客，可还是不能按时交房租。因为FBI和国务院安全部门对她的调查、监控影响到房东的私生活，让她对房东非常愧疚。尽管如此，牧师夫妇还为她在教会里募捐、救济她。在牧师太太看来，她也是一个放在箩筐里的孩子，大水把她冲到他们岸上，他们有责任照顾她、保护她。他们热心地为她发起募捐活动，虽然带来了金钱，帮她渡过了难关，不必再去卖卵子，却对她的心灵造成伤害。因为她不愿一而再，再而三地贩卖情感膏药，讲述中国孩子的苦难。因为她明白她的故事是自我东方主义，以满足白人的东方主义期待，换取怜悯和捐助。她的良知和民族自尊让她拒绝继续妖魔化中国，以取悦于美国人。她终于从房东家搬走了，搬到艺术瘪三们住的没有暖气、没有淋浴、根本不符合出租条件的仓库里去了。她宁愿跟艺术瘪三们混在一起，至少他们精神上是平等的，谁也救不了谁，谁也不准备救谁。所以她越来越喜欢跟乞丐、流浪者、街头艺人搭讪，甚至和轻度精神病人逗笑。他们有个相同点，就是都不打算救她。

FBI的便衣理查·福茨收养了个韩国女婴，悉心照顾。对被审者大谈他的国际主义救苦救难的情怀，并且说，你也是顺水漂来的孩子。似乎超龄留学生也是他正在拯救的人，他通过审案，拯救她，也拯救他的祖国免受外来的侵害。

外交官安德烈、房东牧师夫妇、FBI便衣理查·福茨都热衷于拯救，把她当成顺水漂来的孩子。为什么这些美国人如此热衷于拯救呢？除了深受基督教中的神性拯救精神外，更重要的是东方主义思想，他们认为中国人生活在水深火热中，需要他们大发慈悲来拯救顺水漂来的孩子。在拯救的过程中有着明显的种族身份优越感，身为发达国家的公民，身为白种人，与优越的本土文化相比，异国文化被看成是落后的，异国被看成是野蛮的。面对赤贫的来自第三世界的留学生或孤儿，大发慈悲，英雄救美，英雄救孤，从而为平庸生活带来超越，充满壮烈牺牲的英雄主义气息。这种居高临下的态度是殖民思想的延续，显示了对他者的贬斥，对自我的抬高，与优越的本土文化相比，异国文化被看成是落后的，对异国充满憎恶。这伤害了中国女留学生的民族自尊心，她为此宁愿受穷，也不要捐助。她想要的态度是亲善，能够实现双向交流，通过互相了解和承认，平等对话。

女主人公对美国这个他者持亲善的态度，希望能够与美国人平等交往，相互了解，但美国人对她总是高高在上，总爱扮成救世主，把她当成顺水漂来的孩子。她在接受施舍时感到屈辱，她的民族自尊让她拒绝一切带施舍性质的拯救，她宁愿去照顾病人辛苦挣钱养活自己，同时坚持文学创作之梦。小说名为《无出路咖啡馆》，无出路咖啡馆作为一个艺术家的聚集地，也作为这部小说的名字，暗示了寻求出路的艰辛和绝望。但仍然可以看出，女主人公并没有自暴自弃，还是在执着寻求出路。

短篇小说《栗色头发》与《无出路咖啡馆》有些相似。一个有着栗色头发的美国人喜欢上了一个赤贫的中国女留学生，想帮助她，却常在她面前大骂中国人，让她无法接受，虽然他能给她带来很好的生活。但她宁愿当保姆，忍受美国老太太的挑剔与刻薄，也不愿住进"栗色头发"的华屋，享受美好的生活。"栗色头发"到处找不到她，登报找她，她无家可归，也不愿回应。她认为只有等到两人能真正相互理解的时候，她才能回应。

长篇小说《人寰》也是关于拯救与逍遥的故事，失眠者向心理医生讲述了贺叔叔与爸爸的故事及她与舒茨的关系。贺叔叔是爸爸的保护神，也是奴役爸爸的人，是恩人也是仇人。白人舒茨起初骚扰她，后来两人谈起恋爱来。舒茨是系主任，手里握有讲师的空缺，但要等她全面接受了他后才肯给她。虽然她对舒茨很不舍，还是要摆脱他，因为她不想重演父亲与贺叔叔的悲剧，她要做个正常人，做个精神上的自由人，再也不要像父亲那样，充满奴性、廉价的感恩之心，一文不值的永久忏悔，一辈子摆脱不了恩人的阴影。拯救、恩典都不是无条件的，有时要付出一生的代价，甚至生命的代价。就像《橙血》中的阿贤为了摆脱恩人、教母，获得爱情、人身自由而付出了生命的代价。

三 血腥玛丽的殖民者塑像

白人男子总想拯救东方女子，白人女子面对华人男子又如何呢？严歌苓的《橙血》给我们讲述了一个血淋淋的有关拯救与毁灭的故事。笔者试从种族、性别、阶级角度阐述《橙血》中的内部殖民者血腥玛丽形象。

在西方的恐怖传说中，有不同的血腥玛丽的版本。原型为英女王玛丽一世（Mary I，1516—1558），英格兰和爱尔兰女王，她曾处决了差不多三百个反对者，而被称为"血腥玛丽"（Bloody Mary）。传说中的另一位血腥玛丽是艳倾一时的李·克斯特伯爵夫人，用纯洁少女的鲜血沐浴，以保持美丽的容颜。还有其他的血腥玛丽形象，都与血腥杀戮、精神变态有关。

严歌苓借用了这个文学典型，又改造了血腥玛丽的形象，以表达她的异族交往中反殖民、争自由的新主题。伴随着帝国的殖民扩张，殖民主义成为社会中的意识形态。不仅到国外殖民，在国内也有殖民，对有色人种、弱势人群实行内部殖民。

种族或少数族裔研究一直是后殖民理论的一个重要范畴，而"内部殖民"作为少数族裔研究中的新模式是近年来才兴起的。伯纳·贝尔（Bernard Bell）指出，"内部殖民"这个术语用来描述这样一种特别的情形："在国内或内部殖民地中，欧洲白人、英国殖民者以及他们的后裔对本土原住民、墨西哥人、从非洲贩卖来的奴隶以及他们的后代进行控制和支配。"[①] 美国对境内的黑人、印第安人也是内部殖

[①] 蔡云：《美国"内部殖民"进程中的"他者"——后殖民语境下海明威小说中的印第安人》，《名作欣赏》2011年第6期。

民，那么对作为少数族裔的黄种移民呢？

白人玛丽和中国移民阿贤之间构成了内部殖民关系。以玛丽为主的白人致力于对黄种人阿贤的他者化建构，而阿贤一再反抗，当他为了自由与女主人彻底决裂时，竟然被谋杀了。

对阿贤来说，玛丽起初是以教母的身份出现的。玛丽是个残疾白人，终身未婚，当她注意到阿贤时，阿贤还是一个在她父亲制衣厂里打工的十四岁的中国小男孩，那时玛丽已经四十了。她发现阿贤聪明伶俐，就教他读书，亲热地称呼他"我亲爱的孩子"。玛丽总是提醒他的中国良知，他的今天是她恩赐的，也因此长久地压制他，让他没有任何自由，哪怕剪掉自己的辫子的权利也没有。玛丽说，除了他的小眼睛和他万能的、女性十足的手，她最爱他那条黑得发蓝的辫子。阿贤无奈地留着辫子，既有晚辈对长辈的孝敬，还有男人对女人的纵容。玛丽的亲友们一见他就欢呼，这是他们印象中正宗的中国佬——典雅的丝绸衣饰，俊美的发辫！于是都与阿贤合影，阿贤成了著名的固定景物，让玛丽很自豪，似乎阿贤是块由她考证、收藏和保护的珍奇化石。阿贤无力的笑容，使他原本温良的一双小眼睛成了两条细缝，构成玛丽和其他白种人心目中最理想的中国容貌。阿贤的东方形象是玛丽在东方主义思想的支配下一手打造的，阿贤只能无奈地定位在这个形象上。玛丽的客人们像看戏中人一样地瞪眼看阿贤，玛丽更频繁地使唤他，招之即来，挥之即去，炫耀他的古老、优雅和谦顺。为了不再做固定的景物，阿贤装成摔伤了腿躲在房里不出来。

这是阿贤对主人的第一次反抗，虽然消极，却透露了他长期的苦闷。他也希望与时俱进，做个现代人，而不愿定格为白人心目中古老的化石般的东方人。他要摆脱被看、被他者化的命运。

阿贤的第二次反抗是因为玛丽对来买橙子的中国人的种族歧视，让阿贤在本族人面前受辱，他久被压制的民族自尊让他再次反抗女主人。有东方主义，就有种族歧视，玛丽虽对阿贤和善，却非常瞧不起中国人，连橙子都不肯卖给中国人。玛丽继承了一片橙园，由阿贤管理。阿贤嫁接的血橙甜美多汁，受到果商追捧，一伙中国人来订货，玛丽不肯卖给中国人血橙，还有树胚，她觉得任何东西在中国人那里都会淹没般地繁衍。她对此很恐惧，她希望任何精良物种，抑或人种持续它们（他们）的优越，血橙 75 号有着与她同样高贵的血统，虽然那完全是阿贤一手培养的，阿贤却没有任何所有权。中国果商们像看怪物一样看阿贤的绸袍马褂和长辫，临走时对阿贤说：你看上去是像中国人，原来不是啊。玛丽的种族歧视，中国同胞的排斥和羞辱，让阿贤很愤怒，赌气不理玛丽，玛丽为了和解当面修改遗嘱，把百分之六十的产业划到阿贤名下。

女主人多年的压制，长久的性压抑让阿贤内心渴望摆脱束缚，自由自在地过上婚姻生活。中国女人银好的出现提供了他重获自由的契机。阿贤有许多年没有见到中国女子，当银好来到果园，让他感到一种失散后重逢的心情。银好死了丈夫，租了几亩橙园，想买些树胚回去嫁接。她说，我晓得你们不同我们中国人做买卖，连块橙子皮都不想给我们中国人捞到。她把阿贤归入洋人类，排除到我们中国人之外，让阿贤心里一股酸苦味上来。他说自己做不得主，银好就说你自己的头发也做不了主吗？两人有了亲昵和默契。阿贤忽然意识到他在这里大半辈子错过了什么，银好就是他印象中的中国女人，早已淡忘的自己民族的女性，让银好从记忆深处唤起。阿贤决定放弃财产继承权，剪掉辫子离开，和银好一起经营她的橙园。

无法容忍失去温顺的仆人，失去"被殖民者"的玛丽伤心地杀掉了阿贤。她对阿贤的离开很伤心，喝了很多酒，当枪声响起，她想，大概已经晚了。开枪的比尔一遍遍地说，看着有点像，可没有辫子，他以为是偷树胚的！他喝多了！他偷看玛丽一眼。玛丽回忆阿贤十四岁时走下火车的模样。这一切都暗示了玛丽是主谋，这是事先策划好的谋杀案。

这篇小说的题目和玛丽的名字都很有深意，橙血让人联想到鲜血，玛丽吃血橙的样子，让人想到喝人血的血腥玛丽。这个恐怖的女人，曾对阿贤有恩，把他当作所有物、奴隶，死死不肯放手。阿贤做了女庄园主三十年的奴隶，下定决心离开，却只有死路一条。跟着玛丽生活，阿贤虽然吃喝不愁，还有大批遗产可以继承，却是以牺牲民族尊严和个人自由、爱情、婚姻幸福为代价的。中国同胞一再质疑、否定他的中国人身份，美国人一再强化他的古老的中国人形象，都给他带来精神上的伤害，让他渴望摆脱专制的女主人，回到本族人中间去。银好的出现让他看到新生活的希望，与一个中国女人一起生活，做个自由独立的、真正的中国人，他为此付出了生命的代价。

玛丽为什么要如此极端呢？也许对于玛丽来说，阿贤不仅是她亲爱的孩子，或是她的奴仆，更是她精神上的恋人，她想控制他、占有他，一旦他要离开，她的嫉妒心发作，甚至到毁灭爱人的地步。她的身体残废，精神上也是，有着疯狂的嗜血本能，是个有着东方主义的自恋、自负、专制、残忍的美国女庄园主。

她对阿贤实行内部殖民，对他的爱充满种族歧视和占有，她有着根深蒂固的殖民主义，她的残疾更让她精神上有着强烈的占有欲。她是殖民者的塑像，对被殖民者拯救、压制和奴役，遇到反抗就消灭被殖民者，以维护自身的利益。她是殖民主义者的化身。

以上这些小说都涉及拯救与被拯救的问题，有白种恋人试图拯救处于水深火热中的爱人，更有把华人当成孩子、奴仆与恋人来占有，从而酿成悲剧的。华人大多拒绝被拯救，接受拯救的想要逃脱却付出了生命的代价。小说中的这些美国白人依仗强大的国力，先进的文明，更由于犹太—基督教的宗教信仰和殖民心态，让他们相信拯救的力量，以救世主的姿态自居，总想拯救东方的弱女子，而把华人男子看成是女性化的。华人在美国虽然生活得很艰难，却自有生存之道，貌似柔弱，实则刚强，把自由看得高于一切，骨子里是中国老庄思想中的逍遥自在的观念。这些异族交往主题，与白人拯救主题形成对话，反驳了英美文学中流行的拯救神话，解构了美国的"救世主"形象。严歌苓小说中频频以悲剧告终的异族之恋显示了身为华人移民的严歌苓对跨越国家、种族的婚恋和民族融合的独特看法，异国婚姻必须建立在自由、平等、爱情的基础上。这是由严歌苓的文化、种族身份及个人独特的审美情趣决定的。

除了深受基督教中的神性拯救精神的影响外，白人还受西方骑士文化的影响。由于骑士制度的确立、骑士阶层社会地位的提高，而产生了他们自己的精神生活和道德准则。他们突破基督教的出世观念和禁欲主义，要求现世享乐，向往世俗的爱情，追求个人英雄主义的骑士荣誉和侠义的锄强扶弱的骑士精神以及温雅知礼的骑士风度等。《扶桑》中的克里斯深受骑士文化的影响。

除了宗教信仰、骑士文化的影响外，美国人还有东方主义思想，他们认为中国人生活在水深火热中，需要他们大发慈悲来拯救顺水漂来的孩子。在拯救的过程中有着明显的种族身份优越感，身为发达国家的公民，身为白种人，与优越的本土文化相比，异国文化被看成是落后的，异国被看成是野蛮的，面对来自第三世界的赤贫的留学生或孤儿，大发慈悲，英雄救美，英雄救孤，从而为平庸生活带来超越，充满壮烈牺牲的英雄主义气息。这种居高临下的态度是殖民思想的延续，显示了对他者的贬斥，对自我的抬高，与优越的本土文化相比，异国文化被看成是落后的，对异国充满憎恶。

严歌苓在美国留学、定居接触了很多西方文学文化，如西方人的骑士观念，基督教文化，殖民主义，东方主义等，从西方流行的骑士文化，到对《圣经》中顺水漂来的孩子的典故的运用方面及血腥玛丽的形象的重塑，可以看出，严歌苓深谙西方文化，尤其是根深蒂固的基督教文化，殖民主义和东方主义等。这些与中国老庄的逍遥之道是截然不同的，因而造成异族男女人物间的情感冲突和悲剧结局。严歌苓游走于中美之间，对中西文化都很熟悉，熟练运用中西方文学、文化遗产，这为她塑造真实可信、立体丰满的美国人形象打下了基础。中西文化一起构成了她小说别样的风格。

小　结

在华裔美国作家和新移民作家笔下，美国形象呈现了"拯救者"形象。黄玉雪美化了白人及主流社会，林露德和周励等塑造了"白马王子"形象。美国是繁荣安定的，人们安居乐业，本土没有战争，没有饥荒。即使早期华人移民受排华法的影响，生活艰辛，到处流浪，被驱逐，但他们仍然要留下来，至少有饱饭吃。这从反面印证了美国还是比当时的中国优越。但谭恩美解构了美国白人的"拯救者"形象，虽然其小说中也不乏东方主义的描写。大陆新移民作家严歌苓更是以大量的模式化小说解构了美国的"救世主"形象，揭露了美国"拯救者"形象的虚幻性，表现了异族交往中的清醒态度。

在严歌苓的小说中，出现了善良的、柔弱的或者专横的、狠毒的"救世主"形象。前者如克里斯、安德烈、牧师夫妇、教会里的捐助中国女留学生的普通美国人等；后者如《橙血》中的血腥玛丽。安德烈、牧师夫妇甚至FBI的便衣侦探都有救世主情结，他们想通过婚姻、募捐甚至收养第三世界的儿童等各种方式来拯救"顺水漂来的孩子"，只是被拯救者并不领情，他们宁愿自救，因为拯救不是无代价的，阿贤为此付出了生命的代价。血腥玛丽是个恐怖的女庄园主，自负专横，妄想主宰一切，连人家头上的一根辫子都要管到。拯救者有生活在年代较早的排华时期的克里斯，也有二十世纪八九十年代的与华人打交道的外交官等。很多美国人有东方主义和根深蒂固的拯救意识。而拒绝被拯救的华人形象则体现了中国道家的逍遥之道及自立自强自尊自爱的民族精神。华人与美国人的形象体现了逍遥与拯救的对立。

第五章　从离散者到典型的美国佬

很多人把华人移民当成中国人，把华人移民形象当成中国形象来研究，这既对也不对。说对是因为这些移民曾经是中国人，身上天然地携带了中国传统文化，与中国人有着相似的思维方式，在美国自觉不自觉地传播中国文化，被美国人看作是中国人。说不对是因为这些移民通过定居美国、加入美国籍，已经变成了美籍华人，他们身上的文化也发生了变化，逐渐吸收美国文化，中美文化兼收并蓄，互相杂糅，在文化上已经不是纯粹的中国人了。

在多民族的美国，华人属于少数族裔，有着独特的混合文化，其形象也随着时代的发展而变化万千，总体来说，是从远离祖国的离散者、新移入国的边缘人逐渐过渡到内化主流社会的文化价值观念的典型的美国佬。

第一节　离散者形象

离散是一个永恒的文学主题，因为"离散是一种千百年来就存在着的人类处境。这种处境可能是一个民族的处境，也可能是一个家庭、一个人的处境"。[①] 莫言认为，那些身处离散之境的作家们，已经不满足于用含着热泪的目光来审视自己的母国与家园，而是在两种文化的比较中，开阔了视野，拓展了精神的疆域。"他们的根不在这

[①] 莫言：《离散与文学》，师大新闻，2011-09-09，http://news.gznu.edu.cn/info/1013/4464.htm，2013-05-09。

里，相对于西方人，他们永远是精神上的外来者。他们的血液里流动着的文化基因来自他们的在亚洲或者非洲的母国，他们的深层心理结构和文化记忆来自他们的民族。这样的文化和心理矛盾，就促使他们时时刻刻进行着比较。在比较中他们发现了西方的文明和母国的落后，也发现了西方的虚伪与母国的淳朴。他们其实是永远地处在两种文化的挤压与冲突之中，由此他们获得了一种崭新的目光。这目光已经不是被单纯的乡愁浸润着的目光，而是一种冷静的、批判的目光。由此，他们的创作便呈现出崭新的气象。"[1]

莫言以诗意的语言描绘了离散作家的创作，而张京媛则从后殖民理论角度阐述了散居族裔的身份认同问题。张京媛在《后殖民理论与文化批评》的《前言》中所说："后殖民理论所关注的一个重要问题是族裔散居。族裔散居（diaspora）指某个种族出于外界力量或自我选择而分散居住在世界各地的情况（用通俗的话讲即是移民现象）。散居的族裔身在海外，生活在所居处的社会文化结构中，但是他们对其他时空依然残存着集体的记忆，在想象中创造出自己隶属的地方和精神的归宿，创造出'想象的社群'。"[2]

一 离散的精神分裂症患者

自 20 世纪 50 年代起，聂华苓创作了长篇小说《失去的金铃子》《桑青与桃红》《千山外，水长流》等，其中《桑青与桃红》"被认为是 20 世纪经典的华文'离散'书写，被列入亚洲小说一百强之中，并以其'女性话语方式'在华语文学史上占有突出而重要的位置"[3]。聂华苓是台湾旅美作家群中的重要作家，她的小说题材集中于中国移民在美国的漂泊状态，他们对根、对精神家园的渴求，表达了对母国

---

[1] 莫言：《离散与文学》，师大新闻，2011-09-09，http://news.gznu.edu.cn/info/1013/4464.htm，2013-05-09。

[2] 张京媛：《前言》，《后殖民理论与文化批评》，北京大学出版社 1999 年版，"前言"第 6—7 页。

[3] 乔以钢、刘堃：《论北美华文女作家创作中"离散"内涵的演变》，《南京师范大学文学院学报》2007 年第 1 期。

的思念和批判，对美国虽有隔膜但寻求融入。她以冷静、批判的眼光看待中美两个国家，两种文化，塑造了转变中的离散者形象和异国形象。

《桑青与桃红》塑造了一个到处流浪、富有反抗精神的精神分裂症患者桑青。美国移民局的人访问中国移民桑青，桑青说她不是桑青，桑青已经死了。她是桃红，她知道桑青的一切。她自称是开天辟地从山谷里长出来的。桑青的精神分裂，桃红的放浪形骸，让移民局的人摸不着头脑。小说《跋》里复述了帝女雀填海的故事，太阳神炎帝的女儿女娃溺死在海里变成帝女雀，飞来飞去，衔石子填海。作者也许以帝女雀隐喻桃红，两者有相似的不屈的反抗精神。桑青经历了怎样的磨难，不幸精神分裂了呢？桃红给移民局的四封信以充满挑衅的口吻报告了她流浪的踪迹、她的见闻，并把桑青的日记寄上，这让我们了解了她的遭遇。

文学中的疾病常常是一种隐喻。桑青的精神分裂揭示了人的两面性，隐喻了人与自身、与社会的不和谐。旧中国战火不熄，抗日战争之后是国共内战，满目疮痍，到处是一副破败景象。桑青不满母亲的淫荡暴力及父亲的软弱无能造成的阴盛阳衰的家庭气氛，离家出走，准备到重庆抗日，却困在了瞿塘峡，生死未卜，又从南京到了北京，与一个大户人家的儿子成婚。那时全国即将解放，他们预感前途不妙，于是一路南逃，一直逃到台北。国民党在台湾实行恐怖统治，僵尸吃人案就是一大象征。沈家纲贪污公款后携妻女躲在阁楼，惶惶不可终日，可以说是腐败的国民政府鱼肉百姓，以致被人民逐出大陆，退守台湾的象征。丈夫死后，桑青独自一人到了美国。然而美国也不是她的天堂，移民局戴墨镜的人让她恐慌，她总是觉得戴墨镜的人在追缉她，让她四处逃窜，躲避移民局的追捕。长期的流浪生涯，长期的恐惧、压抑，让她精神分裂，一会儿是桑青，一会儿是桃红。命运让她一生都在逃难，她最终逃到了疯癫里，并以疯癫来反抗追捕。疯癫的她挑战伦理道德，在精神分裂中获得空前的自由。

桑青可以说是大家闺秀，但她并不是恪守中国传统道德的贞洁的女性形象。她放浪形骸，到处漫游，自由地享受大自然，享受不为爱情、婚姻约束的性生活。她困在江上时与流亡学生发生露水情缘，在南京时还与赵天开有染，困守在蔡家阁楼上时，与蔡先生私通，在美国到处流浪，随意搭陌生人的车，甚至与素不相识的外国人一起住在水塔里，光着身子聊孩子，似乎完全归于自然。她甚至裸着身体戏弄来访的移民局的官员。到美国后与有妇之夫江一波有染，并怀上了他的孩子，同时与小邓也有性关系。小邓提出与她结婚，一起抚养孩子，回大陆为国家效劳。她拒绝了，她觉得小邓还年轻，不能娶一个死了的女人。她觉得她已经死了，桑青已死，活着的是桃红。一个她要打掉孩子，另一个她要留住孩子。江一波让她打胎，当他死了妻子后，又庆幸她没有打掉，向她求婚，她拒绝了，她要独自抚养孩子。她似乎并不受传统贞洁观念影响，也许是天性使然，也许是受性解放的时代风潮影响，也许是精神的幻灭，精神分裂，使她可以毫无心理负担地自由地享受性爱。

聂华苓在1990年春风文艺出版社版的《桑青与桃红》的《新版后记》中说："我所追求的目标是写'人'，超越地域，超越文化，超越政治，活在二十世纪的'人'。"有些朋友在她的小说中发现与他们处境相似的"人"——流放的、疏离的"人"。即使在自己的乡土上，在自己"家"里，人也可能自我流放、疏离。[1] 朱立立在《身份认同与华文文学研究》一书中写道："借用詹姆逊那个广为人知的说法，即这个作品还可以被视为一则第三世界的民族国家寓言。从这个角度看，女性人物'逃'与'困'的辩证也正对应了民族国家现代性的困境。"[2] 并用女性主义来解读桑青和桃红这一分裂的女性人物形象——处于边缘却不甘心受困，反抗和戏弄中外霸权的离散华人女性文化英雄。

这部小说批判了旧中国的腐败，台湾当局的白色恐怖统治。对美国移民局也颇有微词，他们对待外国人很苛刻，甚至连个人隐私都要讯问，如问桑青是否与蔡先生性交。移民局最终把桑青逼到继续流浪

---

[1] ［美］聂华苓：《桑青与桃红》，春风文艺出版社1990年版，第261—262页。
[2] 朱立立：《身份认同与华文文学研究》，上海三联书店2008年版，第67页。

的路上。以美国移民局戴墨镜的人为代表的美国形象冰冷严峻,没有人情味,歧视、压迫中国移民,让中国移民到处漂泊流浪,无法安居乐业。而旧中国则是战乱频仍,政治腐败,民不聊生的乱世景象。这是对精神家园的重新审视和艺术想象,正如莫言所说:"正在世界文坛上大放异彩的离散文学中所表现的母国与家园,其实大多数都是作者对母国与家园的想象。"小说描述的人物的离散处境具有普遍的人类学意义,因为"从某种意义上说,我们每个人都是离散之民,恒定不变的家园已经不存在了,所谓永恒的家园,只是一个幻影,回家,已经是我们无法实现的梦想。我们的家园在想象中,也在我们追寻的道路上。"①

二 带枷的自由人

丛苏②的小说多写旅美华人及留学生的生活和心理,边缘人、夹缝人、流浪的中国人、带枷的"自由人"等形象给人留下了深刻的印象。这些人有个共同的特点,就是心系祖国,有着强烈的民族文化认同,因而与美国主流社会疏离,成为夹缝人。这样的作品有《野宴》《中国人》《自由人》等。

《野宴》讲中国人在美国处于弱势地位,被普通美国人敌视,被无赖白人敲诈,一场高高兴兴的野宴不欢而散。在《野宴》里,沈梦、文超峰、林尧成等一伙中国人去野餐,好心地给好奇凑上来的白人小男孩好吃的,男孩的妈妈却赶紧把小孩叫开,小镇上的普通白人对黄皮肤的外来者充满敌意和不信任。一个无赖白人诬告一个中国人强奸一个精神不健全的白种女人。虽然白人警察很同情这伙中国人,明知道是讹诈也没做什么;法官是本地人,宁肯相信那经常惹是生非的无赖男人与疯癫女人而不愿相信中国人,因为他们认识,知根知底,自然地偏向本地本族人。在异国他乡,哪里有公正可言?当地人

---

① 莫言:《离散与文学》,师大新闻,2011-09-09,http://news.gznu.cn/info/1013/4464.htm,2013-05-09。

② 丛苏(1937—),原名丛掖滋,山东文登人。1949年随家人从大陆到台湾。20世纪60年代初大学毕业后赴美留学,定居美国。

被煽动，起哄，视黄皮肤为黄祸，让外国人滚出去。中国人本着息事宁人，赶快走人的态度赔钱了事。本来快快乐乐的野宴却因白人的敲诈不欢而散。沈梦说他们是生活在别人屋檐下的边缘人、夹缝人、流浪的中国人，文超峰希望他们的后代能够生活在自己的土地上。而目前，家——这浪子生命里的奢侈品，是很远很远的了。

有情人终不成眷属，有外在的社会原因，更有自身的传统文化的负累。《中国人》继续着《野宴》的故事，沈梦厌倦了小镇单调的生活，被敲诈的事发生后，她更加无法忍受南方小城的闭塞生活，只身来到纽约，而主修历史的恋人文超峰则因为专业问题在纽约迟迟找不到工作，留在了小镇。人为生计束缚，为讨一口饭吃，不能守在心爱的人身边，致使他人有机可乘。一直热恋沈梦的林尧成博士，因为学的是数学和电脑专业，很容易就在纽约找到了工作，收入可观，得以陪在沈梦身边，费尽心机讨好沈梦。在文超峰从美国回香港的日子里，他利用照顾生病的沈梦的机会，扔掉文超峰寄来的信，为沈梦搬家，让两人断绝联系，最终得到等得厌倦，失去了希望的沈梦。

人不仅被有形的工作和经济实力所束缚，还被无形的传统文化紧紧束缚。沈梦失身于人，恐怕文超峰嫌弃她，而且文超峰到纽约来的梦遥遥无期，让她放弃了爱情，嫁给了她不爱的人，过起了中产阶级的郊区主妇生活。虽然三年后，文超峰有机会到纽约来了，而且两人还相爱，沈梦本打算离开丈夫、女儿来到文超峰身边的，可是女儿的依恋又让她宁愿牺牲爱情也要担负起做母亲的责任。

这就是中国人，虽然身处美国，面对美国人的爱情至上主义，行事还是不由自主地从中国传统文化出发：重贞洁，失身于人即使不爱他也要嫁给他；重家庭伦理，宁愿牺牲个人幸福也不愿儿女受委屈。而且沈梦由于高傲，不肯主动与一回香港就音信全无的文超峰联系，造成对文超峰的误会和怨恨。中国女孩很矜持，不爱主动，尤其是在恋爱中，不像美国女孩那么主动追求自己的爱情。这也是中国传统文化的影响。当然也有例外的，如《野宴》中的陈莉莉就很主动地追求林尧成，但林尧成并不爱他，反而猛烈追求一再冷落自己的沈梦。

林尧成尾随沈梦来到纽约，留在南部的陈莉莉没有指望了，只好嫁给胖刘，两人整天吵闹，婚姻不幸福。这些定居美国的中国人，虽然在很多方面洋化了，中国的传统观念却根深蒂固。

沈梦与文超峰的爱情悲剧，一方面是由于距离的原因，另一方面是传统文化观念所致。对文超峰来说，沈梦到底只是一个美丽的梦。但他并不悲观，他从一个送信的中国壮汉那里得到心灵的启迪，"家"和"中国"就在每个中国人的心里，而不管人在哪里。文超峰虽然失去了恋人，但他并未失去梦想。从《野宴》里略带忧伤的、无家可归的浪子到《中国人》里终于意识到"家"和"中国"就在每个中国人的心里，这是一个巨大的转变。他们在想象中建立起自己的精神家园，一个想象中的中国，温暖着海外游子的心。想象中的中国给他们精神支撑，现实的美国给他们丰裕的物质生活享受，他们就生活在物质与精神割裂的二重世界里。

人渴望摆脱束缚，成为自由人，尤其是执着艺术的艺术家，更渴望超越、飞升，在艺术世界里遨游。《自由人》里的"自由人"是个中国画家，他的画让人一看就发冷，凄凉孤寂，还总有个人影孤傲地遗世独立，对抗整个世界，署名是"自由人"。这引起看画的中国女孩的好奇，两人成为朋友。这个自由人自由得一无所有，无牵无挂，无根无梢。他的画是他本人的写照，像个噩梦，卖不出去。他不关心国事，却关心人类的出路，就是华人为保护中国领土主权的游行示威在他看来也没有必要，因为改变不了什么，被女孩严厉批评后，又遇到极"左"分子洗脑，在华人游行示威中，甘愿牺牲自己，硬往警察的车下钻。极"左"分子想以此事煽动群众，把事情闹大，达到不可告人的目的。出事后，极"左"分子消失得无影无踪，他为了避免牵连到更多人，一人承担全部责任，他被控诉犯有精神病，关进精神病院，默默忍受精神病院的虐待，精神上变化很大。一个署名"自由人"的人，甚至觉得待在精神病院也挺好，吃住有人照应，即使行动不自由又有什么大不了的？出去以后又怎么样？他渐渐不相信书，也不相信朋友，对一切都漠不关心，自我封闭，一个人孤独地面对整个宇宙。他出院后不知去了哪里，女孩找到他时，这个自由人却带上了锁链，像个疯子一样，听不到女孩对"自由人"的呼唤了。女孩心中呼喊"自由人，回去吧！"回到自己的土地、自己的人群里。只是自由人远去了，只有女孩一个人呆立着，泪水湿透了飞机票。

自由人的政治化和毁灭与他在事业方面的挫折、经济方面的困窘、精神方面的偏激和贫乏紧密相连。在重科技、轻人文的高度工业化的美国社会里，执着艺术不肯媚俗的画家很难生存。艺术满足人们的精神需要，对审美的渴求，可在物欲横行的美国现代社会，物质上的富足与精神上的贫乏并立，对艺术的精神需要很少。很多艺术家成了艺术瘪三，和流浪街头的乞丐差不多。

除了流浪的中国人，带枷的自由人外，丛苏笔下还出现了悲观失望以至于自杀的存在主义者。《在乐园外》里的陈甡在美国一边读研一边到餐馆打工，女友抛弃他与人结婚生子，他再也等不到她了，大谈"不必须"哲学，这世界上没有绝对必须的事，任何"必须"的意识都是荒谬的，不承认这世界上有绝对必须的价值，也怀疑相对的必须价值的"必须性"。活着不是因为"必须"，而是因为"习惯"，当打破"生的习惯"时，"死亡"不仅是可爱的而且是必须的。他遇到一个像青草一样的女孩萱萱，草绿色的旗袍开叉过高，皮肤苍白，像风里瘦削的青草，原为芝加哥大学外文系毕业生，嫁过美籍犹太人，育有一女，离了婚。失意的陈甡开始与她约会。陈甡有个蛇形夏娃雕塑，他相信夏娃的堕落是由于内在的"蛇性"，而不是外在蛇的诱惑。萱萱自说在百货店卖衣服，实际上却堕落为妓女，是她内在的蛇性让她堕落。陈甡终于从美国人口中知道了真相，质问她为何撒谎，她说只是为了方便，两人都不相信什么，做伴后再变成陌生人。陈甡发现自己染上了性病，还失眠，他终于病好了，也硕士毕业了，准备离开芝加哥到纽约餐馆去洗碟子，临走前见了萱萱一面，劝她改变生活，被她拒绝。陈甡自杀了，他在遗言中写明，不必追究原因，他死是因为"不为什么"。在息息菲斯神话的第一页上，卡缪说："我看见了人们死是因为生命不值得活下去……在某种程度下，自杀是对荒谬意识的解决之一途。"① 恋爱一再失败，学业有成，事业却无着，加上他的悲观绝望的哲学，让他最终走上绝路。开头和结尾以妓女拉客的场景遥相呼应，女人反复呓语，我的兽，吞吃人的兽。人被欲望吞食，陷入动物的本能。萱萱虽活着，无异于没有灵魂的沉溺于肉欲与金钱的行尸走肉。

勤劳善良的中国人怀着梦想在美国奋斗，却无缘无故地死了。《窄街》里的一家中国人来到美国，辛勤劳作，父子俩先后死于非命，留下患有心脏病的衣厂女工母亲与幼儿园的小女儿相依为命。丛苏在这里谴责了暴力，为无辜惨死的人叫屈，呼唤一个和平安宁的社会。由于种族歧视和排华浪潮，很多华人不得不去做传统上属于女人干的活，餐馆、洗衣店一度是华人的支柱产业。

从以上概述中可以看出，丛苏笔下的美国充满着种族歧视，血腥暴力，桎梏着自由，让人堕落，中国人在现实的美国一再碰壁，只能在想象中的中国寻求自由。署名"自由人"的画家最终却披枷带锁，只有洗衣店的勤勉的小老板终于把妻儿接来美国，一家团圆，生意越做越大。丛苏笔下很多流浪的中国人，都是忧伤的边缘人，与主流社会格格不入，只能在同乡中汲取一点安慰。他们虽然学习、工作在美国，少不了美国同学、同事，可日常交往的都是中国人，朋友们都是中国人，少有美国朋友。他们虽然拥有美国国籍，在法律上是美国公民，却是普通美国人眼里的外国人，他们也自认为是中国人，不是美国人。除了在学习、工作中与美国人打交道外，他们无法融入核心社会的社交小团体、俱乐部等机构，难以进入白人的小圈子，并没有实质性地渗入美国主体社会中；只能在美国的边缘地位徘徊，与主流社会的疏离让他们受歧视，受排挤，只好在华人亚社会中，在同胞中获取精神慰藉。

丛苏小说中的很多主人公虽然多隐忧，但并不悲观，如《中国人》里的文超峰，虽然失去了爱人，但他并未失去梦想，并未失去心

---

① 丛苏：《在乐园外》，载《中国留学生文学大系（当代小说港台卷）》，上海文艺出版社2000年版，第130—151页。

中的家。《咱这辈子》中的丁长贵一生漂泊，生活在社会的最底层，但从不悲观失望。丛苏以乐观、积极的精神面貌消解由于边缘人的身份而产生的痛苦，在美国主流社会之外构建中国边缘人的"想象的共同体"，表现了中国人的民族认同。

三 离散者形象的成因

形象的塑造与时代大环境，作家的身份认同、人生经历和写作语言有密切的关系。曹顺庆说："建构他者形象是注视者借以发现自我和认识自我的过程，注视者在建构他者形象时不可避免地要受到注视者与他者相遇时的先见、身份、时间等因素影响。这些因素构成了注视者创建他者形象的基础，决定着他者形象的生成方式和呈现形态。"[①]

（一）时代大环境

形象的塑造与作家生活在美国的时代，作品反映的年代或者说作品中的人物生活的时代有很大关系。桑青形象的塑造与中国政局动荡和作者的人生经历有密切的关系。《桑青与桃红》初版于1976年，小说中桑青给移民局写信的时间和地点是1970年的美国各地，而附信寄上的日记的写作时间和地点则是从1945年的中国到1970年的美国，这期间中国发生了翻天覆地的变化，全民抗日，国共内战，国民党败退台湾，聂华苓和家人于1949年离开大陆，来到台湾。国民党在台湾实行白色恐怖政策，导致人心惶惶，人人自危。聂华苓曾为《自由中国》的编辑委员和文艺主编，1960年，该杂志被封闭，主持人雷震被捕，她失去台湾法商学院教书工作，同外界隔离。1964年她被迫离开台湾，旅居美国。她从中国大陆的故乡流落台湾又漂泊到美国，她的流浪经历让她深切地体味到浪子的悲苦。桑青与她有着相似的遭际，可以说是以她自身为原型而塑造的艺术形象。聂华苓在自传体小说《三生三世》中详细地披露了她的人生遭际和心路历程，让我们看到《桑青与桃红》和《千山外，水长流》等的题材来源和

[①] 曹顺庆：《比较文学概论》，中国人民大学出版社2011年版，第183页。

主人公的艺术原型。

与聂华苓一样，丛苏也是在1949年就随家人从大陆到台湾的，她们有着相似的失国失家之痛。丛苏在20世纪60年代初大学毕业后赴美留学，定居美国。那时的美国种族歧视观念还很重，她深感中国人在美国生存的艰难处境，写下了一系列反种族歧视的小说。她又总是充满中国人的乐观主义，所以，她笔下的在美华人虽然生活不如意，也并不绝望。

（二）身份认同

巴柔在《形象》一文中指出："如有关身份认同的问题，这中间就涉及对他者地位及形象的讨论。所有对自身身份依据进行思考的文学，甚至通过虚构作品来思考的文学，都传播了一个或多个他者的形象，以便进行自我结构和自我言说：对他者的思辨就变成了自我思辨。"[1] 因此，形象与身份认同密不可分。

1965年移民法颁布之后进入美国的中国新移民，有一部分仍然保持了对传统文化及故国身份的认同，成为新一代的侨民。对他们来说，尤其是年岁较大的移民，不同的只是生活环境的变化。台湾旅美作家多具有深厚的中国古典文学的素养，重传统伦理道德，有着中国传统士大夫的情愫，他们在言说自我与他者时，显示了中华文化遭遇欧美文化的困境。虽然故国不堪回首，聂华苓依然深爱着中国。她的中国认同让她塑造的中美混血儿面对美国人时一再强调自己是中国人。丛苏也让她小说中的人物一再强调中国人的身份，在想象的中国中寻求精神上的慰藉，甚至不惜让小说中的中国人回国。

（三）写作语言

形象的塑造还与写作语言有很大的关系。华文写作的目标读者是以中文为母语的人，如中国人或美籍华人。作家为了销路或为了与读者交流，总是有意无意地考虑目标读者的接受，这影响了作家的创作。不同的目标读者决定了不同的主题、不同的风格。台湾旅美作家

---

[1] [法]达尼埃尔-亨利·巴柔：《形象》，孟华译，载孟华主编《比较文学形象学》，北京大学出版社2001年版，第179页。

的华文文学的目标读者是中国人或美籍华人，这让作家主要考虑中文读者的接受心理而不是美国人的心理，他们可以无所顾忌地批评美国人和美国社会，塑造负面的美国形象，而不必担心销路。同时，由于远离中国本土，而不必受制于中国的意识形态。林涧在《华人的美国梦：美国华文文学选读》一书的《导言》中说，美国华文创作不受国内的官方话语、意识形态和文学传统的束缚，有离散中的自由，属于流放文学一类。"20世纪六七十年代以后出现的一代从中国台湾到美国留学的作家——聂华苓、白先勇、於梨华、张系国、陈若曦等写的作品，怀着深厚的民族意识与故国情怀。"[1] 聂华苓离开中国，让她可以自由地表达对两岸政治的批判；她的中文写作，让她可以不必在乎美国英语读者的感受而自由地表达对美国的看法。

第二节 边缘人形象

关于边缘人，国外有很多研究。"在齐美尔的'外来人'的基础上，帕克于1928年率先提出了'边缘人'概念。"他以犹太人为例论述了边缘人作为一种文化混血儿的形象，并对这种文化混合的后果进行了阐发。他指出：当移民离开家乡，去一个陌生的国度寻求发财机会的时候，相对于这些移民的经历而言，在我们绝大部分人的生活中，毫无疑问地都存在过渡和危机时期。但就边缘人而言，危机期相对要长久些。结果就是，他趋向于变成一种人格类型。经过帕克的改造，齐美尔手中那个超然、客观的外来人变成了一个文化的混血儿，一种人格类型。他焦虑不安、适应不良，既渴望成为新群体的成员但又遭排斥，在原有的或新的文化中，都或多或少地成为边缘人。帕克和斯通奎斯特在最初对边缘人进行界定的时候，认为文化冲突导致边缘人的产生，而边缘人是一种人格类型，属于心理范畴。[2]

---

[1] 林涧：《导言：有关美国的华文文学》，载林涧主编《华人的美国梦：美国华文学选读》，南开大学出版社2007年版，第6页。

[2] 余建华、张登国：《国外"边缘人"研究略论》，《哈尔滨工业大学学报》（社会科学版）2006年第5期。

移民是边缘人中的一种，既包含文化差异，又包含种族（生理）差异。很多美籍华人，处于美国社会的边缘，无法融入美国主流社会，随身携带的中国文化遭遇强势欧美文化的冲击，精神上空虚、困惑，陷入困境，但又不甘于被边缘化，左冲右突，力求走出困境。这些人可以说是处于中美文化夹缝中的边缘人。这些处于社会边缘的移民渴望融入美国主流社会，却被排斥，由此产生精神上的痛苦。移民作家们关注这些边缘人的生存困境，渴望能够突围。

陈若曦、欧阳子、施叔青等台湾移民作家塑造了一系列处于中美文化夹缝中的边缘人。笔者拟从边缘人角度探讨她们笔下的中国移民在实现美国梦的过程中，与美国社会的冲突与融合。

一　理想主义者之歌

陈若曦[①]游走于中国大陆、中国台湾和美国之间，是一个永不止息的理想主义者。为什么这么说呢？只要了解一下她的生平就知道。她1938年生于台湾，1962年赴美深造，1966年，时年28岁的她和丈夫出于对社会主义中国的无限向往，取道欧洲回国来到祖国大陆生活了7年，其间经历了"文化大革命"，幸而她有美国国籍背景，而未受到更惨烈之遭遇。陈若曦说自己生于日本殖民统治时期，民族意识特别强烈，战后所受的教育是"以天下为己任"。因此她认定中国是原乡和祖国，学成报效国家是理所当然的。"文革"的那段刻骨铭心的日子，对陈若曦日后的创作也带来了很大的影响，《尹县长》、《耿尔在北京》等一连串描写"文革"的纪实小说的出炉，奠定了她在文坛的地位。1973年她离开祖国，到加拿大定居，后又去了美国加州。1995年，在美国、加拿大等地漂泊了二十多年后，已57岁的她又做出了人生中的第二个重大决定——回归中国台湾，报效家乡。她的足迹遍布世界各地，人生充满戏剧性，她是个身体力行的理想主

---

① 陈若曦，本名陈秀美，1938年生于台湾。台湾大学外文系毕业，美国约翰霍普金斯大学写作系硕士。1960年与白先勇、王文兴等创办《现代文学》杂志，以写实小说闻名文坛。

义者。她早年的天真、一腔爱国热血让她不顾一切地回到中国大陆，经历挫折后出国，晚年回中国台湾。

她的理想主义思想和实践影响到她的创作，致使她的边缘人也充满理想主义者的光辉。她在小说《向着太平洋彼岸》中安排与她有着类似境遇的主人公再次回大陆，施展个人才能，报效祖国。白先勇的《夜曲》以是否回国的人的不同际遇彻底否定了回国，而她却塑造了一个为报效祖国而回国，经历过"文革"的苦难而离国，定居美国后，又准备再次回国的林以贞这个台湾来的知识分子形象。这在当时的文坛上是很少见的。林以贞来自台湾，在北京求学，她的丈夫苏德清也是台湾人，早年留学英国，20世纪50年代奔回祖国参加建设，"文革"中由于乔健光的帮忙得以一家寄居美国。苏德清很快客死异地。"文革"后的中国百废待兴，热烈欢迎回国的游子，乔健光决定回国任教。林以贞的孩子们长大了，纷纷走出家门。林以贞想到自己的事业，想到与乔健光的爱情，准备回国继续原来的职业生涯。而这时台湾当局还在制造政治事件，残酷迫害异己，她的弟弟流浪美国，她的婆婆有很强的落叶归根的观念，认为无论回大陆还是回台湾都是应该的。了解陈若曦的人生经历就知道林以贞身上有她的影子，都是一腔热血的理想主义者。

陈若曦的理想主义还体现在对中国异性恋者和美国同性恋者之间跨越种族、国家和性趋向的联谊充满信心。长篇小说《纸婚》讲述了一场因绿卡而生的纸婚最终演变成了患难与共的夫妻，虽然这对夫妻还是有名无实，却充满了亲情、友情。上海女知青尤怡平在新疆插队10年，多年相恋的未婚夫被人捷足先登，自己成了大龄女青年。改革开放后到美国深造，在餐馆打工被经理骚扰，她执意不从，经理告她非法打工，她被移民局限时递解出境，她不甘心就这样一事无成地灰溜溜地回到大陆，回到拥挤得连个住处都没有的上海家里。美国白人项·墨非是同性恋者，出于友情与她结婚，解决了她的居留身份问题。虽然是租住在项的家里，她却当成了自己的家，照顾家里的一草一木，还为项做晚饭，项很欣赏她做的中国菜。项为她过35岁的生日，为她照相，把相片当作生日礼物送给她，还鼓励她从事艺术创作，帮她联系与艺术相关的工作，还在自己店里出售她的画，帮她摆脱经济困境。两人相处得很愉快，怡平感受到了家庭的温馨。按照约定，怡平获得绿卡后就可以离婚，搬出去住，但她很留恋这个温馨的家，不愿离开，项也不希望她搬走。

然而好景不长，项开始生病，最后诊断是艾滋病。项有个固定伴侣修，然而年轻英俊的修不愿固定下来，他有别的伴侣，他传染给了项艾滋病菌。在项病重住院时，他又消失了。除偶尔来探望的亲人和朋友外，只有朱连和怡平轮流照顾项。朱连是个业余剧团的导演，是项多年的老朋友。在项得了艾滋病后，周围人都闻之色变，劝她赶快离开，生怕她感染上病菌，她虽也很恐惧，但不忍离开。她在项危难时照顾他，帮他打理店铺、庭院，应付一切开支，担负起一个做妻子的责任与义务。项在遗嘱中把他的房子、车子、现金和债务都留给他最挚爱的妻子，其他如书籍、唱片、摄影有关的一切全留给了他挚爱的朋友朱连。然而朱连在项死后，开煤气自杀了。原来他也是同性恋者，一直深爱着项，只是项惑于修的外在美，一心只爱修，而只能与他做朋友，他竟然殉情而死！

从怡平对项所做的可以看出她对项不仅仅是感激，是友情，应该还有爱情。她在与项的共同生活中发现项的优良品质，既有美国人的坦诚直率，又有中国人的谦恭，少年时的反叛已经蜕变成中年人的沉稳。当项病倒在医院里，修不再来时，她内心平静坦荡，没人能抢走项了，项完全属于她。她彻夜不眠地雕了项的头像，给刚脱离昏迷状态的项看，项很喜欢，并鼓励她说，我知道你会成功。

怡平与项来自不同的国家和种族，有着不同的文化背景和性趋向，却相处融洽，患难与共。他们象征着不同的国家，不同的种族可以求同存异，友好相处。这显示了陈若曦的不同种族、不同性趋向的人携起手来的美好理想。"这样一个比较煽情的故事，除却一种善良的人性讴歌之外，里面自然也寄托了一个华人作者有关族性和谐交融的美丽想象。"① 她的理想主义与她的开阔视野有关，她游走于世界

---

① 朱立立：《身份认同与华文文学研究》，上海三联书店2008年版，第93页。

各地，熟悉欧美文化，对白人有较正面的看法。

二　与异族交往时的复杂心理

欧阳子①的小说可以称之为"心理小说"。白先勇说欧阳子是人心的原始森林中勇敢的探索者，擅长剖析人物心理，尤其是爱情心理，称他的短篇小说是心理剧。②文学与心理学有着天然的姻缘，文学揭示人物的心理，心理学研究人物的心理活动特征，很多心理学家还研究文学中的人物的心理。如著名的精神分析学家弗洛伊德以精神分析法剖析文学作品中的人物的心理。

人的心理本来就是复杂多变的，移民由于连根拔起，移植异域，水土不服，文化冲突，导致心理更加复杂。《考验》中的美莲与美国人交往时的心理很复杂，爱欲中夹杂着种族文化的认同。有意考验对方，不愿多交流沟通，反而人为设置障碍，让两人的关系最终走上绝路。

这让人想起法农的《黑皮肤，白面具》中的有色人种男子和白种女人的爱情，有些黑人是怕被抛弃者，因为有过被抛弃的经历而害怕再次被抛弃，为此不敢与他人建立紧密的社会联系。在爱情方面，尤其是与白人妇女恋爱，总是怀疑白人的爱情，一再要恋人证明爱情的存在。"怕被抛弃者索要证据。他不再满足于孤立的证明。他不信任。他在建立一种客观的关系之前要求对方再三作出证明。他的态度的含义是'为了不被抛弃而别爱'。"③

虽然这里讨论的是黄种女人和白种男人，然而有色人种一再要求白人证明爱情的性质却是一样的。中国人美莲从台湾来到美国留学，

---

①　欧阳子（1939—），本名洪智惠，生于日本广岛，台湾南投县人。台湾大学外文系毕业，1960年与同学白先勇、王文兴、陈若曦、李欧梵、刘绍铭等人创办《现代文学》，开始以"欧阳子"的笔名在《现代文学》上发表小说。毕业后前往美国爱荷华大学小说创作班攻读硕士，后进入伊利诺伊大学进修，以评论白先勇小说闻名，《王谢堂前的燕子》（1976年）一书就是以评论《台北人》各章小说的总评。现旅居美国德州，专事写作。
②　白先勇编著：《明星咖啡馆》，江苏文艺出版社2009年版，第107页。
③　[法]弗朗兹·法农：《黑皮肤，白面具》，万冰译，译林出版社2005年版，第57页。

认识了美国人保罗，两人开始约会。为了赴老美的约会，她拒绝了中国留学生的邀请，惹得同胞说她不想做中国人。大学城里来自香港或台湾的同学和教授常常聚会，她只参加过一次，发现这些人坚守中国传统，排斥美国思想和作风。她和保罗的交往让中国学生为之侧目，她预感人们将议论她，但她并不在意。保罗却看出中国同学对她的冷落，对自己的不以为然，就劝她不要出于礼貌跟他出来，不要勉强，只管做她想做的事。她把保罗这周末是否约她当作考验保罗对她的判断力，不对他施加任何影响。保罗约她吃饭、看电影，让她非常高兴。她保持着中国女孩的矜持，觉得美国女孩一点都不矜持，态度非常随便，唯恐嫁不出去似的，常常倒追男友。

她在异族交往中刻意保持中国人的形象，反映了她的民族认同，同时也反映了她内心深处的民族自卑。在美国人面前，弱势的她保持自己的民族特色，以彰显个性。她在保罗面前要做个百分百的中国人，一反在台湾时的洋装、高跟鞋，她穿上了旗袍和平底鞋，自愿矮人一头。虽然她在台湾不爱穿旗袍，但保罗喜欢旗袍，她就穿，倒不是想取悦他，而是想强调自己的与众不同，以区别于美国女孩。在台湾她因为自己个儿矮，穿高跟鞋，到美国了，却在高个子的保罗面前穿平底鞋，仿佛比保罗矮很多是件光荣的事。到餐馆吃饭，保罗建议去中餐馆，美莲却坚持吃美国菜。不巧的是餐馆经理驱逐黑人，这让保罗很生气，美莲开玩笑说怎么不赶她走，她也是有色人种，这让保罗很难受，后来还向她说了对不起。在冷饮店里遇到保罗的朋友们，保罗不高兴。他介绍美莲时说了她的英文名，他的朋友提议一起玩，保罗不愿意，美莲却答应了。看到保罗保持沉默，她奇怪他为什么不坚持两人去看电影？为何把她的客气话当真？其实也不是客气，美莲存心要保罗做主，坚持带她去看电影，让他的朋友们知道她一个中国人比他们重要。但是保罗并不真正了解她的心，隔着文化、性别的长河，两个人远远不能心心相通。她同意与保罗的朋友们打牌后又找了个借口和保罗离开了。她觉得在保罗和他的朋友们中间，她变成了外人，一个"介入者"。小说结尾说，电影散场了，戏没了。这暗示了他俩的异族恋爱以失败告结。

是什么驱动她一再考验呢？仅仅是想测验自己在白人男友心目中的地位吗？她来自落后的中国，也许有自卑感，渴望证明自己的重要。但她最终认识到中国虽然贫穷衰弱，但并不卑劣。她觉得中国同学的批评有道理，她拒绝了中国人却和美国人在一起。美莲以身为中国人骄傲，相信不同的文化可以相互沟通。她以与保罗的友谊作为一种象征和考验，证明文化联姻的可能。渴望超越国籍，做个"世界公民"，没有国界，各民族和睦相处，可是她又觉得这是幻想，不可能实现。她和保罗始终存在着距离，由国籍、种族和文化造成的距离。她想爱他，可是无法爱他，就像他说爱她，在她的一再否定后也不再申辩，他和她一样，想爱却不能爱。一场考验下来，文化融合的梦想破碎。两个来自不同国家、不同种族、不同文化的男女并不真正了解，难以跨越东西方文化的鸿沟，渴望相爱却不可得。

黄种人美莲一再考验白人男友的爱情，真真假假，虚虚实实。这其实反映了她与美国人交往时的民族自卑。可是白人男友并不真正了解这个东方女人的内心想法，更不明白她考验的目的何在。虽然明白告诉她不要出于礼貌勉强自己做不愿做的事，美莲还是答应跟他那帮朋友一起玩，虽然她心里并不愿意。她只是想让保罗拒绝，以显得自己比他的朋友们更重要。可保罗并不知道她在考验他，却以为她很乐意，虽然自己并不愿意还是跟着一起走。人与人的心灵是很难相通的，尤其是隔着种族、国家和性别的藩篱，心心相通只能是一种幻想。异族交往的男女被异族异性的相异性或异国情调所吸引，有走近的愿望却隔着种族、文化、性别的天河，两颗心无法真正靠近。

《周末午后》延续了欧阳子心理分析小说的一贯风格，人物心理活动错综复杂，人物的心理成为小说的主角。华人移民颜太太的5岁女儿世和喜欢和男孩子玩儿，就和9岁的邻家美国男孩安特鲁玩耍，被一个60岁左右的美国妇人一手牵一个气势汹汹地找上门来，说世和砸坏了她的车玻璃，要求赔偿，否则叫警察。后来发现没破，态度大变，害怕叫警察，怕告她有意欺诈。这美国妇人原是一条街上的邻居，却毫不讲人情，让颜太太很难受。由此可见美国注重法律背后的人性的畸形，事事以法律解决，人情淡薄。

世和扔石头，却不知道石头的大小，安特鲁却知道，还大声为世和求情，说她不是故意的，一时让颜太太很感动。颜先生怀疑世和会向汽车掷石头，她还小，也没有那么大的力气把那么大的石头掷那么远，世和终于表示不是她干的，是安特鲁掷的，她怕安特鲁以后不跟她玩儿就替他顶罪。颜太太质问安特鲁，他撒谎，还表现得天真无邪，颜太太责备了他，他温驯地答应不再做类似的事，事后却对人家说，世和撒谎，石头实在是世和扔的。颜太太知道后很愤怒，恨不能立即告诉他的父母，冷静想想，觉得她也有不对的地方，应该嘱咐孩子们不要同人家讨论是谁掷石头的问题，免得让安特鲁在同伴面前没面子，9岁的男孩也是有自尊的。颜太太就让儿子传话给安特鲁，如果是世和撒谎，就让安特鲁告诉她世和如何撒谎，要好好惩罚世和。安特鲁终于承认是他干的，要求以后再也不提此事了，并祝颜太太生日快乐。

这个短篇小说围绕着谁撒谎的问题展开，揭示了每个人的复杂的内心活动，塑造了美国老妇的唯法律是从，毫不讲求人情，由兴师问罪到和颜悦色，前后态度大变的形象。美国小男孩安特鲁调皮捣蛋，又撒谎不断，怕父母责罚，把责任推到比他幼小的小孩身上，但良知未泯，担心世和被责罚，终于承认是自己干的。

作为20世纪60年代台湾现代派文学的代表人物，欧阳子的小说以冷静、客观的心理写实方法，细致入微地表达了人物的内心世界，为文学与心理学的跨学科研究提供了很好的范本。曹顺庆曾说："就文学与心理学而言，文学是人学，当它致力于探究人的心灵的内在奥秘时，便与心理学有了天然的沟通。"[①] 用心理学来研究文学，或用文学来表现人的心理都是很好的研究方法。

三 边际人

在中美间游荡，无法安定下来的漂泊的灵魂，施叔青名之为"摆荡的人"。她说自己就是在东西文化间摆荡的边缘人，因此下笔时很

[①] 曹顺庆主编：《比较文学概论》，中国人民大学出版社2011年版，第125页。

自然地塑造一些背景与她类似的人物。她的短篇小说《摆荡的人》中明确定义了"边际人",在两种文化边缘摆荡的人。

这个边际人常做噩梦,找不到回家的路,因为他根本就不知道老家在哪里。他从小就随着家人在战乱中逃难,先逃到重庆,后逃到台湾,又逃到美国。不停地搬家,缺乏安定感,在哪里都没法安居乐业。父亲移情于花草盆景,他却找不到感情寄托,在美国被推着脚不沾地地前进,梦里醒来,不知身在何处,充满恐惧。他决定回国,回台湾创作剧本,到处走访古迹,在剧场中追忆古老的中国街道的风情,从老人的闲谈中了解过去的光荣,然而这些都无助于他的创作和心态调整。乡土作家批评他的剧本没法理解,像翻译品,感情是西方人的。这说明他不知不觉中接受了西方文化,与台湾乡土有了距离。他去看心理医生,倾诉苦衷,醒来不知身在何处,只有一个朋友送的两个小木偶才唤起他的记忆。医生建议他找送他木偶的女孩安蕴。而安蕴近来也为失眠所苦,她远离家乡,患着乡愁,便带他回故乡小镇,也许安蕴能带他进入脚踏实地的安稳境地,从此扎根乡土,开花结果。安蕴的名字就蕴含着安心的意思,是带他安安心心留下来的天使。

施叔青常从女性视角出发,以婚姻为题材,探讨两性间的情爱纠葛,揭示女性的生存困境。"妇女形象问题,一直是女性主义批评的切入点和重点。女性主义批评家既高度重视妇女形象的历史研究,又着眼于妇女形象的类型学或'基质性'探讨。"[①] 这里主要探讨的是处于中美文化夹缝中,在婚姻的围城中挣扎的,处于双重困境中的中国女性移民形象。

以婚姻关系进入美国的女人有时很难适应美国的生活,剧烈的文化冲击和精神磨难导致精神出现问题。《回首·蓦然》中的范水秀从美国回到台湾,再也不愿回到留在美国的丈夫身边了。两年的纽约生活把她折磨得不成人样,精神也出现了问题。她控诉丈夫有精神病,虐待她,然而没有人相信她,连精神病医生也不信。丈夫寄信让她回去,如果再不回去就告她遗弃,信上还有律师签名,信在寄出前就有

---

① 张首映:《西方二十世纪文论史》,北京大学出版社1999年版,第506页。

了法律上的公证。这让她的娘家人震惊,丈夫虽也来台湾,但行事方式非常美国化。但也不是完全美国化,他还为没有得到范家的陪嫁而耿耿于怀呢。同时他还受家庭父母角色颠倒的影响,欣赏强悍能干的母亲,羡慕父亲的游手好闲,所以平日里他不愿看着妻子无所事事。但范水秀从小娇生惯养,什么也不会做。在美国没法适应美国化的快节奏的生活。两年来,她在纽约脚不着地地飘浮着,人憔悴得不成样子。父亲怕丢脸不许她离婚,催她回美国,给女婿他们一半的财产作陪嫁。她去看精神病医生,要医生喊她范小姐而不是林太太,说她丈夫有精神病,丈夫亲口告诉她,他恨女人。她丈夫不把她当人看,虐待她,打她。医生不大信她的话,她歇斯底里地嚷起来,认为是丈夫安排好一切,让大家都不相信她。她放弃治疗,出来看到双层巴士,再看却变成了普通游览车,她对自己也产生了怀疑。也许很多东西是她无法适应美国式的生活而想象出来的。父母不收留她,她在父母家早已找不到自己的位置,丈夫身边她实在不想回。天地之间,竟无立足之处!

短篇小说《困》也塑造了一个困在婚姻的围城里的女人,她来自台湾,仓促嫁了一位留美博士,丈夫忙于事业,顾不上她,让她一个人在言语不通的美国艰难地活着。两人无话可说,在一起生活却活在两个世界里。想改善两人的关系,却让两人更累,更不自在,还不如漠不关心的好。妻子让丈夫觉得自己一无所有,除了性爱什么也不能给予,所以他变态地要求妻子求他。改善关系不成,丈夫重新躲回事业里,妻子躲进酒里。

婚姻是否幸福,两人的感情至关重要,此外,社会大环境也影响着婚姻的质量。因婚姻进入美国却无法适应美国社会的中国家庭主妇们感到婚姻的不幸。结婚的在不幸的婚姻中挣扎,没结婚的不幸沦落为第三者,在三角恋的天罗地网中苦苦挣扎,无力挣脱。《后街》里的朱勤从台湾到美国再回到台湾,始终没有找到归宿。终于遇到一个合适的男子,对方却有妻子,虽然婚姻不如意,却为免遭金钱和地位的损失而不愿离婚。朱勤只能躲在后街里,等他偷偷摸摸地来找她,或者拒绝他,像那个邻居老女人一样,孤独终老。她不知道该怎么办。无论怎样，都不是她想要的生活。《后街》从第三者的角度去看一个事业有成的海归男人，而《"完美"的丈夫》则从妻子的角度审视外人眼中的完美丈夫肖，两篇对照阅读，可以更加深刻地了解肖的性格特征。肖把妻子当成工具，白天当老妈子，晚上是交际花，像只色彩鲜艳的鹦鹉一样带出去展览，在床上又是不花钱的娼妓。肖像暴君一样对她，不把她当人看，有心里话也不告诉她，两人感情早已破裂。李愫不愿再像仆人一样伺候他。肖回台湾做负责人（主管），李愫从旧金山去台湾谈离婚，肖却为归来的妻子办鸡尾酒会，营造夫妻和睦的假象。在酒会上听说丈夫有了新欢，她连连说好，举杯庆祝新的开始。肖虽然另有新欢，却觉得只有感情是不够的，他不想离婚，与情人结婚，即使夫妻关系早已名存实亡，他仍然要维系着婚姻。

施权青的小说是在研究人类存在困境。无法适应美国生活的精神分裂的心灵；夫妻不和，却又无力冲出围城，只得在酒中寻求解脱；陷在情网中无法自拔，找不到归宿的第三者等，都凸显了现代人尤其是现代女性的生存困境。

无论是回台湾还是回大陆，处于美国社会边缘的主人公都在困境中寻求突围。他们之所以是边缘人，首先是因为种族、文化、性别身份的差异，其次是因为他们的心态，没有调适好，以面对文化迥异的美国社会。

塑造边缘人形象的台湾旅美作家很多，除了以上所述，还有唐德刚、刘大任、张系国、范思绮、保真、彭歌、李渝等。唐德刚[①]在《我的女上司》里塑造了被金发碧眼的美国女上司役使得叫苦不迭的新人形象，表现了公司里丑陋的阶层制。刘大任[②]《长廊三号——一

[①] 唐德刚（1920—2009），生于安徽，1948 年赴美留学，1952 年获哥伦比亚大学硕士，1959 年获史学博士；后留校任教并兼任哥伦比亚大学中文图书馆馆长，负责口述历史计划中国部分，是中国口述历史的开创者之一，美籍华人学者，历史学家、传记文学家、红学家。江曾培主编的《中国留学生文学大系·当代小说台港地区卷》收入了唐德刚的《我的女上司》这篇小说，把唐德刚作为台湾旅美作家对待。

[②] 刘大任（1939—   ），祖籍江西省永新县，1948 年随父母来到台湾。后赴美留学，1971 年决定放弃博士学位，全力投入保钓运动。

九七四》围绕着死因的探寻,讲述了一个不为人知的留美画家自杀身亡的辛酸故事。张系国①的《割礼》批判了明哲保身、埋头学术、不问政事的中国知识分子。范思绮《深愁》讲述了一个生死不渝的现代爱情故事。保真《断篷》涉及在美国的中国知识分子的去留问题。彭歌《纽约之一夜》描述了对纽约的看法,纽约是20世纪人类的烦乱与苦闷的象征,但也不失人情味。李渝②的《烟花》讲述了一个留学生绚丽的梦像烟花一样破灭的故事。

从以上简略的概述中可以看出,异国生存的艰辛,理想的破灭,去留不定,死亡,失恋等凄苦、迷惘的题材为台湾旅美作家所偏爱。主人公多悲观失望迷惘之士,所发多悲伤凄凉之音,在异国漂泊流浪,思念故国亲朋,前途黯淡,去留无定,孤独烦闷,空虚寂寞。小说的感情基调是多愁苦而少欢乐的,艺术风格趋向于沉郁。台湾移民形象多离散者、边缘人形象,而北美大陆新移民形象是以热切拥抱北美的假洋鬼子开始的。

第三节 假洋鬼子形象

大陆新移民作家是相对于先到美国定居的台湾老移民作家而言的,主要作家有查建英、严歌苓、哈金、严力、陈谦等。这些作家从小接受意识形态教育,上山下乡做知青,经历过"文革",目睹了十年浩劫,对西方世界,对美国充满憧憬,以为是人间天堂,怀着美国梦,争先恐后地到美国深造、定居。美国究竟是什么样子呢?生活于其中的中国移民的心理状态如何呢?

改革开放初,新移民涌向美国,以为美国是梦中的天堂。作为国内最早一批留学生,查建英1981年到美国留学,后来往返于中国和

---

① 张系国,原籍江西省南昌市,1944年生于重庆,1949年随父母去台湾。台大电机系毕业,1966年去美国留学。电子计算机专家,小说家。

② 李渝(1944—),原籍安徽,生于中日战争时期的重庆。5岁时随家人去台湾。1964年毕业于台湾大学外文系。后赴美留学,获加州伯克利大学中国艺术史硕士、博士学位。在美国从事艺术史研究、教书,是台湾保钓运动学生之一。

美国之间,她的留美故事有对美国这个"他者"的狂热,更有对留美的反思。《到美国去!到美国去!》(1984)从标题中就反映了主人公到美国去的迫切,对美国的狂热。《丛林下的冰河》中的女留学生也是一个热切拥抱美国的年轻冒险家,中国刚一开放就跑了出来,连大学毕业文凭都没顾上拿。查建英的小说写出了大陆新移民到美国去的热忱,妄图脱胎换骨成美国人的"假洋鬼子"们的悲哀。他们到底是中国人,无法断绝与中国的血脉相连。也无法顺利融入美国,成为真正的美国人。

一 对美国狂热的假洋鬼子

查建英塑造了一系列个性鲜明的假洋鬼子们。什么是假洋鬼子呢?从行事作风上看,跟美国人相似,似乎成了洋鬼子,然而在骨子里仍然是中国人。在文化知识结构中,中国文化占主导地位,又浸染了部分美国文化,成了中不中、西不西的中美文化混血儿。他们的文化认同更多地倾向中国,但美国却成为他们的安身立命之地。"美籍华人查建英致力于描写北美华裔所面临的文化和性别冲突。她徘徊于中西文化之间,体会着'边缘化'的状态,其作品《到美国去!到美国去!》透视了'边缘人'的生存和心理状态,反映出人物在中/西矛盾对立中特殊的充满悖论式的生存困境,揭示了新移民难以逃遁的文化身份认同危机和异化等问题,以及在身份认同危机和异化中所追求的一种自我放逐的自由。"[①]

小说主人公伍珍从中国到美国后,经历了一个异化过程,这与第一世界、第三世界的历史、文化冲突有关,更与她的个性有密切的关系。她家庭不幸,在中国经历了反右运动,父母离婚,她有了后母;一直积极上进的她中学毕业时正赶上上山下乡的热潮,她坚决到陕北农村做知青,干活勤快,表现积极,被公社推荐上了大学,毕业了分配到小县城工作。当她还是下乡知青时,认识了同是北京来的知青余

---

① 郭群:《文化身份认同危机与异化——论查建英的〈到美国去!到美国去!〉》,《东北大学学报》(社会科学版)2007年第5期。

宝发，两人恋爱，虽然她上大学后，有高干子弟追求，她依然选择了初恋，与他结了婚。这时的她更重感情、人品而不是金钱、地位，表现了较高的精神境界。可是婚后的伍珍对生活很不满意，看不到前途，出国给她带来了希望。她打掉了肚子里的孩子，与深爱她的丈夫离了婚，孤身一人到美国打拼。从此开始了她的看似上升，实则精神堕落的人生旅程。

在她的堕落之旅中，初到美国同住的"小上海"给她上了重要一课。"小上海"暗中作三房东，让她一人交全部房租，被发现后，也毫不愧疚，觉得理所当然。伍珍想到搬家的麻烦就只有忍了。伍珍参透了"小上海"为人的禅机：宁可我负天下人，不可天下人负我。她承认这是强者的哲学，自己为人所负，是因为自己还不够强。"小上海"代表了一部分精明、奸诈的上海人形象。而作为北京人的她此时还是厚道、朴实的。

但在美国的磨难让她也逐渐发生变化，一改以前对婚姻的态度，开始采取实用主义的方式，婚姻与身份、财富紧密挂钩。她托曾与她上过床，后来成了朋友的柴荣介绍男朋友，最好是美国人，美籍华人也行，这让身为东方男子的介绍人柴荣的自尊心有些受不了。柴荣的女友是个美国人，就介绍伍珍认识了美国人山姆。山姆对她一见钟情，因她穿了件和服，显得羞怯懦弱，让他感到自身的强悍。一段时间下来，山姆发现伍珍是个精明强悍的女人，完全不是想象中的温柔文弱的东方女性，使山姆最初的保护意识变为自卫意识。伍珍发现山姆是个穷艺术家，还要先成名后成家，对他不满，两人就吹了。伍珍整了容，更加引人注目。交了很多美国男友，但都没有结果。找了个美籍华人约翰王，是百万富翁，华侨领袖，有钱有势的大老板。伍珍并不爱这个老男人，却做起了他的秘密情人，后来敲诈了他一笔钱而去。她后来订了婚，不知道跟谁，这是听来的故事，叙述者对她似乎既羡又妒。

伍珍对美国富人既爱又恨，幻想成为他们当中的一员，每当沉浸于这种白日梦中，就本能地想象一次意外而突然的机遇，彻底改变她的生活：中大奖，嫁百万富翁，继承巨大的遗产，甚至鼻梁增高，眼睛变蓝，脱胎换骨成一个高贵的美国人。为了奖学金，选择到东亚系读研究生；为了以后能多挣钱，她转到商学院。毕业后找到一个不错的职位，拿到了绿卡，表现出不凡的投资才能，据说正在筹划创立自己的生意。

到美国后辛苦挣钱读书的伍珍的人生观发生很大的改变，她变得唯利是图，不择手段，甚至出卖肉体，敲诈有钱人。对美国的狂热，让伍珍渴望变成美国人，抬高他者，贬低自我，自轻自贱，自甘堕落，逐渐异化。前夫的真切思念让她很感动，舒缓了她在异国他乡的孤独感。她的前夫就像她的祖国一样，虽然她离开了，虽然她嫌弃，但永远无法忘记。

《丛林下的冰河》中的女留学生到美国后，与美国人合租房子，交美国朋友，践行美国年轻人的行为模式，似乎融入了美国。

> 大约我骨子里企盼着脱胎换骨，做个疯癫快乐的西洋人吧。我想象自己鼻梁升高，眼睛发绿，头发像收获前的麦浪一样起伏翻涌。无奈我仍旧是在用汉语想这些事儿。
> 假洋鬼子！[1]

她的洋化受到留学生同胞的非议，与美国人的交往，融入美国的进程也并不顺利。美国人捷夫是她理想中的真正美国人，金发蓝眼、高大壮实、多毛有狐臭，健康、开朗、好动、声若钝钟。家庭富有，18岁时父亲送的生日礼物就是敞篷车。很爱笑，像个笑神，两人在一起很开心。但两人并不能真正相互理解，捷夫不懂"文革"，不知道中国的政治犯是怎么回事，还以为像美国的高级监狱，乡村俱乐部里的政治家一样。两人表面上玩得开心，精神上却有隔膜。因为两者有不同的经历，在不同的文化、政治环境下长大，面对中美不同的历史，无法理解是很正常的。工作后的捷夫牢骚满腹，对父亲不满，在捷夫要带她回家见父母时，她选择了分手。她主动拒绝了美国人捷

---

[1] 查建英：《留美故事》，花山文艺出版社2003年版，第136页。

夫，也许是她觉得他们的心灵并不相通。捷夫是美国人或美国的象征，两人交往的失利反映了她与美国的隔膜。"捷夫的典型意义在于他充当了一个文化符码，他的金发碧眼、开朗乐天、健康富有、肤浅幼稚，与其说是他本人的形象，不如说是'我'所指认的美国文化的具像。因此，'我'与捷夫的关系，就象征的意义上讲，我们不妨把它看作'我'对异国文化的迎拒的具像化。'我'对捷夫从认识到分手的过程与'我'对美国的文化和生活方式从'如鱼得水'之感到'笼中之鸟'之感的过程是并行不悖的。"①

她竭力践行美国人的行为模式，还是与美国人有隔膜，渴望融入美国而不可得，遭遇文化认同危机，于是回国寻根——寻觅文化之根。这个寻根之旅就以寻找初恋的形式表现了出来。她以为到了美国，就可以忘掉初恋，其实不然。她开始四处打探初恋情人 D 的消息，D 死在冰河里。回国省亲，她走上追寻 D 的踪迹的旅程。在美国，她是中国人；回国后发现，她不再是纯粹的中国人了，她的西化的行为方式受到中国人的批评。她又回到了美国。这篇小说结构上有个特点，一边叙述自己的故事，一边插入亨利·詹姆斯的《丛林中的猛兽》中的故事，约翰·马切尔与梅的故事，到最后两者合二为一，梅死后，约翰才意识到他错过的是什么。而她最终也意识到告别 D，来到美国，她失去了什么："因为 D 不是别的，而正是我生存的某种可能，是我自身的某种理想与精神。"② 她离开 D 来到美国，意味着她抛弃了成长的另外一种可能。以英文符号表示的 D 可以看成过去、死亡、中国情结和理想主义等。"D 的形象不能算丰满，但他所代表的我与故土文化的联系以及'我'心中中国式的理想主义，却因此而更加突出和清晰。"③

印度移民巴斯克伦与她处境相似，都是具有双重文化背景的边缘

---

① 陈慰萱：《困惑与选择：在两个世界之间——美籍华人女作家查建英、谭爱梅、於梨华小说分析》，《国外社会科学》1997 年第 5 期。
② 查建英：《留美故事》，花山文艺出版社 2003 年版，第 183 页。
③ 陈慰萱：《困惑与选择：在两个世界之间——美籍华人女作家查建英、谭爱梅、於梨华小说分析》，《国外社会科学》1997 年第 5 期。

人——"假洋鬼子"。她离开祖国，失去了D，失去了另外一种生活，走上了与巴斯克伦相似的道路，她从巴斯克伦身上看到了两人相似的未来和悲哀。巴斯克伦从印度来，教她《丛林中的猛兽》，两人由此结识，却始终没有成为真正的朋友。巴斯克伦问她为什么到文化截然不同的美国来，她回答说："我来，就是为了找找看。"巴斯克伦认为找是绝对找不到的，找到的就已经不是要找的了。她的出国寻找其实是很茫然的。她就像约翰·马切尔一样，寻寻觅觅，在等待中错过了真爱，错过了另一种生活的可能。

在美国新大陆的故事联系着中国大陆的故事，出国后反思出国，失去后才意识到失去，但已经再也回不去了。她曾经狂热地拥抱美国，美国也对她敞开怀抱，但她还是发现两者间的隔膜，发现她留在美国的缺憾。她自称假洋鬼子，行事作风有些洋鬼子作风，可骨子里还是中国人，有着中国固有的文化传统和思维方式。而美国男友则是正宗的美国人，有着美国人的类型化特征，代表了新时代的美国敞开胸怀接纳中国人的气度。但是文化隔膜导致异国异族之恋最终以失败告终。

二　在美国的孤寂生活

在美国新大陆的故事联系着中国大陆的故事，出国后反思出国，失去后才意识到再也回不去了。从中国大陆到美国大陆，很多人付出了很大代价，因为出国而导致婚姻解体，为了在美国生存下去，拼命工作挣钱，没有爱人，孤独寂寞，悲观厌世。《献给罗莎和乔的安魂曲》中的小林一出国便提出离婚，与有妇之夫同居两年之时，因他的妻儿正式办成移民手续，她搬出，租住在美国老妇人罗莎家。罗莎常常重复讲故事，她的丈夫生前长年酗酒，打老婆孩子，女儿是白痴。虽然她很不幸，她还是坚信上帝始终是公平的，人活在世上应该满怀感激。她常常对小林谈起她的知音乔，乔是个天使，但乔却从没出现在小林面前。小林怀疑乔也许没那么好，或者根本没有乔这个人，他只是罗莎的惨淡人生中的一个幻象，一个辉煌的梦。后来，一场车祸让罗莎和乔同时丧生，两人的形象出现在屏幕上，小林才相信乔是真实存在的人物。她感慨上帝终究是公平的，人们应该感激生活。小林的文科文凭让她在纽约很难找到好工作，在美国工作不如意，生活也一团糟，对人生既厌恶又悲观，但她决意牢记罗莎的话，以此作为献给罗莎和乔的安魂曲。

由于文化差异，异族婚姻往往以悲剧结局。《往事离此一箭之遥》中的小林留美 5 年，被公司派回大陆谈生意，意外地在香港遇到在北京读大学时的苏格兰同屋希拉。两人回忆往事，希拉觉得中国人的保守和闭塞让人吃惊，让她失望，以前一直觉得东方文化神秘而有魅力。但回到英国后也忘不掉中国了。自从去中国后，命运似乎就和外国人捆在一起了，跟地道的英国人或苏格兰人不一样了。希拉最终嫁了个中国人，在香港定居。而小林去了美国留学，嫁了个美国人。希拉不喜欢美国，说美国没文化、没传统、没教养。希拉不希望小林与美国人结婚。小林到美国后对美国文化也有类似的幻灭。十几年后，与丈夫平静分手。异族婚姻是民族融合的标志之一，悲剧结局说明了民族融合还有一段路要走。

出国总是有得有失，为了获得，必须失去。《芝加哥重逢》里的小边因为出国失去了爱情，但心态很好，相信有得有失，乐观地坚信未来会更美好。小边有个美国女学生，似乎对他很感兴趣，但他不和女学生谈恋爱，而且他觉得那女生的兴趣是偶然的，对他生活的土地一时半会儿也理解不了。也许是他害怕被抛弃，害怕在异族婚恋中受伤害，不相信能与对方真正理解，天长地久。他是孤独的，为出国付出了相当大的代价，但他并不后悔，他相信他会有心心相印的朋友。

《沈记快餐馆》通过对中餐馆普通一天的记录写出了华人生活的艰辛。沈先生夫妇一个是工程力学博士，另一个是园艺硕士，却嫌钱不够花，开起了中餐馆。厨师张先生和陈先生老拌嘴生气。顾客大多是美国人，有快要结婚了还和别的女人天天来这儿吃饭的美国人，有黑人和白人在此约会的，还有想吃服务员豆腐的。林小姐在此打工，她有个美国朋友叫汉特，28 岁了才念大学二年级，不知道自己的目标，当了 4 年兵，出来后进大学又不停地换专业。汉特对生活很迷茫，觉得自己是个失败者，没人看得起他。其实林小姐挺在意他的。

在美国生存不易，为生计而奔波，有情人为工作而两地分居。《天南地北》中的一对恋人因为生计天南地北，再次在纽约相聚，若琳要在纽约读博士，而坡也想到纽约住几年，两人真的能破镜重圆吗？作为一个普通乐师的坡，能在纽约立足吗？

一个人无聊到什么程度才会与陌生人约会？即使见不到陌生人依然感激，因为陌生人的邀约缓解了他的孤独。《周末》塑造了一个极度孤独、无聊的人。周末不知道该如何度过，闲书读不下去，也想不出该给谁打电话，似乎每个认识的人都不合适，婚姻平淡如水，没有激情。一个陌生女子打来电话，约他会面。他去了，以为是她，她却投入了别人的怀抱，他没有再等下去，虽然没有遇到那个女子，但并不恨她怪她，反而感激她，不是她的电话，他会感觉很孤独，不知如何度过周末。

虽然生活在性开放的美国，孤男寡女共处一室，蠢蠢欲动，依然相安无事，反映了中华民族的节操观和传统文化的强大力量。《水床》中的一对孤男寡女因为奢侈的水床而相聚，却克制着情欲，一夜相安无事。虽然在性开放的美国，单身男女有着更多的自由，然而他们毕竟是沐浴着中国古老的传统道德成长的中华儿女，内心虽有骚动，却自律甚严，力必多的波涛最终没有冲决道德的堤防。

查建英的海外故事，与中国历史有着千丝万缕的联系。那些假洋鬼子们无论如何拼命挤入美国人的行列，骨子里还是中国人，有着中国固有的文化传统和思维方式。中国移民虽然遭遇到各种各样的问题，但大都乐观面对，坦然处之，较少伤感忧郁，而多乐观进取，表现了新移民的精神风貌。而这里的美国人有《到美国去！到美国去！》里的痴迷东方情调，有着东方主义的穷艺术家山姆，一发现强悍的中国女性就落荒而逃；《丛林下的冰河》中的主人公想象中的真正的美国人捷夫，喜欢中国女孩却并不了解中国，文化隔膜注定了恋爱的悲剧；《献给罗莎和乔的安魂曲》中的善良的罗莎，是在异域悲观绝望的女主人公的精神导师。美国人与中国人有隔阂，但也不是完全不能相通，也可以成为良师益友。

第四节　典型的美国佬

任璧莲（G. Jen, 1955—）是美国华侨的第二代，她的处女作《典型的美国佬》（1991）开篇就说这是一个美国故事，这个美国故事却从一个中国小男孩张意峰讲起，讲述了张意峰一家人演变成美国佬的过程。摒弃华裔传统负担，拥抱美国的价值观，成为真正的美国人。张家佬起初瞧不起典型的美国佬，说典型的美国佬不好，没有道德，不知道如何行事，想做万物的中心，不考虑别人等。他们坚信他们不会堕落为美国佬，但最终他们也变成了典型的美国佬。这是一个中国佬变成美国佬的成长小说。

"这部移民小说讲述的不仅仅是华裔主人公追寻美国梦的历程，更着意挖掘他在中国文化和美国文化这两种不同的语境中遭遇的自我建构和文化认同问题。"[①] 张家佬在美国定居的过程中，逐步接受美国主流文化，认同美国的价值观，追求美国梦，由中国佬变成了典型的美国佬。

一　美国梦的初步实现

张意峰的美国梦从追求美国女孩开始，这个失败的异族单恋打破了他娶美国妻的幻想，让他迅速地娶了中国来的女孩海伦，为他们以后的婚姻问题埋下了伏笔。1947年，中国正处于抗日战争后的国共内战时期，张家送儿子到了美国，张意峰变成了拉尔夫·张，而拉尔夫意为一种狗，是负责留学生事务的女秘书凯米为他取的名字。张意峰曾在去美国的航路上定下目标，不能和任何姑娘有瓜葛，却很快爱上了凯米——这个有着野蛮人的粗大身材，长长的鼻子和毛茸茸的前臂的美国女孩。凯米喜欢拉尔夫，但却拒绝了他，她不爱他，这让拉尔夫很痛苦。心灰意冷的他拒绝加入"野蛮人"的国家，他的家在

[①] 石平萍：《试论〈典型美国人〉中的文化认同》，载程爱民主编《美国华裔文学研究》，北京大学出版社2003年版，第289页。

中国。但因为国共内战,美国不让中国留学生回国,以防他们用所学的知识去帮助共产党。当时的新中国与美国处于敌对状态,中美不通音信,他与中国断绝了联系。他忘了更新签证,为此去向平克斯教授求助。身为犹太人的平克斯害怕政治迫害,不愿意为他说谎。拉尔夫不愿回国,只好不停地搬家,躲避移民局的盘问。随着一次次搬家,朋友越来越少,最后与朋友们都失去了联系,以至于他的姐姐初到美国找不到他。国民党倒台后,所有的中国学生都失去了身份,拉尔夫以英语不好为由,反倒解决了身份问题,入了美国籍。

他姐姐名叫百晓,英文名特蕾萨,两人在公园里偶遇,她解救了他,还给他带来了海伦,他很快就娶了海伦为妻。两人几乎没有恋爱过程,理所当然地结了婚。婚后,温和柔顺的海伦唯丈夫之命是从,丈夫甚至教她如何呼吸。在白人女性那里碰了钉子,生活在主流社会边缘的拉尔夫在家里却成了至高无上的君主。

他们是一家,是中国的美国佬,简称张家佬。他们时不时地嘲笑典型的美国佬,自己却不知不觉间开始了美国化的过程。先是拉尔夫鼓动买汽车,特蕾萨说他美国化,拉尔夫说这样一来,可以避免美国化,海伦不解地说,我想我们同意孩子们将要成为美国人。他们让孩子们先学英语后学汉语,避免说英语时带有汉语口音。他们买下老赵的旧车,特蕾萨感慨,在美国,朋友之间卖起车来。海伦热衷于超出他们支付能力的房屋,贷款买房,无意中学会了美国式的超前消费方式。买了房后,张家人一致认为,草坪超出了自然,超出了生活。这样的草坪是美国。这是了不起的美国蓝天。这里的土壤超过了中国土壤。随着在美国日久,他们都有了英语思维,尽管中国成分是他们更自然的部分,但是中国成分和美国成分都对他们不可或缺。

拉尔夫顺利地获得博士学位,到大学谋生,获得终身教职。他们拥有了有草坪的房子,有两个孩子。美国梦初步实现了。但拉尔夫对学问不感兴趣,他希望像格罗弗一样成为百万富翁。

二 富翁梦的破灭

在张家人的身份转变过程中,完全美国化的、唯利是图的华裔格罗弗在其中起了很大的作用，可以说是这一切变化的催化剂。他是华裔，生了一张正宗的中国脸，但早已完全美国化了。他告诉拉尔夫他如何白手起家，成为百万富翁。在美国，什么都有可能，他不择手段地追求金钱，已经是一个成功的典型了。拉尔夫不仅自己接受了，还教给他的孩子们这一套，有钱就什么都能做，没钱就不中用，是中国佬！特蕾萨虽然反对他的金钱崇拜，可也意识到在这个社会里，非白人需要教育，需要成就，才能赢得尊严。白人生来就是上等人。格罗弗影响了拉尔夫的人生价值观，拉尔夫变得金钱至上，放下学者身份，做起了餐馆生意。他从格罗弗手里接受油煎鸡外卖柜，生意红火。

为了挣更多的钱，他不顾一切地扩建房屋。新建的房子出现裂缝，成为危房。原来格罗弗是把房子建在原木上，地基不牢，根本就不能建房。他轻信骗子格罗弗，盲目地追求利润，以至酿成严重后果。生意失败的拉尔夫心灰意冷，什么都不想干，只知道牵着狗溜达，海伦慨叹他们真的美国化了。

在美国生活多年，一家人都发生了变化，起初瞧不起典型的美国佬的张家佬已经接受了美国的主流价值观念变成了典型的美国佬。在充斥着金钱崇拜的美国社会里，拉尔夫开始追求金钱，野心勃勃地幻想成为百万富翁。在中国，人们担心得不到社会认可，在注重实际的、松松垮垮的美国，人们想干什么就干什么，一个人需要不同的理解。他获得终身教职，事业、婚姻都一帆风顺，他觉得自己好运，一再感叹美国真了不起，自由和正义替代了一切。

他不听姐姐对格罗弗人品低劣的评价，开始和格罗弗做生意，满脑子想的是如何迅速发财致富。生意红火，他变得自负，恍惚变成了个大人物。格罗弗起初不同意他扩建房屋，后来忽然同意了，他竟然毫不怀疑，以为格罗弗给他一个机会，试试他有多聪明。他充满冒险精神，他相信他的命运是生活在另一个美国，一个传说般的美国，一切愿望都能实现。他很善良，将钱放在纸袋里，送给衣衫褴褛的一家。拉尔夫有时又希望他在中国，如果他的婚姻出现问题，他就可以讨个小妾。丈夫发号施令，妻子顺从。他有着中国传统男子的大男子主义观念，他的独断专行，听不进姐姐和妻子意见，也导致了他生意失败。他最后意识到，一个人在中国注定要灭亡，在这儿也同样要灭亡。他不是想要做什么就能做什么的人，一个人就是他自己限度的总和，自由只不过使他看清了自己的限度所在，美国根本就不是美国。

三　中国淑女的成长

海伦由一个体弱多病的、柔顺优雅的中国式淑女变成了一个日益独立的美国家庭主妇，她开始学着做事，体会到工作是一种享受。她学会了美国式地超前享受，贷款买房，后来放弃淑女的身份，开始工作，追求独立，不依附男人，甚至放弃了中国女人一向最为看重的贞节观念，竟然背着丈夫偷情，与流氓、骗子格罗弗相好。格罗弗花言巧语诱惑海伦，送她鲜花、糖果，许诺让她住华屋，有佣人，不用做家务，什么事都可以做主。没有恋爱经历就仓促结婚的海伦抵挡不住攻势，但她明白她不会离开家庭，她爱她的孩子们，她的家不会解散。她主动中止了与格罗弗的不正当关系。她的性格变化很大，由原来的不爱说话变得话很多，由羞怯变得开朗，由文静变得活跃。

特蕾萨自立自强，一心学医，最终成为医生，步入美国的高收入阶层，她帮弟弟一家支付房屋抵押贷款。她很善良，一向注重道德，严格要求自己，却抵制不住情欲，做起了第三者，插足他人家庭，最终导致对方家庭破裂。她与有妇之夫的老赵相爱，被弟弟鄙视，在家里没有地位，住不下去，只得离开，一人独居。拉尔夫生意失败，一蹶不振，夫妻不和，由争吵升格为动武，海伦因此住进医院。在家庭危难时，特蕾萨又回到家里，一家团圆。她虽然已经美国化了，但在家庭观念方面还是个中国人。拉尔夫起初不敢追问妻子的外遇，怕面对事实真相，后来确切地听说了，愤怒中带妻子飞车，回到家却在心神恍惚中撞上了姐姐特蕾萨，特蕾萨成了植物人。在家人的精心照顾下，特蕾萨恢复了正常，一家人沉浸在喜悦里。老赵离了婚，有望和特蕾萨结婚。小说以大团圆结局。

张家佬虽然受了高等教育，有着体面的工作，积极融入美国社会，可还是受到种族歧视。他们去观看现场比赛，观众谩骂他们，让他们回到洗衣房去。在白人看来，黄皮肤的华人似乎只配待在洗衣房里。他们像记分牌一样无动于衷，后来他们说他们心里在争气。从此他们更喜欢待在家里看比赛。他们的无动于衷说明他们对歧视早已司空见惯。海伦找工作一再失利，因为在白人眼里她是个外国佬，雇主要雇用白种女人，她们的英语没有口音。美国的种族歧视还很严重，华人无法在职场上与白人平等竞争。

小　结

综上所述，华人移民形象有着明显的区域性、时代性特征。在台湾旅美作家笔下以弱国游子形象最为突出，充斥着离散者、边缘人；而大陆新移民作家的移民小说的总体基调是明朗昂扬的，塑造了乐观进取，拼搏奋斗的大陆新移民形象。相对于台湾旅美作家大多诉说漂泊的悲哀，大陆新移民作家笔下的人物演绎着悲欢离合的移民故事。移民到一个文化差异很大的西方国家，难免会有心理落差，会有离愁别绪，但是还有很多欢乐。大陆新移民放眼未来，乐观进取，更多地注重得而不是失。

作家的创作个性决定了形象的特征。而创作个性的形成与时代背景和文化构成有密切的关系。很多台湾移民作家经历了二次放逐的经历，早年由于国共内战，被迫从大陆放逐台湾，由于海岛的生存空间狭窄，再次自我放逐到北美。其作品中必然充满放逐者的悲歌。大陆新移民没有此类身世之悲，他们到美国去是自发主动的追求，戏称"洋插队"，很多小说中写到出国的狂热。新中国成立后，与美国关系紧张，二三十年间对美国关闭了大门。1978年12月中国开始走上改革开放的道路，中美建交，许多大陆人奔赴美国，文学界把自20世纪70年代后期，由中国大陆移居到其他国家、目前已加入所在国国籍的人群称为新移民。与老一代华人移民相比，新移民中知识分子比例明显增大，甚至可以说主体就是知识分子，这些知识分子拥有较高的学位，经过一段时间的奋斗后，多数都能跻身中产阶级，物质生活较为优裕，有相当的地位和尊严。其中一部分人热衷于写作，成为大陆新移民作家。他们"在东西文化碰撞和交融的语境中思考并创作，既反思东方文化传统，也不忘打量西方文化；既关注海外华裔的生存与抗争，也关心在种族、文化的宏大叙事之中个人的追求和欲望"。①

大陆新移民没有台湾移民的漂泊感，虽然有"文革"的精神创伤，但在新的环境下很快投入新的生活，乐观进取，没有忧郁感伤。这不仅与他们的经历有关，更与他们在美国生活的年代不同有着密切的关系，从20世纪50年代开始的从台湾出发的源源不断的中国留学生，到美国后，不仅面临严峻的生存考验，还要面对当时美国社会对中国人的种族歧视。而从70年代末开始的大陆新移民则生活在一个相对来说更加友善的环境里，随着中国经济的飞速发展，综合国力的增强，大国地位的确立，中国的崛起让中国移民更受欢迎。新移民的心态普遍较早些时候的台湾移民要乐观、开朗、自信得多，一来美国就决定扎根北美，混出一番天地来，而不再是进退失据，徘徊不定。

20世纪90年代以后的美国社会，对外来移民越来越宽容，种族歧视进一步减轻，美国日益改善的种族关系为新一代移民提供了较为宽容和自由的生存空间。华人与美国人互动增加，双方也越来越了解，更容易融合。中国人渐渐变成了典型的美国佬。

---

① 郭群：《文化身份认同危机与异化——论查建英的〈到美国去！到美国去！〉》，《东北大学学报》（社会科学版）2007年第5期。

第六章　战斗着的华裔美国人形象

如果说华人移民第一代勉强算美国人的话，那么在美国土生土长的移民后裔则是毫无疑义的美国人。虽然这些黄皮肤的华裔美国人常常被当作中国人，即使他们从未踏上过中国的国土，连中文也不一定会说。正因为主流社会的误解、歧视，才导致华裔美国人常常处于为维护自身地位、身份而战斗的状态。这其中有女勇士，有嬉皮士，有支那崽等形象。

第一节　女勇士和中国佬

汤亭亭（Maxine Hong Kingston，1940—），当今美国文坛华裔文学的佼佼者，其作品有《女勇士》（1976）、《中国佬》（1980）和《孙行者》（1989）等，深受美国读者及评论界欢迎。处女作《女勇士》面世之后引起社会轰动效应，好评如潮，但大多视为自传而夸奖，汤亭亭声明她的小说不是写自家身世的非小说，而是具有普遍意义的美国小说，她强调她是美国人，美国作家。由此可见她强烈的美国身份认同。

《女勇士》全称为《女勇士——生活在群鬼当中的女孩的回忆》，根据女孩的回忆，按照女性谱系塑造了一系列中国女性形象，有为爱牺牲的无名女子姑姑；有相信鬼的存在，却又不怕鬼，甚至与鬼较量的乡村医生母亲；也有懦弱无能的、不敢维护自身权益，因被抛弃而精神崩溃的中国旧式女子姨妈；更有在白人主流社会里起初沉默失语，后来奋发图强，发出自己的独特声音的华裔女孩。《中国佬》按照家族谱系描述了历代华人,尤其是家族男性成员在美国的工作和生活,他们对美国的贡献,在美国的喜怒哀乐,试图建构被主流社会消音了的华裔美国人的历史。两部小说有些相似的情节,如有裸露癖的祖父,父母的情况,到越南的弟弟等。两部小说合在一起,就是一部完整的华人家族史小说。

一 手执双刃剑的华裔女勇士

汤亭亭在《女勇士》中塑造了一个敏感的、勇敢的反抗种族歧视和父权制的华裔女勇士。张子清认为:"她一方面要为她的弱势种族的权利向占有统治地位的强势白人抗争,另一方面又要向华人内部男性宰制一切的坏传统做不屈不挠的斗争,而这种斗争却符合主流文化中女权主义的理念,因而得到女权主义者的积极支持,使她感到主流文化中的一股亲和力。这是她倾向于同主流文化融会的重要原因。"[1]

而赵文书却认为:"以汤亭亭的《女勇士》为代表的华美女性主义文本中基本上没有反抗种族歧视的内容,而且对性别歧视的批判局限于中国社会和中国文化对女性的压迫,对美国主流社会中的性别歧视却语焉不详。这样的女性主义虽然出自第三世界的少数族裔之手,但采用的却是第一世界的主流女性主义立场,与东方主义形成了共谋,实际上是一种女性主义东方主义。"[2] 那么,汤亭亭的《女勇士》究竟是不是女性主义、东方主义呢?

让我们看看汤亭亭小说有关性别歧视和种族歧视的叙述。华人到美国后依然重男轻女,曾祖父竟然说女孩是蛆。女孩不想回中国,怕被卖掉,怕父亲再娶老婆,那些女人虐待她们。在美国出生的华裔女孩常被歧视,她要成就一番事业,以免回到中国后被卖掉。她门门课得 A,进了加州大学,努力学习,改变自己的处境,却始终没有变成男孩。她想回家的时候变成男孩,让父母好好欢迎一场。变不成男

---

[1] 张子清:《不同华裔美国作家构筑想象中的不同共同体》,载程爱民主编《美国华裔文学研究》,北京大学出版社 2003 年版,第 33 页。

[2] 赵文书:《华美文学与女性主义东方主义》,《当代外国文学》2003 年第 3 期。

孩，于是她就迫使自己成为地道的美国女性，否则不谈恋爱。她幻想自己成为武士，自立自强。现实中雇佣她的老板们称她黄鬼，瞧不起有色人种，她一反抗就解雇她。她觉得作为揭竿而起的英雄后代，她应该信心十足地走上大街，立即着手她的事业。即使她不如梦中的女勇士，也不气馁。

从以上文本叙述可以看出，汤亭亭以笔作剑，假她小说中的华裔女孩之手，手持双刃剑，同时刺向父权制和种族歧视，以维护女性的尊严和华人的民权。华裔女孩虽然没有神话中女勇士的武功，却以智慧和勇敢，以女性主义和种族平等的信念，成为华裔美国现实社会中的女勇士。

小说中反复出现"鬼"的意象。她生活在"群鬼"之中，她的成长过程是一个战胜"鬼"的过程。在她眼中，无论是中国还是美国都充满了鬼，那是从头脑中充满鬼故事的孩童的视角来描述世界的。母亲的鬼故事让还是孩子的她做噩梦。中国鬼没有人形，美国鬼有人形还有职业：的士鬼、公车鬼、警察鬼、开枪鬼、剪树鬼、报童鬼、卖杂货鬼，还有种族之分：黑人鬼、白人鬼、吉卜赛鬼。周围的一切都是鬼，她们就生活在群鬼当中。似乎这是一个鬼蜮盛行的世界。无论是母亲口中的中国鬼怪，还是美国洋鬼子，其实都是人们心中的鬼，人们习惯于把跟自己不同的人和物都以鬼呼之，黄种人称呼白人为白鬼，白人称呼黄种人为黄鬼。鬼的意象反映了种族隔膜和排斥。

《女勇士》中的华裔孩子因为身份问题经历了痛苦的成长过程。在白人占主流的学校里上学，起初因为英语不好而沉默，后来则由于心理障碍而沉默，经历了痛苦的失语阶段。叙述人讲她第一次上幼儿园，不得不讲英语时，就沉默了。沉默最厉害的是在上学之初的三年间，她在图画作业上涂满黑色，喜欢黑人同学，觉得他们很爽朗。其他的华人女孩也沉默，于是她明白了沉默只因为他们是华人。华人女孩在美国学校沉默，失语，感到自卑，羞于启齿。在华人学校，他们就很活跃，男孩不再乖，女孩也不再沉默。但不是所有在美国学校沉默的孩子都能在中文学校恢复声音，她和姐姐就没有恢复声音。

华裔小孩在白人学校的弱势地位使她产生了深深的民族自卑,在处理"自我"与"他者"的关系时,贬低"自我",抬高"他者";厌恶"自我",崇拜"他者"。华人移民声如洪钟,隔几个街区都能听到。在美国人看来,中国人声音刺耳;而中国人根本听不见美国人讲话,他们的语音太轻。正常华人妇女的声音粗壮有威,华裔女孩子只好细声细气,显示美国女性气,比美国人还要低声细气,以至于老师认为她们有语言障碍。大多数人最终都恢复了讲话能力,只有一个华裔女孩例外,虽然她可以大声朗读课文。她比叙述人更不愿说话,叙述人想让她说话,她就是不肯开口,哪怕是打她,百般折磨她,甚至哭着哀求她,告诉她这是在帮她,她不能哑一辈子,还说要送她礼物,只要她肯开口说一个字,可是她死都不肯开口,只知道疼得哭。叙述人因此大病了一场,18个月没出家门。因为不用去白人学校面对歧视,这段时间成了她一生中最美好的时光。她讨厌那个女孩。也许因为两人有很多相似的地方,那个女孩让她看到了自己的另一面——她痛恨的那一面。也许那个女孩根本就不存在,是她的幻觉,是她自身的投影。

华裔女孩的沉默一方面也许是英语不好所致,另一方面是自卑心理使然。她们在学校的沉默象征了华人在美国主流社会的失语。有些秘密不能当着洋鬼子的面说出来,否则有可能被送回中国。她既痛恨洋鬼子不让他们说实话,又痛恨中国人的诡秘。华人的处境让她们不得不如履薄冰,以防被遣送回国。华人在美国的地位导致她们的失语。

介于华人与美国白人之间的华裔女孩独自承受了中美文化的差异所带来的屈辱。药店把别人家的药送到她们家里,惹得母亲发怒,觉得是诅咒他们家人生病,让孩子去药店要糖祛除灾难。这是中国的迷信思想。孩子觉得非常难为情,但在母亲的逼迫下,不得不去药房要糖。她无法开口解释中国人的迷信思想,一是因为美国人无法理解,二是她本人也不相信。药师给她过期的糖,把她像乞丐一样打发掉。药店总给他们糖,只要他们走进药店。这让她感到羞辱。母亲以为她教会了洋鬼子懂礼节,其实洋鬼子是把他们当成无家可归的乞丐。她从来不吃他们给的糖。除非父母驱使,她从来不进药店甚至不从药店门前走过。自尊的她不愿意接受洋鬼子的怜悯和施舍。

就像法农《黑皮肤,白面具》中的黑人渴望变成白人一样:"这种突然成为白人的欲望,从我内心最阴暗的部分,透过阴影地带,油然升起。"① 敏感的华裔女孩幻想自己变成美国白人。在附近的几个街区有十多个疯女人,年幼的她以为每家都有一个疯女人,那么他们家的疯女也许就是她。她跟自己头脑中的英雄好汉讲话,把自己想象成轻浮粗暴的孤儿,白皮肤,红头发,骑白马。她想要的是粗糙的皮肤,棕色坚硬的皮肤,而不是东方人柔滑的黄皮肤。她做噩梦,梦到自己是一只吸血蝠,吸的却是最爱的人的血。她其实是梦想做一个与华人毫无瓜葛的白种女人,远离唐人街,融入美国主流社会。华裔女孩在想象姑姑的生活情景时,不时地回到自身,讲述她的梦想,她一直想把自己转变成美国女性,有着美国人的仪态和腔调,走路正,说话轻,而移民们嗓门很响,在公开场合大喊大叫,即使离开中国很多年也没有学会美国腔。"如果我能使自己具有美国人的美丽,那么,班上五六个中国男生就会爱上我,其他每个人——纯种白人、黑人和日本人也会爱我的。"② 姑姑的惨剧让她更渴望成为美国女性,摆脱中国的礼教束缚,获得爱的自由。

想成为美国女人的愿望是这样强烈,以至于她拒绝与新来的移民约会。美籍华裔孩子称呼新来的移民为"刚下船的",说他们看上去很滑稽。女孩子们不愿意与刚下船的人约会。刚下船的来家里相亲,她就作怪,自毁形象,以防家人把她嫁给刚下船的。对新来的移民的排斥暴露了她对华人"自我"的厌恶,对美国"他者"的认同。

在中美的夹缝下成长的她与母亲、与华人家庭有着很深的隔膜,心中有很多话想跟妈妈说,妈妈却不愿听。生活在华人之家的她感到困惑、孤单。她无法理解中国人的谦虚说法,她因为家人说她丑、笨

---

① [法] 弗朗兹·法农:《黑皮肤,白面具》,万冰译,译林出版社2005年版,第46页。

② [美] 汤亭亭:《女勇士》,李建波、陆承毅译,漓江出版社1998年版,第10页。

而备受打击，却不明白那是中国人对自己孩子的谦称。她很恼火中国人撒那么多谎，明明没吃饭却偏偏说吃过了，如果是她肯定会实话实说。她认为中国女子自称奴，就是自己诋毁自己。这其实是中国女子的谦称而已。她不懂中国人的礼仪文化。不想当疯女，却一天天古怪起来。华人学校有个智力迟钝的"傻男孩"常跟着她，到她家洗衣店里坐坐。她有许多话要跟妈妈说——忏悔，妈妈却不愿意听。再次看到那个傻男孩时，她爆发了，要父母把他撵走，不要把她嫁给他。虽然家人说她丑、笨，但她认为自己很聪明，能获得奖学金、上大学，她不愿再上华人学校了，因为那里的孩子卑鄙无赖，整晚打架。她要积极融入美国社会，自谋生计，做洋鬼子的事情比洋鬼子做得还好。她再也不听母亲讲故事了，因为真假难辨。母亲一一反驳她，并没有要她嫁出去，说她分不清真话和玩笑话，见人不打招呼，没有礼貌，说她丑是在说反话。就在她发作后的第二天那位傻男孩就消失了，也许那些情景是她想象出来的。与母亲的交流让她明白了中国人的行为准则、礼仪文化，华人傻男孩就消失了。也许那个傻男孩是她的另一个"自我"，一个幻象，如影随形地跟着她，是不懂中国人和中国文化的她的化身。

为了制止喉咙痛，她开始说出心中想说的话，全然不顾是否会丢掉工作或者不得体。变不成白人的她开始反抗不公正的命运，不再沉默，而是大胆说出想说的话。"喉咙痛"是一个隐喻，是在美国社会备受排挤和压制的想说而不敢说的华人的通病，华裔女孩们的失声就是犯了失语症，是美国社会百年排华政策造成的。

汤亭亭塑造了既不同于中国人也不同于美国人的华裔美国人形象。从勇兰、月兰这些移民第一代的角度看，在美国长大的孩子与生长在中国的孩子很不一样。他们坐不住，感觉迟钝，也没记性。他们不肯在机场高声喊姨妈，他们脸上常显露的羞涩也许是美国式的礼貌。月兰认为外甥们在野蛮的地方长大，是些可爱的小野兽。他们盯着人看，眼神像野兽，粗鲁无礼，说起话来也不太像美国人，像他们的母亲，像从中国内地来的乡巴佬。他们对夸奖一律说谢谢，从不致谦辞，根本不知道谦虚。《中国佬》中，姨妈送蛋糕，按照妈妈的教导和中国人的礼貌,"我"应该拒绝,或者仗着年轻,仗着是美国人,不懂礼貌,说声谢谢就收下。"我"对姨父直呼其名,很像美国人的做派。可是与姨母分别时,拿着食物大声喊再见,又成了典型的中国人。他们既是美国人,也是中国人,是华裔美国人。

母亲给她讲了个故事,外婆喜欢看戏,要一家人都去看,并且房门大敞,土匪没有洗劫房舍,反而袭击戏场,一家人四处奔窜,免于劫难。这证明了只要一家人在一起,就可免灾避难。他们又一起看了许多戏。她想他们也许听过蔡琰的歌,于是她开始讲女诗人蔡琰的故事,她被匈奴擒获,到蛮荒之地与蛮人为伍,这个文弱的女人甚至学会了杀人,生了两个不会说汉语的孩子,很孤独。伴着匈奴人的笛声她唱起了歌,唱的是中国和中国的亲人,似乎是汉语的,野蛮人还是听出了其中的伤感和怨愤,孩子也随她唱了起来。当她被赎回汉朝时,她带回了歌,其中之一就是《胡笳十八拍》,一直流传至今。汤亭亭以这个故事结束了全篇。她为什么要讲蔡琰的故事呢?

也许这个流落到蛮荒之地的汉族女诗人象征了自我放逐到这个"鬼"国家,生活在"群鬼"当中,思念家乡、亲人的华人们。他们到美国后,由于言语不通,文化隔膜,无法被当地人理解,甚至与儿女也充满隔阂,很孤独。但是有些东西是人类共通的,美国人、华裔美国人和华人是能够相互理解的。拥有双重文化背景的华裔女孩在"自我"与"他者"中慢慢成长,她的故事表达了她对人类的相互理解充满信心,对中美文化融合的信念。"从这个汤亭亭版的蔡琰的故事我们不难看到汤亭亭的理想:要消解'他者'与'自我'的对立,要民族沟通、文化融合,而不是种族对抗和文化冲突。"[①]

华裔女孩生活在美国的华人街,家庭和中文学校的教育与美国学校的教育冲突,中西文化在她身上交战,内心世界丰富、多愁善感的她敏锐地察觉到她们在美国学校的另类、弱势地位,为此她沉默失语。经过一番挣扎和坚决反抗,她成长为现实中的女勇士。作者把这

---

① 蒲若茜:《对性别、种族、文化对立的消解》,载程爱民主编《美国华裔文学研究》,北京大学出版社 2003 年版,第 217 页。

个华裔女孩当作美国现代社会里充满反抗精神的女勇士来刻画，她手执中美文化的这把"双刃剑"，向父权制和种族歧视开战，冲出唐人街，杀向广阔的美国社会。她甚至有了"现在我们属于整个地球了"的全球观。留在中国的叔伯们全被打死了，土地由他人接管，母亲慨叹说他们在中国已经无家可归了。女儿安慰她说他们属于整个地球了，不管他们站在什么地方，那块地方就属于他们，他们可以用回家的路费买汽车买家具，美国的花儿也一样芬芳。母亲希望孩子们都留在身边，可是女儿说只要一离开家就不生病了，就可以自由呼吸了，也安全了，不必提心吊胆。她在这个国家找到一些根本没有鬼的地方，她属于那里。走出中华文化浓郁的唐人街，表现了华裔女孩对唐人街和中华文化的疏离，对美国主流社会和文化的认同。她的华裔美国女孩是现实美国的女勇士。

作者的女性主义立场影响了她的中美形象的塑造。汤亭亭1940年出生于美国加利福尼亚州斯托克顿，那时，美国女权运动兴起。20世纪60年代初期出现女权的第二次浪潮。20世纪60年代的学潮中断了她在伯克莱大学的研究生学业，她移居夏威夷教书谋生。1976年，发表处女作《女勇士》，1980年出版了《中国佬》，1989年《孙行者》面世。而20世纪80年代末女权主义掀起了第三次浪潮。"作为第三次浪潮真正意义上的开拓者，有色人种女权主义首先对于主流白人女权主义进行了批评，以美国黑人女性为主体的有色人种或第三世界女性，在承认女性的性别身份的同时，还特别强调了种族关系和阶级关系。"[1]

生活在美国女权运动风起云涌的时代，汤亭亭自觉地坚持女性主义立场，在反对白人的种族歧视的同时，反抗华人的父权制思想及重男轻女的传统观念，塑造了充满反抗精神的华裔女孩这一美国现代女性形象。

二 建构华裔美国人的历史

安德森主张把民族界定为一种想象的政治共同体，并且它是被想

---

[1] 金莉：《美国女权运动·女性文学·女权批评》，《美国研究》2009年第1期。

象为本质上有限的,同时也享有主权的共同体。① 由此可见,美利坚合众国是想象的,不是固定不变的。白人把他想象成白人的美国,而华裔美国人也可以想象成他们的美国。汤亭亭以语言文学建构她想象中的华裔美国人的历史,想象中的美国共同体。她把华裔美国人想象成美国的先驱,是美国多种族、多元文化中的一分子。

杰夫·特威切尔在《中国佬》的《序》里说:"《中国佬》实际上没有故作回答有关华裔美国人属性的问题,如果算它做了回答的话,那么这个回答则是矛盾交集的、有争议性的、推断的回答。""汤亭亭作品的非传统艺术形式总是引起读者的兴趣,也常常引起争议","小说中间的一些短小章节,在多数情况下,是对中国传统题材做随意性的加工,常使读者感到迷惑甚至恼火。一些读者看不出这些偏重传说的章节与对华人移居美国的叙述之间有什么有机联系,而另外一些读者则觉得汤亭亭在处理中国题材上随意性太大"②。

通过细读全书,笔者认为,汤亭亭明确回答了华裔美国人的属性问题,她甚至在标题上就标明《其他几个美国人的故事》。千辛万苦来到美国,为建设美国立下汗马功劳的曾祖父、祖父辈们都是美国的先驱,他们全是美国人。这部长篇小说的艺术形式独特,貌似短篇集锦,实则各部分紧密相连,在谋篇布局上匠心独运。在讲述中国来的父亲,檀香山的曾祖父,内华达山脉中的祖父,其他几个美国人的故事,生在美国的父亲及在越南的弟弟这些亲人们的故事前,又有一到两个看似无关事实上又紧密相连的故事,像引子一样引出这些亲人们远赴异域的历险记,奋斗史。偏重传说的章节与华人移居美国的叙述之间有着紧密的内在联系,两者形成互文关系,是血肉不可分离的一部分。"对中国传统题材做随意性的加工,常使读者感到迷惑甚至恼火"的地方,也许正体现了汤亭亭的创造力。她的美国式的思维,中西文化汇合让她不拘于传统题材的原貌,按照想象重新改写,是艺术

---

① [美]安德森:《想象的共同体:民族主义的起源与散布》,吴叡人译,上海人民出版社2011年版,第6页。
② [美]杰夫·特威切尔:《序》,张子清译,载[美]汤亭亭《中国佬》,译林出版社2000年版,"序"第2、3页。

的创造。

父亲生在中国，读书中秀才，做私塾老师，在淘金热中来到美国，和三个朋友一起开洗衣店，寄钱给远在中国的妻子，让她去美国人开办的学校获得文凭。他攒够钱终于把分别15年的妻子接过来。他靠着智慧和毅力，接来妻子，摆脱了大部分华人男子都过着的单身生活，开始在美国的土地上生儿育女，繁衍后代，生根发芽。即使被朋友们合伙骗走了洗衣房的股份，他也不灰心，带着妻子去了加利福尼亚，开始新的生活。他为赌场业主经营赌场，那里的白人赌徒的生活方式很像中国佬。父亲总是被警察抓走，他变换着名字，贿赂警察后才得以释放。白人洋鬼子分不清汉语名字，也辨不出中国人的长相。为了还业主钱，母亲在业主家做佣人，母亲抱怨他们像奴隶一样，还不如回中国去。他们托业主买房子，业主却一次次把他们要买的房子买下来，他们终于偷偷地买了房子，从业主的控制下逃了出来。"二战"期间，赌场关闭，父亲很长一段时间失业在家，垂头丧气，母亲责骂他，他也不出去找工作；祖母要他寄钱，他却怀疑她是否还活着，即使看到照片，也不相信她还活着。从父亲梦见男主人杀死全家老小可以看出他对自己没有工作、不能养家的焦虑和压抑心态。他还打孩子，母亲说倒了7年的霉，父亲终于走出家门找工作了，他买下了洗衣店，又充满活力，孩子们有了玩乐、探险的新天地。父亲终于在美国拥有了自己的住所和店铺。

在孩子们纯真的眼中，无论是野人还是英雄都充满令人佩服的、绝境求生的智慧，他们眼中的父亲虽有过失业的颓丧，最终还是重整旗鼓，在白人占主流的美国社会所能给他的狭窄空间里，开拓自己的事业，让一家人快乐地生活，父亲和鲁滨孙一样，是个富有冒险精神的华人英雄。虽然美国主流社会瞧不起操洗衣业的华人，认为那些华人男子干着传统上属于女人干的活儿，是阴柔的，女性化的，而不是充满阳刚之气的男子汉。但华人从事洗衣、餐饮业本身就是社会不平等，种族歧视的结果。华人无法和白人平等竞争，只能从事白人不愿干的脏活、累活谋生。但在他们后裔的眼里，他们依然是美国的先驱，是打下美国基业的英雄。

这些黄皮肤、黑眼睛的血统纯正的中国佬同时又是美国佬，小说在很多地方或明或暗地表示他们是美国人，他们来到美国这块土地，为美国流血流汗，建造铁路，种植甘蔗，开洗衣店，为美国而战，他们是真正的美国人。在《檀香山的曾祖父》那一节里，叙述者说："我再一次置身于甘蔗园中倾听，寻觅我的美国祖先的足音。"① 这里说的是美国祖先而不是中国祖先，虽然曾祖父们结束了他们的檀香山生活，回到了中国，但他们依然是她的美国祖先。叙述者的美国认同显而易见。

曾祖父兴奋地来到檀香山，开垦荒地，种植甘蔗。洋鬼子规定，干活时不许说话，他憋得受不了就唱歌。洋鬼子鞭打他，让他闭嘴，还扣他工钱。不得说话，他便咳嗽，以咳代说，咒骂死白鬼子。他用说话给自己治病，他觉得大家的病是由于不说话而引起的充血。他们在地里挖洞，对着洞倾诉他们的心声——向中国、向母亲问好，说完心里话就用泥土掩盖。曾祖父说他们是这地方的开山祖师，他们可以创造习俗。他们的叫喊声充满了战斗的声音，洋鬼子们都害怕了。自此曾祖父干活时总是有说有唱，没有被惩罚。中国佬以强悍的生命力让洋鬼子们恐惧了。檀香山是个好地方，但要与白洋鬼子为伴，受他们的压榨，干活时连话都不许说，所以曾祖父要离开檀香山，回自己的家。就像《鬼伴》里那个年轻的独行客误入豪宅，与美貌的贵妇为伴，衣食无忧，可还是要回家。出来后就快成骷髅了，原来豪宅是坟墓，贵妇是女鬼。

美国中央太平洋铁路公司的人雇用祖父等中国人修铁路，爆破中不知道死了多少中国人，洋鬼子认为中国佬根本不值得他们费神清点人数。为了赶进度，洋鬼子发明了种种比赛，最快的比赛总是在中国佬之间进行，最终获胜的总是中国佬，因为中国人多，组队时的选择余地大，集体意识强，有许多巧点子，还最需要钱。洋鬼子延长中国佬的工作时间，却不相应地提高工资，引起中国佬的罢工。没有洋鬼子工人的参与，他们没有取得彻底的胜利。横贯美国大陆的铁路竣工

---

① [美]汤亭亭：《中国佬》，肖锁章译，译林出版社2000年版，第87页。

了，中国人开始被驱逐、追杀。虽然祖父用一袋金子换了国籍法官的一张纸，成了美国公民，可还是没有法律保障。但他幸运地躲过了各种劫难，回到中国。祖父再次来到美国，就找不到工作了，成了一个无家可归的流浪汉，家里人说他是寄生虫，根本不能领会他作为一位美国的先驱者所取得的成就。作者把祖父当成美国的先驱者来歌颂，再次显示了美国人的身份认同。

祖父在美国常感到孤独，思念家人，遥望牛郎织女星。他说他感觉到了时间，看见了时间，时间没有移动。这是祖父的生命体验升华成的哲思。他每次乘吊篮下到谷底就有性交欲望，想象自己与整个世界性交。长期没有性生活，他有时奇怪长生殖器有什么用。这是长期的单身生活，压抑性欲的结果。法律禁止华人与白人通婚，还禁止华人带妻子来美国，造成了华人单身汉社会。生性善良的祖父渴望拥有一个美国孩子。有人看见他从大火中抱出一个孩子。作者反问，他曾用自己的汗水修建了铁路，为什么不该得到一个他渴望的美国孩子？

古今中外，有死亡就有长生不老的愿望。祖父虽然离开了美国，但他的后裔留了下来，成了美国人。所以在《论死亡》、《再论死亡》后有了《内华达山脉中的祖父》等小说，在神话中无法获得的永生，在现实中以生命延续的形式实现了。祖父以他对美国的贡献，成为美国的先驱，他的生命在成为美国公民的子孙身上得到延续，他也就得到了永生。

《其他几个美国人的故事》中的美国人不是别人，而是血统纯正的获美国国籍的中国人，由此可见作者明显的美国身份认同。高公孤身一人在美国，不顾家中老妻请求，留了下来，他说，加利福尼亚是我的家，我属于这里，我们属于这里。他对美国的认同让他留下来，老死这里。盖棺论定，他来到金山然后居留下来，他是一个金山人，最后吊丧的人用英语说加利福尼亚万岁。按照中国的习俗安葬了高公后，大家说笑着聚餐，就像没有参加过葬礼一样。他们对待躺在公墓里的高公以及其他祖父们的方式就像美国人对待死去的人一样。长期在美国生活的中国人不知不觉中已经美国化了，虽然有的孩子还会梦到先人要他们好好安葬父母，以尽已成美国人的后辈对祖先的责任。

《在越南的弟弟》以姐姐的口吻叙述弟弟们参军的经历，表达了反战思想，也表达了作为亚裔美国人的弟弟被派到亚洲打仗而受到的精神折磨。弟弟中文名叫汉桥，意为连接中国和美国的桥梁。战争不断，姐姐常对着星星许愿，愿它能给人类带来和平。华人去孔子会堂祈祷，孩子们唱中国国歌，为救助中国募款。日裔美国人进了安置营。到处都在谈论战争和死亡。远在中国的祖父死于日本人的刺刀下，舅舅为逃避兵役去了新加坡。众人纷纷讨论如何躲避兵役，想出来的全是自残身体的办法。父亲破坏了新陈代谢系统，体检不合格，没有上战场。堂兄弟们应征入伍了，到欧洲或中国去了。美国轰炸日本本土，"二战"结束了，堂兄弟们回来了，日裔美国人也回来了。日裔邻居很友善，中国人对他们也很友善，万一轮到中国人进安置营时，他们会对中国人好一点。从这里可以看出，栖身于美国的日本人和中国人的悲哀。无论是战胜国还是战败国，他们都是黄种人，东方人，亚裔美国人，在以白人占主导的美国社会，他们是境遇相似的边缘人，一旦他们的母国与美国开战，他们即使成了美国公民，也难免成为迫害对象。

越南战争爆发，最小的弟弟反对战争，作为东方人，更不愿到亚洲去与同类相残，可还是逃避不了被征兵入伍的命运。他不愿逃走，美国是他生活过的唯一地方，他不愿被驱逐出这块土地。在等候通知时，弟弟去一个中学执教。学生们被贯彻了反共思想，当弟弟表达反战思想时，孩子们说他是共产党，他只要批评美国，就会被斥责为亚洲佬。盲目的学生们热衷于打仗，不爱学习，越来越多的学生辍学参军。小弟弟生性善良，热爱和平，在给军中的学生回信时不知道该说什么，他担心因为他的某句话影响了学生，让他杀人或被杀。陆军让亚洲佬去打亚洲佬，不会派弟弟去欧洲。空军会投炸弹，他不愿杀人或被杀。他认为在以战争经济为主导的国家，做海军和做平民没有多大区别，所以他报名参加了海军，决心服从一切不让他直接杀人的命令，他一直是个和平主义者。当国防部部长宣布中国人为全世界的敌人时，他不再看报，除非战争结束，报上不会再有什么新闻。母亲让他娶个中国姑娘回来，日本、朝鲜姑娘也行，只要温柔就行。

连队指挥官总是问他是哪里人,而不问其他人,他的回答是:美国,加利福尼亚,斯托克顿。这是一种种族侮辱的问话,长官似乎在提醒他,记住自己不是来自越南的亚洲佬。弟弟失去了食欲,战争败坏了他的胃口,战争让他变傻了。他常做噩梦,梦到自己残杀同胞,残杀亲人。梦到部队像鳄鱼般匍匐前进,这支军队由喜欢掘洞的各种动物组成,吃奶的幼仔和小动物们躲在大动物身下,火鸡们往洞里钻,死尸成堆,内伤严重,鳄鱼爬上战场,野马中弹后直立。又梦见自己变成了一只绑在餐桌腿上的不能吠叫的狗,厨房里竟然有手术台,高音喇叭里传来声音,号召家里人拿起厨房里的刀叉,父亲杀死孩子,然后夫妻携手自杀,狗不知道是自杀还是杀人好。从他的梦里我们可以看到一个反战者被迫走上战场所经受的心理折磨,他被迫到亚洲去与同胞自相残杀,所以他梦到亲人相残。他梦到动物跟他多年饲养家禽有关,也跟全民皆兵有关,家禽也被迫上战场,挖战壕了,凶残的鳄鱼也许象征了热衷于吞噬生命的好战者,而中弹的野马也许象征了美好生命被毁灭。他变成了一只绑在餐桌腿上的不能吠叫的狗,是他的真实处境的反映,他离不开美国,就只有服从命令去战争。作为一个和平主义者,理想主义者,他反战,他有自己对美好社会的设想,但他没机会说,即使说了,也没人听。他只有沉默。这些郁积都跑到了他的梦里,形成了怪诞恐怖却又可以解释的梦。有同伴愿意听他的梦,这表明还是有与他类似的人存在的。譬如比尔,是个嬉皮士和平主义者,喜欢对中国问东问西。弟弟不喜欢对东方人有好奇心的人或亲华分子,为什么呢?也许作为一个华裔美国人,他不愿看到美国同胞和战友把他当成中国人,把他排斥在美国人之外。虽然他的根在中国,他与中国有着千丝万缕的联系,但他对很多中国的事情了解也不深入,而且他从不把自己当成中国人。

弟弟到了台湾,生平第一次来到中国人中间,然而并没有"回到了家乡"的感觉,而从台北大街走到美军的军事基地更有回家的感觉。他不愿让帮他们打扫屋子的中国老汉知道他是中国人,怕老汉按照中国人的标准来责备他,他想等战争结束后以平民的身份再回来看老人。弟弟的上司想让他到语言学校深造,然后做审问官。弟弟拒绝了。他去香港休假，找亲戚没有找到。他决心退役后或战争结束后到中国找亲戚。弟弟退伍后回到家，还是没有食欲。三年以后，美国从越南撤军，人们在越南做的事不再有什么意义，他的食欲却慢慢恢复了。食欲的恢复象征了他慢慢走出战争的阴影，开始过上正常的生活。

　　弟弟和屈原一样反战，面对战争年代的狂热，个人无能为力，他被放逐到亚洲各地，到处都找不到回家的感觉。弟弟没有找到亲戚，但他并不失望，他决心以后再回来寻根问祖，他没有忘记自己的根，虽然他已成为美国人。汤亭亭把屈原塑造成一个和平主义者，他的高洁形象衬托了弟弟的形象。

　　小说以《百岁老人》、《关于听》这两篇短小的故事作结，百岁老人青年时期从中国来到美国，见证了美国革命和其他一系列社会变动，是美国的先驱，也是美国诞生、成长的见证人。《关于听》讲述了听来的故事，出来淘金的中国人到过菲律宾，为当地的建设出过力流过汗，还去过别的地方，美国不过是中国人到过的其中一个地方而已。故事是听来的，难免虚构和想象，她无法像百岁老人那样见证历史。历史是人创造的，也是由人来叙述的，是主观的、变动的。由白人写就的美国历史忽略了华人的贡献，把华人排除在历史之外，华人被消声，被主流社会淡忘。但华裔美国人不会忘掉他们的祖先，依靠祖辈相传的口头传说，历史记忆，还有那些新出土的文物，他们讲述祖先的故事，重写美国的历史。

　　这篇小说名为《中国佬》，写出来的却是美国佬，因为留在这里的中国佬都变成了美国佬，中国佬仅是美国白人对美籍华人的称呼而已。汤亭亭在这里明确回答了华裔美国人的属性，那就是他们是美国人，有自己的历史谱系，可以追溯到美国建国前，他们为建设美国立下汗马功劳，他们理所当然地是美国的先驱。

第二节　华裔嬉皮士在路上

　　20世纪60年代的美国嬉皮士运动是对美国正统文化的反动，旨在通过毒品、摇滚乐、性自由和公社等形式挑战、对抗、颠覆和消解基于理性主义和技术治理的美国主流文化价值观，代之以基于非理性主义的价值观及其"另类生活方式"。这场以青年嬉皮士为主体的文化反叛运动不仅在当时名声显赫，引人关注，而且对美国人的价值观产生了深远和长久的影响。

一 战斗着的华裔文化卫士

赵健秀（1940—）在《甘加丁之路》中借尤利西斯的中文老师的嘴说："生活就是战争。每个人天生都是战士。"[①] 他喜欢《三国演义》和《水浒传》中的英雄人物，把笔当作华裔反抗种族歧视的武器，反抗美国流行文化中的华人刻板形象。赵健秀的父亲是移民，母亲是第四代华裔，由于外公反对他父母结合，他从小就被寄养在白人家里。6岁才回到唐人街，后进入白人学校，曾在铁路上做过司闸，写过剧本，建过剧院，参与政治，为华裔美国人的民权奔走呼号。他的经历有些像他1994年出版的长篇小说《甘加丁之路》中的尤利西斯。

《甘加丁之路》中有拉迪亚德·吉卜林的《甘加丁之歌》和《作者手记》，《甘加丁之歌》"歌颂被英国殖民主义驯化了的英军水伕印度人甘加丁背叛祖国、舍身救英军的事迹。"[②] 在赵健秀看来，甘加丁是民族败类，他在小说中批判了类似甘加丁这样的华裔败类。《作者手记》讲述了中国的神话故事《盘古开天辟地》和《女娲造人》，然后指出在盘古和女娲创造的这个世界上，每一个英雄都是孤儿、绿林好汉、流放者，跋涉在充满艰险的生命之路上。因为这个原因，他把全书分为四部：《创世》、《世间》、《地府》和《家园》。《创世》由关龙曼以第一人称讲述他的演艺生涯，接下来的三部由尤利西斯与迪戈·张和本尼迪克特·毛三人各自以第一人称讲述，第四部还插入

[①] [美]赵健秀：《甘加丁之路》，赵文书、康文凯译，译林出版社2004年版，第79页。

[②] 张子清：《与亚裔美国文学共生共荣的华裔美国文学（总序）》，载[美]赵健秀《甘加丁之路》，赵文书、康文凯译，译林出版社2004年版，"总序"第26页。

了垂死的关龙曼的独白。这其中以尤利西斯的发言最多,作者赋予了他最大的话语权。小说由不同的叙述者用第一人称讲述,充满人物的意识流,内容上跳跃很大,文辞晦涩。张龙海论述了赵健秀的后现代派叙事技巧:拼贴、戏仿、互文性和零散叙事,塑造了华裔文化卫士,批判了追逐名利、追求"甜蜜的同化",接受主流话语的种族主义之爱的华裔作家。①

小说名为《甘加丁之路》,批判甘加丁之类的人物,批判他们背叛种族,创作满足白人东方主义幻象的作品,讨好白人主流社会的无耻行径。关龙曼是好莱坞影星,演必死的中国佬,陈查理的四儿子,他的理想就是演陈查理,成为银幕上演陈查理的第一个华人。然而至死也没有实现。陈查理是白人创造的中国侦探形象,由白人扮演,是白人心目中的类型化的中国佬形象。虽然关龙曼极力美国化,却始终被边缘化,至死只能充任必死的中国佬,而无法演陈查理。尤利西斯鄙视父亲关龙曼的人生理想和为人。关龙曼是个花花公子,到处拈花惹草,甚至诱奸自己姐姐生下小龙曼,还与姐姐的女儿——他的亲外甥女秘密结婚,生下尤利西斯。由于怕外婆知道,尤利西斯从小就被一对白人夫妇领养,长到6岁才回到父母身边。他一直念念不忘领养他的白人夫妇,而疏远亲生父母,成了家里的陌生人。关龙曼在中国还有老婆孩子,中国儿子来找他,希望能住一夜,他却不收留,给几个钱打发走了。他和儿子们关系疏远,儿子们不爱他,他的中国儿子更恨他,在他死后,把他的葬礼弄得一团糟,以发泄愤恨。

尤利西斯对父亲的追求嗤之以鼻,对陈查理这种白人的幻象很不满,想创作他自己心目中的华裔美国人形象。尤利西斯的母亲为他取了这个与希腊神话中的英雄奥德修斯(Odysseus,拉丁名为尤利西斯)一样的名字,寄予了母亲的厚望,尤利西斯后来成长为华人文化英雄。小说中的华人、黑人男子都有很多女人,很受异性欢迎,华人男子并不是美国传媒中所说的没有男子汉气概的、阴柔的女性化形

---

① 张龙海:《拼贴 零散叙事 戏仿 互文性——论赵健秀〈甘加丁之路〉中的后现代派创作技巧》,《当代外国文学》2006年第3期。

象。赵健秀以他的充满阳刚之气的华人男子形象颠覆了白人的套话,东方主义的幻象。

尤利西斯与迪戈·张、本尼迪克特·毛三人一起上中文学校,模仿《三国演义》中的桃园结义,三人结拜。他们的中文老师老马对他们的华裔美国人身份做了精辟的阐述:

"我可以教你们中文,让你们会读会写,"老马说,"但你们永远不可能成为中国人。现在你们应该知道了,不管你们的英语说得有多好,也不管你们能背上来西方文明中多少本伟大的书,你们永远也不可能成为白鬼。中国人虐待你们,因为你们不是中国人;白人虐待你们,因为你们不是美国人。显然,你们既不是白人也不是中国人。可是你们说说看,这到底意味着什么?到底是怎么回事?你们是获得了生命的石猴。如果想弄明白一块石头和有血有肉的生命有什么区别,你们必须学习中国人的一切和美国人的一切,必须掌握天地间的所有知识,成为与天帝平等的智者,这样你们才能辨出真伪,才能知道既非中国人也非白鬼意味着什么。"①

这让本和尤利西斯意识到他们既不是中国人也不是美国人,而是自我创造物。他们都是嬉皮士,过着放荡不羁的生活。本尼迪克特创作的戏剧《傅满洲弹西班牙吉他》由尤利西斯主演,获得成功。这使华裔女作家潘朵拉很沮丧,心灰意冷,觉得无法既爱本又与本竞争,竟然为此自杀,幸亏本及时赶到,救了她,并表示再也不写剧本了,才使她振作起来。潘朵拉以创作富有异国情调的、东方主义的小说著称,很受白人追捧。她随意篡改中国神话故事,荒唐可笑。她甚至说无法爱上华人男子,绝不会嫁给东方人。中国文化没有男子气概,唐人街上没有男人。她嫁了个白人丈夫,但离婚了,后来又嫁给

---

① [美] 赵健秀:《甘加丁之路》,赵文书、康文凯译,译林出版社2004年版,第103页。

了华人本。为了淡化她的族裔作家身份，在公众面前她极力淡化她的华人丈夫。迪戈结了婚又因婚外情而离了婚，本与潘朵拉的婚姻名存实亡，尤利西斯似乎从没爱上过任何人，也没有结过婚，交往的女人只是性伙伴，他反抗白人主流社会流行的华人刻板形象，成为一名孤独的华裔文化战士。李贵苍在专著《文化的重量：解读当代华裔美国文学》中说，赵健秀在阳刚之气和文化英雄主义中探寻华裔的文化认同，建构孤独的华裔文化英雄。①

尤利西斯是个嬉皮士，写剧本、建剧院、吸毒、滥交，纵欲过度，虽然有很多女人，却没有爱过任何一个女人。华裔嬉皮士的异族婚恋似儿戏，较少刻骨铭心的爱情，而更多本能需要和感官刺激。尤利西斯与金发碧眼的白人姑娘萨拉同居，却并不爱她，后来分手。这部小说中的女人们大多是配角，除了年长的妈妈、姨娘们，年轻的女人们大多是性欲对象。尤利西斯的很多性伙伴都是白人女孩，她们成了衬托华裔男主人公性感迷人的嬉皮士形象的符号。华裔不再是无性化的，像古板的陈查理那种中国佬形象。这些吸毒、滥交的华裔嬉皮士在性开放程度上丝毫不逊于美国白人。这些白人女孩大多是性欲对象，在嬉皮士们的生活中一闪而过。从这些可以看出，作为华裔男子的赵健秀更关注的是华裔男子自我，而把女人当作他者，为此受到女性主义者的批评。

二 华裔嬉皮士的戏剧狂欢

汤亭亭《孙行者》里的惠特曼·阿新是个华裔嬉皮士，留着长长的头发和胡子，故意穿得不协调，别人建议他别穿绿色衣服，以免显得皮肤更黄，他就更要穿绿色。黄皮肤是他的本色，没必要遮掩。他吸毒，从加州大学毕业，不好好工作，被解雇，靠领失业救济金生活。他住在旧金山，每天想着自杀，到处是忧伤的"阿门"，没有阳光。他想象自杀的场面，并没有实际行动。他不愿为生计而去做不喜欢的工

---

① 李贵苍：《文化的重量：解读当代华裔美国文学》，人民文学出版社2006年版，第132页。

作，热衷于写诗、写剧本、组织戏剧演出，上演中国的古代戏或者即兴表演现代戏，反对白人影视剧对华人或东方人的误解和诬蔑，反感凯鲁亚克诗中的"目光闪烁的小华人"，反对种族歧视，深恶痛绝东方主义。他自认为是美国人，地道的美国人，讨厌别人把他当成中国佬，外国人。他在戏剧独白中说："总而言之：我不是东方人。东方人在地球的那一面。我站在这片土地上，我是属于这片土地，而这片土地也是属于我的。我不是地球另一面的东方人。"① 他在舞台上面对众多观众说，我们是金色国度的土生子和土生女，整个美利坚合众国是我们的。他反对战争，逃避兵役，为此和白人唐娜匆匆结婚，唐娜成了他的纸婚妻子和护卫者。他主张异族通婚，各种族和睦相处。他甚至告诉购物报社编辑他的世界和平方案，被人认为幼稚、天真。他带领亲戚朋友们自编自导自演戏剧，舞台上下一起狂欢。

狂欢化的渊源就是狂欢节本身。狂欢节的特点是宣泄性，主角是各种各样的笑；具有颠覆性，无拘无束地颠覆现存的一切，重新构造和实现自己的理想；具有大众性，狂欢活动是民间的整体活动。苏联重要的思想家和文论家巴赫金沿着欧洲文学发展的足迹，考察了狂欢化文化现象对诗学演变的影响。重视人类的笑文学，消除诗学研究的封闭性，加大文学内容和形式的开放性，寻求各种纷繁复杂的文学因素的融合。如各类文体、各种语言（口语、俚语、行话、方言等）、各种手法（反讽、夸张、讽刺、幽默、调侃等）的相互联系。发掘人类的创造性思维潜力，把人们的思想从现实的压抑中解放出来，用狂欢化的享乐哲学来重新审视世界，反对永恒不变的绝对精神，主张世界的可变、价值的相对。②

作为一个文艺青年，他常常想到里尔克、莎士比亚、"垮掉派"作家等的作品。他在地铁上朗读里尔克的作品，但他拒绝读种族主义者的作品。他邀请南希出来，说自己是萨克拉门托的局外人。他的母

---

① [美]汤亭亭：《孙行者》，赵伏柱、赵文书译，漓江出版社出版1998年版，第362页。
② 朱立元：《当代西方文艺理论》，华东师范大学出版社1997年版，第264—266页。

亲是舞娘,被戏称为长腿鲁比。他的父亲后来成为舞台上的主持人。他有着演艺界的血统。他有一只金山箱,是爷爷的爷爷带着它来到美国,他说他的诗稿和剧作稿装不满这只箱子就死不瞑目。压抑且失业的惠特曼在娱乐业感觉到了自由,他想过一种艺术家的生活。

惠特曼讲美猴王的故事,作者为他取名为孙行者,寓意他像孙猴子一样武功高强,反抗强权和世俗偏见,自由自在地生活。这与他的嬉皮士垮掉派的形象是一致的。"汤亭亭在看似游戏的戏仿中,所塑造的反传统、反战、反种族歧视、玩世不恭的华裔嬉皮士的独特形象。""汤亭亭在《孙行者》中运用戏仿与互文,有创意地表现出华裔文化身份的独特性。汤亭亭借助对垮掉派与孙悟空似是而非的模仿非常巧妙地表达了惠特曼的文化身份,说明他既继承了美国文化与中国文化的传统,又有华裔特有的价值观。"①

他在日本人兰斯举办的聚会上讲桃园结义,他说他要把真正的美国戏剧恢复起来,他们需要它。惠特曼说,任何一个美国人,只要想到亚洲,便会感觉到美利坚合众国的孤独,并备受人类分离之苦。于是日裔兰斯、华人惠特曼和查理等即兴演起了桃园三结义。但他们结义时聊天的内容则是现代的,兰斯说要邀请敌人参加聚会,在世界各族之间举行群婚来解决战争问题。这些谈话看似荒诞不经,却道出了真理,异族通婚加速民族融合,减少文化冲突,扼制战争。

惠特曼原来做过零售工作,被解雇了,申请失业救济时遇到一个华人老太太,告诉她说,他不认为他的首要职责是为国服务,他逃避兵役。但他也会帮助国家的,用他的和平主义信念,不杀人,做一个不杀人的美国人。他想找个写剧本的工作,失业办的工作人员建议他还是找零售工作。让他去看面试技巧的电影,他看了后觉得电影有侮辱性,更激起了他的逆反心理,他要开办剧院。他给华人协会看房子的大开·阿新讲《水浒传》故事,说服大开让他在公共房屋演戏,建戏院,组织社团。他邀请众多亲朋好友演戏、看戏。

---

① 方红:《在路上的华裔嬉皮士——论汤亭亭在〈孙行者〉中的戏仿》,《当代外国文学》2004 年第 4 期。

日裔兰斯带着以中国人小龙为首的功夫帮来到戏院，新来的人成帮结队，没有美国式的独立。小龙会中国功夫，他现场表演，变成了一只蜜蜂，这是美国观众看到的最奇异、最有外国风情的一幕。他是香港明星，想当好莱坞明星，演中国少林和尚，但好莱坞的人说中国人没有明星气质。小龙推崇武术，觉得用功夫战斗才是公平的战斗，而用坦克、炸弹不是公平战斗。他们要用武术与全世界作战。兰斯认为成功的武术是轰炸机，是炸弹。小龙讲少林和尚到美国的经历，中国革命取得成功。惠特曼认为应该忘掉烟草战和功夫战，他们说到底是美国人，应该记住美国革命，而不是中国革命。小龙是外国的交流学生，有他在——他的明星气质——他们就有美籍华人的第一个男性象征。

看完了中国功夫后，就是惠特曼、兰斯和查理三人合演的桃园结义，惠特曼演幕间戏，一人同时演孙猴子和如来佛两个角色。在万圣节慈善堂自编自演的戏剧首演式上，兰斯和耶鲁青年人演博恩斯和琼斯连体兄弟，兰斯是日本人，却和华人一起在华人协会的慈善堂里演戏。他们都是东方人，亚裔美国人，在美国有着同样的弱势地位，他们是好朋友。

演出很成功，许多陌生白人也来凑热闹，报纸上有很多评论，阿新在《独角戏》舞台上说，他对诸如"东西合璧"、"异国情调""中美戏剧"、"像炒大米噼里啪啦"、"又甜又酸"等论调很不满，他觉得这是种族歧视，他们是食物批评家，评论他们像品尝中国食物一样。他认为这里没有东方，全是西方的。他反对说东方人不可思议，他们要成为日常爱情生活的一部分，不断地被播出、被爱，直到不再被认为不可思议为止。他觉得东方人的单眼皮很好，反对割双眼皮，提倡不涂脂抹粉地生活，找回自己的面孔。他厌恶别人问他是中国人还是日本人，讲英语吗，讲几句汉语如何，附近有什么中国餐馆，喝汤吗，来这里多久了，你觉得我们的国家怎么样之类的把华裔排除在美国人之外的话。他认为他们在语言上阉去他们的阳刚之气，主格她消失了，只留下了宾格她。他们都是战神关公的子孙，别让白人把他们的战斗从精神和语言上夺去。

主流电影里的华人如果爱上白人姑娘就会自杀,甚至还有华人乞求白人收他做奴隶,他们是阉人,老外,没有白种人的一般水平的自然的爱欲。总是演配角,群众演员,任务就是一次次被枪杀,而且没有奖项。华人应该演让人爱的主角。明星气质不是天生的,在民主社会里可以被授予,"我"可以爱任何人,学会平等地亲吻所有人。他组织亲吻游戏,颁给亲吻者各种奖项。他们不再是不亲吻、不拥抱的民族,他们已经不再是逗留者,不再是华侨,已经深深扎根于此地,是金色西方的土生子与土生女,整个美利坚合众国是他们的。

他在舞台上讲自己找工作的故事,他不愿工作,因为只要工作,他就必然会被纳入社会规范,要注意面试时的着装和言辞,把主流的价值观内化,抹杀掉自己独特的想法和追求,这对充满创造力的他来说无异于慢性自杀。他向购物信息报的编辑推销他的世界和平方案,不同国家交换工人和士兵,相互杂交、通婚,爱国主义不再囿于一个国家等。人家问他年龄,觉得他看相年轻,暗示他天真,不切实际。所以他要出版自己的购物信息报,读者可以免费领取购物信息。他将教大家如何随遇而安地生活,最大限度地减少生活开支,帮助每个人活得像艺术家。在购物信息中提倡反战礼仪,甚至要把婴儿的扣扳机的食指砍掉,以避免战争。武器工厂制造纸导弹以避免杀伤力。这些倡议看似荒诞不经,却体现了他的和平信念和娱乐精神。一提到找工作的严肃话题,有些看热闹的听众就走了。很多人早已习惯了这个社会的规则,宁愿麻醉不愿清醒。

惠特曼不再吸毒,通过上演三国戏,仔细研读了历史上最浩大的战争史诗,他变成了一个和平主义者,一个美国猴王。作者为美猴王的定义是美国猴王,阿新是姓,惠特曼是他的名字,象征了自由、民主。

华裔美国人南希在演戏时遭遇东方主义,因为长得漂亮,英语流利而被人认为不像东方人,不能演东方人。惠特曼曾约她出来,当南希问他为何请她出来时,他想因为她很漂亮,也许因为他爱她,他需要一个美籍华人姑娘。说出来的却是,想看看他上学时最漂亮的姑娘是否愿意跟他在一起。南希是富裕的华裔美国人,像只美丽的小鸟飞来飞去。她对惠特曼说她不能演典型的中国佬，她不会演东方娼妓，不会讲不流利的英语。她去好莱坞试演，他们直截了当地说她看上去不像东方人，发音不太对，声音与外貌不一致，外貌与言谈不一致，她必须以她想摆脱的讲话方式讲话，说台词时，导演希望她东方味再浓点，像东方人。她演群众演员时，化妆师故意把她扮丑，这伤害了她。惠特曼想编一出戏让她不受辱地演戏，为她夺回剧院，培育一个西方梨园。惠特曼带她到住处，为她读诗，但她不能欣赏他的诗，觉得他像个黑人诗人，用黑人的语言，显得黑人化。这让他像个猴子似的抓狂、悲伤，自称是美猴王在当今美国的化身。南希被疯疯癫癫的惠特曼吓跑了，她说她是女演员，只知道说别人说过的话，而惠特曼吓坏了她。有人看到她在聚会后和查理在一起，查理是个聪明绝顶的华人，是数学家又是电影迷，他和南希也许会在一起。惠特曼有了白人姑娘唐娜，还想着南希，希望不是一夫一妻制，这样他就可以同时拥有她们两个。由此可见惠特曼的男权主义。

还有一个华裔姑娘叫朱迪·路易斯，是惠特曼在车上遇到的，她相貌平常而健谈，她向陌生人惠特曼抱怨华人男孩不善社交，却仍然能到中国找到漂亮新娘。可是作为华裔女孩的她可选择范围却小得多，她不愿到中国找丈夫，而华人男孩又不约她出去。惠特曼讨厌她，觉得她是长着獠牙的蓝色野猪，拒绝与她一起参加晚会。这是普通的华裔女孩在美国的悲哀。她们受到来自白人社会和华裔男权社会的双重挤压，处于弱势地位。

唐娜与惠特曼发生性关系前，声明并不爱他，遇到她爱的人就会离他而去，他也可以这么做。唐娜是个女权主义者，不想做妻子，做主妇，过家庭生活，她甚至要惠特曼做她的"妻子"。她坦言她不是等着男人求婚的女人，她渴望向男人求婚。她在两性交往中积极主动，占尽上风，婚前婚后都试图保持女性的独立和平等。惠特曼在戏剧独白说，他多少有点爱她，但没有着迷，她的金发控制不了他。也就是说他对白人没有崇拜，他平等地看待各色人种。唐娜不做家务，家里乱成一团糟，成了垃圾场。惠特曼声明他可以分摊家务，但不会成为她的"妻子"，他将永远非浪漫地爱她。华裔嬉皮士剧作家兼演员遇上美国女权主义者,两人的婚姻有些儿戏,反映了嬉皮士和反传统主义者对待婚姻的态度。

然而吊诡的是,反对东方主义和种族歧视的华裔美国人惠特曼却歧视新来的中国移民,自觉不自觉地内化了白人的东方主义。他在公园里漫游,迎面撞上新来的华人移民,惠特曼狠狠瞪了他一眼。在惠特曼眼中,移民身后跟着这个可怜虫的妻子,带着孩子,还有拄拐杖的老太太,全家人走路像撒种子,还没学会怎样散步。移民一家着装不美观,土里土气,一看就是新来的。文中一连用了三个"土里土气",还有"不可救药""厌恶""卫生球的味道——新来者的香水味",这些词语都表明了对新来者的鄙视和排斥,他迫切地要与新移民划清界限。对移民的描写是惠特曼眼中的,也是作者心中的,也许是客观事实,却表明了对新来者的不友善态度。惠特曼不去东方茶园,甚至一提到"东方"就厌恶。他为什么对东方那么厌恶呢?也许是因为在白人眼里,他也是东方人,虽然他已经是华裔第五代,还是摆脱不了中国佬的形象。这些新移民的出现把他好不容易建立起来的华裔美国人的新形象给毁了,因此他鄙视新移民,而忘了自己的祖先。这显示了他的思想的局限性。而作者对此未加批判值得注意。

第三节 奋斗不息的"支那崽"

李健孙(Gus Lee,1947—)生于中国移民家庭,曾是西点军校学生,他的第一部小说《支那崽》(*China Boy*,1991)和姊妹篇《荣誉与责任》(*Honor and Duty*,1994)都是他的自传体小说,是以作者亲身经历为原型,经过艺术加工的华裔成长小说。关于李健孙的这两部小说的研究很多,有从身份认同、身份建构的角度着手,如秦俊嫄的《异国背景下的身份认同问题——李健孙〈荣誉和责任〉中的父子冲突》,王小涛《暴力与认同:美国华裔文学中男性身份建构——以李健孙的〈支那崽〉为例》等;有从文化整合、文化冲突的角度论述,如肖薇《解读美国华裔作家李健孙的文化整合观——从〈支那崽〉和〈荣誉与责任〉看华裔文化发展的新方向》,国丽芸、宋世明

《文化的断裂与隐喻——评李健孙小说〈支那崽〉》等；也有关注小说中体现出的男性气概及塑造的华裔男性形象的。但很少涉及华裔第二代在异域文化语境中成长所受到的社会各方面的规训与惩罚，经过痛苦的奋争与反抗，努力西化，顺着社会的阶梯向上爬，同时，重新认识中国传统文化的价值，找到中华文化与西方文化相通的地方。

在美国，"支那崽"丁凯的成长面临着多种文化制度的规训和惩罚。米歇尔·福柯在《规训与惩罚》中讲述了酷刑、惩罚、规训和监狱，随着社会的发展，对肉体惩罚的方式发生变化，采用各种"规训的手段"使肉体驯顺。作为个体，丁凯既是社会各种文化、制度规训和惩罚的对象，也是以暴制暴，惩罚他人的主体。他是家庭暴力和街头黑人暴力的对象，同时也是暴力反抗的主体。为了荣誉与责任，他积极维护西点学校制度，成为社会机器的一部分，为此不惜监视、"出卖"同学，使考试作弊的同学被处罚，开除学籍。而他自己也因为考试不及格而离开他最爱的西点。本节试图从美国社会各种文化制度对华裔的规训和惩罚的角度论述华裔第二代的成长历程，揭示异国环境、异质文化对华裔斗士形象的塑造，展示不同类型的文化形象。

一 以暴制暴的"支那崽"

在丁凯的成长过程中，他受到各种文化的影响和规训。最初是他的母亲和辛伯伯所代表的中华传统文化，随后是爱尔兰裔继母的白人至上的文化攻势和黑人街头亚文化。中华文化展示的是爱、仁慈、孝道、注重道德、重文轻武等，而白人文化和黑人文化都充满种族歧视，蛮横征服以及随之而来的暴力和血腥。街头儿童打斗和家庭暴力构成了《支那崽》这部小说的主干，也是小说情节发展的主线，一切都是围绕着暴力和如何制止暴力而展开。瘦小的、失去母亲的丁凯被冷酷无情的白人继母推上街头，成为街上黑人孩子们练习拳击的靶子，经常被殴打。一个来自墨西哥的名叫赫克托的健壮青年救了他，建议他父亲送他到基督教青年会学拳击，以自我保护。他苦练拳击，强身健体，树立自信，在拳击教练们的指点下击败了一向欺侮他的大个子黑人威利，并向虐待他的继母挥起拳头，声称再也不受继母的欺负了。

根据对待中美文化的不同，这部小说中的华人可以分为两种类型：一种是念念不忘故国，坚守中华文化的保守派，如丁凯的母亲与辛伯伯，这些人大多是被迫来到异国他乡的，渴望回到故国，内心充满乡愁；另一种是决绝的摒弃中华文化，极力美国化的激进派，如丁凯的父亲，是主动选择到美国居住的。这两种类型反映了移民第一代不同的文化价值取向和精神风貌。丁凯的母亲马黛丽生于中国贵族之家，聪明美丽，受到良好的教育。她到美国后思念亲人，为不能侍奉父亲尽子女的孝道而自责，她不喜欢她居住的街区，不喜欢美国，幻想回到中国，后来患癌症去世。她的去世让丁凯失去母爱和母亲的保护，落入邪恶的白人继母手中。母亲和好朋友辛成功都热爱中国的文学艺术，思念他们的家乡。辛成功是一个在中国中过进士，曾出任清朝官员的知识分子，坚持中国古文人学者的重学识、智力，轻体能、武力的原则，想传授丁凯中国的文化知识，让丁凯继承中国文化。他认为控制世界的是道德能量，而不是拳头。他不希望丁凯为学拳击而耽误了学校里的学习，他念念不忘教丁凯中国的文学艺术。母亲和辛伯伯是丁凯与中国文化联系起来的桥梁。但从另一方面看，以辛成功为代表的一批中国知识分子在美国不能施展他们的中国学识，念念不忘失去的天堂，与美国社会格格不入，显得迂腐、消极，反倒不如极力融入美国社会的丁国凡充满活力，也更少精神上的痛苦。

丁凯的父亲丁国凡是国民党军人，上校军衔，抗日战争时期的1944年在美国战友的帮助下把家人带到了美国。抗日战争胜利后，他来到美国与家人团聚。也许由于他来自中国的统治阶级，深谙当时中国的弊病，导致他向往现代美国，厌恶中国的迷信思想，摒弃中国传统习俗，远离唐人街，与华人社团也很疏远，极力做个美国人。强烈的亲美情绪把他置于社会名人录边缘的知名人士、新英雄、反正统文化的叛逆者。发妻死后，他娶了个美丽性感的白种女人，通过异族通婚，他的美国化又进了一步。他是个积极主动的同化者，所以才会默认白人妻子以美国文化来教育他和前妻的孩子们。

丁凯的继母艾德娜是个闯入华人之家，对华人小孩实施文化沙文主义、暴力惩罚的邪恶继母。她来自费城上流社会思想保守的权势圈，第一任丈夫战死朝鲜，死于中国人民志愿军之手。而丁国凡作为国民党军队中的上校，在国共内战中战败，不得不离开中国。对共产党的仇恨，让她和丁国凡走到一起。她误以为丁国凡从前有钱，将来必定会发财，她没见过贫穷的银行家。丁国凡在华人开办的中华明星银行做事，并没有多少钱。她到丁家后，像巫婆一样，视孩子们如包袱，对他们实施家庭暴力。丁凯从小跟随母亲说上海话和官话，不大会说英语，继母实施文化沙文主义，不许他说中国话，必须说英语；不许吃中餐而必须是西餐，就餐时严守她的餐桌礼仪；不许穿中国服装，不许他家与中国的学者辛伯伯联系。不遵守白人继母的规训，就遭到毒打。艾德娜甚至把丁凯父母的结婚相册和礼服烧掉，试图抹去丁母存在的痕迹，让丁父和孩子们忘掉她。然而孩子们是不会忘记生母的，即使丁凯记不清楚母亲的长相了，母亲也依然在他心中。面对继母的虐待，丁凯的小姐姐简妮大胆反抗，被逐出家门。丁凯姐弟俩与白人继母的冲突不只是中美的文化冲突，更是人类社会中普遍存在的继母与继子女之间无爱的冲突。继母不爱继子女，虐待他们，在很多民族中都很普遍。

　　瘦小的丁凯能打败大个子黑人威利，首先源于他自身的努力，更源于基督教青年会的帮助。青年会的教练们有黑人，也有白人。丁凯的教练之一巴勒扎先生是备受欢迎的前意大利裔重量拳击手，因为胡闹，妻子带着儿子离开了他，他退出拳击比赛后到基督教青年会教孩子们拳击，而不是去训练职业拳击手。因为他思念儿子，喜欢孩子，宁愿与孩子们在一起。他让丁凯用他的就餐卡到青年会的食堂就餐，让丁凯变得身强力壮。丁凯对吃一直热情很高，很多篇章都写到他吃。食物和拳击都与他的性命攸关。

　　丁凯能得到基督教青年会的帮助，打败欺负他的黑人儿童，从根本上说是因为他家的经济实力，使他负得起学拳击的学费。丁家在中国时拥有大量财产和奴仆，是统治阶级的一员，他们到美国后虽然不再像在中国时那么富裕，但在那个贫困的街区里依然是个富户。他的父亲是个银行家，他们有房有车，父亲丧偶后，可以娶美丽性感的白人为妻，两个大点的女儿可以上知名大学，小女儿和儿子都去美国学校接受教育，儿子还可以去学拳击以对付街头恶霸。经济实力决定上层建筑，丁凯因为加入基督教青年会而得到教练们的支持，为他出谋划策，教他摞击拳击规则，不怕流血伤痛，打败大个子威利。如果丁家很穷，支付不了学拳击的费用，也无法得到拳击手的帮助，就只能在街头任人欺侮，受尽精神上和肉体上的伤害，也许走上堕落的道路。华裔美国人丁凯在主流社会的白人文化和街头黑人亚文化的双重冲击下，逐渐遗忘中华文化，走上美国化的道路。

二 西化受挫后的文化选择

然而丁凯的美国化之路并不是一帆风顺的。在《荣誉与责任》中，17岁的丁凯怀着父亲的梦想，如愿以偿地成了美国西点军校的学员，离开了父亲与继母的家，开始了新生活。他和父亲都希望他通过毕业于西点，变成一个地道的美国人。他在与同学们的互相帮助中体验了荣誉与责任。为了军校的荣誉，他担负起帮助老师揭开考试作弊的黑幕的责任，导致作弊的同学被迫离校，而他也因在第三年结业考试中电机工程课不合格而退学。他反思他为维护学校制度而"出卖"同学的做法，觉得在战争中电机工程课未必用得着，学校的制度未必合理。他被迫离开西点让父亲伤透了心，曾为军官的父亲喜欢西点，但他作为移民无法就读西点，希望儿子能代他实现这个愿望，成为从西点毕业的军官。丁凯把父亲的愿望当成自己的理想，热爱西点，可事实上他的智力结构和身体条件并不适合西点军校，他应该有别的更好的选择。

随着丁凯的成长，他自觉内化了主流社会的规训，并积极维护现有制度。"规训权力的成功无疑应归因于使用了简单的手段：层级监视，规范化裁决以及它们在该权力特有的程序——检查——中的组合。"[1] 丁凯的数学不好，他原可以接受作弊团伙的答案，通过考试，顺利毕业。但为了西点军校的荣誉，在教授的授权下，他担当起监视

---

[1] ［法］米歇尔·福柯：《规训与惩罚》，刘北成、杨远婴译，生活·读书·新知三联书店2003年版，第193—194页。

同学，揪出作弊团伙的责任，迫使作弊的同学、朋友含恨离校。丁凯原来相信他这么做是对的，但后来当他因为电机工程课不及格而不得不在第三学年年底离校时，他觉得对越南战争来说，电机工程课无关紧要。学校的制度也许有问题，他极力维护的也许是错的。他觉得很对不起被他"出卖"的同学，尤其是他的好朋友克林特。克林特是一个将军的儿子，父亲希望儿子成为西点的军官，从小就培养他作军人。他因为加入作弊团伙而被开除，无法面对父亲，他走时给丁凯留下了一封信，写满怨恨，他撬开了丁凯的柜子拿走了丁凯父亲的手枪及拉罗太太的塑料杯等对丁凯来说非常重要的东西，留给丁凯一些他的东西。丁凯极力想成为军校的一分子，却被迫退学。他极力想融入的白人主流社会，最终还是拒绝了他。

完全西化的路不通，他开始寻求中美文化的交融、互补。在摆脱了白人继母的文化沙文主义控制后，通过接触坚守中华文化的辛伯伯，找回失散多年的姐姐，在母亲遗书的感召下，重新思索中华文化中的仁爱、孝道、亲情等的价值，在美国化的同时，不忘中华文化，寻找两者的相通之处，同时坚守，并行不悖。

当丁凯西化受挫，心灰意冷时，是辛伯伯及他转达的丁母的遗书给了丁凯安慰，丁凯在中华文化中找到精神归宿和力量。父亲希望他在西点成为一个真正的美国人，而他已经过世的生母和辛伯伯则希望他牢记孔孟之道，做个中国人。在丁凯被迫离开西点，伤心失望时，辛伯伯转交了丁凯母亲去世前写给丁凯的信，已经被他遗忘的母亲是那么爱他。他生在中国的姐姐们也很爱他，尤其是简妮，在母亲去世后像母亲一样照顾他。辛伯伯反对他参军，劝他娶中国姑娘，遵守中国的孔孟之道，克己复礼，三纲五常。他试图把中国的礼仪与美国式的追求个人自由、幸福的理念统一。他在西点学习中不时记起辛伯伯的中国儒家伦理思想，孔子之道和美国的理念并行不悖，相得益彰。父亲当年所属的国民党军队在国共内战中失败，退出中国大陆，对中国的幻灭让父亲一心美国化，变成一个美国人。而辛伯伯是个学者、官员，虽然家破人亡，被迫离开故国，孤身一人待在美国，时刻思念家乡、亲人，但他从不放弃中国的礼仪道德，还坚持教丁凯做个中国人。父亲与辛伯伯都对丁凯的成长起到相当大的影响。父亲与白人继母一起塑造丁凯的美国个性，而辛伯伯与丁凯的生母、姐姐一起教育丁凯做个中国人。虽然他生在美国，很美国化，但是依然与中国有着千丝万缕的联系。他是夹心人，试图在中国的传统礼仪道德与美国的价值观念之间寻求相通的地方，同时坚守。

丁凯自觉背负起中国人注重家庭伦理，一家和睦的责任。在继母艾德娜的调教下，年幼的他忘了生母，忘了被赶出家门的姐姐简妮。离开了继母，通过辛伯伯，他与失散多年的姐姐再相见。姐弟痛哭一场，场面催人泪下，姐姐怨恨弟弟不向父亲求情，让她留在家里。弟弟悔恨不已，当年还是小孩子的他虽然非常思念姐姐，却无能为力。姐弟重归于好。继母死后，父亲孤零零的一个人，对未能从西点毕业的儿子非常失望，丁凯请求父亲原谅，父子和解，并说服父亲主动与姐姐和解。因儿子的失败而心灰意冷的父亲又振作起来，声称他们要爬上美国之梯。野心勃勃的父亲极力美国化，代表了对故国极度失望之下的中国人的偏激选择。

丁凯的文化选择形象地体现在他的爱慕对象上。他一直深爱着一个金发碧眼的女孩克里斯廷，她出自名门，生活在富人区的玫瑰花园里，有着瑞典和爱尔兰血统。在丁凯眼里，她是世界上最美的女孩，让他对自己的中国人的长相自惭形秽，觉得自己奇丑无比。他对异国异族充满狂热，而对自我则是厌恶和贬低。他告诉克里斯廷白人继母才是自己的真正母亲，让她以为他更爱继母，事实是他非常厌恶邪恶的继母，想冲出家门，哪怕待在军队里的野兽营也比家里好。"我要成为一个美国人，她就是心目中的美国小姐。"[1] 她是"阴"，而西点是"阳"，二者的阴阳结合代表着幸福和归宿。但克里斯廷对他不感兴趣，她反感拳击、反感西点，指责他教人拳击，劝他离开西点，他热爱的都是她反感的，她只能把他当作好朋友而不是男朋友。他选择用生命去爱的人是一个梦，一个永远追不到的女孩。他发现真正成为

---

[1] ［美］李健孙：《荣誉与责任》，王光林、张校勤译，译林出版社 2004 年版，第 119 页。

一个美国人，绝不是一件容易的事。美国部队向亚洲人开战，战友战死越南，他都感觉自己成了敌人，他的中国面孔让他在战友的葬礼上不受欢迎。他想通过毕业于西点，通过娶美国妻而变成一个地道的美国人，而西点和美国女孩都拒绝了他。美丽、高贵、富有的中国女孩珍珠在一次聚会上认识了他，似乎对他一见钟情，他也很喜欢她，但他内心深处依然爱着克里斯廷。珍珠的父亲是个富翁，很欣赏丁凯，但丁凯明确表示不愿跟他女儿结婚，但请求跟他女儿约会。在他被西点开除后，伤心的他甚至断绝了与珍珠的联系，一年后，他才准备与珍珠重新开始，他才觉得自己是深深爱着珍珠的。他终于放下了克里斯廷，去爱珍珠。珍珠与克里斯廷代表了两个不同国家和种族的姑娘，他在异族异性面前受挫后，反思自身，最终选择了本族的姑娘。这象征了他向中华文化的回归，象征了他的成熟。

作者对大部分白人持赞扬态度，虽然也批评了部分人的种族歧视观念。如继母艾德娜的白人至上观念，西点部分人的种族歧视言行。在西点，只有他一个中国人，备受瞩目，经常被单独叫出来问是谁，他的回答是华裔美国人，而不是美国人。白人杜克言语粗鲁，还有种族歧视观念，公然在丁凯面前开有色人种的玩笑，甚至说丁凯是社会渣滓，让丁凯几次要与他干架，但他只动口不动手。他拉帮结派，试图拉拢丁凯入伙，被丁凯拒绝了。后来丁凯通过调查发现，原来是他组织了作弊团伙，导致大规模的考试作弊行为。斯米茨中校在指挥越南战争中得过荣誉奖章，回到西点军校任营地指挥官。他喜欢请人到他的住处打扑克、喝酒。他言语下流，满腔怒火，甚至说西点是骗局。当杜克欺骗团伙被揭穿了后，他也抛弃了这个牌友，他还是相信荣誉，反对作弊的。但大部分人对丁凯是公正而友善的，他在这里结交了很多朋友。索尼花了很多时间帮他复习功课以应付考试，并且为他没有通过考试而自责。索尼还和他一起揭开考试作弊的团伙，以杜克为首的欺骗团伙指使新生把索尼推倒在巴士上，造成重伤。H. 诺曼·施瓦泽德少校是丁凯的教授，也是他父亲的美国战友的儿子，炮筒性子，爱读书，他敦促丁凯好好学习，虽然丁凯最终没有成为西点的军官，少校仍然认他为战友，让他很感动。从作者塑造的很多正面白人形象上可以看出，作者对跨越种族隔阂的中美文化融合是持积极的肯定态度的。

华裔第二代丁凯的成长过程是一个美国化的过程，他的父亲对他的影响巨大，无论是娶美国妻还是进入西点，都是父亲式地美国化的做派。很多成长小说是在"弑父"、"杀母"过程中成长，如黄玉雪的华女阿五与重男轻女的父亲，谭恩美的女儿与母亲，而丁凯却是以父亲为榜样，以白人继母的标准为行为准则，直到他的爱情、学业受挫。虽然他很努力，追求白人女孩还是失败了，也未能成为西点人，他不顾实际盲目追求不适合他的人或物，失败是必然的。失败以后，是来自中国，坚守中华传统文化的辛伯伯安慰他，给他力量，让他重新审视美国化的成长历程，更加重视中华传统文化。

丁凯的成长历程体现了中华文化与美国白人文化、黑人文化的融会贯通。母亲、辛伯伯坚守的中华文化、白人继母及美国主流社会的美国白人文化和他居住区的黑人亚文化都影响了他作为一个华裔美国人的身份建构。由于幼年丧母，他的中国人的饮食习惯和语言被白人继母粗暴中止，在继母的家庭暴力下被迫接受白人文化，并被继母推上街头，遭遇黑人儿童的暴力，他通过苦练拳击，以暴制暴，最终得以在充斥着暴力的街头立足。同时结交黑人朋友，由于幼年缺乏母爱，不自觉地从黑人朋友图森特的母亲拉罗太太那里寻求母爱。所以他即使进入西点，即使与图森特失去联系，也一直珍藏着拉罗太太当初送给他的塑料杯，他后来还专程拜访了拉罗太太，他始终没有忘怀这位黑人母亲。虽然随着他家搬离黑人云集的社区，他进入西点，与少年时的黑人朋友断绝了联系，黑人亚文化对他的影响慢慢减弱。他通过进入西点，追求白人女孩，积极主动地美国化，然而西点和白人女孩都拒绝了他，他反省自己的追求，这时中华文化的代表者辛伯伯对他的影响逐渐增强，他开始重新认识中华文化的价值。

第四节　代际冲突中的华裔形象

代际冲突指两代人之间在价值观念、心理状态、生活习惯等方面的差异及由此引发的冲突。这是一种必然的现象，只不过会因时代或社会环境变化大小而表现得或强或弱。移民的子女与父母之间由于成长的时空不同，文化观念差异大而冲突剧烈。父辈生长在中国，继承中国传统的思想文化道德和行为准则，移民美国后，虽然由于社会环境的变化而有所变化，但一些根深蒂固的思想观念则依然保留着。他们的子女生长在美国，接受美国主流教育，与父母的祖国并没有太多的联系，更谈不上深厚的感情，所以他们大多认同自己的出生国或生长国，认同美国主流文化而摒弃中华文化。父母则不断地向子女灌输中华文化，成长于移民家庭的子女时刻感到身处两种相互矛盾的文化之中：中华文化与美国文化，这是华人移民家庭代际冲突的根本原因之一。

马戎在《西方民族社会学经典读本》的《导言》中说：

> 根据其他美国社会学家开展的实证研究：外来族群的第一代与美国主体社会的融合过程中存在的困难基本上是在经济方面，移民们要谋职业，求生存，由于语言、教育背景的不同，他们得到好工作、好收入是很不容易的；第二代出生在美国，从语言、生活习俗甚至包括文化的细部如讲玩笑话等等在文化上与主体社会逐步融合；第三代可能出现较大比例的通婚，并通过通婚在上述七个变量所包含的各个领域里与主体社会融合。[①]

华裔作家的小说中也一再展示移民第一代谋生的辛酸，与主流社会的格格不入，甚至与骨肉至亲的后代也隔膜重重，矛盾不断。华裔第二代与中国人一样的黄皮肤，黑头发，但言行举止都和地道的中国人有很大差距，反而与白种人很像，外黄内白，典型的"香蕉人"。虽然文化上与白人相似，也极力向白人主流社会靠拢，可白人并不把他们看成是自己人；虽然长相上是华人模样，却并不能完全与作为父

---

① 马戎：《导言》，《西方民族社会学经典读本》，北京大学出版社2010年版，第13页。

辈的华人第一代取得认同。这些"香蕉人"黄不黄，白不白，中不中，西不西，处在一个非常尴尬的位置。一些敏感的华裔对自己的身份很迷茫，不知道自己究竟是谁，如何在中西夹缝中生存。华人子女与父母存在很深的隔阂，与地道的美国人的跨种族婚姻也存在问题，工作中有时会遇到种族歧视。伍慧明、谭恩美、黎锦扬、黄哲伦等华裔作家的作品反映了这类人的困惑，也表达了华裔作家对"香蕉人"的思索。

一 母女间的隔阂与和解

谭恩美（Amy Tan）1952年出生于美国加州奥克兰。1987年，根据外婆和母亲的经历，写成了小说《喜福会》（The Joy Luck Club），并于1989年出版该书，一举成名。小说以四对中国母女的故事贯穿全篇，来自中国的母亲与生长在美国的女儿之间的文化差异让单纯的母女关系变得很复杂。论者常常从"中美文化的冲突与融合"来解读《喜福会》，① 其实除了文化的冲突与融合外，更重要的是各个民族都存在的，或激烈或缓和的代际冲突。"母亲遵循的是中国传统的孝道并以此作为教育女儿的方式，美国化的女儿却试图极力挣脱母亲的管束。在历经了母女代际冲突的阵痛与迷惘、生活的磨难与震动之后，女儿最终在对西方文化与母体文化的对比之中反观母体文化，这使得她们对中国传统代际文化有了全新的认识。"② 人类社会只要发展进步，就无法避免成长于不同时代的父母与子女间的代际冲突，这是任何社会都无法消解的，因此也是在漫长的人类社会中普遍存在的。

此外，造成母女不和的还有女儿的恋父妒母情结，以及由此而来的同性相斥。也许有人要说，小说里的父亲们很少出现，根本就没有显示出女儿们恋父的迹象。弗洛伊德认为，在孩子性心理的发展过程

---

① 程爱民：《中美文化的冲突与融合：对〈喜福会〉的文化解读》，载程爱民主编《美国华裔文学研究》，北京大学出版社2003年版，第236页。
② 高红梅、佟冰：《〈喜福会〉中的代际冲突》，《学术交流》2008年第1期。

中，最先要在亲近的异性家长那里得到满足：女儿会对父亲产生爱恋，爱父嫌母，潜意识中有一种取代母亲位置的愿望，叫作"恋父情结"。小说着重表现母女的矛盾，而忽略了父亲，正说明了父女的关系很好，没有矛盾冲突，也就构不成小说的情节或者说成不了小说描写的重点。因为小说主要是表现矛盾冲突的。父女关系良好，而母女关系冲突不断，正说明了女儿潜意识中的恋父妒母情结。这让她们与母亲在小事情上摩擦不断，惹母亲伤心。

母亲们在中国的婚姻大多是不幸的，从中可以看出封建礼教对妇女的压制。那时的中国兵荒马乱，母亲们的不幸有的因为战乱，家破人亡，和新嫁的丈夫逃到美国来。如吴宿愿原是国民党军官太太，在日本侵略中国的战争时逃难到桂林，还发起了喜福会的娱乐活动，朋友们一起聊天打牌，享受美食。桂林告急，她在寻找丈夫的路上把两个女儿丢了，丈夫也阵亡了，她跟随第二任丈夫来到美国。到美国后她再次发起了喜福会。

有的因为遇人不淑，丈夫是个花花公子，不得不忍受、等待机会。圣克莱尔·映映在中国时嫁了一个混蛋，那人另有新欢，遗弃了她。她打掉肚里的胎儿，离开婆家，住到亲戚家，在丛林中等待机会。10 年后出来工作，认识圣克莱尔。丈夫死后就嫁给了等她 4 年的一个英国与爱尔兰混血的美国人。

有的因为忍受不了婆家人的虐待，设计让婆家休弃。钟林冬从小就与一个小男孩定了亲，12 岁那年，一场暴雨，家产荡尽，举家迁往无锡，钟林冬到婆家做了童养媳。16 岁结婚，小一岁的丈夫不跟她睡还跟婆婆讲是她不愿意，婆婆打骂她，要她生孙子，天天把她禁闭在床上不许出去。她被逼无奈，装神弄鬼地让迷信的黄家休了她，撮合一个怀孕的丫鬟代替她做了太太。对于中国人来说，被休是巨大的羞辱，一般女子是绝对不会主动挑起事情，让婆家休弃的。钟林冬能这么做，实在非同寻常，很有时代新女性的魄力。她飞到美国，遇到后来的丈夫。

苏安梅的母亲是一个不幸的寡妇，被迫再嫁为姨太太，被娘家人瞧不起，在夫家也没有地位，最终服毒身亡。目睹母亲不幸的苏安梅来到美国，开始新的生活。

从这些不幸的婚姻中可以看出，中国的乱世景象和束缚妇女的中国传统家庭伦理道德，让母亲们苦不堪言，纷纷逃出中国。小说详细描述她们在中国的不幸的婚姻，却略写了在美国的婚姻生活，大致是生儿育女，过上平静的生活，家庭的矛盾主要发生在母女之间。

母女隔阂反映了移民第一代与移民第二代之间的中美文化差异，虽然骨肉相连却相互不理解，移民子女往往疏离父母，家庭权威的影响受到限制。杨媛从自我与他者的角度分析女儿与母亲的形象，女儿视母亲为他者，"对自己母亲的情感走向沿着否定—注视—言说自我这条途径展开"。未成年时，视母亲为与美国社会不协调的"他者"，通过否定"他者"才能肯定"自我"。长大后与母亲的关系发生微妙的变化，女儿开始扮演默默注视者的角色。[①]

由于中美之间的文化差异，生长在美国的女儿不了解中国来的妈妈，无法让妈妈满意。吴晶妹觉得不了解妈妈，这个想法吓坏了阿姨们，她们在她身上看到了各自女儿的影子。吴妈妈想把女儿造就成天才，她为一个钢琴教师打扫房间，换来他为女儿上课。而女儿的钢琴学得一塌糊涂，在天才表演会上让他们一家丢尽颜面。女儿再也不愿弹钢琴了，母亲逼迫也没用。女儿一再让妈妈失望，她根本就不相信自己能成为妈妈希望的样子。

美国出生的女儿根据美国文化，把个人作为独立的个体，独立于母亲、家人。作为注视者，视中国母亲为"他者"，而不是母女一体，共荣辱，通过否定"他者"来建构"自我"。中国文化教养下的母亲认为女儿是自己生养的，女儿的荣誉也是自己的，坚持母女一体，不分彼此，为女儿的成功而自豪。钟林冬与钟韦弗利这对母女都很聪明，常斗心眼，女儿总觉得母亲折磨她，母亲却为女儿把她想得太坏而伤心。两人想法不对路，常常闹矛盾。钟韦弗利曾是象棋高手，在很多比赛中获胜，让母亲为她自豪。但她却以之为耻，觉得母

[①] 杨媛：《"自我"与"他者"形象的建构——美国华裔作家谭恩美研究》，载艾晓明主编《20世纪文学与中国妇女》，天津人民出版社2008年版，第263—267页。

亲用她来炫耀，与母亲发生冲突。受伤的母亲从此以后再也不管她下棋了。母女关系陷入僵局，女儿以不下棋来换得母亲的关心，却害了自己，日益走下坡路，终于不再下棋了。母女之间一直存在隔阂，母亲对女儿的第一个爱人发表议论后，她就发现了他的大堆毛病，以至于她有时怀疑是妈妈毁了她的婚姻。所以，她很担心第二个爱人美国人瑞奇再受母亲批评。事实是母亲让她看到了她忽略的问题。母亲说她不像中国人，只有皮肤和头发是中国人的，内在的一切全是美国造的。她到中国，即使不开口说话，中国人都知道她是外国人。母亲本来希望孩子们能把中国的性格和美国的环境完美结合起来，可没想到两者无法融汇在一起。女儿不听话，还好还嘴，声称是自己的主人，这让妈妈想不通：她怎么能是她自己的主人呢？我是什么时候丢失了她的呢？

在中国传统文化里，孩子是父母的，孩子要孝顺父母，不得顶撞父母。但是美国文化熏陶下的华人孩子却并不这么认为，他们不遵守中国的孝道，更多地倾向于美国的自由、平等。他们自认为是独立的个体，要独立决定自己的人生，而不是唯父母之命是从。

苏安梅百般阻挠女儿罗丝嫁给美国人，她认为美国人是外国人，女儿却认为自己也是美国人。女儿的异族婚姻破裂了，为此去看心理医生，而不是跟母亲倾诉。原来反对女儿嫁给美国人的母亲却劝女儿再试试复合，跟妈妈说说心里话，不要只知道看心理医生，因为医生只会让她糊里糊涂。中国人反对离婚，劝合不劝分，接受既成事实，哪怕那婚姻是她原来所反对的。这反映了中国人对婚姻的保守观念。

华裔女孩因为是土生土长的美国人，与母亲有很大分歧，无法认同母亲的中国文化，却因为从小生活在中国人中，受到中国传统文化的熏陶，熟知中国人的礼仪，她们与美国白人还是有所不同的，这在她们的异族婚姻中就凸现了出来。如中国妇女以柔顺为美德，柔顺的罗丝却受到了丈夫的责备，成为离婚的借口。

母亲们心中的中国是不见天日的，但还是让她们想念的故乡，是她们的根之所在。吴妈妈生前从来没忘记丢失的那两个女儿，一直托人找。女儿们终于找到了，她却已经去世了，她的老朋友们凑钱让她的女儿吴晶妹到中国去看那失而复得的两姐妹。当吴晶妹来到中国，看到中国的巨大变化，不再是她想象中的破败景象。她第一次见到同母异父的两个姐姐，就感觉很熟悉、亲切，姐妹三个团聚，一起缅怀逝去的妈妈。通过到中国寻根，吴晶妹实现了妈妈的愿望，对中国也加深了了解。

随着女儿年龄的增长，生活阅历的增加，她们和母亲渐渐达成谅解，母女们的关系由紧张趋向缓和。琳娜在母亲的支持下向丈夫的分摊制提出异议，罗丝在母亲的开导下走出了离婚的困境。泰德要尽快离婚，给她一万美元的支票就想把她扫地出门，留下房子与新欢同住。罗丝同意离婚，但拒绝了泰德的支票转而要房子。她不再软弱可欺，而有了自己的主见，不再唯丈夫之命是从。

母女间的冲突与和解象征了中美文化的冲突与融合，反映了母女们不同的文化形象。母亲们在中国的不幸婚姻反映了旧中国的封建礼教"吃人"的主题，女儿们在美国的婚姻问题反映了中美融合过程中的矛盾冲突。

《接骨师之女》(*The Bonesetter's Daughter*, 2001) 延续了《喜福会》的主题，探讨母女关系，这其中既包括华裔移民母女两代人的矛盾与和解，也包括母亲的身世，她与明为保姆实为生母的宝姨的复杂关系，母女三代人跨越中美的不同生活，露丝与白人男友的关系。鬼魂、毒咒等这些迷信思想缠绕着母女三代，宝姨、茹灵因为生在中国，自小就相信鬼魂一说，露丝因为母亲茹灵的关系，从小就用沙盘表达根本就不存在的外婆宝姨的话，长大后每年都要失声一段时间。她与白人亚特同居近十年，关系陷入低谷。亚特离过婚，带着两个女儿，露丝照顾他们。她的母亲茹灵有些老年痴呆。亚特起初不关心露丝的母亲，认为这是露丝的事，与他无关。露丝为照顾母亲离开他和女儿，家里一团糟，他才感到露丝的可贵。他主动出谋划策，帮助她安置老母，共同面对困难。最后两人幸福地结了婚。

小说很大篇幅在讲过去，讲宝姨的故事，讲述母女三代的谱系，男人缺席，宝姨的丈夫和茹灵的先后两任丈夫都死于非命，露丝的男友亚特也不常出现。这里的中国依然是日本入侵中国时的乱世，她们想方设法离开了中国，到达美国，才得以安身立命。母女之间无论是在中国还是在美国都有隔阂，甚至导致了母亲自杀。母女隔阂不仅有文化冲突，更有人与人之间的误会，有阶级意识作祟。露丝最终与母亲达成谅解。

张坤在《接骨师之女》的《译后记》中指出："像许多作家一样，谭恩美的几部作品都有很重的个人色彩，《接骨师之女》是其中最突出的一本。"① 谭恩美的母亲曾是位老年痴呆症患者，与茹灵不乏相似之处。谭恩美每年有几天失声，曾是"职业写手"，与露丝相似。她曾在接受访问时说，小说就像镜子，反映出她本人的生活。

这里的中国是兵荒马乱，迷信盛行，封建男权思想压抑女性的落后国家，聪明能干的母亲们逃到美国，希望女儿们在新的文明国度前途无量，实现她们未能实现的愿望。但叛逆的女儿们大多让她们希望破灭了。而且母女间有很深的隔阂，导致母女关系紧张，但爱和宽容最终让母女达成谅解。

二 骨肉相连的一家人

伍慧明②（Fae Myenne Ng, 1956—）的处女作《骨》（1993），反映了父辈与子辈之间的隔阂和冲突，以至于二女儿跳楼自杀，小女儿远走他乡，只有大女儿始终守护在父母身边。小说以骨为题，文中提到骨的有以下三处：一是安娜跳楼摔裂的尸骨；二是梁爷爷希望他死后的尸骨能运回中国；三是鸽子骨头，母亲要求女儿们把骨头吃干净，不要浪费；母亲把好肉留给女儿们，自己一人躲在厨房里啃骨头，说骨头的味道很美。骨象征了骨肉相连的一家人如何在安娜死后相濡以沫，共渡难关。

安娜为什么突然跳楼自杀了呢？所有在她死前见过她的人都说她看起来很正常，不明白她好好地为什么要自杀。她的死因是个谜，吸

---

① ［美］谭恩美：《接骨师之女》，张坤译，上海译文出版社2006年版，第292页。
② 伍慧明，生于旧金山唐人街的第一代中国移民家庭，曾就读于纽约哥伦比亚大学中文学院，毕业后做餐厅女招待，利用业余时间写作，完成了处女作《骨》（1993）。

引着人们追索。对她的死,一家人都很内疚。笼罩在丧女阴影中的父母自责而又相互埋怨,争吵不休,利昂搬出去住。迷信的利昂觉得家里的不幸是由于他没有兑现对梁爷爷的承诺,他是梁爷爷的"契纸儿子",曾承诺把梁爷爷的骨灰运回中国。他存了一笔私房钱,是"回中国基金",但他一直没能回去。妈妈认为自己的婚姻选择是个错误。她跟着花花公子丈夫来到美国,却被抛弃,独自一人拉扯着大女儿莱拉,辛苦地做衣厂女工谋生。为了绿卡,她改嫁利昂,虽然她喜欢的是衣厂老板汤米,但向她求婚的是利昂。他们生了两个女儿,安娜和尼娜。唐人街流传她与汤米的绯闻,让从海上归来的利昂离家出走。大女儿莱拉从男友处搬回家住,守护在父母身边,尽最大可能来安慰、照顾他们。她觉得自己对妹妹关心不够,不知道妹妹内心的苦楚。

小说到最后,终于交代了安娜的真实死因。翁家和梁家合伙开洗衣店,梁家对洗衣店抱了很大的希望,全部存款和全家人都投入洗衣店的工作中。安娜与翁家的儿子相爱,翁家父亲是个骗子,骗了梁家的全部存款和全家五个月的辛勤劳作,利昂找他理论时还被暴打。利昂不允许安娜再见骗子的儿子,否则就要断绝父女关系。安娜既不愿离开男友,也不愿离开父母,痛苦绝望中跳楼自杀。安娜接受美国人的爱情至上的观念,坚守爱情,哪怕是仇人的儿子;又受华人传统的熏陶,满怀对父母的亲情,不愿父亲为了她而伤心。她与父亲关系最好,在父母不和时一次次执着地劝离家出走的父亲回家。当爱情与亲情水火不容时,她不知如何取舍,一死以求解脱。

利昂是个悲剧人物。他一次次出海,在海上辛勤劳作,回来后把挣的钱都交给妻子,妻子却背叛他。他想到陆地上工作,却一次次被拒绝,大量的求职拒绝信就是明证。他把全部的积蓄和心血用来与人合伙开洗衣店却被人骗得一干二净,不让女儿与骗子儿子交往却导致了女儿的死。丧失爱女的悲痛,导致夫妻不和,他不得不一次次消失,有时出海,有时搬出去住,借此逃避不幸。跟他类似的华人也大多生活在社会的最底层,旧金山的华人生活很艰苦,从事低下的工作,他们的悲剧是社会造成的。

利昂有三个女儿，代表了三种华裔类型。大女儿莱拉生长在美国，生活方式无疑是美国化的，但她尊重中国的优良传统，尽可能地为父母分忧。她无论在家里还是在社会中都扮演了一个沟通中美的角色，她在学校做社区关系专家，沟通学校与华人父母；在家成了父母的翻译官，陪着父亲办理各种事务，与白人官员打交道。生长在美国的她，思想和行为是美国式的；同时又生在唐人街的华人之家，深谙中国人的道德观念和行为准则，能自如地游走于中美之间，处理中国人和美国人的关系游刃有余。母亲喜欢莱拉的男朋友梅森，却反对莱拉与他同居，怕邻居看到，影响不好，因为两人还没有结婚。莱拉在乎母亲的面子，就让梅森深夜离开，可母亲发现深夜开车对邻居的干扰更大，更引起邻居的注意，就只好同意梅森留宿。莱拉与尼娜一样未婚先同居，但她与父母协调，不惹父母生气。虽然她成了华裔美国人，但并不数典忘祖，她继承了中国人的孝敬父母的优良传统，继承了移民的历史。利昂是梁爷爷的契纸儿子，"对于一个契纸儿子来说，契纸就是血液"，这个契纸儿子珍藏纸张文件，各种纸质的文件、报纸收集了一箱子，"我是个契纸儿子的女儿，我继承了这一箱子的谎言。所有这些都是我的。我所拥有的就是这些记忆，所以我想把它们全都保留下来"[①]。利昂是莱拉的继父，两人没有血缘关系，可莱拉真心爱他，尽其所能地为其分忧解难。她孝敬父母，尊敬先人，帮父亲寻找梁爷爷的墓，让他以自己的方式来为安娜的死赎罪。

陆薇曾在《骨》的《译序》中说："很显然，作为少数族裔女性，莱拉较《女勇士》中的叙述者已有了质的变化：虽然她们也有抱怨，也有夹在两个世界之间的苦恼，但她再也不是那个对中国文化一味反抗、不顾一切地要与西方文化认同的女孩。她有自己对两个世界更成熟的认识和处理方法，是作者理想中的华裔女性形象。"[②] 莱拉虽然对父母也有怨言，但她不像尼娜那样一走了之，她守护着父

[①] ［美］伍慧明：《骨》，陆薇译，吉林出版集团有限责任公司2011年版，第75页。
[②] 陆薇：《译序》，载［美］伍慧明《骨》，陆薇译，吉林出版集团有限责任公司2011年版，"译序"第23—24页。

母,尽中国人的孝道。她知道她们很幸运,父母在这个国家忍辱负重地过日子,只为让她们生活得好些。姐妹俩长大了,还曾为骨头干杯,他们养的鸽子有一天变成了美食,妈妈把好肉留给她们,自己躲在厨房里啃骨头。母亲为女儿和家庭做出了很大牺牲,莱拉尽量以自己的努力来回报父母。莱拉最终发现母亲爱着利昂,就放心地离开了父母的家,和丈夫梅森一起开始了新的生活。

小女儿尼娜是典型的美国派,未婚先孕,流产,告诉父母,引来父母的训斥。她不知道中国人的贞节意识。她虽然为安娜的不幸痛哭,但她认为安娜的死是她自己的选择,父母要按照中国的习俗哀悼死去的安娜,尼娜不赞同仪式,她不认同父母时就直截了当地反驳,与父母争吵,藐视中国的传统习俗,完全没有中国人顺从父母的意识。她受不了家里的压抑气氛,渴望离开唐人街,离开家,到遥远的地方去。于是她到纽约做了空姐,但仍然生活在煎熬中。她觉得她的空中飞行与父亲的出海是一个性质,无法安定下来。于是她选择带旅游团去她从没去过的中国,她想做导游。从她的职业上可以看出,她与父亲一样,渴望远游,通过从家里消失来解决生活中的烦恼。

三个女儿三种不同的做派。在解决移民父母子女代际冲突方面,作者显然认同莱拉的做法,注重沟通融合,而一走了之的尼娜和一死了之的安娜的做法都是不足取的。

生长在旧金山的华人后裔对故国已经相当陌生了,但他们没有忘记祖先,忘记过去,忘记历史。"我们对那个古老的国家知之甚少,我们重复着祖先和叔父们的名字,但他们对我们一直是陌生人。家庭之所以能够存在,是因为每个人都有过去的故事,而对过去故事的了解把我们同历史连接在一起。"[①] 莱拉的男朋友梅森也是华裔,他不愿莱拉离开他回父母家住,但他作为一个中国人的后裔,能够理解中国的孝道,他尽其所能地帮助莱拉一家人,以减轻莱拉的负担,为莱拉分忧解难。他是个汽车修理工,义务为姑妈的儿子戴尔修理汽车。戴尔却说什么回报的话,让他很不高兴,他是作为亲戚帮忙的。他讨

---

① [美]伍慧明:《骨》,陆薇译,吉林出版集团有限责任公司 2011 年版,第 42 页。

厌华人戴尔的白人腔调。莱拉认为戴尔是在这个半岛上长大的，上的是白人学校，说英文像说母语一样，没什么错。她见过许多像他那样的孩子，华人几代以后，身上就没有中国的东西了。但她并没说出来，她很聪明地知道什么该说什么不该说。梅森的朋友齐克也是华裔，对表演中国人说话如何可笑的戏剧深恶痛绝，他们不能忍受这样开中国人的玩笑。他们作为华裔生活在美国，有着强烈的民族自尊，自觉维护华人的形象。

在美国成长的华裔子女与来自中国的父母往往有深的隔阂，不同的民族文化、生活方式让代沟更深。父辈大多恪守中华传统文化，而子辈则由于生长在美国，接受美国文化，两代人的文化观念不同，加剧了代际冲突。但爱化解了矛盾，两代人最终相互谅解。《花鼓歌》中的父子冲突不断，大儿子出走后，父亲有了转变。《喜福会》中的母女间有很深的隔阂，但最终母女和解。雷祖威《爱的痛苦》中的母子没有共同语言，儿子们讲英文，妈妈讲中文，沟通都有困难。儿子的前女友曼迪为了跟未来的婆婆沟通学了国语，却发现母亲听不懂国语，又学了广东话，可她离开了，让母亲很是心痛。儿子们大了却迟迟不结婚，要么找不到合适的对象，要么是同性恋，让妈妈心痛不已。父母子女间即使有着深深的代沟，依然骨肉相连。《骨》中的大女儿莱拉守候在父母身边，帮助父母走出丧失二女儿的阴影。

小　结

华裔美国作家众多，本章选择的代表作家全是在美国土生土长的作家，从小就接受美式教育，母语是英语，以英语写作。由于家庭熏陶，多少懂点汉语，知道点中国历史传说、文学典故、儒家伦理道德等。这里选的作品大多是20世纪50年代以来出版的美国当代长篇小说，很多是作家的处女作，有关中国移民及其后裔的美国故事。为反驳美国流行的华人刻板印象，华裔作家塑造移民第一代的开拓者形象和移民后裔的"香蕉人"形象，建构被白人历史忽视、遮蔽的华裔美国人的历史。也塑造了形形色色的美国白人形象，如性开放的白人女权主义者唐娜、白人文化沙文主义的邪恶继母艾德娜等。

很多华裔美国小说涉及了华人的成长，这些成长故事看似各不相同，小说主人公却都沿着美国化的道路，成长为华裔美国人。华裔成长的过程就是美国化的过程，主人公都从中国佬变成了美国佬，白人或者说黄皮白心的"香蕉人"在其中起了巨大的作用。如李健孙的《支那崽》中的丁凯在美国化的父亲和白人继母的规训下成长，在基督教青年会学会拳击，在老师们的指点下，打败了街头恶霸，自立于街头。后来进入西点军校，虽然没有通过西点变成一个真正的美国人，实现梦想，但他的荣誉与责任意识得到提升，精神境界提高了。赵健秀《甘加丁之路》中的尤利西斯是战斗着的华裔文化卫士，执着反抗美国主流文化对华人的刻板印象或华裔女作家的自我东方主义。

美国华裔英语文学是美国华裔作家用英语在美国文化历史语境下创作的文学。虽然华裔美国作家由于种族的缘故，从小接受中华文化的熏陶，在小说中也显示了中华文化，但由于接受美国教育，美国主流文化潜移默化地成为作家创作心理结构中的主导成分，小说是华裔美国人思想和情感的流露，属于亚裔美国文学。因此，对遥远的中国的文学想象属于异国形象，而移民美国的华人则处于中国人与美国人之间，土生土长的华裔美国人则是理所当然的美国人，即使有些美国白人认为他们是中国人。

华裔们生长在美国，接受美国教育，非常美国化，很多人成长为黄皮白心的"香蕉人"，对遥远的中国并无太深的感情，对中国文化很隔膜、很排斥，自然而然地认同美国。移民第一代与后代之间由于中美的文化差异使本就存在的代际冲突更加激烈，然而血浓于水，一家人骨肉相连，最终还是会互相谅解。

华裔美国作家关注移民第一代与后代的代沟问题，关注华裔的成长问题，美国对他们来说早已变成了祖国，而遥远的中国只是父母的祖国，他们虽然对父母之国充满感情，骨子里却认同美国，以美国人自居，甚至赋予早期移民以美国人的祖先身份，尽管他们当年得不到美国社会的承认。如汤亭亭的《中国佬》，把中国移民当成美国祖先来追溯，从而建构华裔美国人的历史。

在华裔作家笔下，中国和中国人形象都成了批判的眼光审视下的"他者"。从人物形象的分析中可以看出，华裔作家笔下的中国人与美国华文文学作家笔下的中国人有一些共性，如勤劳善良，吃苦耐劳，思念祖国亲人，有着中国人的思维方式和行为准则等；但差异是更主要的，华裔作家用批判的眼光审视父辈，这些中国移民有些守旧，恪守中国传统的封建文化思想，不能与时俱进，迅速融入美国；而华文作家对移民第一代持认同态度，较少自我批判色彩。

以批判的眼光审视父辈，华裔作家小说中的中国形象多呈负面色彩。小说中的中国处于近代社会，或"文革"时期的新中国，生产落后，政治黑暗，没有人道、人性，常有饥荒、战争，民不聊生，迷信盛行，中国文化古怪，不合人之常情，伦理道德压迫女性。尤其是汤亭亭笔下的中国简直是迷信盛行、鬼蜮横行的世界。由于政治原因，对于新中国有诸多误解，有妖魔化中国新政权的倾向。如果说美国华文文学作家对中国有怀念之情，而华裔美国作家则有憎恶之意，他们对中国的注视和描绘有东方主义的嫌疑，中国成了他者。

华裔美国部分作家的后期创作开始转向，从最初的重种族，重文化差异，重故事情节向后来的模糊种族身份，淡化故事情节转变，如雷祖威的短篇小说集《爱的痛苦》。从短篇小说《爱的痛苦》中的母子隔阂、文化冲突，《情感错位》中的移民的悲哀，到后来的《暖流》中普通美国人不是很欢乐，但也不失乐观，对未来充满期待的故事中可见一斑。

第七章　美国其他族裔形象

在美华文学中，主角大多是美籍华人，其出场次数最多，其次是白人，此外，还有其他族裔，如犹太人、黑人、墨西哥人等。在多民族的美国，族群间即使有隔阂也会互动，这些族群与华人、白人有着千丝万缕的联系，由于其独特的种族、文化、历史而呈现出与众不同的形象特征。

第一节　种族阶级视域下的犹太人形象

美华文学中出现了一系列犹太人，其异于其他种族的独特的形象给人留下深刻的印象。在美华文学研究领域，形象学研究很多，大多是中国或移民形象研究，少量的美国形象研究，关于犹太人形象的研究寥寥无几。在这寥若晨星的犹太人形象研究中，要数美国著名华裔学者尹晓煌的《美国华裔文学史》了。书中讲到"美国华语文学之主题和素材"时指出："这是美国华人文学的另一重要主题：即华裔眼中的犹太人。"[①] 他主要论述了於梨华小说《考验》中的犹太人形象，也附带提及其他美国华文文学中的犹太人形象。但这对于美华文学中的众多犹太人形象的研究来说还是远远不够的。研究美华文学中的犹太人形象不仅可以增进对犹太人的认识，还可以以犹太人为镜反观华人形象，白人形象，有助于进一步了解不同民族的文化，消除种

---

① ［美］尹晓煌：《美国华裔文学史》，徐颖果主译，南开大学出版社2006年版，第216页。

族歧视和偏见，促进各种族和睦相处。

本书拟以美华文学中的犹太人形象研究为主题，试图发现众多文本中犹太人形象的特点，以及所折射出的华人形象和美国的族群关系，并综合分析犹太人形象的成因。

文学是社会的表现，文学中的"形象"有一定的真实性，是客观现实的真实反映；同时文学又是作家主观虚构的产物，文学作品中的"形象"是一种描述，而且是一种有差距的描述，由于作家的个性差异而充满变异，本质上是一种幻象，反映了注视者的形象。"事实上，形象是对一种文化现实的描述，通过这一描述，塑造（或赞同、宣扬）该形象的个人或群体揭示出并表明了自身所处的文化、社会、意识形态空间。"[1]"我'注视'他者，而他者的形象也传递出我自身的某些形象。"[2] 形象学不仅要研究"他者"，还要分析"主体"。形象学中的"形象"的文学性，或幻象性，使它区别于社会研究学。它将文学形象视为一个幻影，一种意识形态，一个乌托邦的迹象，研究的是形形色色的形象如何构成了某一历史时期对异国异族的特定描述。美华文学中的犹太人形象富有个性，但又有一些共性，反映了美华作家对犹太人、对自我、对美国族群关系的认知和艺术想象。

在美华文学中，犹太人与华人的关系有时是工作关系，有时是亲密的朋友、人生伴侣关系。从族群关系的角度来看，族际交往、通婚要比单纯的同事关系要亲密得多，反映了不同民族的实质性融合。

一 反种族歧视的盟友

在美华文学领域，较早出现犹太人形象且影响力较大的恐怕要数台湾留美作家於梨华的长篇小说《考验》（1974）了。《考验》里汇集了各族裔，有美籍华人、犹太人、白人、黑人，这些人或敌或友，各具特色，形成鲜明的对比。华人钟乐平是大学教授，专注于做学

---

[1] ［法］达尼埃尔－亨利·巴柔：《形象学理论研究：从文学史到诗学》，载孟华主编《比较文学形象学》，北京大学出版社2001年版，第202页。

[2] 同上书，第203页。

问，不善社交，被新上任的白人系主任华诺排挤。华诺精明能干，蛮横霸道，为排挤华人同事耍尽阴谋诡计，说钟乐平的科研没有价值，且危及同事们的利益，挑唆其他同事投钟乐平的反对票，钟乐平的工作岌岌可危。关键时刻，帮助他的不是华人同胞，而是犹太同事百龙，他热心地为钟乐平四处奔走，让同事们了解事实真相，那就是钟乐平并没有像系主任说的那样危及同事们的利益，请大家支持钟乐平，改投赞成票。他甚至还请犹太律师帮助钟乐平打官司。同为弱势族裔的犹太律师帮钟乐平打官司不是为了钱，而是出于对种族歧视的反抗。犹太同事和律师最终帮助华人钟乐平打赢了官司，赢得了长期聘约。犹太人出于义愤，见义勇为，远胜过冷漠的中国同胞。小说中一个素不相识的中国人竟然没理由地与钟乐平作对，对同胞落井下石，以示自己公正，似乎超越民族性达到世界性似的，以牺牲同胞前途来讨好美国人。

《考验》中的犹太人的职业分别是大学教授和律师，是有良知的知识分子和法律专业人士，在美国社会属于中产阶级，有一定的社会经济地位和实力，但作为少数族群，还是处于核心族群的偏见和歧视中，在美国社会也是处于弱势地位的少数族裔。"许多世纪以来，犹太裔都是西方社会中族群偏见的目标。"[①] 其宗教信仰、风俗习惯使得他们与信仰新教、天主教的其他族群很不一样，也很难同化到多数族群中。在美国族群分层体系中，盎格鲁—撒克逊裔白人新教徒是支配族群，而其他种族都是从属族群，或者说是少数族群，如华人、黑人等族群。犹太人通常也被归类为少数族群，但由于犹太人的社会经济地位，有时也归类为中间人族群，成为支配族群和从属族群之间的中介。由于其中间地位，特别容易受到来自各族群的攻击，滋生反犹主义，呈现负面刻板形象。而华人也一直备受排挤、打压，美国甚至上升到了通过立法来把对华人的种族歧视合法化的地步，譬如《排华法案》。即使后来《排华法案》废除了，民间的排华情绪和歧视行为

---

① [美] 马丁·N. 麦格：《族群社会学：美国及全球视角下的种族和族群关系》，祖力亚提·司马义译，华夏出版社 2007 年版，第 212 页。

依然存在。

在这部小说里，犹太人的形象完全是正面的，犹太人是华人政治上的盟友，是华人奋斗的榜样。犹太人的形象和白人系主任的形象反映了当时美国的种族歧视、种族不平等现象还很突出。在多民族的美国社会，共同的处境让少数族群自发地联合起来，共同反抗种族歧视和压迫，争取种族平等。

犹太人有许多优良的品性，对自己的族群充满认同感，是少数族群的楷模。张系国的《割礼》（1971）以赞赏的笔调描述了犹太人一直传承的割礼，犹太人这种坚守信仰，继承传统，保持民族文化特色的行为让华人教授反思，华人应该继承中华传统文化，而不是全盘西化。陈若曦的小说《纸婚》和《向着太平洋彼岸》都对犹太人赞赏有加：犹太人非常聪明，把中国的豆腐改造成了点心；犹太人非常团结，而中国人像一盘散沙，中国人应该向犹太人学习。"犹太裔传奇的向上流动，使他们经常被誉为在美国族群历史中最成功的典型。确实，没有其他族群如此快速地取得这么大的发展。作为整体上由穷变富的案例，犹太裔美国人一直是其他族群竞相仿效的范例。"①

从以上犹太人形象中可以看出，这些台湾移民作家笔下的犹太人形象大多是正面的，在财富阶级体系中属于中上层阶级，他们团结一致，积极争取少数族裔的平等权，继承犹太传统的行为是值得华裔效仿的，他们是华人在美国的盟友、伴侣。犹太人的团结反衬了华人的一盘散沙；犹太人的据理力争，积极争取平等权，反衬了华人的懦弱。犹太人积极向上，努力奋斗，是华人的榜样。这一时期的台湾移民作家大多是以欣赏、赞扬的色调来塑造犹太人的形象，放大其优点，而忽视其缺点，以其所长来补华人所短，通过批判华人的劣根性而使华人更加强大，自立于北美多民族之林。

对他者的赞扬、推崇，流露出对自我的不满；对他者的批判，反映了对自我的认同；台湾移民作家推崇犹太人，批判华人的不团结，

---

① ［美］马丁·N. 麦格：《族群社会学：美国及全球视角下的种族和族群关系》，祖力亚提·司马义译，华夏出版社2007年版，第205页。

反映了作为华人的民族自卑感；以於梨华为代表的台湾移民作家率先到美国定居，首先感受到美国的种族不平族的气氛，感觉到在以盎格鲁—撒克逊人为主的社会，华人的势单力孤，发展受阻，急需建立少数民族同盟。而先华人而来的犹太人也深受种族压迫，难以融入美国社会，但他们并不逆来顺受，而是奋起抗争，最终在美国站稳了脚跟。这些犹太人就成了中国人的榜样。

从犹太人形象可以看出，这一时期的犹太人与华人的族群关系良好，相比较之下，这两个少数族群与占主流的盎克鲁—撒克逊种族的关系则疏远得多。如果犹太人与华人仅仅因为工作关系而发生关联，这说明两者的关系还相当疏远，族群融合的路还很长。事实上，犹太人还与华人约会、交往，最终走向族际通婚。

二 与华人通婚的犹太人

"不同群体间通婚（intermarriage）的比率是衡量任何一个社会中人们之间的社会距离、群体间接触的性质、群体认同的强度、群体相对规模、人口的异质性以及社会融合过程的一个敏感的指标。"[①] 族际通婚是衡量民族同化的一个重要变量。米尔顿·M. 戈登（Milton. M. Gordon）在《同化的性质》中提出同化的七大变量，其中之一就是婚姻同化。[②] 在於梨华的小说中，犹太人还只是华人的仗义的同事、盟友、帮手；到白先勇的小说中，犹太人已经提升到了华人人生伴侣的层面，其中有异性恋，还有同性恋。

白先勇的《夜曲》（1979）中的华人吴振铎娶了犹太人为妻。吴振铎原来的女友叫吕芳，学音乐的，学成回了中国，一去杳无音信，他等了两年，绝望中开始追求他的犹太裔指导教授的女儿珮琪，珮琪也像他的前女朋友一样是学音乐的。犹太岳父把一身的本事传给他，还带他进入纽约的上流社会；犹太妻子擅长弹钢琴，喜欢古董，很有

[①] G. 辛普森、J. 英格尔：《族际通婚》，载马戎主编《西方民族社会学经典读本：种族与族群关系研究》，北京大学出版社 2010 年版，第 315 页。

[②] ［美］米尔顿·M. 戈登：《同化的性质》，载马戎主编《西方民族社会学经典读本：种族与族群关系研究》，北京大学出版社 2010 年版，第 99 页。

艺术品位，靠着八面玲珑的交际手段帮他扩大在社交圈的影响，甚至为了助他成为一名成功的医师，还耽搁了自己的事业。在父女俩的帮助下，吴振铎很快功成名就。在他继承岳父衣钵，事业达到巅峰的时候，他的妻子表示已经尽最大努力了。他从来没有爱过妻子，所以对她充满愧歉。他按照前女友的标准娶妻，找到的终究是替身。两人最终还是好合好散，离婚后成了朋友。在他们失败的异族婚姻中，没有谁对谁错，只是不相爱而已。吴振铎慷慨地把海滨别墅让给了妻儿，妻子也爽快地把公寓里的东西都留给他，并表示，过去的就让它过去，一切从头再来。小说以赞赏的笔调描写犹太人珮琪——一个称职的妻子，尽力做个好太太，有着美国犹太人勇往直前的精神，离婚后的生活，成绩斐然，重操旧业，教人弹钢琴，交男朋友，整个人都容光焕发，离婚对她反倒成了美好新生活的开始。吴振铎事业有成，犹太父女俩功不可没，他们在这里扮演的是人生导师和事业伴侣的角色。只是无爱的婚姻终究不能白头偕老。异族婚姻总是充满隔膜，两人在婚姻的末期已经找不到话说了，反倒是离婚后又有了话说。这说明两人虽然做不成夫妻，但还可以做朋友。

这段失败的异族婚姻并没有使华人与犹太人真正融合，华人还是倾向于与本族人结婚，其族群认同意识还是认同本族人。只是吴振铎原来的女朋友吕芳从美国回到中国大陆后，遭受了巨大的身心创伤，辗转再次来到美国后，只想在美国安静度日，已经不愿再与吴振铎重续前缘了。吴振铎虽然事业有成，但异族婚姻没有爱情，原来的恋人吕芳由于政治风云，有情人终没能成为眷属。

白先勇小说中的犹太人不仅有共同奋斗的异性伴侣，还有生死与共的同性伴侣。异性伴侣因缺乏爱情最终劳燕分飞，而同性伴侣却相亲相爱，生死不渝。*Tea for Two* 中的主人公之一大伟是在上海出生的犹太人，取了一个很中国化的名字。他与中国，与中国人都很有渊源。他的家世颇带传奇色彩。祖父是旧俄时代的犹太人，圣彼得堡的富商，俄国大革命时期举家逃到中国，辗转到上海落脚。大伟的父亲是个精明强干的生意人，在上海开了一家高级西餐厅，生意兴隆。后来日本人打进上海，大伟一家人逃到纽约，带了几十箱的中国古董跟家具，便在曼哈顿第五大道上开了一家古董店，以上海著名的街道"霞飞路"命名。他的同性恋伴侣东尼是华人，两人同年同月同日生于同一家医院，在上海时就是朋友，到美国后一起上初中。东尼由于是华人，常被美国同学欺负，大伟负责保护他，甚至为他打架。犹太人大伟扮演了华人东尼的保护人的角色。两人还在少年时就开始了他们的浪漫恋爱故事，一生不离不弃，相伴始终。虽然大伟喜欢漂亮的男孩子，但总会回到东尼身边。

两人合开了一家十分走红的"欢乐吧"，名叫"Tea for Two"。胖胖的、乐呵呵的东尼负责餐饮，规格很高，服务周到；挺拔修长、风流倜傥的大伟自弹自唱，十分动情，很能揪住人心。两人是典型的东西配，周末一起客串歌舞表演，跳踢踏舞，一起甩手、一起翘屁股，步调协调一致，非常和谐优美，把酒吧的气氛推向高潮，是酒吧的重要节目。东尼说 Tea for Two 是"东方遇见西方"的最佳欢乐地。侍者仔仔是第三代日裔，与白人名导演米开兰基诺在一起。调酒师金诺是意大利人，他的同性恋伴侣小费是菲裔。罗是从台湾来的华人，他的爱人安弟是中美混血儿。侍者珍珠和百合这对"欢乐女"都是华裔。同性恋者在这里建立了一个跨越种族、国家和文化的欢乐世界。

20世纪80年代，纽约爆发了艾滋病瘟疫，许多同性恋者感染上了艾滋病，不治身亡。昔日同性恋者云集的 Tea for Two 的生意一落千丈，大伟和东尼不得不忍痛卖掉它。东尼中风，大伟悉心照顾他。不幸的是，大伟本人也患上了艾滋病，时日无多，两人决定一起到上海寻根，寻找生命的源头。旅行回来后，一起仰药自尽。在遗嘱中叮嘱老朋友们不要悲伤，尽情吃喝，开开心心地把他们送走，说不定他们还可以在天国重开"欢乐吧"。虽是悲剧，却充满狂欢。

白先勇在这里塑造了一个风度翩翩的犹太同性恋者形象，由于出生、成长在中国，这个犹太人与华人似乎没有文化隔阂，作为终身伴侣相亲相爱地生活在一起。在异性恋为主的世界，由于性趋向不同于异性恋者，作为少数群体的同性恋者常常受到歧视，这使得同性恋者群体内部更加团结，更容易抛弃种族偏见，与异族建立亲密关系。各族裔同性恋者比异性恋者更早地突破了种族、国家和文化的界限，相亲相爱地生活在一起。白先勇本人是同性恋，比异性恋者更能理解和认同同性恋，他以同情的笔调来描绘各族裔同性恋，表现了跨越种族、拥抱各族裔的开阔胸襟。

在与华人的族际通婚中，还有美国化程度较高的犹太人。郁秀的小说《美国旅店》中的犹太人大卫是新一代的犹太人，非常美国化。犹太传统节日也不过，犹太教也不信，并且勇于异族通婚，娶了华人妻，但仍然认同犹太民族。这其实是美国犹太裔的同化模式中的"文化同化"和"结构同化"，表明新一代的犹太人已经同化到美国主流社会了。

三 反犹狂潮中的离散者

由于历史原因，犹太人在全世界大规模流散，以至于犹太人常常成为离散者的代名词。英文中的离散一词是 diaspora，首字母大写就成了离散的犹太人的专有名词。第二次世界大战期间，欧洲盛行反犹主义，德国纳粹大肆屠杀犹太人。幸存的犹太人被迫向亚洲与美洲迁移。犹太人既是故国的离散者，也是新移居国的寄居者。

严歌苓的长篇小说《寄居者》（2009）采用第一人称的叙述方式，以华裔女主人公玫的口吻描写了"二战"中德国的犹太人为逃避纳粹的大屠杀而迁往中国，在兵荒马乱的上海艰难谋生的故事。犹太人可以说是小说的主人公，而华裔美国女孩玫不仅是主人公还是叙述人。玫在一个餐厅面试弹钢琴时，邂逅了同来面试的清秀优美的犹太难民彼得，两人一见倾心，开始了一段浪漫史。在日本占领上海时期，玫为了带彼得离开中国到美国去，费尽心机地从美国引诱一个犹太人杰克布到中国来，窃取他的护照给彼得，让彼得成功登陆美国，远离战火燃烧的中国。

小说以赞赏的笔调描绘犹太民族，坚忍顽强，勤劳务实，无论多艰难的环境也要想方设法支撑下来。由于多灾多难，人身财产安全都得不到保障，常常未雨绸缪，习得十八般武艺。如彼得本来是学医的，他母亲还让他学音乐，弹钢琴，以备不时之需。当他们逃到中国后，他的才艺还真派上用场，成为初来乍到时的谋生手段。

他有很多优点，如医学院的优等生，工作勤勤恳恳，吃苦耐劳，负责任，有担当，努力挣钱养活一大家子人。随着小说情节的发展，他的缺点也慢慢展现出来。譬如，为了谋生不择手段，铤而走险，囤积粮食，完全不顾中国普通百姓的死活，还倒卖药品，牟取暴利。中国的抗日分子受伤了，找他做手术，手枪指着他脑袋，他还能从容地讨价还价。为了保密，他宁愿让无辜受伤的知情者死掉而不去救他，表现得相当冷血。当玫给他另一个犹太人杰克布的护照让他冒名顶替时，他只考虑到能否成功登录美国，而完全不顾他人的死活。所有这一切都让女主人公玫心寒，虽然与他一起登上船，却又在开船前独自下船，没有与他一起去美国，而与杰克布一起去了苏北新四军革命根据地。

杰克布最初在玫的心中就是一个不务正业的无赖痞子形象，与彼得一个地上，一个天上。玫与他订婚完全就是为了骗他来上海，让彼得冒充他到美国去定居。他是玫为成全彼得而牺牲的对象。然而在上海的乱世中，玫逐渐发现了他深藏着的善良悲悯的心，他不仅同情犹太难民，还同情被奴役的中国人，竟然成了抗日分子！虽然两人"最终没有流俗地做幸福夫妇"[1]，但是成了一生的朋友。杰克布后来创立了知名的报业集团，再次来到上海，看望了玫，谅解了她当年为彼得所做的一切。

彼得和杰克布这两个犹太青年的形象都经历了一个变化的过程，一个是慢慢地暴露缺点，一个是渐渐地突显优点，都是很丰满、立体的形象。彼得的形象既展现了犹太人的深谋远虑、勤劳能干、多才多艺等优点，也揭示了犹太人视钱如命，为钱不惜铤而走险，为个人安危完全不顾他人死活的缺点。严歌苓的《寄居者》对犹太人进行了全方位的审视，既赞扬了犹太人的优点，又批判了犹太人的劣根性。

除了这两个犹太青年，小说还刻画了集聚上海的犹太难民群像。他们勤劳聪明，无论环境如何险恶，都尽力谋生，好好活下去。逃到上海后，不仅面临生计问题，还面临德国纳粹的迫害：德国纳粹试图

---

[1] ［美］严歌苓：《寄居者》，陕西师范大学出版总社有限公司2010年版，第284页。

通过占领上海的日本军队来消灭犹太人。但他们只要活一天就活得有声有色。再艰难也不放弃宗教信仰，不忘做礼拜，犹太人之间团结互助，抱团取暖。玫感慨："犹太人和中国人一样，你把他们种在钢筋水泥里，他们都会生根发芽。"①

以犹太人为镜，映照了华人在美国的处境。犹太人远离故土，四海为家，在异国沦落为二等公民；华人移民北美，在白人为主的国家也是二等公民，举步维艰。移民都是远离母国的离散者。犹太人和华裔美国人相似的境遇让华裔女孩对犹太人的遭遇充满同情。玫在讲述犹太人故事的时候，常常讲到华裔美国人在种族歧视的美国艰难立足的历史。犹太人登陆上海时，日本人粗暴地向犹太人群撒药粉杀毒的情景，让玫不自觉地联想到自己的祖先在19世纪末登陆美国时的境遇：被消防水龙头当街冲洗，冲得东倒西歪，毫无尊严。玫的父亲出生在美国，家里开洗衣坊，兄弟姐妹都从事这个行业，而他是父亲投资教育的唯一儿子，学财会，却找不到工作，就一直读书，学出了个政治经济学博士后，回到中国，到大学任教。华人在美国的就业机会很少，被迫重返动荡不安、战乱频繁的故国。没有自己的国土，到处流浪的犹太人与迁移中的华人有些相似，都面临如何在异国立足谋生问题和种族歧视问题。

严歌苓在小说中既表现犹太人的优点，也反映犹太人的缺点，从而更加客观、全面地塑造了犹太人的形象。她在塑造犹太人形象的同时，总有意无意地与华人形成对照，反映了华人在美国的处境，华人的优缺点，通过弘扬自我民族的优点，批判劣根性来达到治疗的目的。

新移民文学中还有一些犹太富商形象。如周励的小说《曼哈顿的中国女人》中的犹太富商狡猾、自大而又小气，为赚钱不择手段，与中国人贸易的时候不肯请中国人吃一顿饭，都是中国人请他们吃饭，让华人"叹为观止"。王蕤的小说《闯荡美国》塑造了内心空虚的犹太富商形象。这些富商形象很大程度上沿袭了欧美传统文学中的关于犹太人的刻板印象。"某些显著而顽固的负面刻板印象被强加于犹太

---

① ［美］严歌苓：《寄居者》，陕西师范大学出版总社有限公司2010年版，第86页。

裔身上，其中一些刻板印象甚至可以追溯到中世纪的欧洲。在这些刻板印象中常见的有：犹太裔贪财、不诚实、不道德、搞小集团、自大、热衷于权力、急功近利、具有侵犯性。"[1]

20世纪90年代后移居美国的大陆新移民们所面对的美国已经没有当年台湾作家所面对的形势严峻，社会日益走向多元化，对异族更加包容，种族歧视减轻。这时的很多犹太人早已奋斗成了社会精英、中产阶级，与初到美国，还处于美国社会底层的很多大陆新移民有了很大的距离，而成长在政治运动、阶级斗争频繁的新中国的新移民们自觉不自觉地以阶级的眼光知人论世，犹太人这个"他者"身上的优缺点都展现了出来。

从新移民文学所塑造的犹太人形象可以看出，犹太人与华人的族群关系更进一步，在商务往来、族际交往中更清醒地认识对方，定位"自我"。对"他者"既赞扬又批判，反映了对"他者"的全面认知，对"他者"持清醒的友善态度，把"他者"看得既不高于"自我"，也不低于"自我"，而是处在与自我平等的位置。大陆新移民塑造立体丰满的犹太人形象，反映了对犹太民族的清醒认识，对中华民族的认同。新移民对犹太人既不仰视，也不俯视，而是平视；既不溢美，也不隐恶，而是秉笔直书。与之前的移民相比，新移民的族群认同意识在增强。

作为离散者的犹太人即使远离祖国，还是对祖国念念不忘，渴望能为祖国做贡献，甚至为了祖国而舍弃个人的爱情和富足的生活。郑庆慈的《风铃》中的台湾留学生康玲的男朋友巴比是个犹太人，非常虔诚，饮食起居都严守犹太教规。为了祖国以色列，他不惜牺牲爱情，放弃条件优越的美国，回到战乱中的以色列，为国效力。像这样的爱国者还有郑庆慈的《七十年代》中的犹太人史提芬，这人虽然阴险狡诈，帮助日本人破坏中国工商业，但他不会去破坏以色列的工商业，因为以色列是他的祖国。

通过以上论述可以看出犹太人的一些共性，大多受到过良好的教

---

[1] [美]马丁·N.麦格:《族群社会学：美国及全球视角下的种族和族群关系》，祖力亚提·司马义译，华夏出版社2007年版，第212—213页。

育，有很好的职业，分别是大学教授、律师、店主、医生、富商、钢琴教师等，有一定的经济实力和政治地位，属于中上阶级，但在族群分层体系中，还是属于从属族群或少数族群，还是受到支配族群的挤压。犹太人形象在一段时期内是相对稳定的，对于华人来说，犹太人这个"他者"形象是社会集体想象物，有共性且相对稳定。同时，犹太人形象也是发展变化的。犹太人——作为社会集体想象物的外国人，他们的形象与时代有着密切的关系。随着时代的发展与进步，美国对外来移民的政策虽然时常变化，但总体来看，是越来越趋向于包容、接纳，种族歧视日益减轻，外来少数族裔的移民获得越来越多的自由和民主权利以及发展的机会。随着时代的发展，犹太民族也在发展，犹太人的形象也在不停变化。

综上所述，华人笔下的犹太人形象虽然形形色色，但正面形象居多，与华人的关系亲善，地位平等，属于亲朋好友之列。美华作家塑造这样的"他者"形象，不仅是对现实中的犹太人形象的客观反映，也是对"自我"形象的反映。犹太人的形象不仅折射了华人的形象，还折射了这两个民族在美国的处境：在美国同属少数族裔，受到主流社会的压制，甚至内部殖民。少数族裔自发联合起来，争取平等权利。在异族交往、通婚的过程中，逐步实现民族融合。

第二节 黑人形象的嬗变

在美华文学中，黑人出现的并不多。即使出现了，也大多是配角，不会是主角。主角当然是华人，白人也是配角，但出现的频率比黑人高得多。黑人在美华文学中较少出现，即使偶一露脸，也是脸谱化的，很少个性丰满的人物形象。具体来说，主要有两类黑人形象：一类是负面形象，大多是处于社会底层的黑人，为了生存而干违法勾当，或者充满暴力，没有人性；另一类是正面黑人形象，是遭遇不幸，值得同情的黑人兄弟姐妹，他们成为华人的朋友，甚至人生伴侣。我们首先来看负面黑人形象。

一 负面黑人形象

作为少数族裔的黄种人,华人对美国白人主流社会中的种族歧视现象深恶痛绝,但部分华人自身也难免会有族群偏见和种族歧视观念。这种偏见和歧视不仅针对白人,也可能针对黑人或其他族裔。台湾移民作家丛苏一贯坚持中国人的民族认同,塑造了一系列华人边缘人形象,哀叹中国人在北美是"带枷的自由人",反对白人对华人的歧视,但她小说中的人物却歧视黑人,而她也未明确对此加以批判。《咱这辈子》中的丁长贵一生漂泊,生活在社会的最底层,为了获得绿卡,与一个黑人假结婚,两人相互瞧不起,当一切办妥时,肥胖的黑女人伸手与他握别,他竟然拒绝了,引起了一场争吵打斗。丁长贵一边与黑人做交易,一边歧视黑人。同为有色人种,在白人占主导的社会里,本应相互帮扶,反对种族歧视,却相互歧视,不能不说是有色人种的悲哀。而小说最后丁长贵遭抢劫,抢劫者似乎是黑女人的瘦小男人。在这里,黑女人被塑造成了一个肉球一样的丑陋的泼妇,还有个弟弟一样的小男人,这小男人还是劫匪。而丁长贵有着底层人求生存的顽强的生命力,勇敢面对歹徒,打退歹徒,却瞧不起黑人,连假结婚时的礼貌性握手也不愿意。他这辈子很辛苦,但从不悲观失望,显示了生存的智慧。丛苏在这里贬斥了丑陋的黑人,赞扬了底层人丁长贵的品质。

如果说丛苏小说中的华人歧视黑人,丛苏本人并没有直接明确地表明种族歧视观念的话,吴崇兰在其长篇小说《逝水悠悠》中却表现得很明显。小说似乎对黑人有偏见,华盛顿没有黑人的时候日子很平静,有了黑人就很不安宁,抢劫的多半是黑人,黑人将白区染成黑区,黑人居住的地方,地价就下跌,白人就搬走。吴崇兰还塑造了恶魔般的黑人形象。白人黛西为弟弟道格拉斯牵线搭桥,娶了富家女裘丽,两个白人却生下了一个黑白混血的儿子,道格拉斯看到儿子的肤色就知道不是自己的儿子,妻子另有情夫,夫妻感情破裂,道格拉斯离家出走,隐姓埋名,后来死于事故。混血儿的父亲是个放荡的杀人狂黑人亨利,他杀死情妇裘丽,对亲生儿子不管不问,让儿子活活饿死，简直没有人性。而裘丽似乎只有性欲，对儿子也没有多少亲情，对丈夫道格拉斯更是没有感情。

洛丽和黛西都是白人，两人从小一起长大，情同姐妹，然而美丽善良单纯的洛丽经常被诡计多端的黛西操纵，一再错失爱情，当潘尼离开后，她终于意识到她必须离开黛西，独自生活。再遇潘尼，两人依然相爱，为了爱，洛丽竟然不顾一切地做了潘尼的情妇。而为钱结婚的黛西在丈夫车祸后竟然企图谋杀亲夫，被丈夫发现后离了婚，得了些钱财。钱财荡尽后再嫁衰老的富翁，背着丈夫与年轻英俊的乔治鬼混。她因嫉妒洛丽，竟然告诉潘尼，乔治是洛丽的情夫，潘尼愤怒中驾车，车毁人亡。黛西的丈夫也死了，据说是吃兴奋剂死的，黛西有谋杀的嫌疑。富有的丈夫似乎对黛西的不忠不贞有些知觉，死前修改了遗嘱，只把房子留给了她。丈夫一死，黛西的情夫乔治也不知去向了，原来乔治是个骗子，与她交往只为了骗她丈夫的钱。黛西最后落得孤身一人，对自己的所作所为似有悔意。

这部小说中的人物黑白分明，好人坏人一目了然，单纯善良的洛丽像个傻瓜，诡计多端的黛西似毒蛇，黑人亨利没有一点人性，是个恶魔。小说编织了太多的意外死亡，洛丽、黛西的亲人全都死了，而且大多数人死于车祸，似觉牵强。

这部小说中的人物不是白人就是黑人，没有华人，这在美华文学中是相当少见的。对黑人持否定态度，对白人则有褒有贬。

有些中国大陆移民也有持种族歧视观念，严重排外的，查建英《客中客》里的升平身在异国，以黄种人的身份生活在白人和黑人的国度却对黑人抱有天生的偏见，觉得人家没文化少教养，好像他们非偷便抢似的。美国式的聚会他不喜欢，外籍的同学，他也觉得交不成什么好朋友。甚至与台湾长大的小姐都有隔膜，只与大陆留学生最谈得拢，他看上了上海来的薛小姐，又不敢主动挑明。老郝给他出主意，让他在家请客吃饭，显露一手好厨艺。席间两个人增进了解，也许会有个好结果。只是这样排外，别说融入美国了，连台湾人都融入不了。

汤亭亭的小说《孙行者》也在不经意间流露了对黑人的偏见。惠特曼和南希都是华裔美国人，都对主流社会对华人的无知、偏见和歧视深恶痛绝。南希是个演员，却因为生得漂亮，英语流畅，被认为不像东方人，不能演典型的中国佬。她对此非常苦恼。惠特曼有些喜欢她，为她读诗，她却不能欣赏他的诗，觉得他像个黑人诗人，用黑人的语言，显得黑人化，让他像个猴子似的抓狂、悲伤，自称是美猴王在当今美国的化身。她被疯疯癫癫的惠特曼吓跑了。这两个人虽然没法取得认同，但对黑人的态度似乎是一致的。他们所谓的黑人似乎是低级的、粗俗的，与华人非常不同，不让人认同的，黄皮肤的华裔美国人似乎要比黑人高一个等级。面对疯癫的惠特曼，吓坏了的南希说自己是女演员，只知道重复别人说过的话。由此可见，美国社会对黑人的用语、黑人的形象也形成了一个思维定式，一种套话，影响了那些并不真正了解黑人的人，让这些人对黑人也有了偏见。

二　正面黑人形象

在美华文学中，白人男子与华人女子的婚恋故事并不稀奇，黑人男子与华人女子的通婚故事则很罕见。为什么华人能接受白人却不大能接受黑人呢？华人作为黄种人常被白人歧视，自身却也很难摆脱种族歧视心理。孟小丽的短篇小说《我很美丽，也很温柔》中的"我"来美国时已经35岁了，还没有嫁出去。既不美丽也不温柔，没人敢要。经历过一系列的恋爱挫折后戒了男人，却在酒吧偶遇一个比她大19岁的美国黑人，两人一见钟情，在与黑人的交往中发现自己的美，开始学着如何做女人，内外兼修，长到39岁了才发现自己既美丽又温柔。这段美好的异族异性交往故事说明，种族的鸿沟是可以被爱填满的，只要有爱，不同种族的人也可以很幸福地在一起。

赵健秀的小说《甘加丁之路》塑造了一个钟爱白人女孩的黑人形象。黑人贾森深爱着金发碧眼的白人女孩萨拉，两人结婚生了三个孩子，后来萨拉离他而去，他仍然爱着她。这个黑人对白人的爱刻骨铭心。萨拉原来是尤利西斯的女朋友，尤利西斯与她同居，却并不爱她。尤利西斯是个嬉皮士，写剧本、建剧院、吸毒、滥交，纵欲过度，虽然有很多女人，却没有爱过任何一个女人。华裔嬉皮士的异族婚恋似儿戏，较少刻骨铭心的爱情，而更多本能需要和感官刺激。

《支那崽》涉及了底层黑人儿童的暴力问题。丁凯一家居住的锅柄街区有一半是黑人，其他的是穷白人。这条街的儿童全都成了斗士。丁凯在家面对继母的美国文化礼仪的规训及惩罚，还被冷酷无情的白人继母赶出家门，在街上遭遇黑人儿童的殴打。家庭暴力和街头儿童打斗构成了这部小说的主干，也是小说情节发展的主线，一切都是围绕着暴力和如何制止暴力而展开。"搏斗是一个比喻。我在马路上的斗争实际上是为了确定身份，为了作为人群中的一员活下来，甚至是为了作为一个人获得成功而做的努力。"① 他的黑人朋友图森特告诉他，在面对街头打斗时，不要逃跑，要反击。逃跑只会招来更大的欺侮。想在这个街区活下来，必须做一个街头斗士。

面对暴力，丁凯的退让、逃跑都无济于事，父亲把瘦弱的丁凯送进了青年会学习拳击，苦练拳术，以暴制暴。这里的教练们有黑人，也有白人。白人米勒是总裁，让黑人刘易斯先生做训练主管引来俱乐部的批评。布鲁斯·庞沙龙是菲、中、日、法的混血。这些白人和黑人都是丁凯的导师，他们先教他拳击规则，而后又教他在街头打斗时忘记拳击规则，克敌制胜。刘易斯先生为丁凯策划了击败大个子威利的行动，各个导师分工合作，成为丁凯挑战大个子威利的智囊团和坚强后盾。他挑战大个子黑人威利的场面充满血腥和力的美，显示了暴力美学。击败了欺负他的大个子威利后，丁凯也学会了反抗继母。虽然街头上的小混混侮蔑丁凯为支那崽，白人继母虐待黄种人小孩，这部小说的主旨并不是抨击种族歧视的，而是讲述如何在险恶的生存环境中自立自强的。黑人小孩和白人继母欺侮丁凯，帮助丁凯击败街头霸王、反抗继母的有黑人也有白人，丁凯最终以血战赢得了黑人和白人的尊重。以暴制暴成了丁凯的自我拯救之路。

生活在黑人街区的华裔美国人丁凯虽然从小遭受黑人儿童的欺侮，但并不仇恨黑人，他有黑人伙伴，甚至在黑人伙伴的母亲身上寻求母爱。贫穷的拉罗太太是丁凯的黑人伙伴图森特的母亲，对丁凯很

---

① ［美］李健孙：《支那崽》，王光林、叶兴国译，译林出版社2004年版，第4页。

友善，失去生母，被继母虐待的丁凯对她有着很深的感情。长大后，即便与图森特失去联系，还是去看望他的母亲。她送的塑料杯对丁凯来说都非常重要，值得珍藏，哪怕他去了西点军校，也要带着她送的塑料杯，锁在柜子里。

在美华文学中，浓墨重彩地反映黑人的历史遭遇和悲惨命运的并不多，大多数都是表现华人被边缘化的不幸命运的。林露德的小说《木鱼歌》再现了黑人的历史遭遇，同情黑人的不幸命运，表达了人与人之间应该不分种族、肤色，相亲相爱生活在一起的民族融合理想。小说的主人公华人吕金功是白人独身女子芬妮名义上的养子，精神上的恋人，只是吕金功似乎更愿意把她当教母陪伴而不是情人。黑人喜芭、梅西嬷嬷和吉姆分别是芬妮家的厨子和工人。喜芭的姥姥是个黑奴，被男主人性侵，生下喜芭的母亲。男主人死后，姥姥被女主人卖掉，母亲却留了下来，母女俩被迫永远分离。喜芭的父亲为黑人的自由而战，参加美国的南北战争。战后，奴隶制废除，喜芭的父亲向白人购买了土地，一家人幸福地耕耘着自己的土地。然而，好景不长，三K党找上门来，鞭打他，白人诬陷他偷窃土地，把他送入监狱，财产被没收，他本人也变成了上尉的奴隶，在试图逃跑时被枪杀。喜芭的母亲在伤心绝望中自杀，喜芭成了孤儿。她离开人群，逃入树林，与世隔绝地生活了一段时间，后来被黑人梅西嬷嬷收留了，两人一起在芬妮家里当保姆。黑人吉姆也在芬妮家帮工，与喜芭相爱、结婚，婚姻很幸福。但由于过去生活的阴影，喜芭不愿生孩子。可是她又那么喜欢孩子，渴望孩子，当她最终决定要生个孩子时，却因为长期服用避孕的药茶而失去了生育能力。在与吕金功的互助下，他们也购买了土地，开始了她们祖辈梦寐以求的田园生活。

虽然芬妮总想把华人吕金功培养成上流社会的绅士，芬妮的家人还有其他白人都很排斥他，在芬妮死后，处处刁难他。芬妮的姐妹还试图剥夺吕金功对芬妮财产的继承权，教堂也不欢迎他，虽然他给教堂捐了很多钱。他拥有大片果园，在农忙季节甚至找不到工人帮他干活。但黑人帮他，瑞典人帮他，他还是渡过了难关，与黑人吉姆结下了深厚的友谊。

从以上出现黑人的小说中可以看出，在美华文学中，华人是永远的主角，黑人是配角，只不过是有的浓墨重写，有的轻轻一笔带过。黑人的形象大多是正面的，他们成为华人的朋友甚至人生伴侣。

在黑人形象的塑造中，起直接作用的恐怕要数作家本人的思想了。作家是否对黑人有偏见，有歧视，直接决定了黑人形象的好坏。而作家的思想来源于社会，受社会集体想象物的影响，当然可能承袭也可能背叛主流社会对黑人的想象，从而塑造出不同的黑人形象。

小 结

美华文学中的犹太人，大多受过良好的教育，常常比较富有，在阶级上属于中上层阶级，相应的，政治地位也在提高，重视教育，积极进取，整个民族都处于向上流动的上升状态，是少数族裔的楷模。犹太人与华人关系亲善，是华人的朋友、盟友、前进的榜样。

与犹太人形象相比，美华文学中的黑人一般经济上比较贫困，在阶级上处于社会底层，在历史上处于受压迫、受剥削的奴隶地位。即使解放了，依然遭到主流社会的歧视。大多受教育程度不高，从事体力劳动。黑人社区暴力犯罪现象较多，是名副其实的贫民窟。虽然部分华人受主流社会的种族歧视思想的影响，对黑人有偏见，但是大多数华人还是视黑人为阶级兄弟，相互搀扶，共同反抗白人的种族歧视。

第八章　美国形象的流变原因探询

　　从以上美国形象的变化可以看出中美关系的变化，美国人对华人态度的转变：美国人由最初的种族仇视，赶杀华人，到后来的种族歧视，排挤华人，再到后来的接纳华人；华人对美国人的态度也发生了相应的变化，从华人塑造的"自我"和"他者"形象中可以看出，"自我"逐渐走出烦闷压抑，挺直脊梁做人，"他者"逐渐由压迫者转变为亲和者，虽然种族隔阂依然存在。

　　从总体上来说，台湾旅美作家作品多怀乡、寻根主题，呈现迷惘、悲凄的风格特点；而大陆新移民作家笔下多是新移民迅速脱贫致富，拥有高品质的生活的物质追求，多朝气蓬勃；华裔作家为反对美国人对华人的套话，争取亚裔权利而塑造充满个性的华人形象。

　　安德森在《想象的共同体》中说：

　　　　遵循着人类学的精神，我主张对民族作如下的界定：它是一种想象的政治共同体——并且，它是被想象为本质上有限的（limited），同时也享有主权的共同体。

　　　　它是想象的，因为即使是最小的民族的成员，也不可能认识他们大多数的同胞，和他们相遇，或者甚至听说过他们，然而，他们相互联结的意象却活在每一位成员的心中……事实上，所有比成员之间有着面对面接触的原始村落更大（或许连这种村落也包括在内）的一切共同体都是想象的。区别不同的共同体的基础，并非他们的虚假/真实性，而是他们被想象的方式。①

如果如此界定民族的话，那么华人作家笔下的中国和美国都是想象的，尤其是对那些移民后裔们，遥远的中国更是想象中的想象。他们对古老中国的想象有着不同于居住在中国的中国人，也不同于中国移民作家，甚至华裔之间也因为性别、审美偏好不同而各有特点，如汤亭亭的中国不同于白先勇的中国，也不同于赵健秀的中国。既然是想象的就是多变的，因为不同的人有不同的想象，即使同一个人的想象也千变万化。不同的作家因为身份、经历的不同，他们笔下的美国形象往往大相径庭。但"异国形象"在某一时期还是相对稳定的，毕竟是集体想象物，有一定的现实基础。随着时间的推移及中美交流的增多，"异国形象"也相应地发生变化。美华文学中的美国形象也在不断地变化中。

移民题材小说主要叙述发生在美国的中国移民的悲欢离合，编剧和导演是中国移民作家、美籍华人或华裔美国人，舞台布景主要搭建在美国，中国场景多是想象中的，主角是形形色色的中国移民，配角是各式各样的美国人。故事发生的年代有先有后，时代氛围不同，种族歧视由强到弱。政治风云变幻，移民政策在变，中美关系也在变，由此而来的移民题材小说中的美国形象也纷纭复杂，但通过归纳总结，大致看出美国形象的特点，发现某些共性和差异。这里的美国形象既包括美国人的形象，也包括由各方面要素综合起来的国家的整体形象。

总体来看，移民小说的共性是主要展示华人的自塑形象，涉及的美国人或其他种族的异族形象很少，如果有，也大多是配角。如白先勇《芝加哥之死》中的美国妓女，只是展示了美国丑陋的一面，她是吴汉魂死亡的催化剂；*Tea for Two* 的其他族裔，也只是围绕着主角，构成"东西配"，显示同性恋的超越族性的狂欢。於梨华的《考

---

① ［美］安德森：《想象的共同体：民族主义的起源与散布》，吴叡人译，上海人民出版社2011年版，第6页。

验》中的系主任华诺是白人，他对主角钟乐平的排挤显示了美国的官僚机构的冷峻、黑暗，他只是一个象征符号。跨越种族的婚恋往往以失败告终，如严歌苓的小说中的白种恋人很难真正走进华人的心中，这象征着中美融合的失败。

总体来说，美华作家们塑造的美国形象多是配角，反面人物。而华人多是主角，正面人物，他们生活的圈子里多是华人，对于移民来说，更是如此。中国总是贫穷落后，而美国富裕先进；中国的传统思想与美国的现代思想格格不入，由此引发移民家庭代际冲突。

从以上美国形象的比较可以看出，有相似的地方，也有差异。相似，是因为形象产生的现实基础相似，中国和美国的社会现实虽然是变化的，但在某些方面也是恒定的。文学是生活的反映，文学形象受社会现实的制约。异国形象是社会集体想象物，作家创作时难免受到社会集体想象物的影响。总体来说，美国形象的流变有以下几个方面的原因，让我们分节论述。

第一节　时代大环境变迁

作家生活在美国的时代不同，作品反映的年代或者说作品中的人物生活的时代不同。时代不同，经济条件不同，政治氛围不同，种族歧视程度不一，美国对华政策及国内的民族政策变化，影响到普通移民及其后裔的生活及他们对美国的感受，由此产生的中国和美国形象也不一样。

从1848—1943年近百年的时间里，美国逐渐制定了一整套全面排华的政策。排华严重时，整个社会仇视华人，驱逐华人，甚至出现火烧唐人街，强奸华人妇女，杀死华人的残暴现象。随着排华法案的废除，社会上的种族歧视观念也越来越淡薄，华人的境遇开始好转。20世纪40年代，中国的国际地位有很大提高，美国的华人状况也随之发生了很大变化。随着受教育程度的提高，美国华人的经济状况和社会地位都有很大改善，而且美国土生华人的比例也逐渐增大，到1940年已达美国华人总数的51.9%。随着中国地位的提高和美国华人状况的改善，美国各界人士对排华法案的看法也改变了，最终促成1943年废除所有的排华法案，华人的境况才得到根本改变。虽然这样，美国人根深蒂固的种族观念还会延续一段时间。因此，先到台湾的旅美作家遭受的种族歧视要重于后来的新移民作家，他们受到的不公正待遇使他们对美国人的态度也不同，他们笔下的美国人及美国形象多负面形象，与之相对的华人则是无根的游子形象，充满困惑、痛苦等消极情绪，而中国虽然贫穷、兵荒马乱，依然是故国，是精神家园。

而20世纪八九十年代以来，中美关系正常化，美国对华友善，种族歧视进一步减轻，美国日益改善的种族关系为新一代移民提供了较为宽容和自由的生存空间。大陆新移民增多，成为中国移民的主流。虽然移民初期也难免不适应，但随着定居美国日久，华人与美国人互动增加，双方也越来越了解，更容易融合。时代、国家的氛围影响到他们的创作，他们笔下的美国人虽然依然大多是配角，但开始呈中性或者正面人物形象，与之相对的华人形象虽然依然是游子，但少了很多消极情绪，多是乐观、进取、自立自强的新移民形象。

华裔作家从20世纪20年代一直到50年代出生的都有，时间跨度较长，生活的社会环境有所不同，美国的民族政策、移民政策变化，社会文化观念的变化等都会影响到普通美国人对华裔的态度，也会影响到华裔对美国人及美国的看法，他们笔下的美国形象千差万别，而与之相对的中国形象也是。

美国的民族大熔炉政策，分不同的阶段：早期实行盎格鲁—撒克逊化政策，把其他族群同化为盎格鲁新教群体；20世纪初，由于大量的移民涌入，美国政府调整民族政策，致力于把来自不同国家地域、不同族群和文化背景的人相互融合，成为具有美国核心文化特质的美国人。早期的华裔作家黄玉雪受白人同化思想的影响，在《华女阿五》中塑造归化的少数族裔形象，批判了中国式父权制，塑造了乐于助人的，和蔼可亲的白人的正面形象。

20世纪60年代美国少数民族掀起了大规模的民权运动，反越战，

"嬉皮士"等社会事件引发反传统、反主流的思想潮流,强烈冲击了美国的歧视性民族政策体系。在外部和内部压力下,美国政府对民族政策进行了调整和完善,使其从"白人至上"到"熔炉"同化,直至当代的"一体"与"多元"的平衡。20世纪五六十年代以来的文化多元主义兴起,在强调美利坚民族和国家统一的前提下,承认族群的多元性,保留族群的文化传统。但事实上,族群差异还是在逐渐消弭。亚裔行动主义者联合全国的亚裔成立了反战组织,使先前孤立的政治行动演变为一场全国范围的社会运动——亚裔美国人运动,原籍为亚洲国家的美国公民自称亚裔美国人。华裔美国人的称谓亦由此而来。这场运动对于华裔作家影响很大,让他们重新思考族裔问题,构建华裔美国人的历史,追溯移民祖先的足迹,如汤亭亭的《中国佬》所做的那样,重塑华裔美国人的形象。《孙行者》里的阿新提倡多族裔的联盟,多元文化共存。

在美国移民政策、民族政策的影响下,中国移民的职业逐渐从早期的修铁路、干农活、开洗衣店、中餐馆到从事白领工作,成为工程技术人员。台湾旅美作家笔下多知识分子,如於梨华的主人公大多是知识分子。而新移民作家笔下的主人公则从事各行各业,华裔作家笔下的移民从修铁路、农场打工到洗衣店、中餐馆,最后到各行各业。随着职业的改变,移民经济地位的提高,也带来政治地位的提高和社会尊重,移民形象发生了时代性的变化,与之相对的美国形象也发生相应的变化。

第二节 作家身份认同

张京媛认为:"文化身份问题是每一个知识分子都会遇到的问题。如何界定自己?'我'与什么认同?怎样看待'我'与他者的关系?身份不是由血统所决定的,而是社会和文化的结果。后殖民主体必须不断地重新定位,寻找自己的位置。种族、阶级、性别、地理位置影响'身份'的形成,具体的历史过程、特定的社会、文化、政治语境也对'身份'和'认同'起着决定性的作用。"①

不同的作家由于生长的地域差异，进入美国的时间不一，所处的社会环境不同，所受的文化教育、出身的社会阶层和性别也不同，因此，身份认同也不同。在当代，台湾旅美作家率先到美国留学，在20世纪六七十年代的美国非常活跃，其留学生文学名噪一时；20世纪八九十年代以来，大陆新移民作家开始出现，谱写了新移民文学；而华裔美国作家跨度较大，从20世纪20年代一直到50年代出生的都有，最早出版的作品是黄玉雪出版于1950年的《华女阿五》。这些华裔美国作家的小说属于当代美国亚裔文学的一部分。小说中的华人大多生活在当代美国社会，但也有生活在美国排华严重时期的早期移民，如《扶桑》中的扶桑就生活在排华严重的旧金山。尽管移民作家都具有双重文化背景，但在他们身上中国文化和西方文化的比重不同。华文文学作家在中国成长，中国文化的比重较大，虽然移民美国后也接受美国文化，但很难改变中西文化在他们身上的比重。华裔作家由于生长在美国，更多地接受了美国主流文化，中华文化在他们身上只占很小的比重。

1965年移民法之后进入美国的中国新移民，有一部分仍然保持了传统文化及故国身份的认同，成为新一代的侨民。对他们来说，尤其是年岁较大的移民，不同的只是生活环境的变化。台湾旅美作家多具有深厚的中国古典文学的素养，重传统伦理道德，有着中国传统士大夫的情愫，他们在言说自我与他者时，显示了中华文化遭遇欧美文化的困境。大陆新移民作家与台湾旅美作家有着相似的文化构成，也存在文化冲突问题。

移民作家大多自认为是中国人，而移民后裔则自认为是美国人。华裔生长在美国，虽然受到华人家庭和唐人街的影响，中华文化的熏陶，但接受美国主流教育，形成美国的价值观念和行为方式，社会环境使他们趋向于认同一个美国人的身份。在价值取向上，生长在美国

---

① 张京媛：《前言》，《后殖民理论与文化批评》，北京大学出版社1999年版，"前言"第6页。

的华裔长期深受美国文化的熏染，很多人自觉不自觉地接受了主流社会的价值观念和行为方式，与中国传统文化疏离。中国传统文化对他们只是一种族裔的象征，在他们的现实生活中不起决定性的作用。即使他们仍然生活在华裔社团中，象征性地参与社区的各种活动，多多少少受到祖辈文化传统的影响，有着深浅不一的族裔意识，但是，对他们起支配作用的是美国文化。在与美国社会各民族广泛打交道的过程中，遵守美国人奉行的社会行为准则，大都变成了"外黄内白"的"香蕉人"。华裔与父母的代沟就体现了中美文化的冲突，原因就在于双方的身份认同不同。

移民第一代在心理上自认为是中国人，在东西方文化的碰撞中有文化认同的焦虑，而美国土生土长的华裔则自认为是美国人，虽然在美国白人看来，他们不是地道的美国人，是外国人，或至少是亚裔美国人。由于身份认同不同，他们笔下的自我与他者也不同，在华裔作家看来，父辈常常成为他者，有时美国人也是他者，而自我是华裔美国人，介于中国人与美国人之间，种族上是华人，社会身份上却是美国人。华裔美国作家长期耳濡目染西方主流文化意识，难免带有主流社会的"东方主义"意识形态。这使他们笔下的中国形象杂有白人对中国的看法，与西方文学文化中的中国形象有相似的一面。如当今美国文坛华裔文学的佼佼者汤亭亭，其作品有《女勇士》（1976）、《中国佬》（1980）和《孙行者》（1989）等，深受美国读者及评论界欢迎。处女作《女勇士》面世之后引起社会轰动效应，好评如潮，汤亭亭声明她的小说不是写自家身世的非小说，而是具有普遍意义的美国小说，她强调她是美国人，美国作家。由此可见她强烈的美国身份认同。

文化研究奠基人之一的斯图亚特·霍尔（Stuart Hall）对"文化身份"的权威性和真实性提出质疑，"身份并不像我们所认为的那样透明或毫无问题"，"应该把身份视作一种'生产'，它永不完结，永远处于过程之中"。[①] 文化身份"不是一种本质（essence），而是一种

---

① 斯图亚特·霍尔：《文化身份与族裔散居》，载罗钢、刘象愚主编《文化研究读本》，中国社会科学出版社2000年版，第208页。

立场（positioning）"。那么，华裔美国人的文化身份也不是一个固定不变的身份，而是一个动态的概念，会随着认同者所站立的位置，所持有的立场而改变。

汤亭亭的身份认同也经历了一系列流变。苏蕊在《美国华裔英语文学的文化身份流变——以汤亭亭作品为例》一文中以汤婷婷的《女勇士》、《中国佬》、《孙行者和他的伪书》（*Tripmaster Monkey: His Fake Book*）为研究对象，探讨了美国华裔英语文学的文化身份流变：从背叛与疏离传统中国文化到书写华裔历史，自塑华裔文化身份，最后，冲破阶级与族裔的藩篱，打破族裔/非族裔的二元对立，致力于杂糅的华裔身份建构。华裔美国人生活在多种文化交织的文化错位的状态之中，其话语权长期缺失，因此其文化身份与文化认同问题不但与种族、阶级、性别和民族因素密切相关，也因社会文化政治环境的变化而不断变异。①

移民作家来自积贫积弱的中国，怀着美国梦而来，现实生活的不如意，产生失望沮丧的情绪。对自我的不满，对他者的热爱导致乌托邦形象的出现，到美国体验生活后就发现乌托邦的虚幻性，对现实的失望加重对故国的怀念，对所在国的妖魔化。但无论对美国的态度如何转变，美国作为一个现代化强国具有不可忽视的重要性，美国形象在一定程度上是恒定的。相应的中国形象也是恒定的。从小生长在美国的华裔在成长的过程中可能会遭遇到认同问题，需要调适，从总体上说，他们可以客观看待美国，而对父母之国则多幻想。像汤亭亭的《中国佬》由于中美隔绝，对中国不了解，还出现了对中国大陆共产党政权的极端扭曲的妖魔化倾向：中国大陆就像是地狱一样。由此产生的文化认同必然是倾向于美国，他们把美国当成了祖国，而中国则成了异国。

以上主要是从种族、族裔上来说作家的身份认同对形象的影响，此外，作家的性别认同也导致美国形象的差异。如华裔女作家汤亭亭

---

① 苏蕊：《美国华裔英语文学的文化身份流变——以汤亭亭作品为例》，《文艺争鸣》2013年第3期。

的美国形象与华裔男作家赵健秀的美国形象有很大不同。作者的另一些身份属性也对美国形象的创造产生影响，如作者所属的社会阶层、政治倾向、职业以及在中国的境遇等。如白先勇出身于将门之家，属于上层社会的一员，随国民党退守台湾，他的小说常出现没落的贵族，充满今不如昔，繁荣逝去的苍凉，而同一时期的於梨华主要关注留学生、留学人在美国的生活，揭示他们的内心苦楚，对故国没有白先勇那样深的感触。这与他们的身世不同有关。

即使同一时代，同一作家群里的美国形象也有差异，那是因为作家个人的经历不同，知识构成、文化修养、审美情趣有异。作品中的异国形象与作家创作时的感情、想象和心理因素有密切的关系。譬如白先勇一向是个心理敏感的人，初到美国，文化碰撞产生不适应感，又由于母亲刚去世，心痛，他笔下的小说主人公就多哀愁，以至于死亡或堕落。而於梨华小说中的人物虽然也有不适应，内心苦闷，但不会这么极端。每一个作家都是独特的，富于创造力的作家的众多小说也风格各异。

第三节　目标读者

形象的塑造还与写作语言有很大的关系。华文写作与英文写作的目标读者不同，前者主要是以中文为母语的人，如中国人或美籍华人；后者主要是以英文为母语的人，如美国人或华裔美国人。不同的目标读者有不同的期待视野，他们的心理需求不同。作者为了销路或为了与读者交流，总是有意无意地考虑目标读者的接受，这影响了作家的创作。不同的目标读者决定了不同的主题，不同的风格。

台湾旅美作家的华文文学的目标读者是中国人或美籍华人，这让作家主要考虑中文读者的接受心理而不是美国人的心理，他们可以无所顾忌地批评美国人和美国社会，塑造负面的美国形象，而不必担心销路。同时，由于远离中国本土，而不必受制于当时的意识形态。聂华苓离开中国，让她可以自由地表达对两岸政治的批判；她的中文写作，让她可以不必在乎美国英语读者的感受而自由地表达对美国的看法。台湾旅美作家笔下的美国人形象很多是负面人物形象,而与之相对的中国移民形象则是正面人物形象。

长期闭塞的中国大陆的读者想开眼看世界,移民作家就以亲身经历告诉他们美国是什么样子,移民们过着怎样的生活,中国人和美国人如何交往等。名噪一时的《曼哈顿的中国女人》、《北京人在纽约》等就是适应长久闭塞的中国大陆读者"开眼看世界"的需要应运而生的。

由于时代不同,华文文学两大作家群面临不同的时代问题和时代需求,小说表现出来的时代主题也有所不同,美国形象也自然不同。台湾作家更多表现文化冲突与融入的艰难,于是出现无根的游子形象;而大陆作家更多表现新移民的奋发向上的精神风貌,于是有了商界的时代弄潮儿,自立自强的中国留学生。

华裔美国文学的目标读者主要是美国英语读者,这让作家考虑读者的喜好,美国人有东方主义,喜欢异域情调,爱看小脚女人,想知道唐人街究竟如何,华裔作家常常自觉不自觉地迎合主流社会的这种心理需求,以他们的族裔文化资源书写想象中的中国和华人云集的唐人街,展示在美华人及其后裔的生活,塑造他们的独特形象。常常刻意展示中华民族文化或异域情调,塑造带有东方主义色彩的华人形象。如黄玉雪《华女阿五》中对中国菜、生子庆祝、封建迷信等的展示,满足了美国白人对唐人街华人生活的好奇心,让美国人更好地了解中国文化。

华文文学以中文读者为受众,而华裔英语文学以英语读者为受众,不同种族、不同国家的读者的心理需求和市场需求不同,决定了他们的中国形象和美国形象也不同。

第四节 在美时间长短

离散者和美国形象的转变与作者在美国生活的时间长短有关。比较文学形象学认为,形象的塑造者首先是以注视者的身份出现的,作为他者的异国则成为被注视者。观看时间的长短会影响到观看的方式，这对看到的结果和异国形象的塑造具有重要影响。随着作为注视者的作者在美国居住的时日越多，他对美国的了解也越深，部分接受美国文化，对美国的好感增加，他的美国形象势必发生变化。移民们与美国人互动增加，双方也越来越了解，更容易融合。

随着中国台湾作家白先勇、於梨华、聂华苓等在美国居住时日的增多，他们笔下的美国形象也日益好转，逐渐由异乡转变成了家园，而遥远的故国则变成了回忆。

从精神裂变的浪子桑青，到带着精神创伤和身份困惑到美国寻亲、寻根，与祖国母亲和解的莲儿，聂华苓笔下的主人公逐步融入美国。而美国也由排斥、打压中国人到衷心接纳中国亲人，总是审查、追捕、递解中国人的戴墨镜的移民局官员变成了布朗家的亲人——亲爱的美国爷爷、奶奶和表弟等。在与孙女的近距离接触中，美国奶奶由仇恨中国，拒绝承认莲儿母女的儿媳、孙女的身份，到敞开怀抱，拥抱中国亲人。从中可以看出，美国人对中国移民由排斥到接纳，作者对美国的态度由憎恶到亲善，中美关系逐步改善。这些与聂华苓定居美国，幸福的异族婚姻有很大的关系。

随着白先勇定居美国日久，视野逐渐开阔，对美国了解加深，部分接受美国文化，对美国的好感增加，美国形象也逐渐变化，从棺材与古墓变成了地狱与天堂。他有关中国政治批评的小说反映了他对政治与人的思考，批判了中国海峡两岸的政治黑暗腐败、没有人性，而认同了美国的现代政治文明。这时的中国和美国形象一个堕落成了地狱，一个升华成了天堂。

第五节　受中国人的美国观的影响

移民作家作品中的美国形象不仅受上述因素的影响，还受中国境内的美国观的影响。如果说，西方人视野里的中国人形象是条"变色龙"，那么，中国人视野中的美国形象也同样变动不居。

美国建国初期的文化与英国一脉相承，美国的中国形象同样也受英国的影响。而英国的雷蒙·道森有本专著的名字就是《中国是变色龙》,"欧洲人对中国的观念在某些时期发生了天翻地覆般的变化,有趣的是,这些变化与其说反映了中国社会的变迁,不如说更多地反映了欧洲知识史的进展","中国更恰如其分的象征是变色龙,而不是龙"[①]。哈罗德·伊萨克斯通过调查发现,中国形象总是在好坏之间波动,如优等民族与劣等民族,崛起的英雄与堕落的英雄等。[②]"在西方的中国形象中,中国并不是一个实在的国家,而是一个神话,一个隐藏了西方人欲望与恐怖的梦乡。"[③] 有人把中国想象成天堂,如英国小说《消失的地平线》中的香格里拉;也有人把中国想象为人间地狱,如《人的状况》中的地狱般的上海。中国形象在这两极摇摆,是西方文化二元对立原则下的"他者"想象。

美国人心目中的中国形象起初接受英国的影响,后来则开始影响着西方世界的中国形象。"一个世纪间美国的中国形象在两极间摇摆,或者是牧歌田园、道德理想国;或者是陷于贫困、苦难、饥荒、疾病、暴行,无知之中的专制帝国。"[④] 美国文学中的华人形象有早期去北美淘金的出卖苦力的移民,唐人街的华人,邪恶的傅满洲,也有充满东方智慧的侦探——陈查理。

美国人心中的中国形象变化很大,而中国人观念中的美国形象也是如此。20世纪上半叶,包括美国在内的"八国联军"侵略中国,这时的美国与英国、法国等欧洲国家一起被中国人称为"西洋鬼子",这一著名的套话反映了中国人对侵略中国的帝国主义国家的排斥与反感。1941年,太平洋战争爆发,中国和美国结成反法西斯联盟,美国成了战时盟友,在中国人心中,美国形象变成了友善、正义、负责任的世界大国形象。抗日战争胜利后,美国推行反共策略,支持国民党蒋介石集团打内战。国民党败退台湾,美国继续支持国民

[①] [英]雷蒙·道森:《中国是变色龙》,常绍民等译,时事出版社1999年版,第16页。

[②] [美]哈罗德·伊萨克斯:《美国的中国形象》,于殿利、陆日宇译,时事出版社1999年版。

[③] 周宁:《龙的幻象》(上册),学苑出版社2004年版,第18页。

[④] 同上书,第321页。

党，与共产党为敌。新中国建立后，实行社会主义制度，与资本主义美国存在意识形态的巨大鸿沟。美国不承认新中国，还对新中国实施军事包围和经济封锁，导致中美关系紧张。美国在中国大陆再次成为敌人。中国大陆批判美国的资本主义道路，这时的美国成为人剥削人、人压迫人的万恶的帝国，人间地狱，中学政治课本上的美国形象就是这样的。美国形象通过全国普及的中学教育，深入国人心中。

而此时中国台湾的美国形象正好相反。由于美国在台湾建立军事基地，又出资支援台湾建设，台湾出现留美热潮。於梨华的《又见棕榈，又见棕榈》、《傅家的儿女们》等留学生文学，就反映了台湾留美热潮。虽然到美国后的生活不尽如人意，遭遇文化认同危机，乌托邦幻想难免破灭，但很多人还是留了下来，成了美籍华人。留下来的这些人以行动肯定了美国的优越，让他们甘愿客死异乡。台湾旅美作家笔下的美国形象与台湾社会普遍流行的美国乌托邦幻象有着密切的关系，他们以亲身经历反驳美国天堂形象，写出了移民在美国的遭遇，反映了他们对美国的看法。白先勇的《芝加哥之死》中的芝加哥在吴汉魂眼中如埃及的古墓，跳密歇根湖自杀。这是遭遇文化认同危机，美国梦幻想破灭后的极端反应。《谪仙记》中的以"中国"自称的李彤也梦想破碎而自杀了。《安乐乡的一日》中的依萍一家人生活在以白人为主的安乐乡里，当地白人对他们很热情礼貌，却不把他们当成自己人，让她倍感孤单。她坚守着中国人的身份，与美国主流社会有很深的隔膜，无法融入美国。但她的丈夫和女儿似乎没有认同问题，积极融入美国，生活得很开心。

中国大陆实行改革开放政策，中美正式建交，两国在政治、经济、科技、文化等领域交往日益活跃。中国人对美国了解增多，发现美国繁荣、富强、民主、文明，与昔日政治宣传中的美国形象有很大差异。很多中国人迫不及待地到美国去，出现了留学热潮。伴随留学热的是中国人的美国梦，美国犹如人间天堂。查建英的小说《到美国去！到美国去！》、《丛林下的冰河》等都反映了留美的狂热。《到美国去！到美国去！》中的伍珍不惜一切代价出国，到美国后不择手段留下来，聚敛财富，开始新的生活。《丛林下的冰河》中的"假洋鬼子"，国门一开就直奔美国，连国内大学的毕业证都顾不上拿，深爱的男友也离别了。从以上分析可以看出，美国形象与中美关系密切相关。随着中美关系的时好时坏，美国形象也时好时坏，有时是资本主义地狱，有时是乌托邦。

中国的美国形象影响着这些移民作家的美国形象。移民美国前，作家们对美国的认识主要来自国内，受社会集体想象物的影响。无论是台湾旅美作家还是大陆新移民作家，大多怀着美国梦，踏上异国的征程。到美国后的切身体验有可能让他们失望，于是有了美国古墓或地狱的意象；如果到美国后志得意满，美国则成了天堂，如周励的自传体小说《曼哈顿的中国女人》则塑造了民主、文明、平等、有序的美国天堂形象。

从以上论述中可以看出，中国移民的美国形象受中国境内的美国形象影响很大，而华裔美国作家的中国形象也同样受其国内的中国形象的影响。中国移民的"自塑像"是以美国或西方的中国形象为参照而建构的，无论是赞同还是反驳，都是对美国或西方的中国形象的反映，必然会受到他者的中国形象的影响。同样，华裔美国作家的美国形象也会以其他国家的美国形象为镜，塑造华裔美国人心目中的美国形象。

小　结

总体来说，美国形象是中西文化合力作用的结果。反本质主义身份观认为身份、认同都不是固定不变的，那么与身份认同密切相关的美国形象也是时刻变化的。小说中的美国形象是人为建构的，反映了作者对自我和他者的看法。差异是因为作者所处的时代不同，美国人对华人的态度不同，由此导致华人对美国人的看法也不同。注视者不同，异国形象也不同，充满主观性，但又有共性，形象毕竟是社会集体想象物，有社会基础。美国是世界强国，人们对其抱以亲和甚至仰慕的态度，千方百计地要到美国留学，并争取留下来，在美的中国人日益增多。但美国对中国早期移民充满敌意，种族歧视严重，留美作家根据其敌视态度，妖魔化其形象，他们成了洋鬼子，但不会轻视它，依然将其置于中心地位。

　　美国形象有恒定的部分，更充满流变。恒定是因为形象产生的社会基础有一定的稳定性。而流变的原因是多方面的。形象是社会集体想象物，个人生活在社会中，必然要受到时代大环境的影响，这是从宏观角度阐述形象流变的影响因素。而微观因素则是作家的身份认同、在美国的时间长短、目标读者以及中国的美国观的影响等。

参考文献

一 专著

[奥] 弗洛伊德：《弗洛伊德论美文选》，张唤民、陈伟奇译，知识出版社1987年版。

[奥] 弗洛伊德：《图腾与禁忌》，文良文化译，中央编译出版社2005年版。

[法] 弗朗兹·法农：《黑皮肤，白面具》，万冰译，译林出版社2005年版。

[法] 拉康：《拉康选集》，褚孝泉译，上海三联书店2001年版

[美] 爱德华·W.萨义德：《东方学》，王宇根译，生活·读书·新知三联书店1999年版。

[美] 本尼迪克特·安德森：《想象的共同体》，吴叡人译，上海人民出版社2003年版。

[美] 哈罗德·伊萨克斯：《美国的中国形象》，于殿利、陆日宇译，时事出版社1999年版。

[美] 黄秀玲：《从必需到奢侈——解读亚裔美国文学》，詹乔等译，中国社会科学出版社2007年版。

[美] 黄玉雪：《华女阿五》，张龙海译，译林出版社2004年版。

[美] 黄运基：《唐人街》，花城出版社2004年版。

[美] 雷祖威：《爱的痛苦》，吴宝康，王铁梅译，译林出版社2004年版。

[美] 黎锦扬：《花鼓歌》，刘满贵译，山东文艺出版社1999年版。

[美] 黎锦扬：《天之一角》，刘满贵译，山东文艺出版社1999年版。

［美］李健孙：《荣誉与责任》，王光林、张校勤译，译林出版社 2004 年版。

［美］李健孙：《支那崽》，王光林、叶兴国译，译林出版社 2004 年版。

［美］李健孙：《支那崽》，王光林、叶兴国译，译林出版社 2003 年版。

［美］林露德：《千金》，阿良译，吉林出版集团有限责任公司 2011 年版。

［美］林露德：《千金姑娘》，阿良译，广东人民出版社 1985 年版。

［美］凌津奇：《叙述民族主义——亚裔美国文学中的意识形态与形式》，中国社会科学出版社 2006 年版。

［美］马丁·N. 麦格：《族群社会学》（第 6 版），祖力亚提·司马义译，华夏出版社 2007 年版。

［美］米尔顿·M. 戈登：《美国生活中的同化：种族、宗教和族源的角色》，马戎译，译林出版社 2015 年版。

［美］聂华苓：《千山外，水长流》，河北教育出版社 1996 年版。

［美］聂华苓：《桑青与桃红》，中国青年出版社 1980 年版。

［美］聂华苓：《桑青与桃红》，春风文艺出版社 1990 年版。

［美］聂华苓：《失去的金铃子》，人民文学出版社 1980 年版。

［美］任璧莲：《典型的美国佬》，王光林译，译林出版社 2000 年版。

［美］融融、陈瑞琳主编：《一代飞鸿：北美中国大陆新移民作家短篇小说精选述评》，中国文联出版社 2008 年版。

［美］塞缪尔·亨廷顿：《文明的冲突与世界秩序的重建》，周琪等译，新华出版社 1999 年版。

［美］谭恩美：《接骨师之女》，张坤译，上海译文出版社 2006 年版。

［美］谭恩美：《喜福会》，田青译，吉林文史出版社 1992 年版。

［美］汤亭亭：《孙行者》，赵伏柱、赵文书译，漓江出版社出版 1998 年版。

［美］汤亭亭：《中国佬》，肖锁章译，译林出版社 2000 年版。

［美］伍慧明：《骨》，陆薇译，吉林出版集团有限责任公司 2011

年版。

［美］严歌苓:《白蛇》,花城出版社 2005 年版。

［美］严歌苓:《白蛇·橙血》,春风文艺出版社 1998 年版。

［美］严歌苓:《洞房·少女小渔》,春风文艺出版社 1998 年版。

［美］严歌苓:《人寰·草鞋权贵》,春风文艺出版社 1998 年版。

［美］严歌苓:《无出路咖啡馆》,百花文艺出版社 2001 年版。

［美］严歌苓:《新大陆》,海天出版社 1996 年版。

［美］严歌苓:《扶桑》,当代世界出版社 2002 年版。

［美］严歌苓:《严歌苓自选集》,山东文艺出版社 2006 年版。

［美］严歌苓:《少女小渔》,陕西师范大学出版社 2008 年版。

［美］严歌苓:《也是亚当,也是夏娃》,宁夏人民出版社 2010 年版。

［美］严力:《纽约不是天堂》,华艺出版社 1993 年版。

［美］伊犁:《泥土》,吉林文史出版社 1994 年版。

［美］伊犁:《十万美金》,生活·读书·新知三联书店 1991 年版。

［美］尹晓煌:《美国华裔文学史》,徐颖果主译,南开大学出版社 2006 年版。

［美］於梨华:《彼岸》,江苏文艺出版社 2009 年版。

［美］於梨华:《傅家的儿女们》,河北教育出版社 1996 年版。

［美］於梨华:《考验》,人民文学出版社 1982 年版。

［美］於梨华:《飘零何处归》,江苏文艺出版社 2008 年版。

［美］於梨华:《又见棕榈,又见棕榈》,江苏文艺出版社 2010 年版。

［美］於梨华:《在离去与道别之间》,二十一世纪出版社 2003 年版。

［美］赵健秀:《甘加丁之路》,赵文书、康文凯译,译林出版社 2004 年版。

［美］周励:《曼哈顿的中国女人》,北京出版社 2000 年版。

［英］艾勒克·博埃默:《殖民与后殖民文学》,盛宁、韩敏中译,辽宁教育出版社 1998 年版。

［英］爱德华·莫迪默、法恩主编:《人民·民族·国家》,刘泓、黄海慧译,中央民族大学出版社 2009 年版。

［英］史密斯等著,陶东风编:《文化研究精粹读本》,中国人民大学

出版社 2006 年版。

［英］斯蒂夫·芬顿：《族性》，劳焕强等译，中央民族大学出版社 2009 年版。

白先勇：《白先勇集》，刘俊编注，花城出版社 2009 年版。

白先勇：《寂寞的十七岁》，花城出版社 2009 年版。

白先勇：《寂寞的十七岁》，上海文艺出版社 1999 年版。

白先勇：《台北人》，作家出版社 2000 年版。

曹桂林：《北京人在纽约》，中国文联出版社 1991 年版。

曹顺庆：《比较文学概论》，中国人民大学出版社 2011 年版。

查建英：《留美故事》，花山文艺出版社 2003 年版。

陈谦：《爱在无爱的硅谷》，上海文艺出版社 2002 年版。

陈若曦：《陈若曦小说选》，广播出版社 1983 年版。

陈若曦：《纸婚》，中国文联出版公司 1987 年版。

陈晓晖：《当代美国华人文学中的"她"写作——对汤亭亭、谭恩美、严歌苓等几位华人女作家的多面分析》，中国华侨出版社 2007 年版。

程爱民主编：《美国华裔文学研究》，北京大学出版社 2003 年版。

丛苏：《兽与魔》，河北教育出版社 1995 年版。

盖建平：《早期美国华人文学研究：历史经验的重勘与当代意义的构建》，南开大学出版社 2014 年版。

高鸿：《跨文化的中国叙事》，上海三联书店 2005 年版。

高小刚：《乡愁以外：北美华人写作中的故国想象》，人民文学出版社 2006 年版。

关合凤：《东西方文化碰撞中的身份寻求——美国华裔女性文学研究》，河南大学出版社 2007 年版。

黄万华：《文化转换中的世界华文文学》，中国社会科学出版社 1999 年版。

黄万华：《在"旅行中""拒绝旅行"：华人新生化和新华侨华人作家的比较研究》，中国社会科学出版社 2008 年版。

江曾培主编：《中国留学生文学大系·当代小说欧美卷》，上海文艺出版社 2000 年版。

江曾培主编：《中国留学生文学大系·当代小说台港地区卷》，上海文艺出版社 2000 年版。

姜智芹：《镜像后的文化冲突与文化认同：英美文学中的中国形象》，中华书局 2008 年版。

李贵苍：《文化的重量：解读当代华裔美国文学》，人民文学出版社 2006 年版。

李燕：《跨文化视野下的严歌苓小说与影视作品研究》，暨南大学出版社 2015 年版。

林广：《移民与纽约城市发展研究》，华东师范大学出版社 2007 年版。

林语堂：《林语堂经典作品》，当代世界出版社 2002 年版。

林语堂：《奇岛》，张振玉译，陕西师范大学出版社 2004 年版。

林语堂：《唐人街》，上海书店出版社 1989 年版。

林语堂：《吾国与吾民》，陕西师范大学出版社 2002 年版。

刘登翰主编：《双重经验的跨域书写：20 世纪美华文学史论》，上海三联书店 2007 年版。

刘俊：《悲悯情怀：白先勇评传》，花城出版社 2000 年版。

刘俊：《情与美 白先勇传》，花城出版社 2009 年版。

陆薇：《走向文化研究的美国华裔文学》，中华书局 2007 年版。

罗钢、刘象愚主编：《文化研究读本》，中国社会科学出版社 2000 年版。

罗钢、刘象愚主编：《后殖民主义文化理论》，［美］赛义德等著，陈永国等译，中国社会科学出版社 1999 年版。

马戎编：《西方民族社会学经典读本：种族与族群关系研究》，北京大学出版社 2010 年版。

孟华主编：《比较文学形象学》，北京大学出版社 2001 年版。

孟华等：《中国文学中的西方人形象》，安徽教育出版社 2006 年版。

欧阳子：《魔女》，花城出版社 2005 年版。

蒲若茜：《族裔经验与文化想像——华裔美国小说典型母题研究》，中国社会科学出版社2006年版。

饶芃子、杨匡汉：《海外华文文学教程》，暨南大学出版社2009年版。

饶芃子：《世界华文文学的新视野》，中国社会科学出版社2005年版。

单德兴：《重建美国文学史》，北京大学出版社2006年版。

沈已尧：《海外排华百年版史》，中国社会科学出版社1980年版。

施叔青：《愫细怨》，花城出版社2005年版。

卫景宜：《西方语境的中国故事》，中国美术学院出版社2002年版。

吴冰、王立礼：《美国华裔作家研究》，南开大学出版社2009年版。

肖画：《文学正典与文化间离：美国文学场域中的华裔文学研究》，中国社会科学出版社2015年版。

肖薇：《异质文化语境下的女性书写：海外华人女性写作比较研究》，巴蜀书社2005年版。

徐颖果：《美国华裔文学选读》，南开大学出版社2004年版。

薛海翔：《早安，美利坚》，上海文艺出版社1995年版。

薛玉凤：《美国华裔文学之文化研究》，人民文学出版社2007年版。

杨匡汉：《中华文化母题与海外华文文学》，长江文艺出版社2008年版。

杨乃乔主编：《比较文学概论》，北京大学出版社2005年版。

袁良骏：《白先勇论》，新华出版社2001年版。

张京媛主编：《后殖民理论与文化批评》，北京大学出版社1999年版。

张延军：《美国梦的诱惑和虚幻：华裔美国女作家作品研究》，南开大学出版社2014年版。

周宁：《龙的幻象》，学苑出版社2004年版。

周颖菁：《近三十年版中国大陆背景女作家的跨文化写作》，武汉大学出版社2010年版。

朱立立：《身份认同与华文文学研究》，上海三联书店2008年版。

邹建军：《"和"的正向与反向：谭恩美长篇小说中的伦理思想研

究》，华中师范大学出版社 2008 年版。

邹涛：《美国华人商文学：跨文明比较研究》，中国社会科学出版社 2012 年版。

Jeffery Paul Chan, Frank Chin, Lawson Fussao Inada and Shawn Wong, eds. , *The Big AIIIEEEEE! An Anthology of Chinese American and Japanese Literature*, New York: Merdian, 1991.

Elaine H. Kim, *Asian American Literature: An Introduction to the Writings and Their Social Context*, Philadelphia: Temple University Press, 1982.

Maxine Hong Kingston, *The Women Warrior—Memoirs of a Girlhood Among Ghost* 1976, New York: Vintage International, 1989.

Maxine Hong Kingston, *China Men*, New York: Vintage International, 1980.

Amy Tan, *The Kitchen God's Wife*, New York: The Ballantine Publishing Group, 1991.

Yin Xiao-Huang, *Chinese American Literature since the 1850s*, Urbana: University of Illinois Press, 2000.

二 连续出版物

［德］狄泽林克：《比较文学形象学》，方维规译，《中国比较文学》2007 年第 3 期。

陈涵平：《传移民历史，记热血华人——〈美国梦〉学术研讨会综述》，《学术研究》2003 年第 7 期。

陈晓明：《"没落"的不朽事业——白先勇小说的美学意味与现代性面向》，《文艺研究》2009 年第 2 期。

董美含：《"美国华裔文学"的概念界定》，《文艺争鸣》2011 年第 5 期。

贺昌盛、黄云霞：《被塑造的"他者"——近代中国的美国形象》，《厦门大学学报》（哲学社会科学版）2008 年第 2 期。

胡勇：《美国华裔文学研究综述》，《新疆大学学报》（社会科学版）

2003年第4期。

胡勇:《文化的乡愁——美国华裔文学对中国文化传统的认同》,《四川外语学院学报》2003年第4期。

蒋金运:《北美华人英文文学中的美国形象》,《社会科学辑刊》2009年第6期。

金莉:《美国女权运动·女性文学·女权批评》,《美国研究》2009年第1期。

李鲜红:《追求与困境——透析〈典型的美国佬〉中拉尔夫的美国梦》,《浙江师范大学学报》2003年第6期。

刘雄平:《解构、重构、再解构——〈扶桑〉反思华人移民史的三部曲》,《世界华文文学论坛》2005年第2期。

潘志高:《中国在美国的形象:变与不变》,《解放军外国语学院学报》2003年第2期。

苏蕊:《美国华裔英语文学的文化身份流变——以汤亭亭作品为例》,《文艺争鸣》2013年第3期。

孙良好:《林语堂笔下的美国形象——以〈唐人街〉和〈奇岛〉》为中心,《中国现代文学研究丛刊》2005年第4期。

陶家俊:《身份认同导论》,《外国文学》2004年第2期。

向忆秋:《美国华裔文学·美国华文文学·美国华人文学·旅美华人文学》,《华文文学》2008年第5期。

向忆秋:《十九世纪留美华人文学的美国形象——以容闳、李恩富为例》,《天府新论》2009年第5期。

向忆秋:《晚清旅美华人文学的美国形象和中国形象》,《海南师范大学学报》(社会科学版)2010年第4期。

邢楠:《读严歌苓的小说〈扶桑〉》,《文艺争鸣》2009年第4期。

徐颖果:《美国华裔戏剧的历史与现状》,《南开学报》(哲学社会科学版)2009年第5期。

薛伟:《美国的中国形象与美国华裔文学》,《北方论丛》2005年第3期。

张晶、蒋金运:《美国华人文学跨文化视野下的中国想象》,《深圳大学学报》（人文社会科学版）2010年第2期。

张敬珏：《从跨国、跨种族的视角审视亚美研究——林露德的〈木鱼歌〉》，张红云译，《华文文学》2008年第3期。

张龙海：《拼贴 零散叙事 戏仿 互文性——论赵健秀〈甘加丁之路〉中的后现代派创作技巧》，《当代外国文学》2006年第3期。

张月：《观看与想像——关于形象学和异国形象》，《郑州大学学报》（哲学社会科学版）2002年第3期。

张子清：《中美文化的撞击与融汇在华裔美国文学中的体现》，《外国文学评论》1996年第3期。

赵毅衡：《三层茧内：华人小说的题材自限》，《暨南学报》（人文科学与社会科学版）2005年第2期。

后　记

　　本书是在博士学位论文的基础上修改而成的。除了进行较大的结构调整外，还对论文内容进一步深化、升华，力求做到结构合理，内容深刻。根据现有的学术状况，努力寻找当前研究的薄弱、不足之处，重点探讨美华文学中的美国形象，努力弥补美国形象研究不足的现状。

　　在此感谢所有帮助过我的良师益友。首先要感谢我的博士生导师、河南大学李伟昉教授。他视野开阔，高屋建瓴，就我的论文发表了很多真知灼见，我的论文也渗透了他的心血。感谢孙先科教授，是他引领着蹒跚学步的我走上学术的道路。感谢梁工教授，他当年对我的学位论文提出过很多中肯的真知灼见。感谢我现在所任教的商丘师范学院，给了我一个很好的工作平台，让我在教学之余，能够安心从事科研工作。感谢我的同事们这几年来对我的帮助和鼓励。

　　最后，感谢所有支持过我、帮助过我、批评过我、鼓励过我和理解过我的人们！

陈学芬
2017 年 3 月 30 日